SVEVA CASATI MODIGNANI

LEZIONE DI TANGO

Sperling & Kupfer

I fatti narrati sono immaginari. Ogni riferimento a persone realmente esistite o esistenti è puramente casuale.

www.pickwicklibri.com
www.sperling.it

Lezione di tango
di Sveva Casati Modignani

ISBN 978-88-6836-165-5

I edizione Pickwick ottobre 2014

Anno 2014-2015-2016 - Edizione 22 23 24 25 26 27 28 29 30 31

A mia madre

Ringraziamenti

RINGRAZIO Annamaria Andreini Arisi che, parlandomi della condizione femminile nella Milano degli anni Trenta, mi ha suggerito l'idea di questo romanzo. A lei devo anche la segnalazione di una ricerca su «Le Mariuccine» condotta da Annarita Buttafuoco che mi ha fornito lo spunto per raccontare la vicenda de «l'asilo Angiolina». Filo conduttore della storia è un suggestivo nudo ligneo di fanciulla risalente alla fine del XV secolo. Mi è stato mostrato e accuratamente descritto da Franco e Brunella Sabatelli.

I tanghi argentini, cantati da Julio Iglesias, mi hanno ispirato «la colonna sonora» che scandisce la vita delle due protagoniste: Matilde e Giovanna.

Come sempre, devo molta gratitudine a Donatella Barbieri, la mia editor, a tutte le ragazze della Sperling e a un caro amico che mi segue da lontano, Bruno Arcurio.

Infine, ringrazio la mia famiglia e il mio vecchio bassotto per l'amore con cui mi hanno sostenuto nei momenti difficili.

Giovanna

1

GIOVANNA si svegliò di soprassalto. Un colpo di vento aveva spalancato le imposte della sua camera da letto, lasciando irrompere il sole del mattino. Guardò l'orologio sul comodino: segnava le otto.

Ebbe un moto di disappunto. La domenica, di solito, si concedeva un paio d'ore di riposo in più. Si alzò insonnolita, scostò le candide tende di voile e osservò, di là dai vetri, il cielo d'aprile intensamente azzurro. Aprì la finestra. Il vento, che creava mulinelli di polvere e foglie, la investì, facendola rabbrividire. Assicurò le imposte ai ganci e richiuse velocemente la finestra. Era inutile tornare a letto: non si sarebbe riaddormentata.

Infilò la vestaglia per andare in cucina a prepararsi un caffè. Sostò un istante davanti alla porta socchiusa della camera di Giny: sua figlia dormiva il sonno profondo dei giovani.

L'appartamento era immerso nella quiete tipica delle mattine domenicali milanesi. Il traffico quasi inesistente, alcuni vicini partiti per il fine settimana, la domestica lontana per la giornata di riposo, il silenzio rotto solo dai rintocchi delle campane della chiesa di San Marco.

Mentre il caffè filtrava nella «napoletana», riepilogò

il programma della giornata: pranzo in casa, con la figlia, pomeriggio a Como, con Stefania Maroni, la sua amica più cara, cena sul lago, dai Minervini, antiquari come lei e, come lei, proprietari di una bottega d'arte in via Fiori Chiari, la serata a Milano per un'asta importante. Una bella domenica, pensò, gustando il caffè, mentre si aggirava pigramente per le stanze di casa. Si guardò fugacemente in uno specchio che le rimandò l'immagine di una bella donna dai capelli ramati, gli occhi grandi, verdi, le efelidi bionde sull'incarnato pallido.

Entrò in salotto. C'erano libri sparsi un po' ovunque. Soffermò la sua attenzione su un'antologia di letteratura tedesca. Era di Giny. La sfogliò distrattamente e si trovò tra le mani un foglietto ripiegato. Lo aprì. Era la ricetta medica di un anticoncezionale a nome di Eugenia Lanciani.

Si sentì mancare la terra sotto i piedi.

Non poteva trattarsi della sua bambina, studentessa esemplare della scuola tedesca, al terzo anno di liceo. Quell'Eugenia Lanciani che prendeva la pillola non era certo la sua Giny. Ma quante altre Eugenia Lanciani conosceva? Soltanto sua suocera ed era escluso che la ricetta la riguardasse, poiché aveva superato da un pezzo l'età fertile. E dunque?

«È di Giny», concluse atterrita.

Strinse convulsamente nella mano quel foglietto e desiderò che il pavimento si aprisse e la inghiottisse. La sua piccola, preziosa Giny si era irrimediabilmente sporcata. Giovanna si sentì in colpa per non essere riuscita a proteggerla adeguatamente. Credeva di aver fatto il possibile per tenerla lontana dai maschi. Giny aveva appena cinque anni quando lei aveva cominciato a tremare all'idea che qualcuno potesse allungare le mani su di lei.

«Com'è potuto accadere?» s'interrogò soffocando le lacrime. Con un gesto nervoso ricacciò indietro una ciocca di capelli, uscì dal salotto e piombò nella camera di sua figlia. Era fuori di sé. Spalancò le persiane e svegliò la ragazza sgarbatamente.

Giny faticò a riallacciare i contatti con la realtà, mentre sua madre la fissava con uno sguardo inferocito. Si mise a sedere sul letto, senza capire la ragione di un così brusco risveglio. Indossava un pigiama di seta a righe bianche e azzurre che Giovanna le aveva comperato in saldo da *Harrods*, a Londra, lo scorso gennaio. Era straordinariamente bella e assomigliava a suo padre. Stesso profilo etrusco, stesse labbra grandi e piene, stessi capelli corvini e ricci, stessi occhi scuri allungati verso le tempie. Dalla madre aveva preso l'incarnato perfetto e le efelidi bionde.

«Ma che cavolo succede?» domandò con la voce ancora impastata di sonno.

«Da quando prendi la pillola?» l'aggredì sua madre con voce gelida, sventolandole sul viso la ricetta del consultorio famigliare.

«Oddio, no!» esclamò la ragazza, coprendosi gli occhi con una mano per non vedere quel foglio imbarazzante.

«*Oddio, no!* l'ho già detto io. In piedi, signorina», ordinò Giovanna scalzando con un gesto rabbioso le coperte del letto.

«Lasciami in pace», strillò Giny.

«Alzati, dobbiamo parlare», le ingiunse la madre. «Altro che lasciarti in pace. Io dovrei essere lasciata in pace. E lo ero, fino a due minuti fa, prima di scoprire questa brutta storia.»

Giny si teneva caparbiamente ancorata al letto, stringendo il cuscino fra le braccia. Giovanna, furibonda, fu sul punto di strapparglielo, ma si dominò.

Non fu semplice indurre la ragazza a lasciare il letto e,

quando fu in piedi, di fronte a lei, Giovanna valutò con stupore che sua figlia la sovrastava di mezza spanna. Perché aveva continuato a considerarla una bambina?

«Adesso mi racconti tutto», disse, afferrandola per un braccio e dirigendosi verso il salotto.

«Un accidente!» protestò Giny divincolandosi.

«Ubbidisci», le ingiunse Giovanna, alzando la voce.

«Strilla, strilla pure. Così tutto il palazzo ti sentirà. Sai che bella figura, per una come te che tiene tanto alla reputazione», l'aggredì la figlia nel tentativo di difendersi.

Il palazzo era una costruzione signorile che risaliva agli anni Trenta. Sorgeva in via Fatebenefratelli, in prossimità della Questura centrale, non lontano dalla bottega d'antiquariato di Giovanna. Appartamento e bottega erano un regalo di Jacopo Lanciani, suo marito.

La donna fece ricorso a tutta la sua capacità di autocontrollo, che stava vacillando, e finalmente persuase Giny a seguirla nel salotto, e la fece sedere su una poltrona. Poi si sistemò di fronte a lei.

«Adesso, voglio sapere tutto», ripeté con tono perentorio.

«Ma che cavolo vuoi sapere? Tu fai la tua vita. Io faccio la mia. Punto», replicò la ragazza, decisa.

«Tu cerchi di provocarmi, io voglio una spiegazione. Credevo che la tua vita fosse limpida e, all'improvviso, scopro di non sapere niente di te. Un bel guaio, non credi?» osservò Giovanna amaramente.

«È un problema tuo», disse Giny

«E anche tuo, dal momento che sei ridotta a fare le cose di nascosto.»

«Di nascosto faccio solo l'amore», protestò sua figlia.

«E hai detto niente? Con chi? Da quando? Perché?» la incalzò la madre. L'idea che Giny facesse «quella cosa» la terrorizzava. Vide in un lampo il volto di una bambina sporco di cioccolata e la mano tozza di un uomo che, cercando di pulirlo, lo imbrattava ancora di più. Era un'immagine torbida e inquietante che la fece rabbrividire.

«Pretendi davvero che ti spieghi perché? Ma come puoi farmi una domanda tanto idiota. Faccio l'amore perché sono innamorata. Ho sedici anni e, alla mia età, mi sembra scontato. Forse non è altrettanto normale che lo faccia ancora tu, che hai quarant'anni...» Non andò oltre, sebbene stesse per concludere: «E ormai sei vecchia».

Il primo impulso di Giovanna fu di protestare su quel dato anagrafico. Aveva trentanove anni ed era molto sensibile al trascorrere inesorabile del tempo.

«Quello che faccio io, riguarda me sola. Quello che fai tu, riguarda ancora me, e continuerà a riguardarmi fino a quando vivrai in questa casa. Lo capisci? No, naturalmente. Altrimenti non avresti saltato il fosso. Quand'è successo?» insistette.

«Due mesi fa. Il 14 febbraio, festa degli innamorati», recitò Giny.

«Molto romantico», non seppe trattenersi dall'ironizzare. E proseguì: «Lui chi è?»

«Non mi va di parlarne. Tanto so che non ti piacerà. Dal miliardo in giù, gli uomini per te non esistono», replicò sferzante.

«Ho capito: non ha un soldo», concluse la madre.

Da tempo Giny avrebbe voluto parlarle di questa storia che la coinvolgeva totalmente. Aveva taciuto perché era sicura che Giovanna l'avrebbe disapprovata. Inconsciamente, però, desiderava che la scoprisse.

«Tu raccontavi tutto, a tua madre, quando avevi la mia età?» volle sapere.

«Quando avevo sedici anni, mia madre era già morta. Lo sai. Comunque, non avrei mai pensato di comportarmi come te. E se lo avessi fatto, le mie sorelle mi avrebbero dato un sacco di botte», dichiarò

«Be', lo hai fatto a diciott'anni. Non dirmi che non è vero perché lo so. È stato con un commerciante di auto usate. Poi hai incastrato papà», sparò Giny, guardandola con occhi di sfida.

Il ceffone la colpì prima che avesse il tempo di evitarlo.

«Non dire mai più che io ho incastrato tuo padre. Io l'ho amato. E lo amo ancora», protestò Giovanna profondamente offesa. E proseguì: «Chi ti ha raccontato queste perfidie?»

«Ti sto odiando con tutta me stessa», strillò Giny, «e non sono cattiverie. La zia mi dice sempre la verità.»

«Quale delle due?» domandò, anche se già sapeva che la delatrice era Margherita, la sorella maggiore, la vittima della famiglia che, per invidia, non le aveva ancora perdonato la scalata sociale e il successo che gliene era derivato. Lucia, la secondogenita, era di tutt'altra pasta e non si impicciava degli affari altrui.

«Indovinalo», la provocò sua figlia.

«Non mi interessa», tagliò corto Giovanna. «Anche perché non sono io sotto processo. Dunque, lui chi è?»

«Si chiama Paolo. Ha venticinque anni. Una moglie e un figlio di due anni. S'è dovuto sposare per forza, perché lei era incinta. Ma non l'ama. Non l'ha mai amata. Lei è una vipera. È volgare e avida. Il denaro non le basta mai. Lo tormenta in tutti i modi ed è più ignorante di una capra», rivelò Giny, tutto d'un fiato, in preda a un incontenibile attacco di gelosia.

«Capisco», sospirò Giovanna. «Sono tutte così le mogli tradite dai gentiluomini. E, naturalmente, quando loro se le sono portate a letto la prima volta non erano volgari, né avide, né ignoranti», proseguì con un'ironia che la figlia non colse.

«Proprio così. È anche falsa. Prima che si sposassero era tutta moine», aggiunse con estrema serietà.

«Immagino che lui, Paolo, abbia dovuto rinunciare alla carriera, agli studi e chissà a che altro a causa del matrimonio forzato», replicò sua madre, quasi intenerita da tanta ingenuità.

«Esatto. Ha dovuto abbandonare gli studi e adesso lavora come un matto per mantenere questa donna che spende a piene mani», proseguì Giny con voce accorata.

«Che lavoro fa il poverino?» indagò Giovanna.

«È nella moda», rispose evasiva.

«Puoi essere più precisa?»

«Fa il rappresentante di biancheria intima per signora», rivelò dopo un attimo di esitazione.

A quel punto Giovanna era combattuta tra il riso e il pianto. Aveva sognato per Giny tutto quello che lei non aveva mai avuto. Una festa meravigliosa per i diciott'anni, una laurea *cum laude*, un marito che le offrisse quello che Jacopo aveva garantito a lei, e anche molto di più. Giovanna non si era mai scrollata di dosso le proprie origini modeste e continuava a pensare che le condizioni per una vita decorosa fossero, oltre a un lavoro prestigioso, le vacanze invernali in Austria o in Svizzera, quelle estive in barca, nel Mediterraneo, un ménage che includesse almeno due domestici, una casa in città e una in campagna, un cospicuo conto in banca, gioielli e, alla faccia degli animalisti, mezza dozzina di pellicce. Giny stava distruggendo quel sogno.

«Mi hai delusa», disse infine, con un tono di voce neutro, «ti sei buttata via per un impostore che ha dieci anni più di te e, come non bastasse, una moglie e un figlio a carico. Che squallore!»

«Non la penseresti così se fosse un miliardario», l'aggredì la ragazza.

Giovanna non raccolse la provocazione. «Un uomo non si mette con una bambina, anche se lei si crede una donna matura e responsabile. Da oggi, comunque, dovrai considerare chiusa la storia con il tuo rappresentante», dichiarò.

«Mai. Lui è l'uomo della mia vita. Ti sfido a impedirmi di rivederlo», reagì, in pieno melodramma.

«Tu non sfidi proprio nessuno. Se non troncherai tu questo rapporto, dovrò farlo io, con una denuncia. Puoi essere certa che vedrai il tuo Paolo fuggire come una lepre. Perché questo signorino, adescatore di minorenni, è sicuramente un vile, pronto a mollarti al minimo segnale di pericolo», disse Giovanna.

«Non è vero. Tu non lo conosci. Piuttosto fuggirà con me, lontano da questo tuo mondo schifosamente borghese. Io li conosco bene i tuoi punti di riferimento: abiti firmati, gioielli importanti, casa di rappresentanza, amicizie giuste. Io odio tutto questo. Lo capisci?»

Giny singhiozzava disperata. Giovanna si alzò, rimase in piedi di fronte a lei, pensosa. Sua figlia le rovesciava addosso accuse a cui non sapeva come reagire.

«Se tu avessi un padre, non saremmo a questo punto», si lasciò sfuggire. E subito deplorò l'infelicità della battuta.

Per Giny, invece, l'esca lanciata era molto allettante.

«Io un padre ce l'ho», rispose. «Tu, piuttosto, ti dimentichi troppo spesso d'avere un marito.»

Jacopo Lanciani era un argomento spinoso fra loro Da tempo Giovanna viveva praticamente divisa dal marito, pur restando regolarmente sposata. Una situazione ambigua che si ripercuoteva in modo negativo soprattutto su Giny.

«Smetti di trinciare giudizi su di me e sul babbo», le ordinò.

«Sul babbo, mai. Su di te, invece...» ribatté, senza lasciarsi intimorire.

Se Giovanna avesse dovuto spiegare a Giny i motivi di quella strana situazione per cui Jacopo viveva a Firenze e lei a Milano, si sarebbe trovata in un serio imbarazzo. Tutto era incominciato quando suo marito si era ammalato. Giny, allora, aveva quattro anni.

Il primo segnale della malattia si manifestò una mattina di maggio, quando il sole irruppe nella loro camera da letto. Giovanna si svegliò. Osservò i rami ondeggianti del platano, in giardino. Poi volse lo sguardo al marito, che stava ancora dormendo. Restò immobile, vicina a lui, ascoltando il suo respiro. Lei aveva trent'anni. Jacopo trentacinque. Era ancora il più bello, il più caro, il più straordinario dei compagni. Con la punta di un dito seguì il percorso del suo profilo. Jacopo socchiuse gli occhi e le sorrise. Dalla camera vicina, giunse la voce tenera della piccola Giny che li chiamava.

«Nostra figlia ci vuole», sussurrò lui.

«Vado subito da lei», decise Giovanna, scendendo dal letto.

«Ci andiamo insieme», disse di rimando il marito, allontanando le coperte. Ma, nel mettersi in piedi, vacillò. Dovette aggrapparsi alla testiera del letto per non cadere.

«Sei inciampato?» domandò la moglie.

Jacopo la guardò smarrito: «Ho una gamba che non mi regge».

«Che cosa ti succede?» domandò Giovanna, preoccupata.

«Non lo so. È come se questa gamba non mi appartenesse», spiegò. Era pallido e confuso.

«Sdraiati. Chiamo subito il medico», decise lei.

«È inutile, è tutto passato», la rassicurò.

Insieme avevano riso dell'accaduto ed erano entrati nella camera di Giny che tendeva loro le braccia.

Quel malessere si ripeté il giorno dopo e le analisi mediche confermarono che Jacopo soffriva di una malattia cronica, dalla quale non si guarisce.

Erano sposati da dieci anni. Lei aveva studiato, lavorato e imparato il difficile mestiere di mercante d'arte nella bottega fiorentina dei Lanciani, in via Tornabuoni.

Nata e cresciuta a Milano, Giovanna si era trasferita a Firenze dopo il matrimonio e aveva pensato che quella sarebbe diventata per sempre la sua città. L'intesa con il marito era perfetta. I rapporti con Eugenia, la madre di lui, erano ottimi. Godeva dell'affetto dei parenti e della simpatia degli amici.

L'armonia famigliare che, fino a quel momento, era stata perfetta, incominciò a incrinarsi a causa della malattia di Jacopo. Lui la adorava e Giovanna, che ricambiava il suo amore, si rivelò tenera e premurosa nell'assisterlo, ma incapace di accettare il verdetto dei medici.

Giovanna non riusciva a convivere con la malattia e con la prospettiva della morte. Da sempre, le sofferenze altrui, soprattutto quelle delle persone che amava, le causavano un disagio profondo che non sapeva spiegare né sopportare. Cominciò a prendere le distanze dal marito.

I Lanciani avevano una bottega d'antiquariato anche a Milano, in via Fiori Chiari, e Giovanna, con il pretesto di seguirla da vicino, decise di trascorrere a Milano un paio di giorni la settimana. Portava sempre Giny con sé. Si ostinava a sperare che un giorno Jacopo sarebbe guarito. Nel frattempo, si preparava altrove una nicchia per sé e per la figlia.

Jacopo non fece niente per trattenerla. Anzi, favorì il loro distacco, le regalò l'appartamento in via Fatebenefratelli e le intestò la proprietà della bottega d'arte milanese. Fu d'accordo con Giovanna che Giny frequentasse a Milano la scuola elementare. Le visite a Firenze si diradarono di conseguenza. Più spesso era Jacopo che le raggiungeva. La famiglia si riuniva durante i fine settimana: lui fingeva di star bene, Giovanna fingeva di credere che fosse così.

Gli anni passarono e quando il marito non fu più in grado di spostarsi fino a Milano e il lavoro di Giovanna divenne più impegnativo, gli incontri furono sostituiti da lunghe telefonate. Lui era prodigo di consigli, lei era colma di gratitudine.

Giny andava a trovare il padre e la nonna ogni volta che lo desiderava.

Dal canto suo, Giovanna era così assetata di svaghi e di frivolezze da dimenticare spesso il marito e la sua malattia. Mancava da Firenze ormai da un anno. Ora, per la prima volta, sua figlia la costringeva brutalmente a guardare la realtà.

«Quali riserve hai su di me?» indagò esitante.

«Ci sono cose che non mi hanno mai convinta. Mi sono sempre chiesta perché hai deciso di farmi vivere a Milano, quando a Firenze ho un padre malato che adoro e una nonna che amo moltissimo. A Milano tu passi il tempo tra il lavoro e i ricevimenti. Tu mi hai sempre parlato del babbo come se fosse una divinità, e intanto esci con altri uomini. Il babbo mi ha sempre parlato di te come se ti adorasse, e intanto vive con Ottilia, e ancora non so se è un'amante o un'infermiera. Io mi sono sentita sempre più confusa. La nostra è una ben strana famiglia. Mi sento sola, mamma. Mi sono sempre sentita sola. Mi sono innamorata di Paolo e finalmente so di appartenere a qualcuno. Perché vuoi privarmi di questo diritto?»

Giny non le aveva mai fatto un discorso così importante e così chiaro: Giovanna l'aveva ascoltata in piedi, davanti alla finestra del balcone, dandole le spalle. Osservava la commovente inconsistenza dei fiori del gelsomino e li adeguava alla sua personalità.

«Sei una donna inconsistente», le aveva detto sua suocera, molti anni prima, quando Jacopo aveva deciso di sposarla.

C'era sempre stato in lei un bisogno assoluto di amare se stessa, ignorando il resto del mondo. Era assetata di felicità e spaventata dalla miseria, dalle malattie, dalla morte. Pensò che l'esperienza le aveva insegnato quasi tutto, tranne la capacità di spezzare la morsa dell'egoismo di cui era prigioniera. Giny le aveva parlato di solitudine. Si sentì a sua volta la più sola, la più triste, la più infelice delle donne. Si voltò lentamente verso la figlia e disse, piano: «Per oggi, credo d'avere saputo abbastanza. Se ci sono altri particolari, ti prego di risparmiarmeli».

Ammirò la straordinaria bellezza di Giny. E si augurò che la sua passione per Paolo si consumasse velocemente senza farla troppo soffrire.

«Tu sei la persona che amo di più nella mia vita e, per quanti errori possa avere commesso con te, credo che tu non possa avere dubbi su questo punto», affermò.

«D'accordo», replicò Giny, «adesso posso tornare nella mia stanza?»

«Puoi fare quello che vuoi», rispose Giovanna, stancamente.

Squillò il telefono mentre la ragazza stava per lasciare il salotto.

«Rispondi tu, per favore. Se chiedono di me, di' che non ci sono», raccomandò Giovanna.

Giny salutò la nonna e le sue labbra si schiusero in un sorriso.

«Sto bene. E sono contenta di sentirti», disse. «Ho voglia di vederti. Se prendo il treno delle dieci, arrivo in tempo per pranzare con te e con il babbo», proseguì con voce gaia. Poi il sorriso si spense e, mentre stringeva con forza il ricevitore, la sua voce divenne un sussurro: «Non posso crederlo. Quando è successo?» balbettò. Poi tese il ricevitore a sua madre. Era pallida e tremava. Giovanna si sentì raggelare.

«Qualunque cosa sia, dimmela tu», la pregò.

«Mio padre è morto», disse Giny, con un filo di voce.

Uscì di corsa dal salotto, lasciandola sola ad ascoltare le parole della nonna.

2

Giny aveva richiuso le imposte della sua camera. Nel buio, il dolore le sembrava più sopportabile. Si era infilata nel letto cercando protezione nel tepore delle coperte.

Sua madre aprì piano la porta ed entrò nella stanza camminando in punta di piedi.

«Mi fai un po' di posto?» le chiese dolcemente, accostandosi al letto.

Giny si girò sul fianco e si appiattì contro il muro. Giovanna si infilò nel letto, facendo aderire il corpo a quello della figlia. Stettero in silenzio, abbracciate, per un tempo infinito. Poi Giny incominciò a parlare.

«Lo sai, mamma, quante efelidi hai sul viso? Centotrentaquattro. Te le aveva contate il babbo.»

«Davvero?» sussurrò Giovanna.

«Me lo disse lui, l'ultima volta che ci siamo visti. È stato a Pasqua, due settimane fa. Le mie efelidi non le ha mai contate.»

«Come puoi esserne così sicura?»

«Amava più te di me», replicò Giny.

«Era un amore diverso, ma ugualmente forte. Se sei nata, lo devi a lui. All'inizio, io non ti volevo», ammise.

E soggiunse: «Ti consideravo una specie di errore di navigazione. Accettai di diventare madre per compiacere il babbo».

«Non mi conforta essere considerata un errore», osservò la ragazza.

«Rassicurati, tesoro. Quand'ero incinta di quattro mesi e il ginecologo mi fece ascoltare i battiti del tuo cuoricino, ti amavo già pazzamente. A sei mesi, quando scalciavi nel mio grembo, mi scioglievo d'amore per te.»

«Volevate un maschio o una bambina?» domandò Giny.

«Volevamo semplicemente un figlio. Il babbo sosteneva che ero una donna immatura e che un figlio mi avrebbe aiutato a crescere. Non sono maturata come lui sperava, ma ti ho amata più della mia vita.»

«Dai, mamma, lascia perdere», disse Giny, per reagire alla commozione.

Giovanna la teneva stretta fra le braccia.

«È tutta la vita che cerco di evitare le cose che non mi piacciono o che mi addolorano. Odio la sofferenza. L'ho sempre odiata. Tuo padre lo sapeva. Mi conosceva bene e mi amava per quello che ero.»

«Il babbo amava soltanto le cose belle e rare. Significa che aveva trovato in te qualcosa di molto speciale. Quando restavamo soli, lui e io, i suoi discorsi finivano inevitabilmente su di te. Ti adorava, lo sai? Mi chiedeva: 'Come sta la nostra bambina?' Naturalmente alludeva a te.»

Giovanna incominciò a piangere silenziosamente, mentre Giny proseguiva con i ricordi.

«Il babbo diceva che eri una lombarda bella e altera. Sosteneva che i tuoi capelli color del rame e la pelle bianca fossero un retaggio dei tuoi avi barbari. Fantasticava che tu discendessi direttamente dalla regina Teodolinda. Si era perfino inventato un albero genealogico per dimostrare che il tuo cognome, Reslieri, aveva non so quale radice longobarda.»

«Non lo sapevo. Non me ne avevi mai parlato», disse la madre.

«In casa, a Firenze, quasi in ogni stanza c'è una quantità esagerata di tuoi ritratti. Lui parlava con me, con la nonna o con Ottilia e guardava le tue fotografie: tu a vent'anni in bikini sulla spiaggia del Forte, nel giardino della casa di viale Michelangelo, in abito da sposa, con il pancione. Tu che fai da madrina all'inaugurazione di una mostra d'antiquariato. E ancora tu a una festa, in abito da sera. Tu per le strade di Parigi o di New York. Non aveva in mente che te», concluse Giny.

«Lo so», ammise Giovanna.

«Se lo sapevi, perché hai lasciato che morisse lontano da te?» sbottò sua figlia, esplodendo in un pianto disperato.

«Non piangere, ti prego», supplicò Giovanna. «Come faccio a spiegarti che sono piena di paure? La malattia, il dolore, la morte mi terrorizzano. È sempre stato così.»

«E alla sua solitudine, non hai pensato?»

«No, non ci ho voluto pensare», ammise Giovanna. E proseguì: «Comunque, è stata la malattia a ucciderlo. Un male che avrebbe potuto colpire chiunque, anche me».

Nel formulare questa ipotesi considerò, invece, che a lei non sarebbe potuto accadere. Sentiva di aver edificato, nel suo organismo, una struttura solida, capace di debellare qualsiasi malanno. Certo, un giorno sarebbe morta, come tutti. Ma a stroncarla sarebbe stato un infarto fulminante o un incidente. Non il lento declino che si protrae per mesi, o per anni, come era successo a Jacopo.

Nell'oscurità della camera, madre e figlia ora tacevano, immerse ognuna nei propri pensieri.

Giny rivide il padre durante il loro ultimo incontro. Sorridente e inappuntabile come sempre, ma ormai relegato su una sedia a rotelle. Jacopo le aveva detto di avere finalmente individuato una cura risolutiva per il suo male. «Andrò a Losanna, tra qualche giorno», le aveva rivelato. «Hanno messo a punto un nuovo farmaco. Io guarirò e tu mi vedrai fare le capriole.» Giny aveva finto di credergli.

Giovanna scivolò fuori dal letto.

«Non lasciarmi», supplicò la ragazza, trattenendola con la mano.

«Dobbiamo andare a Firenze». disse la madre, chinandosi a baciarle la fronte.

«Anch'io ho paura, mamma», sussurrò.

Giovanna si sedette accanto a lei e l'abbracciò cullandola dolcemente, come quando era bambina.

«Devo andare in bottega. Dopo partiamo», le sussurrò con un'ultima carezza.

«Non c'è bisogno che tu ci vada. Oggi è domenica», protestò sua figlia.

Giovanna conservava nella cassaforte del suo negozio una busta che il marito le aveva consegnato, tanto tempo prima, dicendole di aprirla soltanto se gli fosse accaduto qualcosa. Ora, doveva assolvere questo compito e voleva essere sola.

«Voglio lasciare un messaggio a Lino. Sai bene che a casa non ha telefono», mentì, uscendo dalla camera di Giny.

Lino era un restauratore di legni antichi. Da molti anni lavorava nella bottega di Giovanna. Era un uomo schivo, avaro di parole, ma generoso nei fatti. La polvere del legno gli era entrata nella pelle, nelle unghie, nei capelli. Profumava di larice, di faggio, di olmo, di colla, di stucco, di trementina veneta, di sangue di drago, di gommalacca. Il vecchio Lino era intriso degli aromi di tutti i legni, di tutte le vernici, di tutti i solventi usati per restaurare e pulire i mobili antichi. Era nato in una casa di via

Fiori Chiari, quando la strada era abitata soltanto dai poveri e dalle prostitute. Dove ora si affacciavano prestigiose botteghe d'alta moda, d'arredamento, d'antiquariato, un tempo, neanche tanto lontano, c'erano bordelli di ogni categoria, osterie, laboratori artigianali. Lino abitava ancora in una di quelle vecchie case e non aveva telefono.

«Vado e torno», disse alla figlia che l'aveva accompagnata alla porta e la guardava scendere le scale a rompicollo, ignorando l'ascensore, come d'abitudine.

Percorse con passo spedito la via Fatebenefratelli, girò a sinistra per via Brera e fu subito in via Fiori Chiari.

Le botteghe erano chiuse, le saracinesche dei caffè erano abbassate. Al centro della strada, illuminata da un sole squillante, troneggiava la figura massiccia della vecchia Matilde. Era una donna di circa ottant'anni. Indossava un cappotto di un colore indefinibile che copriva i fianchi larghi e il seno robusto. Le calze si afflosciavano sui polpacci sottili. Ai piedi calzava pantofole consumate. Sospingeva un carrello sgangherato sottratto a un supermercato, foderato con un plaid di lana su cui stava il suo cane bassotto paralizzato. Abitava nella casa più degradata della via. Sul suo conto, nel quartiere, volavano le chiacchiere più disparate e si facevano pettegolezzi spesso malevoli.

Lino diceva che Matilde aveva fatto la puttana al *Diciassette*, una casa di tolleranza che aveva preso il nome dal numero civico. La portiera di uno stabile vetusto raccontava che sua madre aveva conosciuto Matilde quand'era nel fiore degli anni. «Ballava il tango al piano di sotto del teatro Fossati e manteneva un pittore che la sfregiò per gelosia», sosteneva.

Una cartomante, che teneva banco in piazzetta Formentini, favoleggiava di un amante ricco e nobile che per lei aveva abbandonato moglie e figli. «Poi, lui è morto lasciandola *in braghe di tela*», concludeva immancabilmente. Non era a causa di queste chiacchiere che Giovanna provava per Matilde una sorta di rifiuto. La turbava invece, da tempo, il fatto che la donna, passando davanti alla sua bottega, si fermasse ogni volta come a riprendere fiato e allungasse lo sguardo verso l'interno. Uno sguardo penetrante e indagatore che la metteva in imbarazzo. Giovanna la temeva senza una ragione. O, forse, un motivo c'era. Vedeva in lei tutto quello che la spaventava: la vecchiaia, la miseria, lo spettro della morte.

Appena la vide, dunque, fu sul punto di scantonare, per non incrociarla. Ma la fretta di aprire la lettera del marito la indusse a proseguire. Avanzò decisa verso Matilde che le veniva incontro sospingendo il carrello cigolante. La vide inciampare sul cordolo di una fioriera e afflosciarsi sul selciato, le braccia che annaspavano nel vuoto.

Se ci fossero stati altri passanti, avrebbe volentieri lasciato a loro il compito di soccorrerla. Se quella fosse stata una mattina come tante, forse avrebbe addirittura affrettato il passo, ignorandola. Ma quel giorno era cambiato qualcosa nella sua vita. Dopo un attimo di esitazione, si accostò a quel mucchio di stracci e si chinò su di lei, subito avvolta dall'odore acre della donna.

«Afferri la mia spalla», ordinò.

Matilde alzò su di lei uno sguardo fiero e scostante.

«Faccio da sola», reagì bruscamente.

Il bassotto ringhiava all'indirizzo di Giovanna. La donna puntò al suolo una mano nel tentativo di rimettersi in piedi. Giovanna osservò il viso grinzoso, scurito dalla sporcizia che s'annidava tra le rughe e lungo lo sfregio che le segnava una guancia. Il tanfo che emanava era disgustoso. Indietreggiò di un passo. «Peggio per lei», disse, sapendo che Matilde non si sarebbe mai risollevata da sola.

Il bassotto abbaiava disperatamente mentre la donna, priva di forze, tentava invano di afferrare la maniglia del carrello.

Allora Giovanna, con un gesto deciso, le infilò le braccia sotto le ascelle e, impegnando tutte le sue forze, la rimise in piedi.

«Adesso riesce a reggersi?» le domandò.

«È tutta la vita che lo faccio», biascicò Matilde, guardandola con fierezza. Si capiva che era furibonda per essere stata costretta ad accettare un aiuto.

«Lei non sta bene. Lasci che l'accompagni fino a casa», si offrì.

«Non ho bisogno di nessuno, io», ribatté ostinata, rivolgendole lo stesso sguardo penetrante con cui la osservava di là dei vetri della bottega.

«Mi spiega perché mi spia quando passa davanti al mio negozio?» riuscì finalmente a domandarle.

«*La chimera*», sussurrò Matilde schiudendo le labbra in un sorriso. Da tempo Giovanna aveva sostituito la vecchia, solida insegna *Lanciani Antichità*, con quella nuova dicitura meno austera e più accattivante.

«Sì, *La chimera*», ripeté Giovanna. «Che cosa la incuriosisce nella mia bottega?»

«Noi due ci assomigliamo», replicò Matilde, scuotendo il capo. Riprese, a fatica, il cammino, sospingendo il carrello con il suo prezioso contenuto.

Giovanna la osservò perplessa per qualche istante, poi proseguì turbata da altre, più profonde emozioni.

Varcò il portone della casa a tre piani che ospitava la sua bottega. Una ventina d'anni prima, quando via Fiori Chiari cominciava ad assumere un aspetto elegante, l'edificio era stato interamente risanato e ristrutturato. I vecchi inquilini con le loro famiglie se ne erano andati Erano poveri artigiani che lasciarono il campo a intellettuali, professionisti, ricchi commercianti.

Tra i nuovi abitanti di rango, c'erano un caporedattore del *Corriere della Sera*, un fotografo di moda e una stilista che Giovanna trovò nel cortile. Parlavano concitatamente tra loro.

«È meglio chiamare subito la polizia», stava dicendo il giornalista. La stilista, vedendo Giovanna, trasse un sospiro di sollievo.

«Stavamo proprio per cercarla, signora Lanciani», fece.

«Cos'altro mi sta capitando, questa mattina?» domandò più esausta che allarmata.

«I ladri sono entrati nella sua bottega», spiegò il fotografo.

Giovanna andò dritta alla porta che, dal cortile, immetteva sul retro del negozio. Era blindata e perfettamente chiusa. Premette il pulsante che azionava il sistema d'allarme e lo disinserì.

«È tutto a posto», osservò, guardando gli inquilini con aria interrogativa.

«Sono passati dalla cantina», spiegò il fotografo indicando il portoncino di legno scardinato, «hanno forzato la botola, a livello del pavimento, e sono entrati nel negozio», concluse.

«Ecco perché l'allarme non ha funzionato», ragionò Giovanna. «Chiamerò io la polizia», affermò, precipitandosi all'interno. Accese tutte le luci e si guardò intorno. Vide subito, alle spalle della scrivania Luigi XVI, che era stata messa a soqquadro e il cui contenuto era sparso sul pavimento, la cassaforte a parete spalancata e vuota. Tutto ciò che conteneva, compresa la busta di Jacopo conservata per anni, non c'era più.

3

GIOVANNA non era nuova alle visite dei ladri. Negli ultimi dieci anni, da quando si era trasferita a Milano per occuparsi del negozio di via Fiori Chiari, aveva già subito due furti. Naturalmente era cautelata da una copertura assicurativa e da alcune telecamere a circuito interno. Pertanto, i ladri erano sempre stati individuati e la refurtiva recuperata.

Anche quest'ultimo episodio si sarebbe probabilmente concluso con il ritrovamento degli assegni e dei preziosi che erano stati rubati dalla cassaforte. Ciò che l'atterriva era la perdita della lettera di suo marito.

Quando Jacopo gliel'aveva consegnata, l'aveva riposta in cassaforte e, quasi, l'aveva dimenticata. Ora che le era stata sottratta, sembrava che le mancasse l'aria. Ne ignorava il contenuto, ma era certa che doveva essere importante. Jacopo non faceva mai niente per caso. Sedette su una cassapanca, aspettando l'arrivo della polizia. Poi pensò a Giny e decise di telefonarle per informarla dell'accaduto.

«Piove sempre sul bagnato», fu il commento laconico della figlia che soggiunse: «Non preoccuparti, mamma. Penso io a organizzare il viaggio a Firenze».

Se non fosse stata tanto sconvolta, si sarebbe intenerita per il tono protettivo della figlia. Invece, era in preda allo smarrimento e le sembrava che il mondo stesse per crollarle addosso. Anche perché, dopo vent'anni di matrimonio, per la prima volta, si sentiva veramente sola.

Jacopo era stato il punto di riferimento più importante della sua vita, anche se si vedevano raramente, anche se da anni lui stava con un'altra donna e lei si baloccava con qualche vicenda sentimentale. Raccolse da terra una fotografia a colori di suo marito. Gliel'aveva scattata lei, vent'anni prima, nella villa dei Lanciani a Forte dei Marmi. La teneva sulla scrivania, in una cornice di bronzo dorato. La cornice era stata rubata e la foto gettata. Ricordò quel giorno lontano.

L'acquazzone torrenziale e le forti raffiche di vento avevano spezzato i rami più vecchi e deboli dei pini, dei pitosfori, degli oleandri. Avevano fatto strage di ortensie, rose, clematidi. Avevano insudiciato l'acqua della piscina e capovolto il grande ombrellone di tela bianca che giaceva, come un relitto abbandonato, su una siepe di mirto. Dai vetri della veranda, lei e Jacopo avevano osservato ammutoliti quella poderosa esibizione di forza della natura. Si erano stretti l'uno all'altra, rabbrividendo. I loro corpi nudi, abbronzati, erano l'immagine della bellezza. Passato il temporale, il sole fece capolino fra le nuvole mentre scendeva una pioggerellina sottile.

«Dovrei andare a vedere se si è allagata la cantina», sussurrò Jacopo, affondando le labbra nella massa setosa dei capelli di lei.

«Più tardi», temporeggiò Giovanna, facendo aderire la schiena al petto del giovane. E aggiunse, felice: «Sto così bene, con te».

«Dovrei anche salire in soffitta. Dopo questa bufera, potrebbero esserci infiltrazioni d'acqua», riprese lui, senza allentare la presa. Lei allungò un braccio, afferrò la maniglia e aprì la porta della veranda. Li investì una folata d'aria fresca che sapeva di resina e di alloro. Giovanna stava vivendo un momento meraviglioso e si sentì travolgere da un'allegria incontenibile. Si staccò da Jacopo e uscì dalla veranda. Scese i gradini fino ad approdare sul prato verde smeraldo. Spalancò le braccia e alzò il viso al cielo. Poi prese a girare su se stessa con movenze da ballerina.

Jacopo la osservava felice e incredulo. Giovanna non era più la ragazza timida e impacciata che un amico gli aveva presentato qualche giorno prima. Era una ninfa dei boschi che aveva attraversato i secoli della mitologia ed era apparsa sul prato di Villa Belvedere per la gioia dei suoi occhi.

«Vieni, Jacopo», lo invitò, mentre continuava a volteggiare sulle note di un inno immaginario alla pioggia, ai suoi giovani anni, alla sua sete di felicità. Lui la raggiunse ridendo, la abbracciò e prese a girare in tondo con lei, mentre il desiderio saliva a infiammargli il corpo e la mente.

Nel cielo del tramonto si disegnò un pallido arcobaleno, l'aria si fece più frizzante e lui rabbrividì.

«Vado dentro ad asciugarmi», disse, allontanandosi da lei. E, mentre risaliva la scalinata, soggiunse: «Faresti bene a fare altrettanto».

Giovanna avrebbe voluto che il tempo si fermasse. «È tutto così bello, così perfetto. Rimani, ti prego», gridò. Ma lui era già scomparso all'interno della villa. Lei si chinò e raccolse piccoli fiori selvatici. Ne fece un mazzolino e salì in casa. Adesso anche lei aveva freddo.

Jacopo non c'era. S'inoltrò nella penombra silenziosa del soggiorno e lanciò un grido. Jacopo l'aveva aggredita alle spalle e, mentre lei tentava di divincolarsi, lui l'avvolse in un telo di spugna.

«Non ci vedo più. Mi stai soffocando», protestò con

voce gioiosa. Lui la prese in braccio e la depose su un ampio divano, posto sotto un arco ribassato, nel salone. La asciugò con gesti delicati. Giovanna rise guardando alternativamente lui e il soffitto a cassettoni policromi, con rosoni dorati.

«Vedo i colori dell'arcobaleno», esclamò.

«Dove?» domandò Jacopo.

«Qui sopra. Non avevo mai visto un soffitto così bello.»

I piccoli fiori selvatici e i teli di spugna scivolarono sul pavimento di maiolica. L'allegria sfumò nella passione. Poi, giacquero ansanti, stretti l'uno all'altra. Jacopo non era il suo primo ragazzo, ma in quel momento Giovanna ebbe la certezza d'avere incontrato l'uomo della sua vita. Ora sapeva che il destino aveva tenuto in serbo per lei quel ragazzo meraviglioso e che avrebbe trascorso la vita ad adorarlo.

«Questa sera arriva mia madre da Firenze», annunciò lui, guardando l'orologio.

«Ho capito. Mi rivesto e tolgo il disturbo», replicò seccamente Giovanna.

«Invece non hai capito. Ti porto fuori a cena», annunciò Jacopo.

«Così la signora non rischia di incontrarmi», concluse Giovanna, offesa.

«Ti incontrerà per forza. Ci aspetta alla *Capannina*. Le ho già parlato di te», la informò, divertito.

«Che cosa le hai detto?» domandò con aria sospettosa.

«Soltanto che ti amo», replicò Jacopo, con semplicità.

«Con quante altre ragazze hai ballato questo minuetto?» Le sembrava troppo bello per essere vero.

«Non me lo ricordo. Con tante, comunque», sorrise Jacopo.

«Lo immaginavo», disse Giovanna infilandosi rapidamente il suo abitino a fiori. «Sei un vigliacco», strillò mentre attraversava il soggiorno. I sandaletti di cuoio ticchettavano sull'impiantito di ceramica e la gonnellina di seta oscillava sulle gambe lunghe e ben modellate.

«Giovanna, aspettami», gridò a sua volta, annaspando alla ricerca dei pantaloni e della maglietta.

«Va' all'inferno», fu la sua risposta, mentre scendeva i gradini. Jacopo la rincorse e la immobilizzò sull'ultimo scalino.

«Non hai il senso dell'umorismo. Come tutti i lombardi, del resto», disse, abbracciandola.

«E tu non hai rispetto per la sensibilità altrui, come tutti i toscanacci, del resto», replicò furibonda, divincolandosi.

In quel momento il suo piede sfiorò qualcosa di fradicio. Giovanna fece uno scarto e si irrigidì. C'era un passerotto appallottolato sul gradino. Era immobile. Sembrava morto.

«Non volevo ferirti», le sussurrò lui, accarezzandole il viso. Giovanna non rispose. Fissava il povero passero tramortito. Anche Jacopo lo vide.

«La tempesta lo ha spazzato via, insieme con il suo nido», ragionò, mentre si chinava per raccoglierlo.

«Non toccarlo!» urlò Giovanna con voce alterata, chiudendo gli occhi per non vedere.

Il passero era un batuffolo di piume scure e fradice. Jacopo lo teneva in una mano e avvertiva il suo palpito debole.

«Tesoro, guarda, è un esserino spaventato», la incoraggiò con dolcezza.

«Non posso guardare un cadavere», replicò, tremando di paura.

In quel momento il passero si riprese. Mise fuori il capino, agitò le piume, spiegò le ali e volò via.

«Hai visto? Non era morto. È tornato a volare.» Jacopo era sorpreso dalla reazione di Giovanna che, ora, piangeva silenziosa. La prese sottobraccio, la sospinse sulla veranda e la fece sedere su un divanetto.

«Che cosa ti succede? Spiegamelo, se ci riesci», le chiese, mentre le asciugava il viso bagnato di lacrime.

«Credevo che fosse morto. Sei sicuro che sia volato via?» indagò, sospettosa.

«Se non ti fossi abbandonata alla paura, l'avresti visto. Ma anche se fosse morto, qual è il problema?»

«Non posso sopportare l'idea della morte, neppure quella di un passero. Non ce la faccio. È più forte di me. Mi sembra di impazzire. Come fai a non capirlo?»

«La sofferenza e la morte fanno parte della vita. Non c'è niente da capire. Bisogna soltanto accettare», si difese Jacopo.

«Io non l'accetterò mai», ribatté, sforzandosi di ritrovare una certa compostezza.

«Che cosa ti è successo di così terribile da cedere al panico di fronte a un uccellino tramortito?» insistette Jacopo, incuriosito.

«Non mi è successo niente», rispose, mettendosi sulla difensiva. Poi la paura si dileguò e Giovanna ritrovò il sorriso. «Guarda», disse. «Spuntano fiori sulla tua maglietta.»

Nella fretta di rivestirsi, Jacopo non si era accorto che i fiori raccolti da Giovanna erano rimasti impigliati nel colletto della polo.

«Non levarli», lo pregò lei. C'era una macchina fotografica, su una mensola, accanto alla finestra. «Voglio immortalarti così», concluse la ragazza.

L'istantanea scattata allora, adesso era tra le sue mani. Erano passati vent'anni. Osservò l'espressione un po' attonita e vagamente ironica di quel meraviglioso ragazzo che era diventato suo marito. Non riusciva a credere che fosse morto.

«Hai lasciato che morisse lontano da te», l'aveva rimproverata Giny. Come poteva spiegarle che si era allontanata da Jacopo per la paura di vederlo morire?

«Non ce l'avrei fatta a stargli vicino», sussurrò coprendosi il viso con le mani, mentre singhiozzava.

I poliziotti che entrarono nella bottega attribuirono la crisi di pianto allo choc causato dal furto. Uno di loro raccolse da terra una busta lacerata, su cui era scritto a penna: «PER GIOVANNA», e gliela tese.

«Dov'era? Credevo che l'avessero presa i ladri, con tutto il resto», disse afferrandola. Le mani tremarono leggermente mentre estraeva il foglio ripiegato. Lo aprì e le caddero in grembo piccoli frammenti di fiori secchi.

La lettera diceva: «Non puoi fermare il tempo, né la felicità, ma puoi accarezzare i ricordi, come sto facendo io, da tanti anni. Ti lascio tutto quanto posseggo e la polvere dei fiori che tu raccogliesti. Ti amerò sempre. Tuo Jacopo».

4

GIOVANNA si ritrovò in macchina con la sorella Margherita che, d'autorità, si era messa alla guida della Volvo blu, mentre Giny sedeva al suo fianco. Lei era stata relegata sul sedile posteriore e masticava caramelle dietetiche, mentre Margherita parlava senza sosta. Giovanna non la ascoltava. Giny invece annuiva e, talvolta, interloquiva. Il cellulare nella sua borsetta cominciò a trillare.

«Passami il telefonino», disse Giny. «Rispondo io.»

Giovanna lo spense. Poi lo tese alla figlia.

«Se ti serve, usalo. Io non ci sono per nessuno» dichiarò con voce stanca.

«Giovanna, ti prego, adesso non cadermi in depressione. Non mi sembra il caso. Il Signore, nella sua misericordia, finalmente ha chiamato a sé tuo marito, mettendo fine alle sue sofferenze», affermò Margherita, categorica come sempre.

Stavano percorrendo l'Autostrada del sole, tra rallentamenti e code di gitanti domenicali e di turisti stranieri.

«Oggi avevi degli appuntamenti», intervenne Giny. «Non sarebbe opportuno annullarli?»

«Non ci pensavo più», ammise Giovanna. Cercò nella

borsetta la sua agenda telefonica. «Avverti tu, Giny, per favore.»

«Spiega che è mancato tuo padre e state andando a Firenze per il funerale», ordinò Margherita.

«Basterà che tu dica che abbiamo un problema di famiglia e che mi scuso», intervenne Giovanna.

«Detesto la tua mania di fare la misteriosa, anche quando non è necessario», ribatté la sorella.

«Zia, almeno per oggi, potresti smetterla con le tue obiezioni?» intervenne Giny, irritata dall'incapacità della donna di rispettare le opinioni degli altri.

Margherita era la zia che amava di più. La incantava il suo parlare irruento, così diverso dall'eloquio sommesso di zia Lucia e di sua madre. Spesso prestava il fianco alle critiche e all'ironia, come quando diceva con assoluta convinzione: «Non per vantarmi, ma io sono perfetta». Era proprio questa sua debolezza a renderla simpatica, perché Margherita, in fondo, non era affatto sicura di esserlo, e aveva costantemente bisogno di affermarlo per convincersene.

Giny conosceva molte persone che si ritenevano inappuntabili, ma non lo dichiaravano nel timore di sembrare sconvenienti. La loro idea di perfezione si traduceva nel criticare sempre tutto e tutti. Qualsiasi uditorio era buono purché consentisse loro di lanciare strali avvelenati e dare sfogo alle loro anime livide di rabbia, rose dall'invidia. Nella presunzione di essere depositarie della perfezione, non accettavano critiche e quando qualcuno osava farle, affilavano le lame della loro dialettica per uscirne vittoriosa. La zia Margherita, invece, dichiarava la propria perfezione con candore e, qualche volta, riusciva persino ad ammettere i propri errori.

«Scusatemi tutte e due», disse infatti. «Ho i nervi a fior di pelle. Insomma, lo sapete bene che faccio una vita da pazzi: il lavoro, i figli, la famiglia, i poveri della parrocchia e, naturalmente, nostro padre. Nessuno si occupa di lui, tranne me. Lo so che non è una persona gradevole, ma ci vuole un minimo di carità cristiana.»

Il nonno Reslieri viveva da anni in un pensionato per anziani. Giny lo aveva incontrato raramente e solo di sfuggita. Dicevano che avesse un pessimo carattere, ma lei non aveva mai avuto modo di constatarlo. Ogni volta che si parlava di lui, e non capitava spesso, il discorso languiva e poi le figlie cambiavano argomento. Proprio come fece Margherita in quel momento.

«Sembra assurdo dire che niente marcia per il suo verso senza il mio intervento, ma è proprio così. Prendi oggi: a chi è toccato mollare tutto per occuparsi di voi? A me, naturalmente.»

Giovanna avrebbe voluto osservare che nessuno aveva chiesto il suo intervento per quel viaggio. Neppure Giny. Margherita si era imposta d'autorità, come faceva sempre quando trovava uno spiraglio nel quale infilarsi per poi far valere il proprio contributo. Ma sarebbe stato fiato sprecato.

«Grazie, cara», disse, invece.

«Sto parlando troppo, come sempre», si scusò la sorella.

Per un po' guidò in silenzio, consentendo a Giny di telefonare agli amici della madre. Poi, la sua indole ciarliera ebbe di nuovo il sopravvento. Riprese a dettar legge. Giny si voltò verso la madre, rivolgendole un sorriso pieno di comprensione e le strinse una mano in segno di solidarietà.

Una volta, Giovanna aveva chiesto alla figlia perché Margherita le piacesse tanto. La risposta di Giny l'aveva lasciata senza parole. «Lei mi racconta da dove vengo. Tu e la zia Lucia non lo fate mai.» Intendeva dire che Margherita era prodiga di racconti sulle vicende della famiglia Reslieri. Erano storie a volte tristi, mai banali, che la zia ammantava di fascino e di mistero. Alla fine di ogni racconto, i protagonisti ne uscivano distrutti o ridicolizzati mentre lei sola splendeva come una vittima sacrificale. Giovanna si innervosiva quando Giny le riferiva queste storie, soprattutto se c'erano riferimenti a suo padre.

«Perché non vuoi sentir parlare del nonno?» la interrogava Giny.

Giovanna si defilava dicendo che era sempre stato un violento e non le era simpatico. Era consapevole di avere parecchi vuoti di memoria sulla prima infanzia, ma sapeva anche di non avere alcun desiderio di ricostruire il passato. Anche perché, ogni volta che aveva tentato di farlo, aveva provato un'inquietudine sgradevole. E Giovanna amava soltanto le distrazioni piacevoli. La stretta di mano e il sorriso di sua figlia dissiparono per un attimo la tristezza. Ma il dolore persisteva e anche il rimorso, acuito dalla breve lettera di Jacopo che teneva nella borsetta. Ormai era certa di non essere riuscita ad amare il marito come avrebbe dovuto e le sembrava di non aver mai amato nessuno, tranne se stessa.

Finalmente arrivarono a Firenze. Nel momento in cui la Volvo superò il cancello del giardino, che si affacciava sul viale di accesso alla villa, Giovanna si rese conto, con terrore, che non poteva affrontare la realtà che l'aspettava.

Il portale secentesco dell'edificio era chiuso a metà, a segnalare la presenza della morte. Con uno sforzo di volontà si costrinse a scendere dall'auto, mentre Giny era già sparita all'interno della villa. Lei, istintivamente, cercò il braccio di Margherita.

«Allora, ci avviamo?» la sollecitò la sorella.

Nel giardino erano parcheggiate molte automobili e c'era un andirivieni di persone, alcune note, altre sconosciute.

«Non ce la faccio», s'impuntò.

«Devo ricordarti che si tratta di tuo marito?»

«Margherita, ho paura», confessò, debolmente.

«Non sei più una bambina. La storia di mamma dovresti averla superata da un pezzo», disse la sorella.

«Quale storia di mamma?» si stupì.

«Lasciamo perdere. Comunque adesso non farai capricci e ti comporterai con la dovuta dignità», tagliò corto Margherita.

In quel momento venne loro incontro Eugenia Lanciani. Era una bella signora di settant'anni. Alta, asciutta, profumata di Givenchy. I capelli d'argento le incorniciavano il volto solcato dalle rughe dell'età che il dolore aveva approfondito. Vestiva un tailleur principe di Galles molto austero, ravvivato da una camicetta di seta écru. Al collo e ai lobi delle orecchie splendevano le bellissime perle bianche e nere che tanto amava. Spalancò le braccia e Giovanna si rifugiò sul suo petto.

«Stai tremando di paura», constatò la suocera.

«Non ho la tua forza», si scusò Giovanna.

«Vieni dentro», disse Eugenia, invitando con un gesto anche Margherita. Nel salone al piano terreno c'erano parenti e amici. Un domestico e due cameriere stavano servendo bibite e caffè mentre Ottilia faceva gli onori di casa.

Ottilia era una specie di pupattola bionda, dagli occhi chiari, acquosi, perennemente in bilico sul confine del pianto. Quando Giovanna l'aveva incontrata per la prima volta, molti anni prima, l'aveva soprannominata «Barbie», per la somiglianza con l'omonima bambola. Direttrice di una rivista d'antiquariato, era sempre stata innamorata di Jacopo. Dopo che Giovanna si era definitivamente insediata a Milano, un giorno Jacopo le aveva annunciato: «Sto con Ottilia». Non aveva mai capito quella scelta del marito, perché la donna non aveva niente che potesse affascinarlo. Ora, stava intrattenendo gli ospiti in qualità di padrona di casa. I capelli ancora più biondi, i tacchi ancora più vertiginosi, l'abito nero ancora più aderente sui fianchi stretti e sul seno prosperoso. Più Barbie che mai, pensò Giovanna, di sfuggita, e non s'adombrò nel vederla calata in un ruolo improprio. Giovanna stava per affacciarsi sulla soglia quando la suocera le sussurrò: «Andiamo di sopra».

Margherita invece entrò nel salone.

«Giny dov'è?» domandò Giovanna, seguendola al piano superiore.

«Da suo padre, naturalmente», rispose la donna.

Eugenia Lanciani, nata Peruzzi, si era ritirata al primo piano della villa dopo la morte del marito. Il padre di Jacopo era mancato giovanissimo, in un incidente aereo. Il loro unico figlio aveva quattro anni. Eugenia non si era più risposata, considerandosi sufficientemente appagata dal lavoro e dal ruolo di madre.

Il mestiere di mercante d'arte la vestiva come una seconda pelle. Aveva descritto a Giovanna la sua nascita avvenuta nelle soffitte di un castello, sul lago di Costanza, nel lontano 1930. Anche lei, come il marito, discendeva da una stirpe di antiquari. «Mia madre», aveva raccontato, «era arrivata al castello dei baroni Von Bergerstein per acquistare in blocco tutto quello che era stato relegato in soffitta per oltre cinquant'anni. Mia madre era lì, con il suo pancione, all'ottavo mese di gravidanza, a soffiare sulla polvere che ricopriva tele del Seicento, candelieri del Settecento, porcellane di Meissen e di Norimberga. Non se lo immaginava davvero, povera donna, che io avessi tanta furia di nascere. Mentre imballava un cigno di porcellana bianca, sentì una fitta. Non ci fu neppure il tempo di portarla al piano di sotto. Mi scodellò con la rapidità delle galline quando depongono l'uovo, avendo per giaciglio un letto da campo del periodo napoleonico. Era il diciassette di novembre. Mi chiamò Eugenia in onore del santo patrono di Firenze. Dunque, sono nata in mezzo alle anticaglie.»

Con il latte materno, Eugenia aveva assorbito la passione per una professione che si nutre di bellezza. Quando aveva conosciuto Giovanna, era rimasta colpita dal fascino e dalla grazia del suo portamento. L'aveva vista posare le braccia armoniose sulle spalle di suo figlio e i due giovani, insieme, le avevano ricordato *Diana ed Endimione*, il gruppo in porcellana bianca di pasta tenera che aveva a lungo contemplato nel museo di Madrid. La gelosia materna per quell'unico figlio lottò contro il buon senso che ebbe, tuttavia, il sopravvento e, dopo una breve parentesi di dissenso, le consentì di accettare Giovanna con relativa facilità.

Quel primo incontro era avvenuto a Forte dei Marmi, alla *Capannina*.

«Sei qui con la tua famiglia?» le aveva domandato, mentre prendevano posto al tavolo.

«Sono ospite di mia sorella Margherita», aveva risposto Giovanna che si sentiva osservata e valutata.

Jacopo era intervenuto a sostenerla. «Giovanna è diplomata in ragioneria. Fa la cassiera in una grande macelleria, a Milano», aveva spiegato.

A Eugenia non era sfuggita la compostezza studiata della ragazza, tipica di chi ha paura di sbagliare anche la mossa più insignificante. Il suo pensiero corse agli anni passati nel collegio di Poggio Imperiale. Anni di galera, per la verità, vissuti con molta sofferenza, raramente mitigata dalla solidarietà di qualche compagna. Considerò l'abisso sociale e culturale che divideva suo figlio da quella ragazza che parlava un italiano orribile, non sapeva usare le posate e, mangiando, sbatteva la bocca.

Quando fu sola con Jacopo, lo affrontò con severità.

«Giovanna è bella», ammise, «ma non vedo nessuna

affinità tra voi. Non voglio sembrarti classista, ma credo che ci sia un limite oltre il quale non dovresti andare. Mi auguro per te che questa storia si concluda con la fine delle ferie di questa cassiera.»

«Non sarà così. Sono innamorato di Giovanna», dichiarò Jacopo.

«Come lei è innamorata del mondo che tu rappresenti.»

«Può darsi. Ma non me ne importa niente e tremo all'idea che mi possa lasciare», aveva concluso il figlio.

Eugenia amava troppo quell'unico figlio per contraddirlo. Così decise di accettare Giovanna.

Ora si stava comportando con lei esattamente come Jacopo avrebbe desiderato.

«Come stai?» le chiese, quando raggiunsero il salotto.

«Malissimo», rispose Giovanna, in un sussurro.

«Lo vedo», constatò la suocera, con sincero rincrescimento.

«E tu? Come ti senti?» domandò Giovanna.

«Sono serena. Il Signore dà, il Signore toglie. Non sono parole vuote, se si ha fede.»

«Io non ho questo dono», ammise Giovanna. Era pallida e tremante. «Parlami di lui», soggiunse.

«Se ne è andato nel sonno, se questo ti può consolare. Ieri sera abbiamo cenato, come al solito, lui, Ottilia e io. Era persino di buon umore. Ottilia stamane, alle sei, è entrata nella sua stanza per la solita iniezione. Jacopo dormiva. Per sempre. Che altro vuoi sapere?»

«Nulla. Non posso credere che sia morto.»

«Nemmeno io», disse la suocera.

«Non ce la faccio ad andare da lui», sussurrò Giovanna.

«Lo so. Sono anche sicura, come lo era Jacopo, che non saresti stata in grado di stargli accanto durante questi lunghi anni di malattia. Questo non gli ha impedito di amarti più di quanto tu possa immaginare.»

Giovanna chinò la testa.

«Adesso dovrai affrontare la vita senza il suo aiuto», proseguì Eugenia. «Hai una figlia a cui pensare. È in un'età difficile e ha bisogno del tuo sostegno. In Giny io rivedo mio figlio. Così, ora ti farai coraggio, vincerai le tue paure e andrai a vegliare tuo marito assieme a mia nipote», disse con un tono che non ammetteva repliche.

Giovanna incominciò a singhiozzare. «Non posso. Non voglio vederlo morto. Non ti rendi conto che sono terrorizzata?»

Eugenia le carezzò il viso, guardandola con tenerezza, e si allarmò perché scottava. Le mise una mano sulla fronte imperlata di sudore. Era bollente. «Tu stai male davvero», constatò.

Giovanna tremava in tutto il corpo, batteva i denti e singhiozzava. Eugenia chiamò subito il medico che la visitò accuratamente senza individuare la causa della febbre altissima.

«Bisogna ricoverarla in ospedale», suggerì.

Fu trasportata in clinica, immediatamente sottoposta a una serie di esami e sostenuta con fleboclisi per combattere la disidratazione.

Intanto si celebrò il rito funebre e Jacopo venne inumato nella tomba di famiglia.

I risultati delle analisi diedero tutti referti negativi e, dopo qualche giorno, la febbre passò con la stessa rapidità con cui si era manifestata. Eugenia ebbe una certezza: Giovanna non aveva voluto vedere il marito morto, né assistere al suo funerale.

5

Il giovane varcò il portoncino della casa fatiscente in via Fiori Chiari. I muri scalcinati, il ferro battuto dei balconi divorato dalla ruggine, le imposte sconnesse, conferivano all'edificio l'aspetto triste dell'abbandono, reso ancora più evidente dai restauri accurati delle palazzine adiacenti.

Attraversò un piccolo androne e si trovò in un cortiletto sporco, umido. Al centro, un contenitore di zinco diffondeva l'odore acre dei rifiuti, e un carrello da supermercato ospitava due gatti acciambellati. L'intruso li mise in allarme: con un balzo, atterrarono sul cemento e da lì scomparvero dentro la finestrella a bocca di lupo della cantina. Dalla sommità delle scale, una voce di donna, accompagnata dai gemiti di una fisarmonica, cantava: *«Noi siam come le lucciole, brilliamo nelle tenebre, schiave d'un mondo brutal, noi siamo i fior del mal...»*

Con riluttanza, il giovane prese a salire i gradini di pietra, badando di non sfiorare la ringhiera sudicia. Qua e là, lungo i muri, persistevano tracce di un'antica tinteggiatura azzurrina con bordi floreali. Su un pianerottolo, abbandonati per terra, c'erano avanzi di cibo su un pezzo di carta oleata. Vi banchettavano le formiche. Un topo guizzò tra i suoi piedi e scomparve in una fenditura del muro. Al giovane parve d'essere penetrato nel cuore d'un mondo remoto e spaventoso. Ebbe voglia di scappare. Invece, si costrinse a proseguire. Dopotutto, stava lavorando e lo stipendio gli consentiva di mantenersi agli studi.

Mentre affrontava l'ultima rampa, la canzone si spense in un lamento: *«Se poi vogliamo piangere, noi pur dobbiam sorridere, ballando sul marciapiè, finché la luna c'è»*. E si trovò sulla soglia che dava accesso a una grande stanza dal soffitto a capanna.

La luce si diffondeva da due grandi finestre a filo di tetto. Non aveva mai visto un ambiente così singolare. Era in sintonia con il degrado del palazzo, in un miscuglio di miseria e di antica opulenza. Al centro della stanza, su un bel tavolo di noce con le gambe tornite e solide, un vaso con un mazzo di gigli bianchi profumatissimi. Sotto una finestra, in un lavello di granito, colava dal rubinetto un filo d'acqua su due pile di piatti sporchi. Sotto il lavello c'era un bidè di ferro smaltato. Sulla destra si scorgeva una grande specchiera ovale, sorretta da colonnine in legno con fregi dorati. Sulla sinistra, una lunga bacchetta di ferro sosteneva un tendone a fiori raccolto ai lati, che incorniciava un grande letto matrimoniale. La testiera era laccata con disegni cinesi e le coperte scomposte. Alla parete sopra il letto era appeso un quadro. Raffigurava una giovane donna nuda, stesa su un divano a pancia sotto. Nel gioco di luci e di colori, spiccavano la candida linea sinuosa della schiena e la massa fulva dei lunghi capelli sciolti. Un piedino posava su un tappeto. Una mano accarezzava il dorso di un bassotto. Dall'anta aperta di un armadio si intravedeva un manichino di legno. Era una figura femminile che si ergeva rigida e quasi austera nella pudica nudità. Accanto al lavello, su un tavolino, era collocato un mastodontico radiogrammofono degli anni Cinquanta. Il giovane conosceva il modello per averne visto uno simile a una mostra di modernariato. Accanto al grammofono, su una sedia a dondolo, una vecchia si muoveva pigramente. Le labbra sottili erano atteggiate al sorriso. Aveva gli occhi chiusi e teneva in grembo un bassotto.

Non appena il cane si accorse dell'intruso, si mise ad abbaiare. La vecchia aprì gli occhi e guardò il giovane.

«Che cosa vuoi?» domandò, con un'incrinatura di dispetto nella voce.

Il giovane pensò a sua nonna, una vecchietta minuta che viveva in una casa linda e luminosa, sempre sorridente e indaffarata a spolverare, cucinare, sferruzzare. La donna che lo stava osservando emanava una forza rabbiosa, come la cicatrice che dall'angolo esterno dell'occhio scendeva a mezzaluna lungo lo zigomo e arrivava quasi al labbro.

«Posso entrare?» le chiese, titubante.

Lei chinò il capo e, con un gesto stanco, gli indicò una sedia impagliata accanto al tavolo.

«È lei la signora Matilde Riva?» chiese il giovane, ancora incerto se sedersi o filarsela.

«Lo sai bene che sono io. Non ci sono che io in tutta la casa», replicò aggressiva. Poi riprese a dondolarsi sulla sedia.

«Lavoro per lo studio Cometa che amministra questo stabile», spiegò e desiderò che il bassotto smettesse di abbaiare.

«Cuccia, Lilìn», ordinò la vecchia posando una mano sulla testa del cane. L'animale si quietò. Il giovane si sedette, posando sulle ginocchia la borsa di pelle nera. «Hai sentito, Lilìn? L'amministrazione ci manda il suo ambasciatore», commentò con tono ironico. E proseguì: «Molti delegati ci hanno fatto l'onore di una visita, in questi anni».

Il cane alzò su di lei uno sguardo adorante. Lei lo accarezzò e prese a canticchiare, a bocca chiusa, il motivo diffuso poco prima dal suo grammofono.

«Signora Riva», esordì il giovane, «questa volta la società che rappresento le fa un'offerta davvero interessante.» Fece scattare la chiusura a molla della borsa, la aprì e prese dei fogli.

«Davvero?» si stupì Matilde. «Di offerte me ne ha fatte tante. Si vede che adesso ha alzato la posta. Deve starle proprio a cuore questo rudere in cui vivo.» Smise di dondolarsi, sorrise con aria furba e proseguì: «Sta' a sentire anche tu, Lilìn, perché questo giovanotto, elegante come un damerino, ha qualche bella novità per noi».

L'apprezzamento sulla sua eleganza indusse il giovane a considerare la modestia dell'abbigliamento: scarpe da tennis nere, sformate dall'uso, jeans stinti dai molti lavaggi, una maglietta nera con una scritta bianca e una giacca di tela blu. Non era il massimo che si potesse permettere, ma era una buona divisa da lavoro. L'amministratore gli aveva promesso una gratifica se fosse riuscito a demolire la caparbietà di Matilde. Ma, ora se ne rendeva conto, la vecchia era davvero un osso duro. Tutti gli inquilini avevano traslocato ormai da tempo, felici di accettare una buonuscita consistente e un alloggio confortevole in periferia. In quello stabile, che risaliva agli inizi dell'Ottocento, non c'erano comfort di alcun genere: né ascensore, né riscaldamento, né gas. Per non parlare dei servizi igienici. C'era un solo ignobile stanzino da bagno per piano La società proprietaria dell'immobile, e di numerosi altri palazzi nella stessa via, doveva iniziare al più presto i lavori di restauro, ma non poteva farlo finché Matilde non se ne fosse andata. L'amministratore aveva più volte considerato la possibilità di uno sfratto ingiuntivo, ma vi aveva sempre rinunciato nel timore che la donna si rivolgesse alla stampa per creare uno scandalo. Lo scaltro amministratore sapeva che questo tipo di pubblicità si sarebbe inevitabilmente ritorto contro la società immobiliare. Così Matilde era stata allettata con offerte sempre più consistenti che avevano ricevuto soltanto rifiuti. Quindi si era rassegnato ad aspettare che Matilde Riva morisse. Ma erano trascorsi due anni e, per quanto malandata, la donna continuava a vivere. Questa volta lo studio Cometa aveva accantonato l'idea di un trasloco in periferia. Aveva elaborato una nuova proposta e l'aveva affidata al collaboratore più giovane dello studio, dotato di una buona carica di umanità. Forse sarebbe riuscito là dove consulenti più abili avevano fallito.

«Anch'io mi chiamo Riva, come lei», disse il giovane, sperando di accattivarsi la simpatia dell'interlocutrice.

«E allora? Questo non significa che siamo parenti. Ci sono più Riva a Milano che pesci nel mare. Parlami di questa offerta, piuttosto», replicò la donna, con voce dura.

«Mio nonno diceva che Riva era il nome dato a quelli che, nel Medio Evo, lavoravano lungo le sponde del Naviglio», insistette.

«Il mio Naviglio», sospirò Matilde, dimenticando l'aggressività. «Quante storie sono legate a quelle acque che attraversano Milano! Ma il mondo cambia. In peggio, naturalmente. I navigli li hanno coperti ed è come se non ci fossero mai stati. Ma non è per ragionare di questo che sei venuto fin quassù», lo spronò, riprendendo il bandolo della conversazione.

«Dalle carte risulta che lei è nata in fondo a corso Garibaldi. Le abbiamo trovato un appartamento nuovissimo, completamente arredato, con tanto di bagno, riscaldamento e telefono. Un affitto in comodato e una buonuscita di dieci milioni. Legga qui», propose, porgendole una bozza di contratto.

«Ma cosa vuoi che legga Non vedo neanche gli scarafaggi che vanno su e giù per i muri», lo sfotté, accorgendosi che lo sguardo del giovane era stato catturato dal ritratto della ragazza nuda, a capo del letto, e dalla bambola che si intravedeva nell'armadio aperto.

«Però la tua faccia la vedo bene e ci leggo una grande curiosità per quel nudo e per la mia *pigotta*», soggiunse Matilde, con aria divertita.

«Pigotta?» domandò il giovane.

«Ma che Riva sei, se non conosci il milanese? Voi gente istruita dite bambola, o scultura lignea, o manichino. Ma quella resta sempre una pigotta», spiegò.

«È una ben strana bambola», osservò lui.

«Lo credo! Si porta sulle spalle cinquecento anni di vita. È uno dei tanti ricordi del mio passato splendore. Come la ragazza del ritratto», sorrise Matilde.

«È bellissima», commentò il giovane.

«Quella sono io, sessant'anni fa. Non mi credi, vero? A volte la guardo e non ne sono più sicura neppure io», dichiarò, con amarezza.

«Invece le credo. Si vede ancora adesso che lei è stata bella. E il suo fascino non si è perso per strada», tentò di adularla, pur dicendo la verità. Quella vecchia stramba aveva qualcosa di speciale.

«*Merci, monsieur*», lo sorprese Matilde, con un accento perfetto. E soggiunse: «Sai come dicono i francesi? *Un compliment fait à une femme, n'est jamais perdu.* Dunque, che cosa posso fare per ricambiare la tua galanteria?»

«Accettare l'offerta dell'amministrazione. Lei vivrà in una casa certamente migliore e io guadagnerò una gratifica.»

Matilde lo fissò con aria pensosa. Poi gli espose il proprio punto di vista.

«Sai una cosa, figliolo? Gli amministratori non li posso vedere. Appartengono alla brutta razza di quelli che tirano a imbrogliare, con l'aria di farti un favore. Di' al tuo amministratore che la sua offerta non mi interessa. Che cosa me ne faccio di un appartamento nuovo? Questa casa mi va più che bene. L'affitto in comodato, dici? Ma io qui l'affitto non lo sto pagando da cinque anni e il padrone non fa una piega. Vogliono regalarmi dieci milioni? Non mi servono: ho già la mia pensione. È poca cosa, ma per le mie esigenze ce n'è d'avanzo. Mi dispiace soltanto che il mio rifiuto non ti farà avere la gratifica. Rassegnati. Sei giovane e avrai mille occasioni, nella vita», dichiarò la donna.

«Guardi, però, che lei non ne avrà un'altra. Questa è un'offerta assolutamente eccezionale», sottolineò il giovane.

«Nessuno offre niente per niente. Io l'ho imparato da quand'ero bambina. L'anno scorso, il Comune mi ha mandato due assistenti sociali. Due ragazzotte che sono venute a offrirmi aiuto e compagnia. Mi hanno fatto un sacco di moine chiamandomi 'cara signora', volevano farmi la spesa, il bucato e così via. Allora il mio Lilìn stava ancora sulle sue zampe. Gli ho ordinato: 'Lilìn, mandale via'. Non aspettava altro, questo mio piccolo amico. Ha affondato i denti nelle caviglie delle signorine. Le avessi sentite. Strillavano come galline scannate, mentre correvano come proiettili giù per le scale. Volevano fare le ficcanaso in casa mia. Ma il mio cagnino non glielo ha permesso. Adesso la spina dorsale non lo regge più. Eppure è il solo maschio della mia vita che mi sia stato veramente fedele. A parte Alberto, naturalmente. Ma questa è un'altra storia.»

Tacque e una lacrima scivolò lungo lo sfregio, sulla guancia. Il cane prese a leccarle una mano, uggiolando. Matilde si asciugò il viso e riprese a parlare con voce stanca.

«Io e il mio Lilìn siamo una forza. E chi se ne importa del resto del mondo? La sera, quando ci mettiamo sul letto, lo accarezzo, gli sorrido e gli dico: '*Verrà la morte e avrà i tuoi occhi*': Cesare Pavese. Lo hai mai letto? Non fa niente. Si vive anche senza i poeti. Ogni sera spero ardentemente che ci addormentiamo per sempre, insieme. A volte sogno che siamo tornati giovani e saliamo una lunga scala d'oro. Lui ha un collare di brillanti e io lo tengo al guinzaglio mentre busso alla porta del Paradiso. Poi mi sveglio. È un altro giorno. Il mio Lilìn è vivo e mi lecca la faccia.»

Il giovane aveva ascoltato allibito, chiedendosi chi realmente fosse quella donna tenera e feroce che citava Pavese, viveva in un abbaino sporco, aveva un estremo bisogno d'aiuto, eppure lo rifiutava.

«Lei mi piace», concluse, dopo un breve silenzio.

«Anche tu. Hai una faccia pulita e uno sguardo intelligente. Non diventerai mai ricco, perché sei troppo onesto. Ma non è necessario avere tanti soldi per vivere bene», dichiarò Matilde. E soggiunse: «Adesso puoi andare».

Il giovane si alzò di scatto.

«Le chiedo scusa del disturbo», balbettò frastornato. E domandò: «Devo proprio riferire che non se ne fa niente di quella bella proposta?»

«Bravo. Capisci le cose al volo e sai quand'è il caso di non insistere», lo congedò la donna.

«Guardi che sono autorizzato a trattare», tentò, mentre già s'avviava verso il pianerottolo. Si era dato per vinto, ma doveva eseguire le istruzioni ricevute. «Mi dica se c'è una cosa che può farle cambiare idea e farò in modo che le venga data.»

«Sì, una cosa che potrebbe farmi cambiare idea c'è. Vorrei una mano che mi accarezzasse la fronte. Vorrei non aver paura di morire. Vorrei evitare il dolore e la malattia. Vorrei una voce amica che mi parlasse quando sono triste. Sei autorizzato a trattare per tutto questo? No, naturalmente. E allora di' ai tuoi padroni che si fottano», gridò, mentre il giovane stava già scendendo le scale.

Quando arrivò nel cortile sentì venire dall'abbaino la voce di una donna che cantava, sulle note di un tango: «*Cuàntos años aguantando mis cadenas, soportando resignada tus abandonos...*» Mentre usciva dal cortiletto maleodorante, si rese conto di provare uno strano sentimento di nostalgia per quella vecchia.

Matilde, intanto, accarezzava il muso del cane e, tra le lacrime, gli sussurrava: «Mi sa proprio che è arrivato il momento di vendere la nostra pigotta. Dobbiamo almeno pagare l'affitto arretrato. Non credi? Altrimenti passiamo dalla parte del torto. E poi, speriamo che ci lascino finire in pace i nostri giorni».

6

GIOVANNA tornò in bottega. Era maggio, ma faceva ancora freddo e la pioggia battente non dava tregua ormai da diversi giorni. Lino aveva acceso tutte le luci per accogliere un cliente assiduo, l'architetto Filippo Pantani.

Giovanna posò l'ombrello che grondava acqua e tentò di asciugare le scarpine fradice sullo stuoino di cocco, mentre Lino le andava incontro per aiutarla a liberarsi dell'impermeabile.

«Come sta, signora?» le chiese sottovoce. Non si vedevano da tre settimane, dalla domenica in cui i ladri erano entrati in bottega e lei era andata a Firenze per i funerali del marito.

Lo rassicurò con un sorriso affettuoso. Poi tese la mano al cliente che l'aspettava. Lui gliela strinse e la baciò sulle guance.

«Giovannina mia, quanto mi dispiace», esordì Filippo Pantani. Aveva passato da poco la trentina. Aveva la figura di un indossatore e un bel viso espressivo. Quando Giovanna lo aveva conosciuto, lui frequentava ancora le scuole medie. Passava accanto alla bottega, che ancora si chiamava *Lanciani Antichità*, con la cartella dei libri in mano e sostava davanti alle vetrine attento agli oggetti più piccoli.

In quegli anni Giovanna, giovane sposa, veniva a Milano saltuariamente. Il negozio era gestito da un eccellente collaboratore, amico di Jacopo. Fu proprio lui a farle notare il ragazzino.

«Si ferma davanti al negozio, quasi ogni giorno, al ritorno da scuola», le aveva detto.

L'indomani, Giovanna aveva aperto la porta della bottega e lo aveva salutato dicendogli: «Entra. Così puoi guardare meglio gli oggetti che ti piacciono».

Il ragazzino era arrossito, aveva balbettato qualche parola confusa e alla fine aveva accettato l'invito della bella signora. Giovanna se lo ricordava ancora nell'atto di puntare il dito verso due statuine di porcellana del Settecento, raffiguranti personaggi della commedia dell'arte: Pantalone e Colombina.

«Mi piacciono quelle», affermò il ragazzino.

«Perché ti piacciono?» domandò lei, incuriosita dal fatto che un adolescente mostrasse tanto interesse per le antichità.

«Hanno colori straordinari. Le pose mi sembrano eleganti. Quanto costano?» domandò infine.

«Sei proprio sicuro di volerlo sapere? Sono piccoli capolavori firmati da un grande maestro tedesco: Franz Anton Bustelli», spiegò Giovanna. E proseguì: «Ma poi, che cosa te ne faresti?»

«Li terrei sul mio tavolo e potrei guardarli e toccarli quando voglio. Qual è il prezzo?» insistette.

Giovanna glielo disse e lui non batté ciglio.

«Le cose belle si pagano. Io, però, non ho tutti questi soldi. Se raccolgo i miei risparmi, non arrivo a un quinto di quello che mi chiede. Tuttavia, se sarò promosso, mia madre e mia nonna mi premieranno con quello che più desidero. Per favore, non le venda prima dell'estate.

Dopo gli esami verrò a comperarle. Le consideri già mie.»

Giovanna e Filippo si erano conosciuti così. Dopo gli esami il ragazzino ebbe le sue porcellane e, in seguito, continuò a frequentare la bottega. Si laureò in architettura specializzandosi in arredamento d'interni. Aveva una clientela di persone facoltose che si affidavano al suo gusto per arredare ville, appartamenti, barche e aerei, per disegnare giardini, tappeti, porcellane e biancheria.

Nel settore dell'interior design, Filippo Pantani era molto stimato e il suo nome era un marchio di prestigio. Avendo saputo che Giovanna era tornata a Milano dopo la morte del marito, era andato a trovarla per portarle le sue condoglianze.

«Ho saputo di Jacopo e mi dispiace sinceramente, amica mia», disse.

Giovanna, commossa, ricambiò l'abbraccio affettuoso.

Lino si era discretamente eclissato nel retro e Giovanna sedette alla scrivania, indicando a Filippo una poltrona.

«Come lo hai saputo?» domandò lei.

«Sai com'è. Nel nostro ambiente non cade uno spillo senza che si risappia», tentò di scherzare.

«Sono stati tutti cari, con me», ammise Giovanna, sforzandosi di sorridere. La morte di Jacopo l'aveva molto addolorata. Si era interrogata a lungo sul suo modo di vivere, mettendosi in discussione come moglie, come donna e come madre. Aveva misurato l'abisso del suo egoismo e si era resa conto di non essersi mai lasciata coinvolgere dai problemi degli altri, nel timore di dover dare qualcosa di sé. Nei giorni trascorsi a Firenze, dopo la morte del marito, aveva parlato a lungo con la suocera, piangendo tra le sue braccia.

Eugenia, con saggezza e generosità, l'aveva ascoltata, consolata e incoraggiata. «Scoprirai presto che la serenità si raggiunge anche attraverso il dolore. Non avere paura. Devi aprirti agli altri, ma per farlo dovrai prima guardare, profondamente, in te stessa», le aveva detto.

Da quando era ritornata a Milano, Giovanna dedicava più tempo a sua figlia. Giny sembrava non apprezzare i suoi sforzi, ma lei non si lasciava scoraggiare.

«Sei cambiata, Giovannina», osservò l'architetto «Hai uno sguardo più intenso e un sorriso più luminoso.»

«Trovi? Sono confusa e molto scontenta di me», confessò

Il giovane amico le sorrise.

«Allora approfitterò della tua debolezza per spuntare un buon prezzo per questa cosina», disse indicando una cornice appoggiata sulla scrivania. Delicatamente fece scorrere le dita sulla gola liscia del legno e sull'intaglio che riproduceva conchiglie piene, fuselli e palline.

«Questa cosina è un fior di barocco siciliano, mio caro», puntualizzò lei, ritrovando l'abituale piglio professionale. «Trovane un'altra di queste dimensioni, di questa epoca e che sia altrettanto bella, e ti garantisco che sono pronta ad acquistarla senza badare al prezzo.»

«È sempre un piacere fare affari con te. Vendi oggetti che hanno anche i tuoi colleghi, ma riesci a farli sembrare più importanti», scherzò lui.

«Le opere d'arte hanno un'anima. E tu lo sai. Ecco perché sono importanti», dichiarò. E soggiunse: «Vuoi un caffè?»

«Mi hai letto nel pensiero. Con questa pioggia non ho nessuna voglia di andare in giro. Farò acquisti soltanto da te.»

Comperò un Cristo ligneo del sedicesimo secolo e un monetiere fiorentino del 1400. Lino s'arrampicò sugli scaffali del retrobottega per recuperare certe stampe d'ispirazione bucolica del Settecento napoletano a cui Filippo era interessato.

«Mi dici che cosa stai arredando? Se non è un segreto, naturalmente», domandò Giovanna.

«Sto restaurando una mansarda in piazza Cordusio e avevo proprio intenzione di parlartene. È un appartamento di quattrocento metri quadrati. Il proprietario è un finanziere siciliano. I lavori in muratura non sono ancora ultimati, ma il cliente sembra avere una gran fretta e così devo sbrigarmi ad arredarlo», spiegò.

«Allora non strozzarmi sui prezzi. I finanzieri hanno fondi inesauribili», scherzò Giovanna.

Si erano accostati alla vetrina per osservare un tavolino intarsiato. Aveva finalmente smesso di piovere e il sole faceva capolino fra le nuvole.

L'architetto saggiava con le dita le tarsie del piano Giovanna osservava il suo bel viso con una sorta di tenerezza materna.

«Ti vedo un po' pallido», gli disse.

In quel momento Matilde, con il solito carrello, si fermò davanti alla vetrina. Portò una mano alla fronte per schermare la luce e guardò dentro la bottega. Giovanna accennò un sorriso che la donna non ricambiò. Si allontanò subito, sospingendo il carrello cigolante.

«Non sono in forma, cara la mia Giovannina», sospirò il giovane.

«Lavori troppo. Dovresti riposarti», minimizzò, temendo di aver suscitato l'ansia dell'amico.

«Sto per farti una proposta», proseguì Filippo.

«Ti ascolto», rispose Giovanna.

«Te la senti di darmi una mano per arredare la mansarda? Devo entrare in clinica per una serie di controlli e il tuo aiuto mi solleverebbe molto», dichiarò. Aveva assunto l'espressione timida e un po' spaventata del ragazzino che Giovanna aveva conosciuto tanti anni prima.

«Niente di serio, vero?» domandò allarmata.

«Sono sieropositivo», sussurrò lui.

Giovanna lo abbracciò di slancio.

«Sono disperato», mormorò Filippo, stringendosi a lei. «Ho appena trent'anni e non voglio morire.» Piansero abbracciati, in silenzio, per qualche istante.

Filippo non aveva mai fatto mistero della propria omosessualità che, evidentemente, lo aveva esposto al contagio.

«Devi avere fiducia», tentò di rassicurarlo Giovanna «Ogni giorno la scienza scopre nuove cure.»

«Parole. Chiacchiere prive di fondamento», obiettò lui, sciogliendosi dalle braccia dell'amica.

«Sono convinta che guarirai», affermò con forza Giovanna, sfiorandogli la guancia con un bacio.

«Vorrei che fosse vero. Mi aggrappo a questa speranza come un naufrago alla scialuppa di salvataggio.» F soggiunse: «Allora, mi aiuterai con il mio cliente?»

«Promesso», garantì Giovanna.

Si lasciarono sulla soglia della bottega. Il sole aveva già asciugato la strada. Era quasi ora di pranzo e Giovanna doveva andare a prendere Giny all'uscita da scuola.

La storia di sua figlia con il rappresentante di biancheria continuava, ma Giovanna aveva smesso di osteggiarla. Ne soffriva senza darlo a vedere e sperava che finisse. Lasciò a Lino il compito di chiudere bottega e uscì.

La vecchia Matilde era di nuovo lì, di fronte a lei. «Le devo parlare», esordì.

Giovanna la guardò sorpresa.

«È a proposito della mia pigotta», spiegò. E soggiunse con aria di sfida: «Se non le fa schifo venire nel mio abbaino naturalmente».

7

GIOVANNA osservava incantata la «pigotta» di Matilde. Con cautela la tolse dall'armadio e la depose a terra, sotto la finestra. Il nudo ligneo, alto un metro e un palmo, completamente dipinto a tempera, era quello di una fanciulla poco più che adolescente: le spalle sottili, i seni piccoli, i capezzoli rosati, il ventre leggermente arcuato che si assottigliava, come il cono di un giglio, verso il pube. I capelli color del grano, raccolti in piccole trecce, accarezzavano il collo cinto da un nastro rosso scuro con fregi a volute in oro zecchino. La colpì l'articolazione delle braccia, mobili alla spalla, al gomito e al polso. Che senso aveva la mobilità su quel corpo totalmente rigido?

«È bellissima», sussurrò, con autentica ammirazione.

«Lo so», disse Matilde. «Per questo ho pensato a lei che vende solo cose importanti. Vuole comperarla?» domandò, quasi con riluttanza. Giovanna osservò la statua. La fattura rivelava la mano sapiente dell'artista che l'aveva modellata e dipinta. Non cercava difetti. Soffermava invece l'attenzione sui pregi, che erano evidenti.

Quel nudo femminile aveva certamente una storia di secoli. Le fattezze del volto le ricordavano certi ovali pieni, tipici delle Madonne quattrocentesche. Si domandò se fosse davvero possibile che in un'epoca in cui l'arte era ancora al servizio della Chiesa, qualcuno avesse scolpito quella figura profana, di cui non capiva la funzione.

«È sicura di volerla vendere?» domandò incredula.

Matilde sedeva sulla sedia a dondolo e accarezzava la schiena del suo bassotto. «Non la darei a nessuno. A lei, sì», dichiarò, guardandola negli occhi.

«Perché? Che cos'ho, io, di tanto speciale?» s'incuriosì.

«Noi due ci assomigliamo», rispose la vecchia.

Aveva già fatto quella strana affermazione alcune settimane prima, quando Giovanna l'aveva rimessa in piedi dopo la caduta. Allora aveva altro cui pensare, ora le sue parole la irritarono.

«Ne è proprio sicura?» domandò, tacendo il disappunto per quell'affermazione assurda e poco lusinghiera. Sapeva di non avere proprio nulla in comune con quella vecchia dalla fama equivoca.

«Mi servono cinque milioni», spiegò Matilde eludendo la domanda.

Giovanna considerò che la statua, a un primo esame, sembrava non aver bisogno di grandi restauri. Andava certamente ripulita e sarebbe stato un piacere farlo nella quiete del retrobottega, analizzandola con il vecchio Lino che era un esperto in fatto di legno antico. Cinque milioni le parvero una richiesta esigua.

«Posso chiederle come l'ha avuta?» le domandò.

«Se ci tiene», rispose burbera. «È un regalo. Roba di sessant'anni fa, o forse di più. Chi se lo ricorda? Aveva anche un'expertise. È così che dicono quelli del mestiere. Era stata comperata a un'asta londinese. Prima della guerra, naturalmente.»

«Forse lei può ritrovare la perizia», insinuò Giovanna.

«Forse. Ma non era certo quel pezzo di carta che mi interessava.»

«Non intendo derubarla. Cinque milioni mi sembrano davvero pochi», disse Giovanna che aveva imparato dal marito e dalla suocera il rispetto per l'etica professionale. Non voleva approfittare dell'ingenuità di quella povera donna. Se avesse visto la scultura in una bottega d'antiquariato, avrebbe offerto dieci volte la somma richiesta.

«Ho detto cinque. Non me ne servono di più», s'intestardì Matilde. «Non voglio fare un mercato della mia pigotta. La vendo perché ho bisogno di questa somma. Non mi resta molto da vivere. Quando morirò, qui verranno degli sconosciuti a far man bassa di tutto. Tanto vale che la prenda lei.»

«Per che cosa le servono quei soldi?» s'incuriosì Giovanna.

«Vogliono mandarmi via da questa casa. Se si attaccano alla legge, io sono dalla parte del torto, perché non pago l'affitto da cinque anni, o forse più. Con quel denaro saldo l'arretrato. E la casa resta mia. Dico bene?»

Giovanna si guardò intorno e rilevò la singolarità di quell'abbaino dove la sporcizia, la miseria e l'abbandono non riuscivano a cancellare le tracce di un'antica eleganza. La testiera del letto, alcuni quadri, la grande specchiera, i ninnoli di porcellana convivevano con qualche mobile sgangherato, con le sedie di plastica, con un divano che perdeva le molle. Nell'acquaio c'erano pile di piatti sporchi con avanzi di cibo.

L'abbaino, tuttavia, era spazioso e sarebbe potuto diventare un locale piacevole se la casa fosse stata restaurata. Perché quella strana vecchia si ostinava a vivere lì? Tutti gli altri inquilini, Giovanna lo sapeva, erano stati felici delle nuove sistemazioni. Quell'ostinazione implicava forse qualcosa di diverso da una normale cocciutaggine, tipica delle persone anziane.

«Fino a quando crede di riuscire a fare quattro piani di scale a piedi, con quella bestiola in braccio?» le chiese.

Matilde serrò le labbra, guardandola con ostilità.

«Mi scusi» si affrettò a dire Giovanna, «non sono affari miei.»

«Appunto. Dunque si porti via questa pigotta e lasci i soldi sul tavolo.»

«Posso farle un assegno?» chiese, estraendo il libretto dalla borsa.

La vecchia si alzò dal dondolo. Si avvicinò alla scultura e le accarezzò una guancia sussurrando: «*Cuando yo te vuelva a ver, no habra más penas ni olvido*».

«Come ha detto?» domandò Giovanna, posando l'assegno compilato sul tavolo.

«Le ho detto arrivederci. Vuole sapere se parlo spagnolo? Non lo parlo. Conosco soltanto le canzoni. Tanghi, soprattutto. Nel tango c'è la risposta a molti perché della vita. Il tango, signora, è un pensiero triste che si balla. Pensieri tristi io ne ho avuti tanti e ho tanto ballato quand'ero giovane e bella come lei. Sono stata tanghista al Fossati. Forse non ero brava, ma ero nuda, o quasi. Questo bastava ad affascinare gli uomini in cerca di emozioni. Si porti via la pigotta. Adesso è sua», concluse con mala grazia, indicandole la porta. E subito dopo non riuscì a trattenere un gemito, mentre si portava una mano al ventre.

«Che cosa le succede?» chiese Giovanna, allarmata. La vide barcollare, ripiegarsi su se stessa e cercare un appoggio al tavolo, mentre con la mano libera le indicava la porta.

L'istinto, collaudato negli anni, le suggeriva di impossessarsi della scultura e fuggire lontano da quella vecchia malata e dalla sua casa puzzolente. Ma la pietà ebbe il sopravvento.

«Non faccia storie», ordinò con voce ferma, mentre la raggiungeva per sostenerla. «Deve sdraiarsi subito», soggiunse e la guidò verso il letto.

Matilde le sussurrò: «Mi dia un bicchiere d'acqua, per favore. E una compressa di analgesico. Sta sul comodino».

Giovanna tolse la giacca di seta del tailleur, rimboccò le maniche della camicetta, prese un bicchiere dal lavandino e lo sciacquò più volte. Lo riempì d'acqua, trovò la pillola e gliela fece deglutire. Poi, le posò una mano sulla fronte.

«Vuole che chiami un medico?» domandò.

«Non è niente», minimizzò la vecchia con un filo di voce. Il cagnolino prese a uggiolare. «Me lo metta sul letto. Lui vuole starmi vicino.» Giovanna ubbidì con riluttanza e il piccolo animale la gratificò di uno sguardo riconoscente.

«Grazie di tutto», sussurrò Matilde, congedandola.

Giovanna non si decideva ad andare via. Era tardi e Giny probabilmente la stava cercando, ma non aveva il coraggio di lasciare quella strana vecchia.

«Non è niente», ripeté la donna per rassicurarla. E aggiunse: «Tra poco la medicina farà effetto. Prenda la bambola e abbia cura di lei. È il ricordo di un periodo felice della mia vita. Sono contenta che adesso sia sua».

«Già, perché noi due ci assomigliamo. Vero?» ripeté, per farle piacere.

«Non ci badi. Sono vecchia e, a volte, dico cose senza senso», tagliò corto.

«Ha ancora male?» indagò Giovanna, senza decidersi ad andarsene.

«Va già meglio. Oggi mi vedrà passare davanti al negozio con il mio cane», assicurò.

Giovanna afferrò per la vita la scultura e uscì in punta di piedi dall'abbaino. Prese a scendere lentamente le scale e ancora non riusciva a credere di aver fatto un acquisto così straordinario. Dopo pochi scalini, sentì Matilde che urlava: «Chimera!» Posò sul pianerottolo la scultura e tornò sui suoi passi.

«Mi scusi» disse la vecchia dal letto, «non conosco il suo nome.»

«Mi chiamo Giovanna. Mi cercava per questo?»

«Volevo un ultimo favore. Mi metta un disco sul grammofono.»

Indicò la rastrelliera di fianco al letto, che conteneva vecchi 78 giri di bachelite.

«Voglio *La cumparsita*. È il secondo disco da sinistra», precisò Matilde.

Giovanna eseguì e, mentre il disco cominciava a girare diffondendo le prime note della canzone, la vecchia annuì e sorrise.

Questa volta lasciò l'abbaino con un senso di liberazione. Scese pochi gradini e si rese conto che le note del tango, che si diffondevano nell'androne, avevano un suono vagamente familiare. Non ricordava dove né quando avesse sentito quella canzone, ma avvertì un senso acuto di malessere. Era una musica che non le piaceva.

Raggiunse il portone più velocemente possibile. Le note della *Cumparsita* la inseguivano come se volessero ghermirla e stritolarla. Era una musica orrenda. Desiderò andare lontano da quella casa maleodorante, da quella vecchia matta, da quel tango perverso. Le sembrava che Matilde l'avesse contagiata con una maledizione. Aveva bisogno di respirare aria pulita, di vedere cose belle, di sentirsi al sicuro fra le pareti di casa.

8

Giny spalancò la porta di casa e investì sua madre con una raffica di domande.

«Dove sei stata? Perché non mi hai avvertita del ritardo? Vuoi darmi qualche spiegazione?»

Giovanna la guardò esitante. Poi, rise di cuore. Sua figlia era davvero convincente nel ruolo di capofamiglia.

«Lasciami fare una doccia veloce e poi ti racconterò tutto», dichiarò stando al gioco.

Apparve Bruna, la domestica: «Posso servire in tavola, signora?»

«Ho bisogno ancora di dieci minuti», rispose Giovanna.

«Guarda che io ho fame», protestò Giny.

Poco dopo si sedettero a tavola, l'una di fronte all'altra.

«Racconta», la invitò la figlia, mentre affondava la forchetta nella matassa degli spaghetti conditi con olio e basilico.

«Non so da che parte incominciare. Questo primo giorno di lavoro è stato, a dir poco, tumultuoso. Dimmi di te, piuttosto. Com'è andato il tuo ritorno a scuola?»

«Ho ascoltato le condoglianze degli insegnanti: una

sequela di banalità. Ma andiamo per ordine. Prima tocca a te», la spronò sua figlia.

«Ho visto Filippo Pantani», disse Giovanna.

Giny fece una smorfia. «Non mi sembra un esordio interessante», dichiarò.

«Vuole che lo aiuti ad arredare una mansarda in piazza Cordusio.»

«E tu lo farai?»

«È un'esperienza nuova. Potrei occuparmene durante il fine settimana e anche la sera, quando tu te ne vai a spasso con il tuo innamorato», sottolineò Giovanna, tacendo le vere ragioni che avevano indotto l'amico a chiederle aiuto. Giny incassò il colpo senza reagire, intenta com'era a ripulire per bene il piatto.

«Sto aspettando gli altri dettagli della tua giornata», la sollecitò la ragazza.

Giovanna le parlò del suo incontro con Matilde, di come avesse acquistato una statua assolutamente straordinaria e dell'effetto sgradevole che le aveva provocato il suono di una vecchia canzone. Si aspettava una replica scherzosa che non venne. Giny le accarezzò una mano e la guardò con tenerezza.

«Sai una cosa, mamma? È la prima volta che mi parli delle tue emozioni.»

«Davvero?» si stupì Giovanna.

«Pensavo fossi una creatura di ghiaccio e invece scopro con piacere che sei normale. Come tutti noi.»

«Che cosa intendi dire?» domandò Giovanna, incuriosita.

«Il babbo era una persona normale. Lui mi parlava e io lo capivo. Nonna è una persona normale. Anche zia Margherita lo è, nonostante la sua smania di pettegolezzi e di vittimismo. Nella sua diversità, è normale persino zia Lucia. È lesbica, ma ha reazioni normali. Soltanto tu sei sempre stata un mistero», dichiarò.

Bruna aveva servito le cotolette con un contorno di insalatina fresca.

«Di questo passo rischiamo di diventare amiche», scherzò Giovanna, per alleggerire il tono delle reciproche confessioni. «Non che io sia un'esperta del ramo. Non ho mai avuto un'amica del cuore, né una madre con cui confidarmi.»

«Mi piacerebbe capire che tipo di donna sei», sospirò Giny.

«Posso dirti tutto quello che non sono. Credo di non essere particolarmente intelligente e nemmeno furba. Non ho una grande opinione di me. Non so tollerare il dolore, non mi piacciono gli ospedali e detesto i funerali», concluse, stringendosi nelle spalle.

«Questa serie di negazioni mi piace molto, mamma. Anche perché mi hai sempre fatto un po' soggezione», precisò la figlia.

«Dobbiamo stare insieme più spesso», affermò Giovanna, intenerita.

«Soltanto se continuerai a parlarmi di te», replicò Giny.

«D'accordo, a condizione che tu faccia altrettanto», ribatté Giovanna.

«Non sarà facile», s'impensierì la ragazza.

«E chi ha detto che lo sarà? Però è importante provare.»

«Il babbo sarebbe molto contento di questa nostra conversazione.»

«Lo credo anch'io. Adesso, occupiamoci delle cotolette prima che si raffreddino», replicò Giovanna, affondando la forchetta nella carne.

Dopo pranzo uscì di casa sentendosi leggera e disponibile. Giny le aveva promesso che, non appena finiti i compiti, sarebbe passata in bottega per vedere la scultura e dopo sarebbero andate insieme a mangiare una pizza.

Mentre camminava verso via Fiori Chiari, Giovanna si sorprese a canticchiare *La cumparsita* e il buon umore svanì con la rapidità d'un lampo. Quella canzone la turbava profondamente. Perché? Che cosa c'era di così terribile in quella musica e in quelle parole? Si sentì meglio soltanto quando varcò la porta del retrobottega e vide Lino alle prese con la statua di legno che aveva posto su un robusto piedistallo.

L'uomo stava ripulendo il viso con un tampone imbevuto di uno speciale solvente.

«Si è già messo al lavoro», si compiacque Giovanna, gettando in un angolo la borsetta e sedendo accanto al restauratore.

Dopo aver passato delicatamente il tampone, Lino rimosse lo sporco con un panno pulito. A poco a poco, riaffiorò la coloritura sapiente del volto: le labbra carminie, le guance rosate, gli occhi intensamente azzurri.

«Come le sembra, Lino?» domandò con voce gioiosa.

«Una meraviglia», rispose l'uomo, con convinzione.

«In quale epoca la collocherebbe?» indagò ancora, mentre indossava guanti di lattice per aiutarlo.

«Mi ricorda la scuola del Maitani», rispose, alludendo all'artista senese che, sul finire del Quattrocento, aveva scolpito volti di santi e Madonne simili a quello della giovinetta.

«Forse. Però non mi tornano i conti. La scultura profana fiorisce e si diffonde alla fine del Cinquecento. E questa donnina è molto profana. Non vede com'è imbellettata? Per non parlare della nudità», osservò Giovanna.

«Non si può certo dire che questa sia la faccia di una fanciulla timorata di Dio», ammise Lino.

«Diciamo che è una donnina che ogni uomo avrebbe voluto stringere tra le braccia», precisò Giovanna, pulendo pazientemente la treccia d'oro zecchino che scendeva lungo la schiena.

«Lo stato di conservazione è straordinario. Ha soltanto una piccola scalfittura su un tallone. Praticamente non ha bisogno di altri restauri», dichiarò Lino.

«È di legno dolce. Ma quale, secondo lei?» domandò Giovanna.

«Potrebbe essere faggio. Oppure frutto.»

Giovanna pensò agli insegnamenti della suocera, quando le raccontava che fino al Cinquecento gli arredi delle case erano concepiti, soprattutto, come barriera contro il freddo. I grandi letti a baldacchino, le sedie a schienale alto e gli arazzi servivano per difendersi dagli spifferi gelidi e dall'umidità. Pittori e scultori erano prevalentemente al servizio della Chiesa.

Anche allora accadeva che qualche contadino intagliasse il legno per ricavarne un flauto, o sbozzasse una marionetta per far divertire i bambini. Ma non sarebbe mai stato capace di scolpire una figura femminile tanto armoniosa. La statua di Matilde era sicuramente opera di un artista.

«Lino, questa non è una faccia di fine Cinquecento. Potrebbe essere più antica», ipotizzò Giovanna.

L'uomo annuì. «Però non capisco lo snodo delle braccia e dei polsi. A meno che...» si interruppe un attimo. «Ma certo!» esclamò, «aveva le maniche di stoffa.»

«È vero! Nel Quattrocento le maniche erano un capo a sé stante nell'abbigliamento. Esattamente come le calze. A volte erano accessori sfarzosi. Caterina de' Medici, quando andò sposa al re di Francia, portò in dote non so più quante paia di maniche confezionate con broccati e merletti, pietre preziose e fili d'oro. Le braccia di questa fanciulla sono snodate e non sono state laccate perché erano coperte da maniche di stoffa», spiegò Giovanna, esaltata dalla scoperta.

«Già. Tutta nuda, ma con le braccia coperte per stuzzicare la fantasia», si divertì Lino

«Se così fosse, sarebbe una specie di manichino», affermò Giovanna.

«Il Settecento ne è pieno», suggerì il vecchio.

«Ma le sole parti policrome erano l'avambraccio e il décolleté. I manichini a gabbia le somigliano, ma dalla vita in giù non avevano gambe, soltanto stecche di legno», proseguì la donna. Pensava anche ai numerosi manichini chiesastici, con il viso e le mani laccate, che venivano vestiti con stoffe preziose per impersonare, a seconda delle esigenze, una santa Rita o un san Pancrazio.

«Questa donnina è un vero rebus», brontolò Lino.

Squillò il telefono. Era Eugenia Lanciani.

«Come sta andando il tuo primo giorno di lavoro?» s'informò.

«Meglio di quanto credessi», ammise Giovanna. «E tu, come stai?»

«Ho deciso di prendermi una vacanza», disse la suocera.

«Mi sembra un'idea molto saggia. Dove vai?»

«A Londra per una settimana. Ora che non debbo più occuparmi di Jacopo, la mia vita mi sembra un sacco pieno di niente», confessò

«Ti capisco, mamma. Però hai sempre la tua bottega, i tuoi amici e, soprattutto, Giny e me», tentò di confortarla.

«Hai ragione, cara», rispose Eugenia.

«Mamma, perché non vieni a Milano? Saremmo felici di stare un po' con te. Potresti fermarti da noi al ritorno dall'Inghilterra. Ho qualcosa da mostrarti», la stuzzicò Giovanna.

«Che cosa? Una tela? Un mobile? Una porcellana?» s'incuriosì.

«Una scultura. Un nudo femminile che Lino attribuisce alla scuola del Maitani», dichiarò, sicura di avere suscitato l'interesse della suocera.

«Le valutazioni di Lino non sono Vangelo», osservò l'antiquaria.

«Credo che abbia visto giusto», la incalzò Giovanna. «Il Maitani è un maestro minore. E comunque scolpiva soltanto soggetti sacri. A quell'epoca non si facevano nudi di donna. Si è cominciato a farne nel Cinquecento e non è rimasto molto. Che io sappia c'è un unico esemplare del genere conservato in un museo torinese.»

«Forse è un clamoroso abbaglio, ma continuo a credere che la mia scultura sia antecedente.»

«Voglio darle un'occhiata. A proposito, dove l'hai trovata?»

«È una lunga storia. Te la racconterò quando ci vedremo», tagliò corto Giovanna. Quando posò il ricevitore, vide che Lino stava preparando il gesso per il restauro del tallone. Il composto era sempre lo stesso, in uso da seicento anni: colla di pelle di coniglio legata con gesso di Bologna, con aggiunta di polvere nera e di un uovo per fissare il colore.

Giovanna lo lasciò al suo lavoro per controllare alcune fatture. Di tanto in tanto, seduta alla scrivania, alzava lo sguardo sulla strada sperando di veder passare Matilde. Provava gratitudine per quella strana vecchia che le aveva praticamente regalato un oggetto tanto interessante. Il tempo passava e la donna non compariva. Incominciò a preoccuparsi.

«Lino, crede che debba andare a vedere come sta Matilde?» si decise a consultarsi.

«Quella, in casa sua non vuole nessuno», brontolò l'uomo.

«Però stamattina mi ha fatta salire.»

«Solamente per venderle la statua.»

«Stava male. Ho dovuto metterla a letto», spiegò l'antiquaria.

«Un giorno o l'altro la troveranno stecchita nella sua soffitta.»

«Non le è simpatica. Perché?»

«È una strega. Meglio non averci a che fare.»

«A me è sembrata soltanto una povera donna molto sola», obiettò Giovanna.

«Non vuole compagnia», osservò Lino.

«Vado a cercarla», decise Giovanna. «Se arriva mia figlia, le dica di aspettarmi.»

Uscì dal negozio, raggiunse la casa di Matilde e salì di corsa le quattro rampe di scale. Entrò nell'abbaino e vide la donna distesa a letto con il bassotto che uggiolava accanto a lei.

9

Giovanna respirò l'odore della paura, della solitudine, dell'abbandono mentre la vecchia e il suo cane le rivolgevano sguardi supplichevoli.

«Che cosa posso fare?» domandò, sgomenta.

«Faccia uno sforzo di fantasia», ironizzò Matilde. «E intanto pensi al mio cane.»

Giovanna sollevò dal letto quell'insieme di pulci e di simpatia e lo mise nella cuccia accanto alla sedia a dondolo. Poi tornò accanto a Matilde, accostò al letto uno sgabello, si sedette e prese tra le sue una mano stanca della vecchia.

«Che cosa le succede?» domandò chinandosi su Matilde.

«Credo di essere malata», ammise la donna, con un senso di ritrosia. Afferrò un vecchio plaid e cercò di nascondere una macchia sul lenzuolo. «Ho tentato di alzarmi ma non ce l'ho fatta.»

Si vergognava della situazione in cui il suo orgoglio la costringeva, pur sapendo d'aver bisogno d'essere accudita.

«Perché si ostina a vivere così? Perché rifiuta l'aiuto di chi potrebbe esserle utile?» domandò Giovanna con tutta la dolcezza di cui era capace.

«Mi costa uno sforzo tremendo difendere la mia autonomia. Odio la carità», ammise.

«Eppure adesso mi sta chiedendo aiuto», constatò Giovanna.

«Con lei è diverso. Lei riesce a capire cose che altri non capirebbero. La gente, in generale, ti umilia. Ti costringe a fare cose che non vuoi. E se non ubbidisci, ti punisce e ti abbandona. Alla gente piace rimestare nel torbido, sguazzare nella miseria degli altri per fare pettegolezzi. Oppure ti aiuta per salvarsi l'anima. Tu sei diversa. La miseria non ti piace e non vuoi acquisire meriti.» Era passata dal lei al tu, come se parlasse a un'amica di sempre e aveva detto cose che rivelavano una conoscenza profonda del carattere di Giovanna.

«Che cosa mi nascondi, Matilde?» domandò.

«Non ti nascondo niente. Sei tu che ti nascondi a te stessa.»

Giovanna pensò al giudizio di Lino: «È una strega». E domandò: «Mi hai detto e ripetuto che noi due ci assomigliamo. È per questo che sai come sono?» la sfidò.

«Può darsi. A volte basta uno sguardo, un gesto, un movimento del corpo per rivelare una persona. Non si arriva alla mia età senza aver imparato a osservare e capire. Ma questa è un'altra storia. Adesso fammi uscire dal letto», ordinò, ritrovando la voce aspra di sempre.

Matilde tese le braccia verso di lei, mentre sulle labbra le nasceva una smorfia ironica: «Oggi hai vinto la lotteria: il premio è il disagio e il ribrezzo che proverai per me».

«Non riuscirai a scoraggiarmi», ribatté Giovanna, tendendo i muscoli per sollevare il corpo massiccio della vecchia. La sistemò sulla sedia e, quando si avvicinò al letto per riordinarlo, vide le lenzuola sporche di sangue. Si voltò verso Matilde e affermò decisa: «Che tu lo voglia o no, io chiamerò un medico».

Matilde si aggrappò al suo braccio e incominciò a tremare.

«Il medico non lo voglio», balbettò. «Il dottore mi manderebbe all'ospedale e là non sanno cos'è la pietà. Ho diritto alla mia dignità», disse, quasi piangendo. Lasciò il braccio di Giovanna e aggiunse, disperata: «E poi, al mio Lilìn, chi ci penserebbe? Lui non lo prendono in ospedale. E io non lo abbandono».

«Non è detto che il medico decida per il ricovero. Ma se così fosse, del tuo bassotto mi occuperei io, mentre all'ospedale sarai curata e nutrita, avrai cibo e un letto pulito.»

«All'ospedale si va a morire», sussurrò Matilde. «Ai miei tempi succedeva così e credo che le cose non siano cambiate.»

Giovanna si sentì stringere il cuore. Tuttavia reagì e incominciò a togliere le lenzuola sporche: «Intanto questo letto deve essere cambiato e tu hai bisogno di una buona lavata», affermò e aggiunse: «Quando è incominciata l'emorragia?»

«È la seconda volta che perdo sangue. Sento delle fitte al ventre e dopo sanguino. Poi il dolore passa e l'emorragia si ferma. Stamattina, però, ero così debole che non sono riuscita a mettermi in piedi da sola. Sono sicura che non è niente di grave», minimizzò per fronteggiare la paura.

«Meglio così», replicò Giovanna.

Non sapeva dove cercare la biancheria pulita. Il mobile a cassetti traboccava di indumenti logori, ventagli rotti, boa di struzzo spelacchiati, flaconi di profumo vuoti, scatole di medicinali, vecchie fotografie, immaginette di santi, un messale, un rosario in oro e corallo, guanti di pizzo, foulard di voile, rose di organza in uno stupefacente guazzabuglio di sacro e di profano.

Matilde si divertiva a osservare lo stupore di Giovanna per tutto quel vecchio ciarpame.

«Le lenzuola sono nell'armadio», si decise finalmente a darle l'indicazione giusta. Giovanna stava per richiudere l'ultimo cassetto quando notò della stoffa da cui sprigionavano bagliori rossastri e riflessi lunari.

«E questa, che roba è?» domandò incuriosita.

«Non lo vedi?» sorrise la vecchia.

Erano due strisce di velluto di due diversi colori, il cremisi e il verde malva, su cui erano applicate luminose pietre rosse e minuscole perle opalescenti.

Giovanna ebbe un tuffo al cuore. «Sembrano maniche», sussurrò incredula.

«Sono le maniche della pigotta», confermò Matilde.

Giovanna guardava stupefatta quelle strisce di stoffa che non avrebbe mai pensato di poter trovare.

«Lasciale stare», ordinò Matilde e aggiunse: «Ti ho venduto la mia bambola, non il suo corredo».

«Ma queste pietre, sono vere?» chiese Giovanna, esitante.

«Non ti riguarda.»

«Chi ti ha regalato quella scultura?»

«Inutile rivangare il passato. Ti faccio notare che stavi cercando le lenzuola», tagliò corto Matilde.

«Queste le chiami lenzuola?» protestò Giovanna, estraendo da un sacchetto di plastica due teli lisi di tessuto sintetico.

«Fammi il letto, se vuoi. Non la predica», protestò la donna.

Giovanna si mise all'opera con un vago senso di inquietudine. Quella strana vecchia esercitava su di lei un'attrazione che non sapeva spiegare.

«Immagino che non ci sia una vasca da bagno», disse, dopo aver dato al letto un aspetto decente.

«Hai intenzione di lavarti in casa mia?» scherzò Matilde. Poi cambiò tono e aggiunse: «Se non ti fa schifo, guarda dietro il paravento. C'è una bagnarola».

L'abbaino era dotato di uno scaldabagno elettrico che non funzionava. Giovanna riempì d'acqua due pentole d'alluminio e le mise a scaldare sul fornello a gas. Mentre aspettava, lavò le stoviglie brontolando perché c'era poco detersivo, perché le spugnette erano consunte, perché gli strofinacci erano sporchi. Si guardò intorno e constatò che mancavano il sapone e i teli per asciugarsi.

La vecchia ascoltava le sue lamentele, sogghignava e taceva.

L'acqua prese a bollire e Giovanna spense il gas. Riempì la bagnarola aggiungendo acqua fredda.

«Adesso, come ti lavo? Non ho neppure un guanto di spugna.»

«Mi lavo da sola, non preoccuparti. T'ho già detto che ora sto bene. Se vuoi, puoi andartene», disse Matilde mentre si alzava dalla sedia e incominciava a slacciarsi il golfino.

«Me ne andrò solamente dopo che ti sarai lavata e rivestita», affermò Giovanna.

Era pomeriggio inoltrato e, dalle finestre dell'abbaino, la luce radente del sole si andava affievolendo. Giovanna sentì il suono di passi affrettati lungo le scale. Si girò verso la porta d'ingresso e comparve Giny.

«Grazie al cielo, sei qui. Entra e dammi una mano», la accolse Giovanna.

«Ti aspettavo in bottega», replicò la ragazza, senza muoversi dalla soglia.

«Lo so. Ma vedi anche tu in quale situazione mi trovo», si giustificò.

«Ti ha telefonato l'architetto Pantani. Dice di chiamarlo subito. In bottega ci sono due clienti che ti cercano. E, per finire, avevi un impegno con me», dichiarò la figlia.

Giny si chiedeva perché sua madre, giovane, pulita, elegante e bella volesse restare in quella soffitta tanto squallida. Pensò che Matilde, avendole venduto la scultura, la costringesse a occuparsi di lei.

«Questa chi è? Mandala via», ingiunse Matilde, rafforzando l'impressione negativa di Giny.

«Questa è mia figlia. E non se ne andrà, se io voglio che rimanga», ribatté Giovanna.

«Allora, cosa facciamo?» si spazientì Giny, inquieta.

«Amore mio, devo accudire questa povera donna. Me la sbrigo subito, naturalmente. Però tu devi andare a comperare dei guanti e del sapone. Mi servono anche lo shampoo e il talco. Me lo fai questo favore?» chiese, mentre accompagnava Matilde dietro il paravento e la sollecitava a spogliarsi.

«No», rispose Giny. Fece un passo indietro, si girò e se ne andò.

Giovanna tentò di raggiungerla, ma Giny stava scendendo di corsa le scale.

«Perché no?» domandò, sporgendosi dalla ringhiera

«Tu non hai fatto niente per mio padre. E adesso ti stai prodigando per questa vecchia che neppure conosci», gridò sua figlia.

«Tesoro, ti prego, fermati. Torna su. Parliamo», supplicò Giovanna.

Giny non rispose. La donna sentì i suoi passi risuonare nel cortiletto.

Aveva le lacrime agli occhi e non sapeva che cosa fare. Avrebbe voluto rincorrere quella ragazzina irragionevole, ma non poteva abbandonare Matilde. Giny, la bottega, i clienti erano la sua vita, il suo lavoro, il suo universo. Capiva la reazione della figlia. Giny aveva ragione. Perché stava facendo per Matilde quello che non aveva mai fatto per nessuno, nemmeno per suo marito?

10

ALLE dieci del mattino Giovanna arrivò in piazza Cordusio. Filippo Pantani la stava aspettando davanti a una bancarella di fiori. Aveva in mano un mazzolino di mughetti e glielo porse.

Giovanna sorrise, lo ringraziò e gli diede un bacio.

«Sei stanca e di malumore», indovinò lui, prendendola sottobraccio.

«Sono in lite con mia figlia. Anzi, è lei che è in lite con me e ha le sue ragioni. Ma io ho le mie. Alla fine ci ritroviamo come due pugili suonati», scherzò per dissipare l'amarezza causata dal litigio con Giny. Il giorno prima, dopo che sua figlia l'aveva abbandonata con Matilde, rincasando, Giovanna aveva trovato un messaggio: «Vado a cena con Paolo, visto che non avevi tempo per mangiare una pizza con me, come promesso». Era rientrata all'una del mattino. Giovanna era alzata ad aspettarla. Era nato un litigio, durante il quale sua figlia aveva rincarato le accuse e lei non aveva neppure tentato di difendersi.

«Sono normali conflitti generazionali», osservò l'architetto. «Una donna, per crescere, deve entrare in competizione con la madre.»

«Davvero?» ribatté ironicamente Giovanna.

Attraversarono l'atrio di un palazzo ottocentesco. Filippo si fece consegnare dal portiere un mazzo di chiavi e raggiunsero un ascensore con eleganti ferri battuti e cristalli molati.

«Liberty purissimo», decretò Giovanna. «Perché hanno smesso di costruire ascensori così belli?»

«Perché le scatole di metallo costano meno. Purtroppo, però, sono brutte», replicò l'architetto.

Si fermarono al sesto piano. Un'ultima breve rampa di scale, con gradini in marmo rosa di Verona, conduceva alla mansarda. Il plafone a cupola, realizzato con vetri policromi legati a piombo, lasciava trasparire la luminosità del sole che si colorava di verde, di azzurro, di rosa e di violetto.

«Che meraviglia!» esclamò Giovanna salendo i pochi gradini che la separavano da uno spazioso pianerottolo dove troneggiava una porta in noce biondo, con stipiti scolpiti e il traverso a volute. I battenti erano spalancati. Dall'interno venivano voci e, a tratti, il rumore assordante di un martello pneumatico.

Giovanna e Filippo entrarono nella mansarda. Il pavimento era protetto da fogli di plastica che scricchiolavano sotto i loro passi. Furono avvolti dall'odore pungente della calce. Si affacciarono su un salone. Due operai, in cima agli scalei, lavoravano di spatola per rivestire la volta del soffitto con stucco veneziano dalle delicate sfumature azzurrine. L'effetto di un cielo primaverile era esaltato dalle colonne doriche che, ai quattro angoli, sostenevano la volta. Finestroni ad arco ribassato si susseguivano lungo la parete di fondo. Giovanna e Filippo imboccarono un corridoio e si fermarono sulla soglia di una enorme stanza da bagno. La vasca, al centro, era in marmo azzurro con venature d'oro. Poggiava su zampe leonine di metallo dorato. Tre operai stavano mettendo in opera un ripiano a semicerchio, dello stesso marmo, lungo una parete concava. I muri e il soffitto, tirati a stucco, riprendevano i colori del marmo che rivestiva il pavimento.

«Questa è la terza volta che rifacciamo il bagno», spiegò Filippo. «E spero che sia l'ultima.»

Gli operai li salutarono. Quello che sembrava essere il capo, replicò: «Se mi butta per aria di nuovo il lavoro, dovrà trovarsi un altro posatore. Ho già perso clienti per star dietro a questo appartamento».

Giovanna rivolse a Filippo uno sguardo interrogativo.

«Il mio cliente», le spiegò, «non ha le idee chiare. Prima gli andava bene il bianco di Carrara. Dopo averlo visto montato non gli piaceva più, e ha voluto il broccatello spagnolo, giallo con venature violette. Ma, a lavoro ultimato, ha detto che voleva questo blu del Brasile. Ed è così anche per tutto il resto della casa. È una persona difficile», lo scusò Filippo.

«Dica pure che è fuori di testa, architetto», sottolineò il capo operaio.

«Il cliente ha sempre ragione», lo ammonì l'architetto.

Fornì alcune indicazioni ai posatori e proseguì il giro dell'appartamento con Giovanna. La guidò verso la camera da letto. I muri erano già stati rifiniti con stucco bianco. Su una delle pareti si apriva un'alcova, delimitata da due colonne doriche, entro cui collocare il letto. Al centro della stanza campeggiava un cavalletto da disegno coperto di piante e di lucidi che riproducevano i vari ambienti. Parecchi fogli erano martoriati da vistose correzioni a pennarello. Filippo li guardò ed ebbe un moto di disappunto.

«È stato di nuovo qui», esclamò. «Se almeno una volta riuscissi a parlargli!»

«Stai lavorando per un committente fantasma?» scherzò Giovanna

«Comincio a credere davvero che lo sia. Non l'ho mai visto in faccia. Comunica con me soltanto via fax. Viene qui quando gli pare, scarabocchia i miei disegni con il pennarello e ha la pretesa che io interpreti i suoi geroglifici. Cambia idea ogni due giorni e intanto si lamenta perché i lavori vanno per le lunghe. Il solo aspetto positivo è che non discute sui costi», spiegò Filippo.

«Si chiama per caso Primula Rossa?» domandò Giovanna, divertita.

«Si chiama Alessandro Mongrifone.»

«Accipicchia», esclamò Giovanna. E soggiunse, abbassando il tono di voce: «È il costruttore siciliano in odore di mafia?»

«Quello è suo padre. Il mio cliente è il figlio: finanziere e immobiliarista. Vive tra Milano, Hong Kong e Londra. Questo palazzo è suo. L'autunno passato ha affidato al mio studio questo lavoro, dicendomi che lo voleva finito per Pasqua. Siamo a maggio e qui è ancora tutto in alto mare. Naturalmente non per colpa mia, come hai potuto constatare.»

«Ti sei preso una bella gatta da pelare», deplorò Giovanna, mentre seguiva l'amico nel giro d'ispezione delle altre stanze. C'erano uno studio computerizzato, un ufficio di segreteria, un appartamento per gli ospiti e uno per i domestici, una grande cucina, un office immenso, una piccola palestra e un giardino pensile con piscina coperta.

«I miei clienti non sono mai tipi facili da gestire. Però ci incontriamo, discutiamo guardandoci in faccia e, alla fine, troviamo un'intesa. Ma con questa Primula Rossa, come l'hai definito tu, non c'è possibilità di dialogo», si lamentò.

«Telefonagli», suggerì lei.

«Già fatto. L'approccio più vicino a lui è stato con la sua segretaria che, con un giro di parole eleganti, mi ha fatto capire di non importunarla per una faccenda di così poco conto.»

«E tu vorresti una mano da me? Hai scelto la persona sbagliata, amico mio. Io non saprei proprio da che parte incominciare in una situazione come questa», obiettò.

«Giovannina, avevi promesso. Lunedì io devo entrare in clinica e tu non sei donna da lasciare un amico nei guai», la minacciò in tono scherzoso.

Giovanna sorrise, ma era preoccupata, anche perché non sapeva bene che tipo di contributo l'architetto si aspettasse da lei.

«Mi sembra una casa così maschile. Non trovo niente con cui entrare in sintonia. Il tuo finanziere non tiene conto delle esigenze di sua moglie?» domandò.

«Non so se ne esiste una. La mansarda, comunque, è per lui solo.»

«Per arredarla, dovrei conoscere la persona che l'abiterà», osservò Giovanna.

«Di solito è così. Ma in questo caso, di Alessandro Mongrifone posso solamente dirti che è nato a Palermo ed è riuscito ad avere, Dio sa come, la cittadinanza inglese. È tutto quello che so di lui», sintetizzò Filippo.

«Come vi siete accordati sulle linee del restauro?»

«Via fax. Poi ci sono i suoi 'blitz' notturni per mandare all'aria, come hai visto, i lavori eseguiti.»

«Però questo appartamento è superbo. Da qui si vedono i tetti della Milano ottocentesca e tutto il cielo di Lombardia, 'così bello quand'è bello', come diceva il Manzoni.»

L'architetto non era nello stato d'animo adatto per apprezzare le citazioni letterarie di Giovanna.

«Domani cominceranno a montare armadi e scaffalature nel guardaroba e nell'office. Mi affido a te per controllare che tutto vada bene. E anche per la scelta della biancheria dei letti, dei bagni e della tavola. Dovrai occuparti di scegliere piattı, bicchieri e posate. La batteria da cucina è già pronta ed è stata ordinata dal suo cuoco. Ho disegnato i monogrammi che dovranno essere ricamati sulla biancheria, incisi sull'argenteria e riprodotti sul vasellame.»

«Gli piace segnare il suo territorio come i cani», ironizzò Giovanna.

«Ma si diverte a restare nell'ombra. Pensa che ho tentato, senza successo, di rintracciare una sua fotografia. Mi ero rivolto a un amico che lavora in cronaca, al *Corriere*. Mi ha detto che di Alessandro Mongrifone non ci sono tracce. Esistono dati e immagini del padre, ma non suoi.»

«E il tam-tam dei pettegolezzi che cosa racconta?»

«Soltanto che lui e il padre si detestano. Lui ha lascia to Palermo in aereo, quindici anni fa, senza una lira ii tasca. Non è mai più tornato da quelle parti e, nel frattempo, si è costruito una fortuna, Dio sa come. E questo è davvero tutto quello che si sa di lui», raccontò Filippo.

Lasciarono la mansarda e uscirono sulla piazza. Era l'ora di pranzo. I bar venivano presi d'assalto da commessi e impiegati, mentre i negozi chiudevano per l'intervallo del mezzogiorno. Giovanna e Filippo si salutarono

Leı si avviò a piedi verso corso Garibaldi. Decise che, se avesse affrettato il passo, sarebbe arrivata in tempo per l'uscita di Giny da scuola. Voleva portarla a colazione da qualche parte, nel tentativo di ricucire lo strappo della notte precedente. Ai rimorsi nei confronti del marito, al dolore per la sua morte, si sovrapponeva ora l'ansia di perdere l'amore della figlia.

La vide. Spiccava sulle compagne perché era la più alta e la più bella. Vestiva esattamente come tutte le sue coetanee: scarpe Nike, jeans rattoppati, T-shirt bianca, felpa arrotolata sui fianchi, zainetto Mandarina Duck su una spalla, libri sotto il braccio. Osservandola, Giovanna pensò, con infinita tenerezza, che la sua Giny era tale e quale a Jacopo.

Il gruppetto delle liceali si disperse e Giovanna attraversò la strada per andare incontro alla figlia. In quel momento la vide alzare una mano in direzione di un uomo piuttosto giovane, piuttosto biondo, piuttosto elegante, piuttosto insignificante, che puntava dritto su di lei. Giny lo abbracciò, lui la baciò sulle labbra. Poi le circondò le spalle con un braccio e insieme, sorridendo, si accostarono a un'auto sportiva. Lui si mise al volante. Giny sedette al suo fianco e l'auto partì, sgommando.

«Il rappresentante di mutandine!» esclamò Giovanna, a voce alta. Si portò una mano alla guancia come se avesse ricevuto uno schiaffo. Si sentì disperatamente sola ed ebbe voglia di piangere.

Poi ricordò tutte le volte in cui aveva lasciato Giny per andarsene con qualcuno dei suoi corteggiatori e pensò che anche sua figlia doveva aver provato lo stesso senso di abbandono e di amarezza. Con una piccola differenza: le sue storie non avevano alcun significato, quella di Giny, invece, rischiava di segnarle l'esistenza.

11

I GELSOMINI sul balcone avevano perduto i petali e le foglie stavano ingiallendo. A questo punto, di solito, Giovanna smetteva di accudirli, lasciando ad altri il compito di occuparsene. Invece, per la prima volta, si procurò due sacchi di terriccio fresco e rinvasò le piante, sfoltendo con cura le radici affinché, l'anno dopo, rifiorissero più rigogliose.

Viveva giornate intense, programmando le ore di lavoro e quelle da dedicare a sua figlia. Aveva ridotto gli impegni con gli amici. Giny era meno aggressiva e sembrava gradire le maggiori attenzioni di sua madre. Da diversi anni, la sera di venerdì era dedicata alle riunioni di famiglia: Margherita, con il marito e i figli, e Lucia, con la compagna del momento, andavano a cena da Giovanna.

Nei suoi confronti avevano tutti un atteggiamento un po' ambiguo: la ammiravano perché si era conquistata un'ottima posizione sociale, la invidiavano perché nessuno di loro era riuscito a fare altrettanto, la criticavano attribuendo il suo successo alla bellezza e alla disinvoltura con cui si era gestita.

Giovanna era consapevole di questo groviglio di sentimenti, ma non se ne curava. Anno dopo anno, il numero dei commensali si era assottigliato poiché i figli di Margherita, crescendo, preferivano la compagnia degli amici a quella di zia Giovanna. Quella sera, per la prima volta, anche Giny si defilò.

«Era ora», la giustificò Lucia. «Ormai ha sedici anni ed è giusto che abbia la sua vita.»

Stavano pranzando con un timballo di riso e piselli preparato da Bruna.

«Dipende dalle scelte che si fanno», osservò la sorella maggiore.

«Stai insinuando qualche cosa?» intervenne Luigi, suo marito.

«Io dico quello che penso. Dunque, non cercare inutili doppi sensi», lo rintuzzò Margherita.

«Rimane il fatto che la confidente di tua nipote sei tu», la incalzò Luigi.

«I ragazzi confidano soltanto quello che vogliono», interloquì Alessia, la compagna di Lucia.

«Tu parla per te», la zittì Margherita, che accettava le compagne della sorella unicamente per quieto vivere, ma non tralasciava occasione per deplorarne la diversità.

La storia di Lucia con Alessia durava ormai da un paio d'anni e sembrava consolidarsi con il passare del tempo. Lucia aveva quarantatré anni, Alessia venti di meno. Era figlia di un affermato professionista e frequentava l'università superando brillantemente gli esami. Prima di conoscere Lucia, Alessia era stata un vero cruccio per i genitori. Da adolescente aveva sofferto di anoressia. Poi, era diventata bulimica. Due comportamenti contrastanti, entrambi finalizzati al desiderio inconscio di annullarsi. I medici avevano inutilmente dispiegato tutte le loro forze per aiutarla a vivere. Soltanto l'incontro con Lucia era stato risolutivo. Alessia aveva riconosciuto la propria omosessualità e, facendo chiarezza, aveva trovato un equilibrio. Ora, la ragazza e la donna vivevano insieme, si consideravano una famiglia a tutti gli effetti e godevano della benedizione dei genitori i quali dichiaravano, laconicamente: «Meglio una figlia lesbica che una figlia morta».

La sola che non accettava la relazione di Lucia con Alessia era Margherita, che deprecava la loro convivenza. Anche quella sera colse la palla al balzo per far sentire Alessia estranea alla famiglia.

Lucia posò una mano consolatrice su quella della compagna e le dedicò uno sguardo implorante per indurla a non reagire.

«Se dobbiamo parlare di Giny, dichiaro pubblicamente che non voglio sottintesi», intervenne Giovanna.

«Ti faccio notare che io ho detto soltanto una banalità, senza malizia. Ma se c'è qualcosa da sapere, vorrei saperlo subito», dichiarò Margherita.

«Sì, qualcosa di nuovo c'è. Ormai da un pezzo, per la verità. Ma io, come tutti i genitori, sono stata l'ultima a esserne informata. Giny ha un ragazzo del quale si dichiara perdutamente innamorata. Prende la pillola e questo vi dice la natura del loro rapporto. Lui è un venditore di biancheria intima ed è sposato», sparò Giovanna, tutto d'un fiato.

«Questa, poi, da mia nipote non me la sarei proprio aspettata», sbottò Margherita, indignata.

«Noi lo sapevamo da un pezzo», sussurrò Lucia, includendo Alessia nel ruolo di confidente di Giny.

«Mi sembra ovvio. Certe cose si possono raccontare solo a voi due», esplose Margherita.

«Smettila di fare la madre nobile e bada piuttosto ai tuoi figli!» la rimbrottò Luigi.

«Tu mangia e taci», gli ordinò la moglie. Aveva una scarsa considerazione per quel compagno che non era riuscito a fare carriera e, a cinquant'anni, era ancora impiegato di quinto livello nell'amministrazione pubblica.

«Luigi ha ragione», intervenne Giovanna, in sostegno del cognato. «Tu hai la pretesa di considerarti l'unica depositaria del Vangelo in terra. E poi non capisco perché, ogni volta che ci si vede, si debba per forza parlare dei ragazzi.»

«Ammetterai che questa storia di Giny è piuttosto preoccupante», ribadì Margherita, neppure scalfita dalle parole del marito e della sorella.

«Certo che tu sei molto brava a buttare legna sul fuoco», la criticò Luigi.

«Perché non parliamo dei presenti?» intervenne Alessia. «Potrei parlarvi di me. Mi piace tanto! È una scoperta recente e molto appagante. Prima ero terribilmente introversa. Adesso sono diventata una chiacchierona inarrestabile. Ho trovato in Lucia un'ascoltatrice straordinaria.»

«Sì, cara, lo sappiamo», la incalzò Margherita. «Ma se invece di mia sorella avessi trovato un bel ragazzo, le cose ti sarebbero andate decisamente meglio.»

Lucia e Alessia non raccolsero la provocazione scambiandosi, invece, uno sguardo divertito.

«Hai perso un'altra occasione per tacere», intervenne Luigi. «Non hai un briciolo di sensibilità. Del resto, non l'hai mai avuta.»

«La tua è più che sufficiente per tutti e due. Soprattutto quando la traduci in una prosa melensa che utilizzi per mandare bigliettini stomachevoli alle colleghe giovani e carine», sparò la moglie.

Bruna aveva servito una rana pescatrice cucinata al forno, insaporita con erbe aromatiche.

«Non trovate che sia squisito il pesce?» Giovanna tentò di cambiare discorso.

Luigi era arrossito, aveva smesso di mangiare e si stava alzando da tavola. «Forse è meglio che io tolga il disturbo. Chiedo scusa alle signore. Mia moglie esclusa, naturalmente.»

«Ma certo, va' pure, così hai finito di stare sulle spine. È da quando sei arrivato che hai voglia di scappare. So benissimo che la tua bella ti sta aspettando», sbottò Margherita, con voce rabbiosa.

Giovanna, senza fare commenti, si limitò ad accompagnare suo cognato alla porta e, in quel momento, anche Alessia li raggiunse.

«Ti chiedo scusa, Giovanna. Il sarcasmo di tua sorella è intollerabile e peggiora con il passare del tempo. Me ne vado anch'io», la salutò.

A tavola rimasero soltanto le tre sorelle.

«Non si può dire che la cena di questo venerdì sia stata un successo», si rammaricò Giovanna, riprendendo il suo posto.

Margherita si era messa a piangere e Lucia tentava di consolarla.

«Quel mascalzone di mio marito ha un'amante», dichiarò tra i singhiozzi. E soggiunse: «Sono mesi che mi tengo dentro questo rospo. Mi verrà un'ulcera allo stomaco e sarà soltanto colpa sua».

«Non è che tu abbia fatto molto per tenertelo vicino», osservò Giovanna.

«Che altro ti aspettavi? Gli uomini sono tutti maiali», dichiarò Lucia.

Bruna si affacciò alla porta e chiese se poteva servire il dessert. Giovanna le fece un cenno di assenso.

«Mi si è chiuso lo stomaco», protestò Margherita. «Non posso mangiare altro.»

«La meringata di Bruna fa miracoli», garantì Giovanna, mentre la cameriera posava sul tavolo una torta gonfia e candida dalla cui sommità scendevano rivoli di cioccolata bollente.

«Quei due sciocchi se ne sono andati e non sapranno mai che cosa si sono persi», esclamò Lucia, guardando il dolce con avidità.

A quel punto Margherita si asciugò le lacrime, soffiò rumorosamente il naso nel fazzoletto e ritrovò il sorriso.

«Ma sì, anneghiamo i dispiaceri nella cioccolata. I dolci sono la mia unica consolazione.»

«Smettila di commiserarti», l'ammonì Giovanna.

«E perché non dovrei? Capitano tutte a me. Voi due non avete mai subito nemmeno l'ombra di quello che ho subito io. In quarantacinque anni, non ho smesso un giorno di patire», dichiarò con un sospiro da vittima. E subito dopo affondò il cucchiaio nel dolce, riempì il suo piatto e incominciò a mangiare.

Per qualche minuto restarono in silenzio. Si sentiva soltanto il ticchettio dei cucchiai sui piatti.

Poi Giovanna disse: «Qualche giorno fa ho sentito un tango. *La cumparsita*, per essere precisi. Ho provato un senso di disagio, un malessere che non riesco a spiegarmi. Non può dipendere soltanto dal fatto che odio la musica, tanto che non ho mai voluto imparare a ballare. Ho ripensato, invece, a un sogno che mi perseguita da anni: vedo una bambina con le labbra sporche di cioccolata e la mano di un uomo che cerca di pulirgliele, sporcandola di più. Non so chi sia quella bambina, né a chi appartenga la mano dell'uomo. So invece che il malessere per questo sogno è simile a quello che ho provato ascoltando il tango».

Lucia e Margherita abbassarono lo sguardo sui piatti.

«Ci ho pensato a lungo, ci ho rimuginato sopra e, la notte scorsa, mi sono svegliata di soprassalto ricordando che in casa nostra si faceva musica, quando eravamo bambine. Avevamo un giradischi, stava sul comò, nella stanza di mamma e papà. Mamma cuciva i vestiti per le sue clienti. Papà stava sul letto e rideva. Noi tre ballavamo e giocavamo. Un giorno, il giradischi è sparito. Perché?» proseguì Giovanna.

Non ebbe risposta.

«Si è fatto tardi», disse invece Lucia. «Ti ringrazio per la cena. Quanto a Giny, non preoccuparti. La sua storia sballata finirà prima di quanto tu creda.»

«Sarà meglio che vada anch'io», dichiarò Margherita. «Domattina mi alzerò prestissimo. Devo allestire in parrocchia i banchi per la vendita di beneficenza», si giustificò.

«Peccato. Avevo tanta voglia di parlare con voi, questa sera», si rammaricò Giovanna.

«Sarà per un'altra volta», promise Lucia, sul punto di congedarsi.

«Non rivangare il passato», soggiunse Margherita, affiancandosi a lei.

«Perché? Che cosa ci sarebbe di male?» s'incuriosì Giovanna, mentre le accompagnava alla porta. Aveva la sensazione di aver toccato un punto dolente e le sembrò che le sorelle maggiori la stessero sfuggendo.

«Assolutamente nulla», risposero quasi contemporaneamente. La abbracciarono e scomparvero dentro l'ascensore.

Giovanna richiuse l'uscio di casa, andò nella sua camera da letto e prese a spogliarsi. Cominciò a canticchiare *La cumparsita*. E subito spuntarono le lacrime.

12

Il pavimento di linoleum verde, nel corridoio della clinica, era lucidato a specchio. Le porte delle camere erano chiuse. Due infermiere confabulavano sulla soglia della sala medica. Erano giovani, belle e sprizzavano salute.

Giovanna percorreva il corridoio pensando che, dietro ognuna di quelle porte, si consumava un dramma. Per molti, il problema si risolveva con un felice ritorno a casa. Per alcuni c'era un triste epilogo. Era un luogo di dolore, camuffato da albergo di lusso. Un tempio nel quale i sacerdoti della medicina facevano di tutto per incrementare i loro interessi.

Giovanna nutriva un sommo disprezzo per chi speculava sulla salute. Quando aveva fatto il giro del mondo con Jacopo, passando da uno specialista all'altro, alla ricerca affannosa di un aiuto, aveva toccato con mano il cinismo di molti luminari. Alla fine, disgustati e delusi, lei e il marito avevano concluso che il vecchio medico di famiglia era la guida migliore per un paziente affetto da una malattia inguaribile. E così era stato. L'anziano dottore di casa aveva assistito Jacopo con sincera partecipazione ed era riuscito a infondergli fiducia e coraggio, aiutando anche Giovanna a contenere l'ansia.

Individuò la camera di Filippo. La porta era socchiusa. Bussò e si affacciò dalla soglia. L'architetto era in poltrona, indossava una vestaglia di seta rosso cupo e sorrideva alle battute di un telefilm trasmesso alla televisione.

«Posso disturbarti o devo ripassare?» domandò Giovanna.

«Giovannina mia!» esclamò l'uomo, alzandosi per abbracciarla. «Sei così carica di doni che mi sembri Babbo Natale», soggiunse, aiutandola a liberarsi dei pacchi.

«Ti ho portato tutti i giornali che mi hai chiesto, dei cioccolatini e un libro d'arte. Dimmi che non lo avevi, perché ci ho investito un capitale.»

Era un grande volume interamente illustrato. Filippo lesse: «*La cornice italiana dal Rinascimento al Neoclassico*, di Franco Sabatelli».

«Per me è quasi una bibbia», sottolineò Giovanna.

«Sono d'accordo. L'avevo anch'io, ma l'ho prestato a un amico che, come spesso succede, non me lo ha più restituito. Grazie», le sfiorò la guancia con un bacio.

«A che punto sei con gli esami?» s'informò lei.

«I risultati di quelli fatti finora sono confortanti. Ma se la prendono comoda e dovrò fermarmi più del previsto. L'immunologo che mi segue è molto gentile e competente. Mi ha spiegato un sacco di cose a proposito della sieropositività, compreso il fatto che essere sieropositivo non significa essere necessariamente malato di Aids. Insomma, mi sono convinto che il mio orizzonte non è poi così prossimo come temevo. Mi sento rinascere dopo i giorni da incubo che ho passato», spiegò, abbracciandola con allegria.

«Allora possiamo parlare di lavoro», dichiarò Giovanna, sedendo in poltrona, davanti a lui.

Presero a discutere nei particolari la situazione della mansarda di piazza Cordusio. Con la sua Polaroid, Giovanna aveva scattato molte fotografie che ora mostrava all'architetto per documentare lo stato dei lavori. «Come vedi, le camere degli ospiti, il guardaroba e l'office sono a posto. Era arrivato anche il letto del tuo cliente e, a questo proposito, ti mostro il messaggio che ho trovato ieri, in bella mostra, sulla testiera», gli tese un foglio scritto con il pennarello.

Filippo lesse: «Da rimandare al fornitore. Penserò io a trovarne uno più adatto». Ebbe uno scatto di rabbia: «È insopportabile! Mi aveva lasciato libero di scegliere»

«Calmati, Filippo. Ho già provveduto a restituirlo al mittente. Sono curiosa di vedere con che cosa lo sostituirà. Ma non finisce qui. Nello studio ho trovato un altro messaggio. Eccolo. Dice che le porte in radica non vanno bene. Le vuole laccate. Così ho lasciato a mia volta un messaggio sulla scrivania.»

«Che cosa gli hai scritto?»

«Che la smetta di fare i capricci.»

«Davvero?» domandò Filippo, incredulo.

«Ho fatto male, lo so e ti prego di perdonarmi. Ero furibonda e non ho considerato che, come dici tu, il cliente ha sempre ragione. Adesso rischierai di perderlo per colpa mia», si rammaricò.

«Io trovo che tu sia straordinaria. L'ho sempre saputo che le donne hanno una marcia in più. Io non avrei mai avuto il coraggio di dirglielo. Hai fatto benissimo», approvò.

«Guarda che posso ritornare nella mansarda e strappare il biglietto. Anche perché è probabile che la Primula Rossa non torni lassù per un bel pezzo», ragionò lei.

Giovanna non riusciva a capire come un finanziere internazionale potesse trovare il tempo per fare quelle antipatiche incursioni e non lo utilizzasse, invece, per parlare con l'architetto che gli stava allestendo una casa cui sembrava tenere moltissimo.

«Secondo me, il tuo cliente si sta divertendo alle nostre spalle. Tanto più che può permetterselo», osservò infine.

«Da quando so di essere malato, vedo la vita sotto una nuova luce. Non voglio più avere a che fare con i matti. Mongrifone è tra questi. Non è vero che il cliente ha sempre ragione», dichiarò Filippo.

«Anche mio marito e mia suocera sono sempre stati di questo parere e non se ne sono mai pentiti. Ho imparato la lezione da loro e l'ho spiattellata a Mongrifone. La mia è stata comunque un'ingerenza di campo. Scusami», dichiarò Giovanna.

Entrò un'infermiera dall'aria gentile. Sospingeva una sedia a rotelle.

«Dobbiamo andare in radiologia», annunciò.

«E io devo tornare al lavoro», si congedò Giovanna.

Prima di recarsi in bottega, si concesse l'acquisto di un tailleur quasi estivo nella boutique di un famoso stilista. Fu anche tentata di comperare un vestito per sua figlia, ma rinunciò al piacere di un regalo perché sapeva che Giny non lo avrebbe apprezzato. Non condivideva i gusti della madre e, agli abiti eleganti, preferiva magliette orribili con disegni plastificati.

Imboccò via Fiori Chiari e si ricordò di Matilde. Le aveva mandato il suo medico, che era anche un vecchio amico. Poi, gli aveva telefonato e lui le aveva detto che Matilde aveva assolutamente bisogno di essere ricoverata in ospedale. «La sua pancia non mi piace», aveva spiegato, precisando tuttavia che soltanto una serie di indagini mirate gli avrebbe consentito una diagnosi. Compito di Giovanna era di indurla ad accettare il ricovero.

Si fermò in un piccolo supermercato e comperò per lei latte, miele, biscotti e succhi di frutta.

Come sempre, la porta dell'abbaino era spalancata e il vecchio grammofono diffondeva la disperazione di un tango: «... *y aquel perrito compañero, que por tu ausencia no comía...*»

Matilde si dondolava sulla sedia con lo sguardo perso a osservare, dalla finestra sul tetto, il cielo delicato di maggio. Giovanna attraversò la stanza, fermò il disco e depose il sacchetto di provviste sul tavolo.

Matilde continuò a dondolarsi, fingendo di ignorare la sua presenza.

«Ti ho portato qualcosa da mangiare», annunciò, mentre si rimboccava le maniche e incominciava a fare ordine. Quindi osservò: «Non vedo piatti sporchi. Come mai? Li hai lavati, oppure hai digiunato?»

Matilde non rispose.

«Ce l'hai con me a causa del dottore?» insistette, mentre rassettava il letto.

Di nuovo silenzio.

«Avrei dovuto avvertirti. Me ne è mancato il tempo», si scusò.

«Tu non puoi fare e disfare, andare e venire a tuo piacimento», brontolò Matilde.

«Hai ragione. Non mi sono fatta vedere negli ultimi giorni e dovevo informarti della visita del medico. Se vuoi, me ne vado.»

«Io non ti ho chiesto niente. Lasciami in pace.»

«Però, tieni sempre la porta spalancata. Potrebbe essere un modo per chiedere aiuto», sottolineò Giovanna.

«Che cosa ne sai tu? Lascio entrare la vita da quella porta, i ricordi che mi avvolgono come folate d'aria. Il passato è tutto quello che mi rimane. Non ho futuro, né speranze, né sogni. Non ho nulla da fare se non ricordare», sussurrò la vecchia. Smise di dondolarsi, chiuse gli occhi e riprese a parlare: «Mi chiamavano Capelli d'Oro Rosso quando, con portamento altero, ballavo il tango, mentre un violino, una chitarra e un bandoneon sottolineavano i miei passi. Mettevo nel ballo la rabbia e la disperazione che mi divoravano. Ruotavo una gamba ed era come se prendessi a calci le violenze subite. Soltanto un uomo aveva intuito la mia fragilità. Lui mi chiamava Fiore di Pesco. Ma prima, molto prima, ero stata Cinque Centesimi di Collo Lungo, tanto ero piccola e secca. Ma perché ti dico queste cose? Tu non puoi capire, perché non hai mai imparato ad ascoltare».

«Ascoltare, che cosa?» domandò Giovanna.

«Il silenzio, mia sbadata signora. Il silenzio può diventare un frastuono inaudito. Dicono che sono matta. Forse lo pensi anche tu, ma non è così. Pazza era quella regina di Spagna, di cui porti il nome, che andava per il mondo trascinandosi dietro il corpo del suo sposo defunto. Io conservo nel mio cuore il ricordo di tutti i miei morti che tacciono per sempre. Ma se ascolto il silenzio, allora sento le loro voci, le loro storie e mi sembra di impazzire. È questa la vita che faccio entrare dalla porta spalancata.»

Giovanna sfiorò con una carezza la guancia deturpata della donna. La guardò con affetto e le chiese: «Come stai? Hai più avuto dolori?»

«No. Potevi risparmiarti la visita del tuo dottore e non tentare di convincermi ad andare all'ospedale», replicò, allontanando da sé, con un gesto deciso, la mano di Giovanna.

«D'accordo. Adesso ti preparo un po' di latte e domani tornerò a trovarti», promise.

«Mettimi su *La cumparsita*», ordinò Matilde, indicando il grammofono.

«Questo no», si ribellò Giovanna.

«Perché no?»

«Mi fa star male.»

«Una ragione di più per ascoltarla. Non scappare, non aver paura di soffrire. Ascolta la musica e domandati perché quelle note e quelle parole ti inquietano.»

«Non capisco dove tu voglia arrivare», disse Giovanna, con un vago senso di smarrimento. Aveva apparecchiato la tavola, riempito una scodella con il latte fumante e spalmato miele su alcune fette biscottate.

«Capirai», sussurrò la vecchia. Lasciò il suo dondolo, sedette al tavolo e si mise a mangiare.

«Ci vediamo domani», si defilò Giovanna, avviandosi verso l'uscita.

«Metti su *La cumparsita*, prima di andar via», ripeté Matilde.

«Fallo da te», gridò Giovanna scendendo velocemente le scale.

Nel retrobottega trovò Lino che stava preparando una mecca per il restauro di una cornice veneziana. Non era solo. Giny lavorava di raspino, liberando il gesso in eccedenza sul fondo intagliato della cornice.

«Che cos'ho fatto di bene, oggi, per averti qui?» domandò Giovanna, chinandosi a baciare sua figlia.

«Ti prego di non sfottere, altrimenti me ne vado», rispose Giny.

«Sono soltanto contenta di vederti», affermò Giovanna, alzando le braccia in segno di resa.

«Ha telefonato la nonna, da Londra. Dice che domani a mezzogiorno sarà a Milano. Le ho detto che andrai a prelevarla a Linate», annunciò.

Giovanna aggirò un grande scaffale, accese una lampada e osservò la scultura di Matilde completamente ripulita e al sicuro dagli sguardi dei curiosi. Eugenia Lanciani non aveva resistito alla tentazione di vedere la statua. Sorrise compiaciuta.

«Allora, dovrò fare questa sera quello che avevo in programma per domani mattina», ragionò.

«Che cosa?» domandò Giny.

«Il solito giro di controllo nella mansarda di piazza Cordusio. Te ne avevo parlato, ricordi? A proposito, vuoi venire con me?»

«Non posso, questa sera devo andare a teatro. La scuola ci porta a vedere *Il giardino dei ciliegi*. Sai che pizza!» brontolò la ragazza.

«Davvero? Penso che se i tuoi insegnanti ti portano a sentire Shakespeare, ci deve pur essere una ragione», precisò Giovanna con aria compunta.

«Mamma!» si scandalizzò Giny, «si tratta di Čechov. Forse è davvero giusto che io vada a teatro, o rischierò di crescere ignorante come te.»

Giovanna sorrise divertita. Aveva volutamente sbagliato per offrire a sua figlia un piccolo vantaggio su una madre forse troppo ingombrante.

Dopo cena l'accompagnò al Piccolo Teatro, quindi arrivò in piazza Cordusio.

Aprì la porta della mansarda e sentì dei rumori che venivano dalla camera da letto padronale.

Si infilò nel corridoio, entrò nella stanza e trovò un uomo che, in jeans e maglietta, si aggirava tra le macerie e i calcinacci che ingombravano il pavimento: le due colonne doriche che sostenevano l'alcova erano state demolite. Rimase esterrefatta e, per qualche istante, fu incapace di reagire. Poi balbettò: «Che accidenti sta combinando?»

L'uomo, che le dava le spalle, si girò a guardarla.

«Lei, chi è?» domandò, scrutandola con curiosità.

«Io, piuttosto, vorrei sapere chi è lei», reagì, turbata dalla straordinaria bellezza del giovane.

L'uomo infilò una mano nella tasca dei jeans, estrasse un fazzoletto e lo passò sulle mani per togliere la polvere. «Sto controllando i lavori», rispose tranquillamente.

«Chi ha fatto questo disastro? La camera era praticamente finita», sbottò, soffocando la sorpresa di trovarsi davanti uno sconosciuto che la dominava dall'alto della sua statura. Era tornata lì, di sera, per far sparire il messaggio lasciato sulla scrivania. Non voleva che Filippo rischiasse di perdere un cliente per colpa sua. E adesso? Si sentì confusa e disorientata.

Con un gesto brusco, lui l'agguantò per un braccio e la condusse davanti al cavalletto dov'erano appoggiati i disegni dei lavori.

«Riesce a leggere questa roba?» l'interrogò con aria di sfida, puntando un dito sulla planimetria della camera da letto, dove il solito pennarello aveva tracciato croci sulle colonne dell'alcova.

«È stato qui di nuovo», esclamò Giovanna, vinta e rassegnata.

«Già. Il padrone di casa è stato qui di nuovo», precisò il giovane. «E, francamente, non gli do torto. Questa è la camera di un uomo, non di una svenevole fanciulla. Mi sembrano un po' ridicole queste colonne alle quali ci si aspetta di vedere aggrappata una diva degli anni Venti», osservò con voce burbera.

«I disegni li aveva già esaminati e approvati. Aveva visto anche il lavoro finito. Non poteva pensarci prima? È davvero uno che non ha le idee chiare.»

«Forse nemmeno lei ha le idee molto chiare», replicò, con un disarmante sorriso carico d'ironia.

«Be', in questa storia, per fortuna, io c'entro molto poco. Ho voluto soltanto fare un favore a un amico e adesso ne sono sinceramente pentita», dichiarò Giovanna, marciando verso lo studio per telefonare all'architetto.

Il suo messaggio era sparito dalla scrivania. Evidentemente il cliente lo aveva letto e aveva risposto a modo suo. Afferrò il ricevitore e, solo allora, ricordò che la linea telefonica non era ancora stata allacciata. L'uomo, dalla soglia, le mani affondate nelle tasche dei calzoni, la guardava divertito.

Giovanna lo ricambiò con uno sguardo imbarazzato. Quella faccia ironica la diceva lunga sull'insolenza del personaggio.

«Allora, cosa facciamo?» la interrogò con tono malizioso.

«Lei non ha alcun diritto di prendere iniziative», gli gridò in faccia, tentando di difendersi dal fascino che il giovane esercitava su di lei.

Lui la raggiunse, l'afferrò per la vita e, tenendola ben salda, posò le labbra sulle sue.

Lei si divincolò, ma l'uomo la strinse ancora di più, teneramente. Giovanna si lasciò sopraffare dall'emozione di quel bacio dolcissimo. Smise di dibattersi e lo ricambiò con un trasporto mai conosciuto, avvolta dal suo profumo che sapeva di limone e di cannella.

13

GIOVANNA rincasò sconvolta. Ciò che le era accaduto andava di gran lunga al di là di quello che si sarebbe mai potuta immaginare. La indispettiva sentirsi dominata da sensazioni piacevoli che avrebbe dovuto negarsi. La sua bella casa era immersa nel silenzio. Notò una lama di luce che proveniva dalla camera di Giny. Aveva sperato che sua figlia dormisse, perché non sapeva come affrontare il suo sguardo dopo quello che era accaduto nella mansarda di piazza Cordusio.

«Ciao, mamma», l'accolse la ragazza, sentendo i suoi passi nel corridoio.

Giovanna raddrizzò il busto, si impose un sorriso di circostanza e spalancò la porta.

«Ciao, bella», replicò, andandosi a sedere sul bordo del suo letto.

«Che faccia strana», commentò la ragazza.

«Questo lo dice Cappuccetto Rosso al Lupo Cattivo che si è infilato nel letto della nonna. Non rubarmi le battute», scherzò Giovanna.

«Non deviare in corner», l'ammonì sua figlia.

«Credo di essere stanca. Piuttosto, dimmi di te. Com'è

andata a teatro?» domandò, sperando di aver superato l'esame di Giny.

«Emozionante. Domani ti racconterò tutto. Adesso mi basta sapere che sei tornata. Di solito succede il contrario: sei tu che mi aspetti.»

«Non vorrai rimproverarmi anche questo», Giovanna finse di spazientirsi.

«Buona notte, mamma», disse la ragazza, sollevandosi dal letto per sfiorarle la guancia con un bacio. «Che strano profumo hai!» abbozzò un sorriso malizioso.

«Scegli il ruolo. Se vuoi essere Cappuccetto Rosso devi aspettare che io mi infili nel letto.»

«Scherza pure, ma io fiuto odore di novità. Tu mi nascondi qualcosa», insistette Giny, con uno sguardo inquisitore. Giovanna posò la borsetta su una sedia, si tolse la giacca e trasse un respiro profondo. La tentazione di parlare di sé era irresistibile. Ma si rendeva conto che non c'era nulla di esemplare in quello che aveva fatto e la sua confessione sarebbe stata soltanto inopportuna.

«Nella mansarda ho avuto uno scontro con un muratore. Mi sono arrabbiata e ho perso tempo», disse, cercando di dominare l'improvvisa accelerazione del cuore.

«Lo so che non ti piace confrontarti con la classe operaia», ironizzò Giny. «Neanche fossi nata da una stirpe principesca. Non ho mai capito la tua avversione per il mondo dal quale provieni.»

«Dici così perché vivi nel benessere», osservò Giovanna.

«Questo è un argomento che eludi sistematicamente. Spero che un giorno tu possa chiarirti le idee. Hai l'età per farlo, mi sembra», affermò, trattenendo uno sbadiglio. E soggiunse: «Adesso fammi dormire. Domattina ho due compiti in classe e voglio essere in forma».

Giovanna uscì dalla camera e raggiunse lo spogliatoio. Si liberò degli abiti e sentì su di sé il profumo dello sconosciuto: fragranza di limone e di cannella. Entrò in bagno, aprì il getto della doccia e subito lo richiuse. Sarebbe stato come cancellare ogni traccia della recente avventura e non si sentiva pronta per bruciarne il ricordo.

Entrò nella sua stanza, aprì il cassetto del secrétaire e trovò l'ultima lettera del marito. La rilesse, anche se la conosceva a memoria.

Il suo rapporto con Jacopo, per quanto intenso, non era mai stato così esaltante come quello vissuto nella mansarda con uno sconosciuto. Richiuse la busta e si infilò nel letto, combattuta tra il pentimento e la sensazione intensa del piacere provato. Prima di allora non aveva mai visto scintille colorate, né sentito tintinnare campanelli di gioia. L'uomo, prendendola tra le braccia, l'aveva sollevata come se fosse stata una piuma. Aveva attraversato il corridoio, che si apriva sul giardino pensile, era entrato nella stanza degli ospiti e l'aveva adagiata sul letto coperto da un morbido drappo di raso. La stanza profumava di legno nuovo che foderava le pareti e rivestiva il pavimento.

Giovanna tentò di dire qualcosa. Lui le pose un dito sulle labbra, mentre il suo sguardo le suggeriva l'inutilità delle parole. Sorridendo, Giovanna aveva preso tra le mani il bel viso del giovane e aveva accostato le labbra alle sue. Il tempo sembrò cristallizzarsi sulle lunghe onde del piacere che li avvolse. La luce calda di una lampada, sul tavolino da notte, si rifletteva sulle pesanti tende di seta color nocciola rosato e conferiva morbidi rilievi alle stanze, al letto, ai loro corpi nudi e perfetti.

«Adesso, chissà cosa penserai di me», scherzò lui, sottovoce, con uno sguardo che aveva perduto l'insolenza ed esprimeva soltanto tenerezza. Giovanna non rispose e gli accarezzò l'arco teso della schiena.

«Sei così bella», sussurrò lui.

«Non so neppure come ti chiami. Ma va bene così. Il nostro incontro finisce qui», replicò lei, alzandosi dal letto. Si chinò sul grande tappeto inglese lavorato a piccolo punto, raccolse i suoi abiti e s'avviò verso il bagno.

Quando tornò nella camera, l'uomo si era rivestito. Fumava una sigaretta appoggiato allo stipite della portafinestra spalancata sul giardino. Il profilo duro del viso sembrava scolpito nella pietra. Quella figura nella penombra sprigionava una forza travolgente che ispirava tuttavia un senso di sofferenza inespressa.

Giovanna attraversò la camera, si avvicinò al letto e prese a sistemare i cuscini e la coperta. L'uomo spense la sigaretta e si pose al lato opposto, per aiutarla.

«Lascia stare», disse Giovanna, in tono brusco. La sua collaborazione le sembrò un modo per non spezzare il filo della intimità di cui aveva gioito ma della quale, ora, si sentiva colpevole.

«Perché? Quand'ero bambino mi piaceva aiutare mia madre a rifare i letti», obiettò, con spontaneità.

«Io non sono tua madre», ribatté lei.

«Ho ricevuto il messaggio. La signora vuole ristabilire le distanze», replicò, ritrovando il sorriso insolente.

«Non si tratta di quello che voglio, ma di quello che devo. Non mi capita tutti i giorni di abbandonarmi ai desideri di un uomo che non conosco», rispose con fare sbrigativo, mentre usciva dalla camera. Lui la ghermì con una mano costringendola a fermarsi.

«Il mio desiderio era anche il tuo», precisò sorridendo. «È stato una specie di miracolo che, forse, non si ripeterà mai più. Ma pochi minuti fa eravamo un uomo e una donna che si sono amati su un letto bellissimo, in una camera meravigliosa, davanti a un giardino, addormentato sotto le stelle. È stato un miracolo», ripeté.

Giovanna fu percorsa da un brivido. «Questa casa non

ci appartiene. Noi due non ci apparteniamo. Io ho fatto una cosa riprovevole», si accusò avviandosi lungo il corridoio. Uscì di corsa dall'appartamento e si infilò nell'ascensore. Era più arrabbiata con se stessa che con lui.

«Mai più. Non accadrà mai più», ripeté sottovoce, rigirandosi inquieta nel suo letto, senza riuscire a trovare la posizione giusta per prendere sonno.

Quella notte dormì poche ore eppure, al risveglio, si stirò come un gatto felice. Si meravigliò di tanto benessere. Si impose di non pensare a ciò che era accaduto la sera precedente. Uscì dalla sua camera in punta di piedi, sperando di non incontrare Giny di cui temeva la perspicacia. Per fortuna sua figlia era già uscita e c'era soltanto Bruna che riassettava le stanze. Andò in cucina e si mise a spilluzzicare la frutta che la domestica aveva lavato per lei. Guardò il grande orologio a muro accanto alla finestra. Segnava le nove: un ritardo vergognoso. Aveva molte cose da fare e doveva arrivare in tempo a Linate per accogliere la suocera che rientrava da Londra.

Si lavò e si vestì rapidamente. Uscì di casa e si avviò di buon passo verso la bottega. Sull'angolo con via Brera, dov'era il bar che frequentava abitualmente, non resistette al richiamo di un tè alla vaniglia con la brioche farcita di crema pasticcera. Entrò.

«Buon giorno, signora Lanciani», la salutarono quasi contemporaneamente la cassiera e il barista. «Il solito?» domandò il giovane dietro il banco.

«Il solito», assentì Giovanna, mentre afferrava una brioche appena sfornata.

C'erano altri avventori con i quali Giovanna scambiò saluti e convenevoli. C'era anche Lino che stava bevendo un caffè. Si pulì la bocca con un tovagliolo di carta e le passò accanto salutandola con il borbottio abituale.

«Vado ad aprire la bottega», le annunciò sottovoce, avviandosi a testa bassa verso l'uscita del bar.

«Più invecchia e più diventa scontroso. Come fai a sopportarlo?» le domandò a mezza voce una signora bruna dallo sguardo ridente.

«È una persona cara», rispose Giovanna. «Gli voglio bene come a un padre.»

La signora si chiamava Fiorella Solbiati. Aveva una prestigiosa bottega di cornici antiche, accanto a quella di Giovanna. Si scambiavano i clienti ed erano buone amiche.

«Sì, però che carattere!» commentò Fiorella.

«Non è che il mio sia migliore», minimizzò Giovanna, deponendo sul banco la sua tazza ormai vuota.

«Che cosa ti succede, stamattina? Hai la faccia di una che ha vinto alla lotteria», osservò l'amica.

Giovanna arrossì. «Sono soltanto un po' accaldata», si giustificò.

Fiorella la guardò con aria maliziosa e disse: «Corre voce che tu abbia in bottega una statua curiosa. Me la mostri?»

«Il mondo è piccolo e pettegolo», replicò Giovanna. «Quando sarà il momento te la farò vedere», promise prima di uscire dal bar.

Il negozio era aperto e Lino era al lavoro nel retrobottega.

Giovanna sedette alla scrivania e iniziò il giro delle telefonate. Parlò con alcuni clienti e alcuni colleghi. Decise di partecipare a un'asta sperando di aggiudicarsi un cassettone veneto molto interessante. Infine chiamò Filippo Pantani. «A che punto sei con i tuoi controlli?» gli chiese.

L'architetto le rispose che avrebbe lasciato la clinica entro un paio di giorni e si informò sui lavori della mansarda.

«Mi hai rifilato una patata bollente. Non intendo assolutamente occuparmene più», replicò decisa.

«Giovannina mia, non darmi un dispiacere», si lamentò l'amico.

«I dispiaceri li hai dati tu a me. Il tuo cliente ha ordinato la demolizione delle colonne nella camera da letto padronale.»

«Non è possibile!» esclamò l'architetto.

«È talmente possibile che non ci sono più. Invece, al loro posto c'è un cumulo di macerie e tutta la stanza da rifare.»

«Eppure era stato lui a volere l'alcova», obiettò Filippo.

«Per la verità era un po' leziosa», si lasciò sfuggire. E soggiunse: «Comunque ho chiuso. Non voglio più tornare lassù. Ti restituisco le chiavi dell'appartamento».

L'architetto capì che la decisione dell'amica era irrevocabile e non insistette.

«Lasciale al portiere del palazzo. A questo punto è probabile che io stesso dia il benservito a questo cliente», concluse.

Poco dopo Giovanna era su un taxi diretta a Linate. Arrivò nel momento in cui Eugenia Lanciani usciva dal controllo doganale.

«Non ti ho mai visto così bella», constatò la suocera, osservandola con attenzione. E soggiunse: «Mia nipote, dov'è?»

«A scuola. Aveva due compiti in classe, stamattina. La vedrai per pranzo, a casa», precisò Giovanna. «Come sei stata, a Londra?» le chiese più tardi, mentre viaggiavano verso la città.

«Bene, naturalmente. I pensieri mi riconducono inevitabilmente a lui», ammise Eugenia, alludendo al figlio scomparso.

«È così anche per me. Però, mi è venuta una gran voglia di vivere. Più penso a Jacopo e più amo la vita», soggiunse, pensosa.

«Mio figlio sarebbe felice di sentirtelo dire», replicò la suocera, dandole un colpetto affettuoso sul ginocchio. «Dunque, andiamo avanti a vivere, finché ci è concesso. Ma soprattutto, andiamo subito in bottega. Voglio vedere la tua scultura.»

Lino stava chiudendo per l'intervallo quando le due donne arrivarono in via Fiori Chiari. «C'è bisogno di me?» s'informò.

«Grazie. Non ci serve nulla. Chiuda pure le saracinesche. Noi entriamo dal retro», rispose Giovanna.

Quando furono sole, la giovane antiquaria liberò la statua dal telo che la copriva, la depose su un tavolo accanto alla finestra perché la luce del giorno la illuminasse e osservò la suocera.

Eugenia Lanciani si infilò gli occhiali da presbite e analizzò la statua con uno sguardo assorto. Le girò intorno. Accarezzò le spalle esili, sfiorò un seno e il ventre lievemente bombato. Saggiò gli snodi delle braccia, studiò il disegno delle calze e gli intagli delle scarpine nere.

«Era corredata di maniche», dichiarò. «Aveva anche una sottana. Probabilmente, con una mano rialzava l'orlo della gonna per mostrare le gambe. Con l'altra, forse, reggeva un cartiglio. Certamente reclamizzava la sua merce, se così vogliamo dire. Forse era collocata all'ingresso di una casa di piacere per richiamare i passanti. Insomma, questa bella scultura è una prostituta.»

«Era l'insegna di un bordello?» trasecolò Giovanna.

«Credo proprio di sì», annuì Eugenia. «Ti sei davvero imbattuta in un oggetto straordinario.»

«Lo sapevo. Mi sono innamorata a prima vista di questa statua. La porterò a tutte le mostre. Non la venderò mai.»

«Ti capisco», convenne la suocera.

«Quanto potrebbe valere, secondo te?» domandò Giovanna.

La suocera sfiorò il legno, concentrando l'attenzione sul viso e sui capelli. Osservò il collare graffito e si soffermò ad analizzare la treccia d'oro che scendeva sul collo a lambire la parte alta della schiena.

«Peccato», concluse, infine, sottovoce.

«Perché?» la incalzò la nuora, con voce tesa.

«La testa non è la sua», dichiarò tranquillamente Eugenia. E proseguì: «Il corpo potrebbe essere del Quattrocento. La testa è sicuramente un Settecento siciliano».

«Non puoi dire questo. Non è vero!» protestò Giovanna. «Lino e io ce ne saremmo accorti quando l'abbiamo restaurata. È un pezzo unico. Non vedi che la treccia è tutt'uno con la schiena?» Giovanna insisteva con convinzione.

«La treccia è stata attaccata bene. Tutto qui», replicò Eugenia.

«Tu stai prendendo un abbaglio. Questa scultura è un blocco solo e vale tanto oro quanto pesa», ribadì caparbiamente.

«Questa scultura vale due soldi perché la testa non è la sua», decretò l'anziana signora.

«Sei spietata», sbottò Giovanna, guardandola con disappunto.

«Ma veritiera. Come sempre, mia cara», tagliò corto Eugenia. Agguantò la sua borsetta e aprì la porta del retrobottega. «Andiamo a casa. Ho voglia di rivedere la mia nipotina.» La statua non la interessava più.

14

Giovanna ricordò un episodio del passato. Era bambina. Frequentava le scuole elementari. Mancavano pochi giorni a Natale e, al ritorno da scuola, si fermava a guardare la vetrina di una cartoleria che esponeva giocattoli. Attraverso i vetri appannati dal freddo, aveva individuato una bambolina alta poco più d'una spanna, vestita alla tirolese. Le piaceva tanto e così scrisse una lettera a Gesù Bambino perché gliela regalasse. La trovò sul cuscino la mattina di Natale. Si trastullò tutto il giorno con la bambola. Fece il giro dei vicini per mostrare quella meraviglia che, in realtà, era una povera cosa. A sera, decise che la sua bambolina doveva essere lavata. La spogliò e la immerse in un catino pieno d'acqua calda. Le sorelle la chiamarono per la cena e quando ritornò per accudirla, trovò soltanto una poltiglia informe. La cartapesta di cui era fatta si era sciolta nell'acqua. Vide sfumare la gioia di un giorno, la felicità di possedere una cosa che tanto le piaceva. Il verdetto inappellabile della suocera fece riaffiorare in Giovanna il ricordo di quella delusione. Mentre si avviavano verso casa, Eugenia tentò di rincuorare la nuora.

«Consolati pensando che hai comunque per le mani un oggetto bellissimo. Probabilmente unico.»

«È un blocco unico», ribatté Giovanna.

«La testa non è la sua. È così evidente. Il viso non rispetta le proporzioni del corpo.»

«Le teste grosse sono tipiche dell'epoca.»

«Le sfumature della pittura sono più accese.»

«Certo. Se è una prostituta, ha il viso dipinto. Quindi l'artista ha esaltato i colori.»

«Il collare è un abile espediente per nascondere l'attaccatura della testa.»

Ognuna delle due portava argomenti a sostegno della propria tesi, fino a quando Giovanna non lanciò una stoccata.

«Non hai mai commesso errori in tanti anni di mestiere?» domandò.

«Tanti. Alcuni non li confesserò mai, perché mi bruciano ancora», ammise la suocera.

«Jacopo, se fosse qui, ti direbbe che forse ti stai sbagliando. Come quando, a Venezia, comperasti per due lire una vecchia cornice, sostenendo che era un brutto Ottocento», le ricordò.

«Poi Jacopo la capovolse e scoprì che era appesa al contrario. E si rivelò un rarissimo esemplare del Cinquecento», proseguì Eugenia, sorridendo.

«E la rivendesti per una cifra da capogiro», sottolineò Giovanna.

«Sei più cocciuta d'un mulo. Se davvero credi che io abbia preso un abbaglio, fa' valutare la tua scultura da un esperto. Sarò felice di ricredermi», tagliò corto la suocera.

Durante il pranzo, Eugenia e Giny tentarono di scambiarsi battute scherzose con un'ilarità forzata, sul confine del pianto, ricordando Jacopo. Giovanna le osservava, ascoltava e taceva.

Notò con una punta di gelosia che l'affinità tra Giny e la nonna era decisamente maggiore di quella che legava lei e sua figlia. Questa constatazione la fece sentire quasi un'intrusa. E dire che aveva fatto del suo meglio per sottrarre Giny all'influenza dei Lanciani. Quando sua figlia era piccola, Giovanna reagiva quasi con stizza alle tenerezze di Jacopo per lei. Ora si interrogava sul motivo di quell'atteggiamento, ma non sapeva darsi una spiegazione. Si affacciò invece nella mente il sospetto di essersi allontanata dal marito non tanto perché fosse malato e lei non volesse assistere al suo declino, quanto per impedirgli di esternare il suo affetto verso la loro unica figlia. Perché si era comportata così?

«Non ci capisco più niente», sussurrò, infastidita da queste riflessioni.

«Hai detto qualcosa?» domandò Eugenia.

Giovanna tentò di sorridere. «Scusatemi. Stavo riflettendo a voce alta», rispose.

«E praticamente non hai toccato cibo», osservò Giny.

Infatti non aveva neppure assaggiato lo sformato di patate e prosciutto. Giovanna colse al volo un pretesto per defilarsi.

«Vi prego di scusarmi, ma devo riconsegnare le chiavi dell'appartamento di piazza Cordusio», disse, alzandosi da tavola.

Nonna e nipote non avrebbero avvertito la sua mancanza. Anzi, poiché avevano molti argomenti in comune, la sua assenza avrebbe favorito la loro intimità.

Giovanna prese un tram in piazza Cavour e arrivò a destinazione in pochi minuti, data la scarsità di traffico dovuta alla pausa del pranzo. Scese in via Tommaso Grossi, attraversò la via Mercanti e fu subito davanti al palazzo. Percorse l'atrio sulla passatoia di lana di un bel rosso cupo e raggiunse la portineria. Non c'era nessuno ma, dall'interno, veniva un buon profumo di minestrone. Evidentemente, nella stanza attigua, la famiglia era a tavola. Bussò e apparve il portiere.

«Le consegno le chiavi della mansarda. Verrà l'architetto Pantani a ritirarle», disse Giovanna.

«L'architetto non si fa vedere da diversi giorni», osservò l'uomo.

«Lo so. È stato in viaggio. Tornerà domani», puntualizzò lei.

«Speriamo che finiscano presto i lavori lassù. La polvere arriva dappertutto e non si finisce mai di pulire», si lamentò, come se fosse colpa di Giovanna.

«Lo dica all'architetto. Io non c'entro», replicò sul punto di andarsene. Ripercorse l'atrio in senso inverso, camminando lentamente e lottando contro la tentazione di salire all'ultimo piano in cerca dell'uomo al quale si era data con tanta passione. Fu sul punto di cedere pensando che, alla luce del giorno, l'uomo le sarebbe apparso per quello che era: un energumeno che aveva approfittato della sua debolezza. Ma si rese conto di quanto fosse ipocrita questa interpretazione. La verità era che non riusciva a dimenticare la sua notte d'amore.

«Buon giorno, bella signora.» La voce calda e pastosa la fece sussultare. Avvertì il profumo sottile del limone e della cannella. Si girò e lo vide.

Indossava jeans chiari e una Lacoste rosso fragola. Sembrava molto più giovane di lei. I capelli castani, con venature bionde, scendevano sul collo e si scomponevano sulla fronte. La sovrastava con la sua mole e ne ebbe quasi paura. Un attimo prima era stata tentata di rivederlo e adesso cercava una dignitosa via di fuga.

«Vado di fretta», disse, uscendo dal palazzo.

«Anch'io», replicò lui, tallonandola da vicino.

Scattò il semaforo verde e Giovanna attraversò quasi correndo la via Dante. Era disorientata, insicura, incapace di prendere una decisione. Non poteva fermarsi per aspettare il tram. Proseguì verso il parcheggio dei taxi. Stava per aprire la portiera dell'auto in sosta, quando lui l'agguantò per un braccio, costringendola a girarsi e a guardarlo. Il suo volto le era così vicino che poteva avvertirne il calore e il profumo. Se lui avesse accostato le labbra alle sue, ancora una volta si sarebbe lasciata baciare. Si detestò per questa debolezza. Provava per quell'uomo un'attrazione sconcertante.

«Che cosa vuoi?» gli domandò, aggressiva.

«Niente. Oppure tutto. Dipende da te», rispose.

«Ho quarant'anni. Tu sei soltanto un ragazzo.»

«Ho trentacinque anni e ho imparato presto a essere uomo.»

«Allora cerca di esserlo fino in fondo. Questo minuetto è patetico e infantile», dichiarò, sottraendosi alla sua presa.

«Tutti i giochi d'amore sono infantili. Patetici, mai. Almeno per me», osservò lui.

«Ma quale amore? Che cosa vuoi da me? Un'altra occasione per ripetere l'impresa?»

«Ti chiedo un'altra occasione per dimostrarti che non è così», affermò lui deciso.

Giovanna ebbe un attimo di esitazione.

Il tassista abbassò il finestrino e li investì bruscamente: «Se dovete discutere, andate al bar. Se dovete salire, decidetevi a farlo».

«Io ti amo», sussurrò lui.

«Lascia perdere», ribatté lei, sedendosi in macchina. Indicò l'indirizzo all'autista e l'auto partì subito.

Si fece portare in via Fiori Chiari, ma invece di entrare nella bottega raggiunse a piedi il palazzo fatiscente in cui viveva Matilde. Il grammofono della vecchia, per fortuna, taceva. Lei sedeva al tavolo e stava guardando vecchie fotografie.

«Posso entrare?» domandò Giovanna.

«Sei già dentro», constatò la donna.

Giovanna sedette di fronte a lei. Notò che il letto era

stato rifatto. Matilde indossava un abito pulito e si era pettinata. Il bassotto ringhiava senza convinzione.

«Ti vedo bene», esordì Giovanna.

«Vieni al dunque», disse la vecchia, raccogliendo le fotografie per sottrarle alla curiosità dell'ospite.

«Ti è mai capitato di desiderare con tutta te stessa un uomo appena incontrato?» domandò.

«E chi se lo ricorda?» brontolò la vecchia. Scostò la sedia e, cercando un appiglio, raggiunse la poltrona a dondolo. Vi si abbandonò con cautela e poi trasse un sospiro di beatitudine. Sorrise. «Certo che me lo ricordo. Mi è capitato una volta solamente. E lui era un tipo fuori del comune. Ma sono passati secoli, da allora. Se un uomo ti piace veramente, lo vuoi a tutti i costi. È una questione di pelle.»

«Ieri sera ho fatto l'amore con uno che non conoscevo», confessò.

«E ti è piaciuto. Altrimenti non saresti qui a raccontarlo.»

«Oggi l'ho rivisto. Forse non è stato un caso. Forse ci stiamo cercando.»

«E allora? Cosa vuoi sapere?»

«Se sono stata sciocca. Mi sono data alla fuga.»

«Perché sei scappata?» Matilde aveva chiuso gli occhi e si dondolava lentamente.

«Come sarebbe, perché? Mi vergogno molto per quello che ho fatto ieri sera. E tu sei la sola persona a cui osi confessare il mio peccato. Mio marito è morto da poche settimane e io desidero appassionatamente un altro. Ti sembra normale?»

«Sei una stupida», commentò Matilde.

«Non avevo scelta. Non so chi sia. Potrebbe perfino essere un operaio. Dovrei mettere in discussione tutta la mia vita per accettare un connubio di questo genere», affermò.

«E anche bugiarda. Con te stessa, naturalmente. Prima ti vergogni perché non riesci a essere una vedova addolorata e poi si scopre che l'altro non ti va bene perché forse è un poveretto», chiarì la vecchia.

«Non sono due buoni motivi per fuggire?»

«No, non lo sono. O decidi che la vita ha il sopravvento sulla morte e allora vivi questa nuova storia fino in fondo, oppure scegli i compromessi, come hai fatto finora, e sacrifichi i sentimenti alle apparenze», sentenziò.

«Ti piace provocare», si irritò Giovanna, sentendosi punta sul vivo. Pensava che il suo posto, in quel momento, dovesse essere accanto alla suocera, venuta apposta per stare con lei. Invece s'era rifugiata in quell'abbaino squallido per raccontare a una strana vecchia la parte più segreta di sé. Ma con chi altri avrebbe potuto parlare a cuore aperto? «Noi due ci assomigliamo.» Quelle parole pronunciate da Matilde dovevano avere un senso se, alla fine, Giovanna l'aveva cercata per raccontarle i suoi segreti.

«Ti ho solo invitato a essere onesta. Se l'uomo che ti piace fosse ricco e avesse un buon nome, non avresti esitato a metterti con lui», insistette.

«Se fosse stato ricco e avesse avuto un buon nome, non si sarebbe comportato in modo tanto irresponsabile», precisò Giovanna.

«Già. I signori non dimenticano le regole del galateo. Di solito sono privi di slanci e fanno l'amore in punta di forchetta. Credo sia meglio il tuo vigoroso sconosciuto.»

«Mi stai dando davvero dei buoni consigli», ironizzò Giovanna.

«Non ho mai elargito consigli. Come non ne ho mai accettati. Ho sempre assecondato l'istinto, oppure la necessità», la corresse Matilde.

«Sono così infelice», sussurrò Giovanna.

«Sono così arrabbiata», la incalzò la vecchia.

«Che cosa ti è successo?»

«Guarda sulla credenza. Mi cacciano via. E dire che ho appena pagato l'affitto arretrato.»

Giovanna trovò l'istanza di sfratto e la lesse attentamente.

«Guarda un po'», si sorprese. «Questo stabile è di proprietà della Cogestar.»

«Conosci il padrone?»

«No, naturalmente. Ma la coincidenza è singolare. Mi sono occupata della ristrutturazione di un appartamento che appartiene alla Cogestar. Il padrone si chiama Alessandro Mongrifone. Spende miliardi, anzi li butta, a seconda del capriccio. E ora scopro che sfratta una povera vecchia da questa topaia», disse Giovanna.

«Per la verità, mi avevano offerto eccellenti soluzioni. Ma era comunque un modo per mandarmi via. È questo che non accetto. Non mi piace subire, anche se l'ho sempre fatto. Detesto la prepotenza e sono sempre stata schiacciata. Sempre. Sempre. Fin da quando ero alta così», sussurrò Matilde.

«Come andarono le cose, quella prima volta?» domandò Giovanna, con dolcezza, prendendo tra le sue una mano di Matilde.

«È una storia lunga. Non ti farebbe piacere ascoltarla.»

«Tu provaci. Chissà che non ti passi la rabbia.»

«Non l'ho mai fatto prima d'ora e non so da che parte incominciare. Io ci provo, comunque», dichiarò Matilde.

Giovanna incominciò ad ascoltare il suo racconto e si trovò presto immersa in un'atmosfera e in un'epoca lontana, nella Milano dei tardi anni Venti...

L’asilo Angiolina

1

La luce calda del tramonto filtrava dalle vetrate policrome accendendo di riflessi dorati i mobili austeri dell'antica sacrestia. Don Giuseppe, il parroco, baciò la logora stola di raso e la ripose nello stipo degli arredi sacri.

Aveva finito da poco di confessare i suoi fedeli, soprattutto donne e bambini, che si preparavano all'imminente mese mariano. Aveva ascoltato con la bonomia di un padre i numerosi peccati veniali e qualche peccato mortale. Aveva assolto tutti con il potere che gli veniva da Dio. Poi, mentre il suono potente dell'organo riempiva le navate gotiche della sua chiesa, don Giuseppe si era raccolto in preghiera confessando al Signore la propria stanchezza dopo cinquant'anni di ministero, l'incapacità di aiutare adeguatamente i suoi parrocchiani, la ribellione per le loro miserie materiali e morali.

Don Giuseppe aveva superato da un pezzo i settant'anni. Del giovane brianzolo vigoroso e sano, che aveva abbracciato il sacerdozio con la presunzione di migliorare il mondo, era rimasto soltanto lo sguardo fiero e il piglio autoritario. Nel corso degli anni aveva perduto ottimismo e salute, tanto che, da tempo, aveva inoltrato richiesta alla Curia per essere sollevato dall'incarico. Era nato in una famiglia di ricchi setaioli. Tra una vita comoda e un'esistenza al servizio degli altri aveva scelto quest'ultima, seguendo il richiamo della vocazione sacerdotale. Era stato assegnato a una tra le parrocchie più derelitte della diocesi. A questa aveva dato i suoi anni migliori, il suo vigore, il suo coraggio, il suo denaro. Lo aveva fatto con gioia e con autentico spirito di sacrificio. Adesso si sentiva stanco e incapace di trovare nuove risorse per affrontare le difficoltà quotidiane. Ripose dunque la stola e vide un giovane sacerdote che era entrato in sacrestia e gli andava incontro.

«Reverendo don Giuseppe», esordì il prete con voce appena percettibile. Era un bel tipo biondo, alto, imponente, con un gran naso a becco d'aquila, labbra sottili e occhi scuri e fondi. Sembrava appena uscito dal seminario.

«Sono io, sì. E lei, chi è?»

Il giovane si genuflettè e gli prese una mano per baciarla mentre diceva: «Sono don Luigi. Mi hanno assegnato...»

Il vecchio parroco ritirò bruscamente la mano e non gli fece finire la frase. «Si alzi, figliolo. Queste cerimonie le riservi alle eminenze della Curia», si schermì e subito si abbandonò esausto sul sedile di una cassapanca.

Don Luigi ammutolì, restando quasi sugli attenti, davanti a lui.

«Si segga», lo invitò il parroco indicandogli l'altra estremità della panca. Intanto il volto severo si era aperto al sorriso. «Dio sia lodato», proseguì, «finalmente si sono ricordati della mia povera persona. Benvenuto, don Luigi. Non vedevo l'ora che arrivasse qualcuno a sollevarmi da un compito così duro per le mie povere forze. Non ho più l'età per sopportare il peso della mia parrocchia.»

«Di lei dicono grandi cose», osò confidare il giovane.

Il vecchio parroco ebbe un moto di fastidio. L'opinione della Curia lo lasciava del tutto indifferente. Gli pesavano invece anni di dure battaglie e di sconfitte. Si chiese se fosse il caso di parlarne al giovane sacerdote.

«Mi dicono anche che questa non è una parrocchia facile», lo incalzò don Luigi. Teneva lo sguardo basso, un po' sfuggente, forse per nascondere l'irruenza del suo carattere.

«Il Signore dà a seconda delle nostre capacità. A me, deve avermi sopravvalutato», disse con un sospiro di rassegnazione, mentre già si vedeva in treno, diretto a un seminario, dove lo aspettava una cameretta linda, il compito di istruire nel latino i giovani studenti e un pezzetto di terra da coltivare a tempo perso.

«Così non ha nulla da dirmi?» lo sollecitò don Luigi.

«Posso dirle che per un giovane come lei, vissuto prima in seminario e poi nelle stanze della Curia, non sarà facile misurare tutto il bene e tutto il male di un quartiere come questo.»

«Siamo in una grande e bella città, guidata da persone illuminate. A Milano le opere di carità sono numerose e molto attive. So anche che stanno lavorando al nuovo assetto urbanistico, per cui demoliscono i quartieri più degradati per costruire palazzi nuovi e strade spaziose», s'infervorò don Luigi.

«Io penso alla gente, ai poveri. Ci sono case e strade, in questa parrocchia, dove il mondo si è fermato all'anno Mille, mi creda. I socialisti, gli intellettuali e i benpensanti prima, i fascisti adesso, non riescono a penetrare nelle pieghe di un'umanità così bisognosa di aiuto e tuttavia refrattaria a qualsiasi intervento risanatore», brontolò don Giuseppe.

Parlavano due linguaggi diversi e avevano punti di vista diversi. Il vecchio parroco, ora se ne rendeva conto, stava per essere sostituito da un giovane che teneva d'occhio la politica, oltre alla fede cristiana. Un lampo di malizia gli attraversò lo sguardo.

Don Luigi si sarebbe accorto a proprie spese che la grammatica soccombe di fronte alla pratica.

«Sono dunque così tanti i poveri della parrocchia?» domandò il giovane.

«Tanti, don Luigi. Tanti. E così poveri che per loro la fede è un lusso. Qui, molto spesso, vale di più un piatto di minestra dell'ostia consacrata. Ci sono alcune ragazzine che, a quindici anni, fanno già le prostitute. Ci sono casi di abuso dei padri sulle figlie. In diverse famiglie il vincolo del matrimonio non ha alcun valore. La nostra bella Milano è anche questa, ma non ha diritto di cronaca. In Curia sanno, ma preferiscono stendere una coltre pietosa su queste realtà. Forse il Signore ha scelto lei per sollevare questa coltre. Lei è giovane, armato di sacro ardore. Il Signore l'aiuterà», concluse don Giuseppe.

Don Luigi lo guardò con sospetto. Il vecchio parroco stava certamente perdendo colpi. Era impensabile che i superiori non intervenissero in situazioni che, se fossero state vere, sarebbero state assolutamente intollerabili.

«Ci saranno pure dei buoni cristiani», replicò.

«Quelli non fanno notizia e non è con loro che dobbiamo salvarci l'anima», tagliò corto il vecchio parroco.

Dalla navata della chiesa penetrò nella quiete della sacrestia l'eco di una voce infantile che chiamava don Giuseppe. Alla voce si sovrapponeva il ticchettio affrettato degli zoccoletti. Infine, sulla soglia, si profilò la sagoma esile di una bambina scarmigliata che indossava una vestina logora e sporca. Vide il parroco in compagnia del giovane prete sconosciuto. Si fermò intimidita e ansante per la corsa.

«Cosa c'è Rosalinda?» domandò don Giuseppe. Li conosceva tutti per nome i suoi parrocchiani, perché da sempre passava più tempo nelle loro case che non in chiesa.

«È successo un guaio nella famiglia di Delmo», sussurrò la bambina.

Il parroco si alzò dalla cassapanca con un'agilità che soltanto il richiamo del bisogno faceva riaffiorare nel suo corpo stanco. «Venga con me, don Luigi. La mia ultima giornata di parroco non è ancora finita. Lei mi farà da assistente», ordinò.

La bambina era già sparita.

«Che genere di guaio?» s'informò il giovane, preparandosi a seguirlo.

«Chi lo sa? Con Delmo non si può mai stare tranquilli», rispose.

In quel momento, Delmo attraversava il corso di Porta Nuova e, quando lo ebbe superato, si sentì bene. Era entrato nel suo territorio. Don Giuseppe gli aveva trovato un posto di lavoro alla Magneti Marelli. A Delmo non piaceva stare su un tornio otto ore al giorno per sei giorni la settimana, ma il vecchio parroco lo aveva costretto, minacciando di screditarlo dal pulpito se non avesse messo la testa a partito. E, Delmo lo sapeva, quel vecchio tignoso non era tipo da mancare alle promesse. Così aveva accettato e taciuto. Ma quando alla fine della giornata scendeva dal tram di Sesto e varcava i confini del suo quartiere, si sentiva rinascere. Non era più un numero, come in fabbrica. Era Adelmo Riva, detto Delmo, il Rodolfo Valentino di Porta Garibaldi. Lì conosceva tutti e tutti lo conoscevano. Le donne non facevano storie per lasciarsi sedurre. Molte gareggiavano tra loro per godere dei suoi favori, perché era l'uomo più bello del quartiere. Quando, nei balli di cortile, le trascinava in tanghi languidi e in spericolate mazurke, loro cadevano in deliquio sotto il suo sguardo assassino e aspettavano il momento di infrattarsi con lui al riparo di qualche siepe, o lungo l'argine del Naviglio. Padri, mariti e fidanzati sospettavano, ma non lo avevano mai colto sul fatto. Delmo era bravissimo nel defilarsi al momento opportuno. Non si vantava mai delle sue conquiste ed era sempre pronto a offrire un calice di vino rosso alle sue vittime. Se scoppiava una rissa, non si tirava mai indietro. Se c'era una processione, era il primo a offrirsi per portare a spalle la statua della Vergine. Non andava a Messa, ma accettava gli aiuti del parroco che si preoccupava di sfamare i suoi figli. Entrò dunque in corso Garibaldi e vide una ressa nella bottega di Egiziaco, l'oste più noto della strada.

È l'ora della mostra, pensò Delmo e sorrise.

Egiziaco aveva inventato un espediente singolare per attirare i clienti. Aveva tolto da un casino la prostituta Ermelinda, con la quale conviveva, e la mostrava ogni sera, prima del tramonto, agli avventori.

Ermelinda, che era bruna come la pece, si faceva imbiondire le chiome come Jean Harlow, e anche le parti più intime. E l'oste sfidava i clienti che non credevano si potesse arrivare a tanto.

«Ermelinda», la spronava, «fai vedere i tuoi riccioli d'oro a questa banda di miscredenti.»

L'ex prostituta saliva su un tavolo, sollevava la gonna e ostentava il fiore un po' maturo ma ancora vigoroso del suo giardino segreto.

«Guardate che roba!» declamava l'oste, con tono da imbonitore. «Roba da cinematografo americano.»

Gli affari andavano a meraviglia. Ermelinda rideva e girava su se stessa perché tutti potessero vederla. Gli avventori applaudivano, ordinavano vino a sazietà e qualcuno allungava una mano per sfiorare le gambe della bella Ermelinda. A quel punto l'oste, ridendo compiaciuto, bloccava sul nascere il gesto audace.

«Vedere è lecito. Toccare è proibito», ammoniva. Poi,

rivolto a Ermelinda della quale era gelosissimo, ordinava: «Tira giù il sipario e torna in cucina». Quindi riprendeva a girare tra i tavoli, servendo litri e mezzi litri di barbera, ostentando l'espressione fiera del domatore di bionde irrequiete.

Passando dall'orto, dietro l'osteria, Delmo entrò in cucina di soppiatto. In un anfratto tra la stufa e i sacchi delle provviste, si godette il fiore biondo di Ermelinda. La serva dodicenne, davanti ai fornelli dove cuocevano fagioli e cotiche, sogguardava i due, sorrideva e si chiedeva se sarebbe mai arrivato il suo turno. In risposta al suo desiderio, Delmo le fece l'occhiolino, mentre si riabbottonava i calzoni, facendola arrossire di piacere.

Ermelinda si ricompose e mentre Delmo sgusciava fuori dalla cucina, assestò un colpo sulla nuca della ragazzina, scompigliandole i capelli. «Stupida!» la rimproverò. «Il Delmo non è pane per i tuoi denti. Bada piuttosto a non far bruciare le cotiche.»

La ragazzina arrossì ancora di più e nei suoi occhi spuntarono lacrime come goccioloni che scivolarono sulle guance e caddero nel paiolo.

Delmo, agile come un gatto, era già tornato sulla strada. Entrò nell'osteria con aria spavalda nel momento in cui una donna gli correva incontro urlando il suo nome.

«Vieni a casa, Delmo. Vieni subito», gridava. «È successa una disgrazia.»

«Boia ladra!» imprecò l'uomo. Sentiva ancora i lombi illanguiditi dal recente amplesso e aveva in programma una sana bevuta. «Ma che cosa succede?» chiese contrariato.

Gli avventori di Egiziaco tacquero guardando alternativamente la donna e il rubacuori.

«Delmo, per amor di Dio, vieni», lo sollecitava la donna, sbracciandosi.

Si chiamava Barbarina. Era una vicina di casa e aveva

fama di occuparsi più volentieri degli affari altrui che dei propri.

«Guarda che se è il solito scherzo della mia donna, ne prende lei e ne prendi anche tu», la minacciò.

I clienti lasciarono i tavoli e uscirono sulla strada a guardare il compagno di sbronze che si allontanava con Barbarina. I bottegai, richiamati dal chiasso, si affacciarono sulla soglia dei negozi. Davanti al portone della casa in cui viveva Delmo c'era una piccola folla di donne e di bambini.

Era una casa di ringhiera che risaliva ai primi anni dell'Ottocento. Era abitata da famiglie povere. In una o due stanze viveva in media una decina di persone. In tutto il palazzo c'era un solo gabinetto ed era nel cortile. Le stanze, in inverno, erano umide e gelide. In estate trasudavano calore. Nell'androne lastricato di sassi, con due passatoie di pietra per il transito dei carri, c'era il carretto delle lavandaie. Sopra una montagna di panni lavati, era stesa una donna ancora giovane, inzuppata d'acqua dalla testa ai piedi. Ai lati del carretto c'erano i suoi figli. Matilde, che aveva undici anni, era la più grande. Teneva in braccio l'ultimo fratellino che aveva sette mesi e dava la mano al penultimo, di due anni. Gli altri tre figli stavano aggrappati alle stanghe. Uno tentava di scuoterle e un altro gli dava scappellotti per farlo smettere.

Delmo si accostò al carro e osservò la donna che giaceva fra i fagotti fradici. Le labbra carnose e smunte, il nasino delicato, gli occhi grandi, gialli come quelli di un gatto, il viso pallido in parte nascosto da una gran massa di capelli di un biondo intenso che sfumava nel rosso. Il corpo era appesantito dalle numerose gravidanze.

«Ci risiamo», disse Delmo. «Quanti fiaschi ti sei fatta fuori, questa volta?» le domandò sottovoce.

«È caduta nel Naviglio», disse Barbarina.

«E lo vedo. Ubriaca fradicia, come sempre», replicò lui, con voce sprezzante.

«Le era scivolata la cassetta della lisciva. S'è sporta per raccoglierla, prima che la corrente la portasse via», raccontò ancora la donna. «E ci è caduta dentro.»

«Stavolta t'ammazzo», disse Delmo, alzando una mano per schiaffeggiarla.

Un uomo gli fermò il braccio. «È morta, Delmo. Non lo vedi?»

Fu come se un pugno lo avesse colpito allo stomaco. Impallidì, guardò la sua donna, guardò la nidiata di figli e scoppiò in lacrime.

«Siamo corse a prendere delle pertiche per aiutarla a venir fuori», disse un'altra donna.

«Adelina, attaccati, le gridavo», spiegò un'altra lavandaia. «Lei ha alzato un braccio e non si capiva se per afferrare la pertica o per dire ciao. Per dire, già che ci sono, tanto vale finirla una volta per tutte.»

«Mi state dicendo che si è lasciata morire?» si ribellò Delmo.

«Noi non diciamo niente. Ma una donna, quando si ubriaca, una qualche ragione ce l'ha», sbottò Barbarina.

Delmo guardò la figlia maggiore che in quel momento schiudeva le labbra in un sorriso. Era una bambina pallida e magra come un chiodo. I capelli fulvi erano raccolti in due trecce arruffate. Gli zigomi alti e prominenti davano risalto agli occhi grandi, immensi e spauriti. Dalle spalle esili si levava un collo lungo e sottile. Il vestito di cotone grigio era diventato corto e così stretto da sottolineare le curve dei seni ancora acerbi e la schiena che lei tendeva a curvare come per raggomitolarsi su se stessa.

«Cosa fai, scema? Ridi?» l'aggredì Adelmo.

Matilde non aveva nessuna voglia di ridere. Al contrario, era sbigottita, perché non riusciva a credere che quella grande bambola inerte sul carretto fosse la donna stanca e spesso ubriaca che distribuiva ceffoni e carezze, che sollevava mastelli di panni anche quando le forze le venivano meno e sfornava figli a getto continuo. Matilde, dunque, non trovava niente di risibile in quella situazione ma, proprio perché era frastornata da un evento tanto imprevisto e incredibile, sorrideva non riuscendo a piangere. E, del resto, nessuno piangeva. Soltanto suo padre era esploso in singhiozzi, ma per pochi attimi, e subito aveva ritrovato la spavalda aggressività di sempre.

Il sorriso di Matilde si allargò e contemporaneamente calò sulla sua guancia diafana la mano pesante del padre. Una mano forte, dalle dita larghe come salsicce, dalle unghie corte, bordate di nero. Una mano che lavorava il ferro, segnata da vistose cicatrici causate dagli incidenti di lavoro.

Matilde non si aspettava quella botta. Perse l'equilibrio e cadde, avendo tuttavia la presenza di spirito di fare da scudo, con le braccia, al fratellino che stringeva a sé. Il piccolo prese a strillare mentre lei, arrossendo per la vergogna di essere stata colpita di fronte a tutti, si rimise in piedi senza fiatare. Guardò la madre morta, ma non aveva lacrime per quella morte inattesa e di cui non capiva ancora il significato. I fratelli che l'avevano vista finire a gambe all'aria avevano riso, divertiti.

Barbarina s'indignò con Delmo. «Non è questo il modo di trattare una povera orfana», lo sferzò.

Delmo fece schioccare le dita, frustando l'aria. «Allora, che aspettiamo?» domandò, non sapendo bene che cosa si dovesse fare.

All'improvviso, il vocio sommesso della piccola folla che si accalcava nell'androne si affievolì e si spense. I pochi uomini presenti si tolsero i berretti, le donne congiunsero le mani chinando il capo, i bambini si quietarono. Tra i presenti si aprì un varco e avanzò don Giuseppe, seguito dal chierichetto e da un giovane prete sconosciuto.

Il vecchio parroco sostò davanti al carretto, osservò Adelina e, con gesto pietoso, le chiuse gli occhi. Quindi, si raccolse in preghiera. Le sue labbra recitavano il Requiem aeternam e la sua mente andava a ritroso negli anni. Ricordava quando l'aveva battezzata a pochi giorni dalla nascita e poi comunicata e quindi unita in matrimonio a quel poco di buono di Adelmo Riva. Ricordava Adelina, poco più che adolescente, quando nel segreto della confessione gli aveva detto: «Don Giuseppe, mi perdoni, perché ho peccato. Ho fatto l'amore con Delmo sulla riva del Naviglio».

«Dopo facciamo i conti. Intanto, per penitenza, dirai dieci Avegloria», aveva replicato lui, con voce irata.

Finita la confessione, l'aveva tirata per un orecchio, dandole della somara e pronosticandole un avvenire gramo se avesse continuato a frequentare quel poco di buono.

Adelina non aveva voluto sentire ragioni. Lungo il greto del Naviglio si era data a Delmo, sulla stessa riva aveva partorito i suoi sei figli, tra un mastello di panni lavati e un altro da lavare. Nel Naviglio aveva trovato, o forse cercato, la morte. Aveva trent'anni ed era già vecchia e disillusa. Il Signore, nella sua infinita pietà, l'aveva presa con sé. Ma che cosa ne sarebbe stato, si chiese, di quella nidiata di bambini?

Guardò Matilde, la maggiore, e provò per lei tanta compassione, perché era femmina, perché era in un'età difficile, perché non aveva più una madre cui appoggiarsi, perché il padre l'avrebbe usata e sfruttata come aveva fatto con Adelina.

Si rivolse a don Luigi. «Ecco uno dei tanti casi pietosi di cui dovrà farsi carico», gli disse. E soggiunse: «Non sarà un compito grato, perché qualsiasi cosa lei faccia, si rivelerà sbagliata. Eppure non potrà far finta di niente, perché questa gente è il suo gregge».

2

MATILDE si svegliò. Scivolò fuori dal letto in cui dormiva con i due fratellini più piccoli, scavalcò le brande occupate dai grandicelli e schiuse le persiane sulle prime luci dell'alba. Andò nell'altra stanza che dava sulla ringhiera. Era la cucina, il punto d'incontro della famiglia, la camera da letto dei suoi genitori. C'era una stufetta parigina, tonda e nera, che veniva accesa anche in estate per bollire l'acqua, cuocere la minestra, scaldare il latte. C'erano anche un tavolo, due panche, qualche sedia, un cassettone per riporre gli indumenti, una credenza sgangherata e catini di ferro smaltato per lavare panni e stoviglie. Sopra la testiera in ferro del letto matrimoniale era appeso un Sacro Cuore di Gesù, dono di nozze di don Giuseppe alla povera Adelina. Mancava invece una fotografia che ricordasse la giovane madre scomparsa. Quando si era sposata, Adelmo avrebbe voluto andare da un fotografo. «Non c'è ragione di spendere soldi che non abbiamo», aveva obiettato Adelina. «E poi il ritratto si fa a quelli che sono prossimi a morire.» Neanche per un attimo avrebbe potuto immaginare la sua fine precoce, dopo dodici anni di matrimonio. Delmo ora dormiva solo nel grande letto. Con molta cautela, per non svegliarlo, Matilde attizzò il fuoco con la carbonella di legno. Aprì la serranda, posta in alto, lungo il tubo della stufa, per favorire il tiraggio. Poi afferrò due secchi, aprì l'uscio di casa, percorse tutto il ballatoio e scese quattro piani di scale.

Nel cortile, il *sciostraio* scaricava dal carro sacchi di juta imballati. Vendeva carbone, legna, segatura e i sacchi, appunto, che avevano molti usi. Servivano anche agli uomini per ripararsi le spalle quando pioveva o nevicava. Li facevano sembrare religiosi di una confraternita di disperati.

«Buon giorno, signor Giulio», lo salutò Matilde.

«Ti alzi sempre di buon'ora», commentò l'uomo. Vestiva di nero e neri aveva i capelli, i baffi a spazzola, le mani e la faccia.

«Eh, sei maschi in casa non ti lasciano il tempo per la noia», sospirò la bambina, come fosse una perfetta madre di famiglia. Andò alla fontana, mise i secchi dentro una grande conca di pietra, quindi afferrò il manico che azionava l'asta della pompa e, a forza di braccia, fece sgorgare dal rubinetto larghi getti d'acqua chiara fino a riempirli.

Con quel peso risalì le scale ancora deserte e passò davanti alle abitazioni silenziose dei vicini. Mentre stava aprendo il suo uscio, vide il volto di un uomo affacciarsi alla porta accanto alla sua, e subito ritrarsi. Matilde sorrise tra sé. Lo sapevano tutti, nel palazzo e nel quartiere, che a Ettore Tamponi, violinista al Teatro Diana, piacevano gli uomini. Capitava spesso che qualche amico trascorresse la notte da lui, ma doveva uscire all'alba, per non dare nell'occhio. I vicini non ne facevano un dramma, ma non si lasciavano sfuggire l'occasione per canzonare il «primo violino» con battute, a volte feroci. Il povero Tamponi arrossiva, negava e continuava a coltivare furtivamente la propria inclinazione.

Matilde entrò in cucina. Posò sul pavimento di cotto i secchi colmi d'acqua con un senso di sollievo per le gracili spalle che avevano retto tutto quel peso. Nella parigina il fuoco crepitava e lei mise sulla stufa una pentola d'alluminio che riempì d'acqua. Doveva cuocere la *pult*, una polentina morbida di farina gialla cui, all'ultimo momento, avrebbe aggiunto un pizzico di sale e un bicchiere di latte. Era il primo pasto della giornata. Il secondo, a base di minestra di verdura, riso e lardo, quando c'era, si sarebbe consumato la sera. A mezzogiorno, lei e i fratelli avrebbero pranzato alla refezione della scuola.

Dall'altra stanza, che si affacciava sul corso, venne il pianto dirotto del fratellino più piccolo. Adesso aveva otto mesi. Matilde era combattuta fra la necessità di alzare il piccolino e la cura della polentina che, se non fosse stata continuamente rimestata, si sarebbe attaccata sul fondo e avrebbe fatto i *frati*. Delmo si arrabbiava quando trovava i grumi perché al loro interno la farina non cuoceva. Davanti a una scodella con i *frati*, montava su tutte le furie e passava alle mani. Però l'avrebbe picchiata anche se fosse stato svegliato dal pianto del piccolino. Insomma, sarebbero state botte comunque.

Matilde decise di abbandonare la polentina al suo destino, chiudendo un po' la serranda per attenuare il calore della stufa e ridurre il bollore. Prese dalla cassapanca dei pannicelli puliti, mise dell'acqua in un catino ed entrò nell'altra stanza. Scostò la coperta del letto, scoprendo anche il fratellino di due anni che continuò a dormire. Prese in braccio il piccolino che era bagnato. Lo sfasciò. Intinse una pezza nell'acqua del catino, la strizzò e prese a lavarlo delicatamente. Intanto gli parlava con voce sommessa: «Non piangere, *patanino*. Dobbiamo essere bravi ancora per mezz'oretta, finché non è pronta la polenta. Ce n'è anche per te. Se stai buono, nella tua ci metto un pezzettino di burro. Pensa, l'ho rubato per te. Ma non lo diciamo a nessuno».

Il bimbo si quietò e le sorrise. Lei lo asciugò con cura

e, come aveva visto fare da sua madre, gli passò sulle natiche infiammate un po' d'olio di vaselina per ammorbidire la pelle. Lo rivestì con pannicelli puliti e tornò in cucina tenendolo in braccio. Con la mano libera riprese a mescolare la polenta, con l'altra ninnava il bambino.

Dalle persiane della cucina cominciò a filtrare la prima luce del giorno. Dalla credenza, dove lo aveva nascosto, prese un piccolo pane di burro. Lo aveva sottratto in latteria nel momento in cui il padrone le dava le spalle per riempire il *calderino* del latte. Suo padre le passava pochi soldi e Matilde si arrangiava come poteva. Con il cucchiaio prelevò una noce di burro, la mise dentro una scodella che poi riempì di polentina. Il burro si sciolse, affiorando lungo i bordi e mandando un profumo che le fece venire l'acquolina in bocca. Sedette nel vano della finestra ancora chiusa e cominciò a dar da mangiare al fratellino. Soffiava su ogni cucchiaiata, prima di imboccarlo. Lui agitava le braccia tenere e gorgogliava per esprimere il suo piacere. Vuotò la scodella. Lei lo tenne stretto al seno, picchiettandolo sulla schiena per aiutarlo a digerire. Poi lo mise a sedere dentro una cesta, gli diede alcuni legnetti per giocare, quindi spalancò le persiane. «Papà, svegliati! È ora», disse, scuotendo per una spalla l'uomo che continuava a dormire.

Mise sulla tavola scodelle e cucchiai. Chiuse definitivamente la serranda della stufa e, sulla carbonella che ancora ardeva, spruzzò un po' d'acqua.

Delmo si svegliò a fatica. La sera prima aveva fatto tardi all'osteria e adesso non aveva nessuna voglia di alzarsi. Al posto della lingua, sentiva in bocca una grattugia e gli sembrava che un cerchio di ferro gli stringesse la testa.

«Ho sete», disse.

Matilde gli porse un mestolo d'acqua che lui trangugiò d'un fiato. Poi, imprecando contro la figlia, come se avesse colpa del suo malessere, mise le gambe fuori dal letto e si tirò a sedere.

«Dammi altra acqua. E un kalmin», ordinò. Il kalmin era una cialda contro il mal di testa che doveva essere ammorbidita nell'acqua prima di essere deglutita. Bisognava fare attenzione che, bagnandola, non si aprisse. Matilde tremò all'idea di sbagliare, perché suo padre aspettava soltanto un pretesto per metterle le mani addosso. Riuscì a fare tutto nel migliore dei modi. Quindi si eclissò nell'altra stanza. Spalancò del tutto le persiane. Il sole dilagava nei campi lontani e illuminava le cime frastagliate di un lungo filare di alberi. Altre finestre si aprirono rumorosamente. Sulla via passavano carri e carretti. Si udì il fischio di un treno. I negozianti alzavano le saracinesche o spalancavano le imposte di legno delle botteghe. Lungo le scale del palazzo era un andirivieni di zoccoli. I vicini del piano di sotto incominciarono a litigare, quelli accanto a imprecare perché facessero silenzio. Era iniziato un nuovo giorno.

Mentre i fratelli scivolavano giù dalle brande, Matilde raccolse i pannicelli sporchi e li mise a bagno nel catino. Poi tornò in cucina. Riempì d'acqua un altro catino perché suo padre prima, e i bambini dopo, potessero lavarsi le mani e la faccia. Quindi versò la *pult* nelle scodelle e, quando tutti furono a tavola, raccolse i vasi da notte e ridiscese nel cortile per svuotarli e lavarli sotto l'acqua della fontana. Risalì in casa di corsa. Doveva sistemare i fratellini. Come ogni giorno, avrebbe affidato i più piccoli alle cure di Barbarina, la soccorrevole vicina di casa. I tre più grandicelli uscivano con lei: uno andava ancora all'asilo, dalle suore, gli altri a scuola.

Aprì la porta per ritornare in cucina e un manrovescio la colpì in pieno viso, stordendola. Suo padre schiumava rabbia.

«Cretina!» la investì. «Manca un bottone alla mia camicia. Cosa metto per andare al lavoro?»

Matilde trattenne le lacrime e guardò il padre con il furore dei deboli disperati. Se avesse potuto cancellarlo dalla faccia della terra, lo avrebbe fatto. Lo odiava con tutta se stessa.

I fratellini ridevano come se fossero al cinema a vedere le comiche di Charlot. Il più piccolo, nella cesta, si spaventò, diventò paonazzo e cominciò a piangere.

«Per oggi, andrai a lavorare con un bottone in meno», decise Matilde.

«Attaccalo subito», ordinò Delmo.

«Non ho tempo. Dobbiamo andare a scuola», replicò la bambina. Intanto puliva il moccio al naso del piccino e, con le dita, aggiustava la zazzera di un altro.

«Ho detto che mi attacchi subito il bottone. Della tua scuola non me ne importa niente. Anzi, da oggi, niente più scuola per te.»

Matilde lo guardò allibita. La rabbia che la divorava sfumò nel sorriso.

Suo padre non aveva parlato sul serio. Aveva voglia di scherzare.

«Il bottone te lo ricucio stasera. Giuro», promise conciliante.

«Allora non mi sono spiegato», disse lui, a voce bassa. Abbassava sempre il tono di voce quando era furioso.

Le ore di scuola erano i momenti più belli della giornata di Matilde. Mentre la maestra faceva lezione, Matilde dimenticava la miseria, le botte, la morte della madre, le fatiche di ogni giorno. La sua mente si apriva con curiosità su orizzonti nuovi, lontani dalla realtà quotidiana. Le lezioni rappresentavano un'evasione nel mondo dei sogni.

«Bambini, voi uscite», ordinò Matilde. «Dite alla maestra che arriverò in ritardo», soggiunse, mentre prendeva da un cassetto della credenza ago e filo per sistemare la camicia di Delmo.

«Guarda che tu, a scuola, non ci vai più», ribatté il padre.

«Perché?» domandò Matilde.

«Perché ho deciso così. Se credi di fare la mangiapane a tradimento, ti sbagli. Hai studiato abbastanza. Da domani andrai a lavorare.»

Era una sentenza definitiva. Lei gli consegnò la camicia, gli mise in mano una scatoletta di alluminio che conteneva polenta e lardo per il pasto del mezzogiorno. Lui le rivolse un sorriso di sfida. Poi se ne andò.

Matilde si lavò il viso. Scrostò il sangue che si era rappreso tra naso e labbro. Pettinò le trecce e si guardò allo specchietto appeso accanto alla porta. Il lato destro della guancia si era gonfiato. Ci sarebbero voluti parecchi giorni prima che il gonfiore passasse. Prese in braccio i due bimbi piccoli e bussò alla porta di Barbarina.

«Perché ti ha menato, questa volta?» domandò la donna, vedendola.

«Quando mai, a quello, serve una ragione per picchiare», rispose seccamente.

«Gli uomini! Che brutta razza», commentò la donna, appropriandosi dei bambini. «E a noi tocca subire e tacere.»

Le parole di Barbarina erano una litania che Matilde aveva sempre sentito affiorare sulle labbra di tutte le donne. Scese a precipizio le scale e uscì sulla strada, correndo. Andò verso la chiesa. La navata era deserta. Si genuflettè davanti all'altare, lo aggirò ed entrò in sacrestia.

«Don Giuseppe», chiamò a gran voce, con il fiato corto. Solo allora ricordò che don Giuseppe se n'era andato per sempre. Al suo posto vide don Luigi, che la guardò sorpreso.

«Tu chi sei?» chiese il nuovo parroco.

«Sono Matilde, la figlia maggiore di Delmo Riva», rispose ansando e soggiunse, per rinfrescargli la memoria:

«Lo ha fatto lei il funerale di mia madre. Io, però... insomma, prima c'era don Giuseppe e adesso...»

«Adesso ci sono io. Perché hai la faccia gonfia?» domandò il sacerdote.

Matilde ebbe un moto di stizza. Ci fosse stato il vecchio parroco, sarebbe corsa a rifugiarsi tra le sue braccia, avrebbe dato sfogo al pianto e gli avrebbe chiesto aiuto. Il vecchio prete sapeva imporsi a Delmo perché riusciva a essere più temibile di lui. Ma che cosa poteva raccontare a questo giovane che non la conosceva? Si sentì a disagio.

«Sono caduta», rispose.

«Che cosa posso fare per te?» domandò lui.

«Se smetto di andare a scuola, che cosa succede?» gli domandò.

«Succede che resti ignorante. La scuola è un obbligo, non lo sai?»

«Quindi, qualcuno potrebbe venire a chiedermi perché non ci vado? E magari potrebbe obbligarmi a tornare? È così?»

Il prete scosse il capo. «Può darsi. Ma la tua insegnante dovrebbe sporgere denuncia», spiegò il sacerdote.

«Allora spero tanto che la maestra lo faccia, perché non sono io che non voglio più andare a scuola. È mio padre che non vuole», rivelò.

«Per quale motivo?»

«Don Luigi, lei non lo conosce proprio il nostro quartiere», lo compianse e soggiunse: «Mio padre è Delmo. Gliel'ho già detto. Quello che decide lui, è legge. Anzi, di più», disse, ormai vinta e, a capo chino, si avviò fuori dalla canonica.

Il prete la richiamò. «È lui che ti ha picchiata?» s'informò. Pensava alle parole dell'anziano predecessore. Non passava giorno, da quando si era insediato in quella chiesa, che il suo pensiero non corresse a don Giuseppe e a quello che gli aveva detto la sera del loro incontro. Gli aveva parlato di povertà estrema, di degrado morale, di violenze e soprusi degli adulti sui bambini. Era tutto vero. Guardò quella ragazzina malnutrita ed ebbe quasi paura del suo sguardo carico di rabbia.

«Lasci perdere, don Luigi», rispose Matilde, abbassando gli occhi.

Lasciò perdere, come faceva sempre di fronte a situazioni più grandi di lui. La guardò allontanarsi e si inginocchiò a pregare.

Matilde riprese la strada di casa. Adesso era davvero sola e sentiva che non sarebbero bastate le poche forze che aveva per fronteggiare un padre padrone che voleva piegarla alla propria volontà.

Mi annegherò, come ha fatto la mamma, pensò. Ma l'odio era più forte del desiderio di annullarsi e promise a se stessa che, prima di compiere quel gesto estremo, avrebbe messo Delmo con le spalle al muro.

Passò davanti alla scuola. Le sue compagne stavano uscendo nel cortile per la ricreazione. La videro e presero a canzonarla.

«Cinque Centesimi di Collo Lungo ha bigiato la scuola», cantilenavano in coro. Così la chiamavano.

Matilde si aggrappò alle aste dell'inferriata come se lei, sulla strada, fosse dentro una prigione e loro, invece, fossero libere. Le guardava, la gola stretta dal pianto.

«Cinque Centesimi di Collo Lungo ha bigiato la scuola», ripetevano le bambine in coro.

Allora si fece forza e le ricambiò con linguacce e sberleffi.

«Io non sono scema come voi», gridò con voce rotta dalla disperazione. E soggiunse: «Io a scuola non ci vengo più. Da domani vado a lavorare, mi comprerò dei bei vestiti e mi divertirò tantissimo», garantì. Si allontanò di corsa, singhiozzando.

3

«NON tutti i mali vengono per nuocere», sentenziò Barbarina, per consolarla. «A una donna, l'istruzione non serve», riprese. «Io ho fatto solamente la seconda elementare. Tu, per poco, non prendevi la licenza di quinta. Hai studiato anche troppo. In casa tua c'è davvero bisogno di una donna, altrimenti i tuoi fratelli cresceranno male. Sai anche tu che l'autorità non ci mette niente a intervenire. Vi chiudono tutti in un orfanotrofio e là dentro la vita è molto dura.»

«Delmo vuole mandarmi a lavorare. Così, non potrò comunque occuparmi dei piccoli», ragionò Matilde.

«Eh, sono momenti grami. I denari che guadagnava la povera Adelina adesso dovrai portarli a casa tu. Meglio il lavoro che l'orfanotrofio», insistette la donna.

La prospettiva di essere rinchiusa in un istituto spaventava Matilde ancor più della convivenza con il padre. L'orfanotrofio significava perdere il contatto con la sola realtà che conosceva. Significava la separazione dai fratelli che amava.

Il lavoro che Delmo trovò per lei non era eccessivamente faticoso e presentava aspetti piacevoli. Trainando un carretto, Matilde risaliva corso Garibaldi, si inoltrava per strade e vicoli, arrivando fino in piazza della Scala. Frequentava, sempre passando per le scale di servizio, appartamenti eleganti dove riceveva in consegna sacchi di biancheria sporca. Su ogni sacco, Matilde legava un cartellino con il nome del proprietario. Alla fine del giro, il carretto traboccava di panni e spingerlo fino alla lavanderia diventava un'impresa. Si concedeva dunque soste frequenti, soprattutto per ammirare il passeggio delle belle signore che indossavano abitini di seta dai colori luminosi, cappellini con la veletta, guanti di pizzo e scarpine con le punte lunghe e strette.

«Quando sarò grande, mi vestirò anch'io così», si riprometteva per lasciare spazio alla speranza. Intanto, nascondeva le trecce dentro la scollatura della camicetta, immaginando di avere i capelli corti, pettinati a piccole onde e neri, perché considerava orribile lo splendido colore ramato della sua chioma. Poi riprendeva a spingere il suo carico, ma un'automobile lucente che passava le offriva lo spunto per una nuova sosta e altri sogni.

Capitava che qualche passante volonteroso l'aiutasse a spingere il carretto per un certo tratto di strada. Matilde ringraziava con un sorriso e un inchino.

Il giro più interessante era quello del pomeriggio, quando riconsegnava i panni lavati e ripiegati. Allora riceveva buone mance, soprattutto dagli uomini soli. Le signore, invece, non largheggiavano.

Lungo la strada, le capitava anche di ricevere pesanti apprezzamenti. Matilde arrossiva e metteva le ali ai piedi.

La sera, rincasando, consegnava i soldi al padre che li infilava nella tasca del gilè, lasciandole meno del necessario per la spesa.

Qualche volta la bambina protestava. «Marco ha bisogno di un paio di scarpe. Francesco non sta più nei calzoni. Il piccolino ha la tosse, devo comperare uno sciroppo», diceva. E avrebbe voluto aggiungere: «Anch'io ho bisogno di un vestito», ma non osava esternare questa necessità.

Delmo non l'ascoltava. Non la rimproverava quasi più. Capitava, invece, che la scrutasse a lungo, quando lei gli dava le spalle. Matilde avvertiva il suo sguardo e si defilava, in preda alla diffidenza.

Venne luglio. Il lavoro diminuì perché molti clienti erano partiti per la villeggiatura. Matilde guadagnava di meno, ma aveva più tempo per badare ai fratelli, per chiacchierare con le donne del cortile, per andare a spiare, la sera, i giovani che ballavano all'aperto, nelle osterie lungo i navigli, sotto le pergole rischiarate da palloncini di carta colorata dentro cui ardevano i lumini.

Si appoggiava alle siepi e sentiva il formicolio nei piedi, tanta era la voglia di muoversi al ritmo di un valzer o di una mazurka. Vedeva suo padre ridere, scherzare e ballare con le ragazze. Allora ricordava sua madre che passava la sera in casa a piangere mentre ninnava un bambino e ne aspettava un altro. Pensava che, quando si fosse sposata, non avrebbe mai scelto un uomo come Delmo. Matilde voleva un marito che la portasse a ballare tutte le sere.

Appoggiata alla siepe, sotto il cielo stellato di luglio che si specchiava nelle acque pigre del Naviglio, cullata dalle note di un tango, Matilde guardava e sognava. Il chiarore della luna e le luci dei palloncini si riflettevano nei bicchieri di spuma, di frizzantino, di vermut allungato con il seltz, che i danzatori si concedevano tra un ballo e l'altro: gli uomini in gilè e maniche di camicia, le donne in abiti sgargianti un po' scollati. Il fisarmonicista dell'orchestrina, sistemata su una pedana rialzata, tormentava il suo strumento sulle note della *Cumparsita*.

Una sera, Matilde prese a dondolare il corpo assecondando il ritmo della musica.

«Sembri nata per ballare», esclamò una voce alle sue spalle.

Si voltò di scatto, spaventata. Credeva di essere sola. La bionda Ermelinda la osservava con curiosità.

«Dici davvero?» domandò incredula.

«Ne sono certa. Carina come sei, ti basterebbe un niente per diventare una ballerina», affermò, valutandola con un certo compiacimento. E aggiunse: «Presto gli uomini ti faranno la corte e, se sarai furba, potrebbero fare follie per te».

Sua madre parlava male di Ermelinda. E Barbarina non aveva un'opinione migliore. Ma concordavano tutte nel dire che era generosa e di buon carattere. Matilde sapeva che la donna si esibiva nell'osteria di Egiziaco e considerava quello spettacolo una vergogna. Tuttavia si sentiva fortemente attratta da lei perché non era aggressiva, né pettegola e aveva sempre una parola buona per tutti.

«Io non sono bella, Ermelinda», osservò. «Ho il collo troppo lungo, i capelli troppo rossi e le labbra troppo grandi.»

Lo sguardo della donna si illuminò di una luce maliziosa. «Hai già cominciato a guardarti allo specchio», constatò, divertita.

«Mi guardo nelle vetrine. E quello che vedo non mi piace», confessò. E proseguì: «Vedo le ragazzine della mia età, vestite bene, pettinate con i *cannellotti* bruni o biondi, profumate di pulito. Poi guardo me stessa e mi sento mortificata, perché sono un disastro».

«Quelle *spitinfie* non sanno né di te né di me», commentò la donna, «sono creature scialbe. Tu invece hai carattere, come tuo padre. Gli assomigli.»

Assomigliare a Delmo era l'ultimo desiderio di Matilde. Il raffronto, anzi, la offese. «Devo andare a casa. Se mio padre rientra e non mi trova, sono botte», disse e si avviò lungo il viottolo che portava sul corso Garibaldi.

Nei mesi che seguirono Ermelinda non tralasciava occasione per avvicinarla e darle consigli.

«Devi imparare un mestiere», le diceva.

«La danza?»

«Quello era uno scherzo. Ma spingere la carretta della lavanderia è fatica sprecata. Devi avere un lavoro serio se vuoi essere rispettata. Te lo dico perché so cosa significa crescere senz'arte né parte, dipendendo dal capriccio degli uomini», le spiegava.

Un giorno le regalò una collanina di perle finte e, in seguito, le donò uno dei suoi abiti smessi, offrendosi di adattarlo a lei.

Matilde non sapeva come giudicare quelle attenzioni. E si confondeva quando la donna allungava una mano per accarezzarle il viso. «Vorrei tanto essere la tua mamma», le diceva. «Farei l'impossibile per darti una vita migliore della mia.»

«Però non te la passi mica male», osservava la ragazzina.

«Questo lo pensi tu. Mi hanno sempre usata. Tutti. Anche Egiziaco. Nessuno mi ha mai amato», si lamentava.

Durante l'inverno, le rare sere in cui suo padre non usciva, Ermelinda si presentava in casa con il pretesto di offrire un minestrone o un pezzo di manzo stufato. «Così non dovrai perdere tempo né spendere soldi per cucinare. Mi raccomando, domani restituiscimi la pentola», diceva a Matilde, stringendosi addosso il grande scialle di ciniglia nera.

«Falla entrare», ordinava Delmo alla figlia. «Non si tengono i visitatori sull'uscio.»

«Solo per un momento», assicurava Ermelinda con un sorriso di circostanza. «All'osteria c'è da fare e il mio uomo si arrabbia se non lo aiuto.»

Sedeva al tavolo, mentre Delmo prendeva dal davanzale della finestra un fiasco di vino rosso.

Matilde si affrettava a disporre i bicchieri, dopo averli accuratamente puliti con uno strofinaccio. Ci teneva che l'ospite vedesse mentre li tirava a lucido: le sembrava un segno di rispetto e di estrema raffinatezza.

«Adesso, va' a dormire», le ordinava Delmo.

Ubbidiva senza replicare, anche se avrebbe preferito trattenersi, perché sapeva quello che accadeva tra Ermelinda e Delmo appena restavano soli. Quella storia non le piaceva, la considerava un'offesa a sua madre.

Barbarina, che spiava le mosse di tutto il caseggiato, era al corrente di quelle visite e pronosticava disastri.

«Aspetta che l'oste li scopra e vedrai che putiferio», diceva a Matilde. E proseguiva: «Tuo padre è vedovo. E si sa che un uomo ha bisogno di certe cose. Ma quella spudorata, con tutto il bene che le ha fatto il suo uomo, rischia di tornare nel bordello».

Matilde sapeva che Egiziaco l'aveva riscattata da una casa di tolleranza pagando i debiti contratti negli anni con il proprietario. Ma non era convinta che la sua situazione fosse molto migliorata. Doveva mostrarsi ai clienti, servire ai tavoli e accompagnarsi a un uomo che era più brutto del peccato. Capiva l'inclinazione della donna per suo padre, ma le dispiaceva che i loro incontri avvenissero nel letto che era stato della povera Adelina.

Una sera, dopo che la bionda ostessa ebbe lasciato la loro casa, Delmo richiamò Matilde in cucina. «Da domani cambi lavoro», annunciò.

Matilde tacque e aspettò il seguito. Suo padre, negli ultimi tempi, si era addolcito e capitava che, a volte, portasse a casa un cartoccio di *freguglie*, scarti di pasticceria ridotti in briciole che venivano accolti con gioia da tutti i bambini. Non la picchiava quasi più. Qualche volta arrivava al punto di lodarla per come aveva preparato il minestrone. Matilde attribuiva il cambiamento all'influenza di Ermelinda.

Infatti Delmo spiegò: «Ermelinda sostiene che non si impara un mestiere a spingere carretti».

«Che cosa devo fare?» domandò la ragazzina.

«Farai la stiratrice.»

Matilde sussultò. Stirare era molto peggio che spingere il carretto. Matilde conosceva alcune stiratrici. Stringevano i denti per soffocare i dolori alle spalle e alla schiena. Gli si gonfiavano i piedi e le gambe. D'estate, si scioglievano al calore dei ferri. In inverno si ammalavano di bronchite per i bruschi passaggi dal calore della stireria al freddo delle loro case.

«È un mestiere ben pagato», proseguì il padre. «Domattina alle sette andrai dalla signora Serafina, in via Santa Margherita. È la padrona della stireria.»

«No», rispose Matilde, sfidando lo sguardo di Delmo. E aspettò impavida che la picchiasse.

Invece, vide lo sguardo dell'uomo addolcirsi mentre le diceva: «Ti stai facendo grande».

Allungò una mano. Matilde chiuse gli occhi, strizzandoli e aspettando i colpi. Invece le accarezzò una spalla ossuta. Poi precisò, senza alzare la voce: «Il padrone sono io e ho deciso così».

«Lo ha deciso Ermelinda. Non tu», osservò la ragazzina, con rabbia, determinata a provocarlo.

Per tutta risposta, l'uomo sbottò in una risata. Matilde era confusa, non capiva che cosa stesse succedendo. Lui allungò su di lei l'altra mano e le scompigliò i capelli. «Stai diventando sveglia, ragazzina. Francamente, credevo che fossi un po' ritardata. Mi sbagliavo», disse Delmo, divertito.

In quel momento Matilde ebbe la sensazione che si fosse inceppato un meccanismo collaudato negli anni e che aveva sempre funzionato allo stesso modo. Non riusciva a credere che l'uomo che reagiva ridendo e scherzando a un suo diniego fosse davvero suo padre.

«Così mi piaci, ragazzina», proseguì lui, accarezzandole una guancia. Com'era bello sentirsi accarezzare e ascoltare la voce di Delmo modulata sui toni della dolcezza.

Perché non era stato mai come adesso? Perché l'aveva sempre picchiata, offesa, maltrattata quando bastava una carezza per ottenere la sua obbedienza? Avrebbe fatto tutto per lui, in cambio di un gesto affettuoso.

Chiuse gli occhi e aspettò che il padre la abbracciasse, le dicesse finalmente che le voleva bene, che si sarebbe sempre preso cura di lei. E fu esattamente questo che Delmo fece. La abbracciò, le disse che le voleva bene, la prese in braccio e la depose sul letto.

Quando Matilde capì, era ormai troppo tardi. Lui le mise una mano sulla bocca per soffocare il suo grido. E quando la tortura finì, le assestò un ceffone in pieno viso.

«Il padrone sono io», proclamò.

4

La signora Serafina era una donna prosperosa e aveva la pelle candida come il latte. Indossava una veste bianca e larga, che lasciava liberi le braccia e il collo. Un fazzoletto bianco, annodato sulla nuca, nascondeva i capelli scuri e ricci. Una peluria bruna adombrava il labbro superiore e congiungeva le sopracciglia conferendo al suo viso un'espressione aggrottata. Le labbra grandi e piene si schiusero in uno smagliante sorriso.

«Così, tu sei la piccinina raccomandata dall'Ermelinda», esordì con voce robusta.

Matilde, irrigidita per la tensione, rimase immobile di fronte a lei. Chinò soltanto il capo in segno d'assenso.

«Ermelinda è un cuore d'oro e questo è un posto serio. Mica tutte le stirerie possono vantare una clientela come la mia. Hai voglia di lavorare?» le domandò.

Matilde chinò il capo ancora di più.

«Cos'è questo muso lungo? Guarda che io non ti mangio. Qui si cerca di stare più allegre che si può. Si canta, si ride delle nostre disgrazie e si lavora», dichiarò la signora Serafina mentre nella stireria affluivano giovani donne ciarliere e cinguettanti. Salutavano con rispetto la padrona e rivolgevano un sorriso alla ragazzina.

«Chi è questa bambina?» domandò una donna, ormai avanti negli anni, il corpo pesante, i capelli grigi raccolti sulla nuca in una crocchia opulenta.

«La nuova piccinina», spiegò la padrona.

«Speriamo che abbia la testa a posto. Che non sia una lavativa come l'ultima che se n'è andata», brontolò la donna avviandosi con passo da papera verso uno stanzino da dove le giovani, che erano entrate prima di lei, uscivano in sottoveste e zoccoletti.

«Lo sapremo presto», dichiarò Serafina. E soggiunse: «Come hai detto che ti chiami?»

«Non l'ho detto», sussurrò Matilde.

«Allora, Muso Lungo va bene», replicò la padrona, con una allegra risata, mentre si avviava verso il laboratorio.

Matilde rimase lì, sulla soglia, e avrebbe voluto che l'impiantito si aprisse sotto i suoi piedi per inghiottirla. Il cappotto striminzito, che Barbarina aveva allargato e allungato con giunte di finto lapin, la ingabbiava, infastidendola. Avrebbe desiderato toglierlo, ma temeva che tutte quelle donne vedessero la miseria, lo squallore, la sporcizia del suo peccato. Si stava bagnando di sudore ma non trovava il coraggio di spogliarsi. Guardò verso il laboratorio. Era una stanza molto spaziosa, con grandi finestre intelaiate in ferro. C'era una serie di tavoli di varie dimensioni. Dal soffitto scendeva sopra ogni tavolo una lampada elettrica che rischiarava il piano di lavoro. Ogni lampada aveva sul cappello una presa di corrente in cui veniva infilata la spina del ferro da stiro. Era accesa, al centro della stanza, una stufa di ghisa su cui erano allineati ferri di ogni dimensione. Ce n'erano di così piccoli da sembrare giocattoli. Alcuni erano piatti e compatti, altri erano cavi, traforati e venivano riempiti con la carbonella accesa che ardeva in un braciere collocato accanto a una finestra socchiusa. Faceva un gran caldo, lì dentro.

«Muso Lungo, guarda che tra un po' ti scioglierai se continui a stare così intabarrata», osservò la padrona.

«Mi chiamo Matilde», sussurrò la ragazzina.

«Santa Matilde, patrona delle ricamatrici», intervenne la donna anziana. E proseguì: «Forse hai sbagliato mestiere. Dovevi andare da Madame Viviani. Quella è una vera specialista nel ricamo». Sedeva davanti a un tavolo basso sul quale era posato un abito rosso in voile di seta. Usando un ferro minuscolo e rivelando una pazienza da certosino, stirava una serie infinita di piegoline.

Matilde aveva voglia di piangere. S'inoltrò nello stanzino e si tolse la sciarpa e il cappotto. Per nulla al mondo si sarebbe liberata del vestito, non tanto per nascondere la sottoveste rattoppata, quanto perché aveva orrore della propria nudità.

La notte prima, mentre suo padre dormiva, si era lavata e rilavata nella speranza di cancellare anche il dolore. Poi aveva capito che, per quanta acqua e sapone avesse consumato, il marchio della violenza e del peccato non si sarebbe cancellato mai più.

«Domani porta un paio di zoccoli», suggerì la signora Serafina. E aggiunse: «Adesso vieni qui. Ti insegno come preparare l'acqua con l'amido. Vedi, ci vuole tanta acqua così, nel catino, e deve essere tiepida. Poi si aggiunge questo pugnetto di amido, quindi si mescola con le dita. Non devi sentire grumi sotto i polpastrelli. Poi immergi colli e polsi delle camicie. Infine li strizzi. L'inamidatura è importante per il buon esito della stiratura».

«Io non so stirare», confessò lei, sottovoce.

«Nessuno nasce maestro. Occorre tempo per diventare una buona stiratrice e ci vorranno mesi prima che tu prenda in mano un ferro. Adesso devi imparare l'abbiccì del mestiere. Vedi la Marietta?» disse, indicando la donna anziana. «Lei è la maestra dei plissé. Sui plissé ci ha passato la vita. Ormai è avanti negli anni e le ho fatto fare quel tavolo speciale, così può lavorare seduta. Quando smetterà di aiutarmi sarà un gran brutto giorno per me, perché la mia stireria è rinomata per il plissé.»

Matilde imparava in fretta e bene. Le erano stati insegnati i lavori più umili che le consentivano, però, di entrare in sintonia, a poco a poco, con quel piccolo universo di donne ciarliere, orgogliose del proprio mestiere. Puliva vetri e pavimenti, accendeva la stufa, teneva vivo il fuoco nel braciere, riempiva i ferri di carbonella, preparava i catini con l'amido, lavava pezze sporche, massaggiava le spalle formicolanti delle stiratrici, ascoltava i loro racconti e le canzoni. Sempre in silenzio, sempre attenta a non sbagliare, sempre corrucciata.

Il pomeriggio usciva per le consegne. La signora Serafina sapeva come piegare i capi stirati in modo che non si sciupassero, prima di riporli in grandi scatole di cartone. Erano abiti da sera, sciarpe, foulard, pantaloni e gonne, camicette da donna e camicie da uomo. A Matilde indicava il nome del cliente e l'indirizzo. La ragazzina aveva imparato a conoscere le strade del centro spingendo il carretto della lavanderia. Così, si avviava con passo sicuro, nel freddo dell'inverno, armata di scatole e scatoloni, senza sbagliare strada e senza più il piacere di fermarsi incantata ad ammirare le vetrine, le signore eleganti, le automobili di lusso.

Aveva perduto l'innocenza, la spensieratezza dell'infanzia e viveva nel terrore di quello che l'aspettava la sera, quando tutti dormivano. Rincasando, metteva in tavola la minestra per il padre e i fratelli. Non sedeva più a tavola con loro. Mangiava appartata, accanto alla stufa, rimuginando brutti pensieri. Dopo, rigovernava la cucina, controllava che i fratelli più grandi avessero fatto i compiti, metteva a letto i più piccoli e s'infilava nel letto con loro, completamente vestita. A quel punto, mentre i bambini si addormentavano, cominciava a tremare aspettando che suo padre entrasse nella stanza e la chiamasse.

Qualche volta lo sentiva uscire, e allora rivolgeva una preghiera al Signore per averla salvata. Più spesso, invece, doveva seguirlo nel letto. Ogni volta avrebbe voluto chiedergli la pietà di essere risparmiata. Ma taceva, sapendo che le suppliche sarebbero servite soltanto ad accentuare il suo desiderio. Tutto quello che poteva fare, era opporgli una totale passività. Soltanto quando le sussurrava parole d'amore, replicava sputandogli in viso. Allora Delmo la schiaffeggiava, la colpiva con i pugni. Le percosse le sembravano comunque più sopportabili delle smancerie.

Qualche volta, tornando dal lavoro, il padre le portava un regalo: una tavoletta di cioccolato, una scatola di biscotti, un paio di calze. Matilde distribuiva i dolci tra i fratellini, senza neppure assaggiarli. Le calze le buttava dentro la stufa, guardando il padre con aria di sfida e aspettando impavida la sua replica manesca.

«Eppure devo riuscire a domarti», insisteva Delmo, a denti stretti. Non gli sembrava possibile che tutte le femmine del quartiere impazzissero per lui, mentre quella figlia caparbia faceva tante storie. Non che gli dispiacesse prenderla con la forza. Anzi, era ancora più eccitante. Ma voleva la femmina riconoscente. Matilde, invece, avrebbe preferito dargli una scodella di veleno al posto della minestra. Intanto passavano le settimane e lei era sempre più disperata. Sul lavoro era inappuntabile, ma il disagio della sua situazione la rendeva scontrosa.

Quando rientrava in laboratorio, dopo aver fatto il giro delle consegne, il cicaleccio delle stiratrici si spegneva. Matilde sospettava che, fino a un momento prima, le donne avessero fatto commenti su di lei. La terrorizzava l'idea che sapessero degli abusi di suo padre. Era un segreto che le procurava tanta vergogna. Non aveva osato parlarne neppure in confessione e da tempo si negava la Comunione domenicale.

Una volta, le stiratrici non si accorsero della sua presenza. Sentì parlare la vecchia Marietta mentre lavorava di fino su un plissé soleil. «Quella povera bambina mi fa tanta pena. A volte non si spoglia per non mostrare i lividi che ha sulle braccia e sulla schiena», disse.

«Ma il labbro gonfio o il naso tumefatto non può nasconderli», intervenne la signora Serafina.

«Tu conosci bene l'Ermelinda. Ti sei informata di quello che succede in casa di Muso Lungo?» insistette Marietta.

Era una strana amicizia quella tra la stiratrice e l'ex prostituta. Serafina era affascinata dalla bontà e dalla generosità di Ermelinda la quale ammirava in lei la tenacia, tutta femminile, che le aveva consentito di emergere senza l'aiuto di un uomo. Si erano conosciute in un periodo felice, quando Ermelinda aveva un amante fisso, molto facoltoso, per il quale Serafina stirava la biancheria. L'amante era sparito. L'amicizia tra le due donne era rimasta. «Ermelinda è una che tace, anche quando sa. Si fa i fatti suoi. Non è una perdigiorno come voi», tagliò corto Serafina. Sapeva, per esperienza, che ci sono situazioni che non si risolvono a chiacchiere.

Matilde era nello stanzino a vestirsi per una consegna. Doveva portare una decina di camicie al professor Brasca, un clinico illustre, che abitava vicino alla Scala.

Si trattava di camicie confezionate a Genova, da Finollo, un artigiano che serviva le personalità più in vista di tutta Italia. Questo, almeno, era quanto sosteneva la signora Serafina. Diceva che Finollo aveva le misure di tutti i clienti abituali. Bastava una lettera o un telegramma per ricevere gli indumenti nel giro di pochi giorni. Le stiratrici ponevano una cura particolare nel ripassare quelle camicie perché, dicevano, il lavoro di un artista va rispettato.

Matilde, dunque, lasciò il laboratorio di soppiatto, con un senso di sollievo: non avevano indovinato il suo segreto.

Uscì sulla via e, poiché nevicava da diverse ore, affondò nella neve fino al polpaccio. Alzò il viso al cielo per offrirlo ai grossi fiocchi farinosi che, posandosi sulla fronte, sul naso, sulle guance, si scioglievano in piccoli rivoli gelidi che le scorrevano lungo il collo, fin dentro lo sciarpone di lana grezza. Sorrise.

Era febbraio ed era la prima volta, dopo mesi, che riusciva a sorridere. Sorrideva alla neve perché era la sola cosa bianca, soffice e incontaminata che l'avesse sfiorata da tempo.

In piazza della Scala un gruppetto di ragazzini lanciava palle di neve contro un tram. «I giovani d'oggi crescono come vandali», si lamentarono alcuni passanti.

Matilde svoltò in via Verdi e arrivò davanti al palazzo dove abitava il professore. Nell'androne sostava un'automobile. Il portellone posteriore era aperto e un domestico, aiutato dal portiere del palazzo, stipava all'interno una serie di valigie di cuoio. Matilde si arrestò, intimidita.

«Che cosa vuoi?» le domandò il portiere.

«Devo consegnare le camicie per il professor Brasca», rispose lei.

«Grazie al cielo sono arrivate», intervenne il domestico che vestiva una livrea a righine gialle e nere. «Dammele subito. Il professore sta partendo e ne ha bisogno.»

Matilde s'inoltrò di fretta sotto l'androne, urtò con una gamba contro il predellino della macchina e cadde, facendo volare gli scatoloni. Le sembrò che il suolo precipitasse su di lei. Sentì uno schiocco sordo. Poi, più nulla.

«Professore, guardi che rischia di perdere il treno», disse una voce maschile.

«Pazienza. Questa piccolina ha bisogno di cure», replicò un'altra voce profonda e morbida come il suono di una canna d'organo.

Matilde avvertì l'odore pungente di un disinfettante e un profumo più sottile di buon tabacco e di lavanda. Una mano delicata sfiorava la sua fronte dolente. Aprì gli occhi. Era in una stanza in penombra. La luce di un abat-jour rischiarava una specie di ottomana su cui era distesa. Un uomo enorme la sovrastava. Era in maniche di camicia. Indossava un gilè scuro e, al polso, portava un orologio d'oro. Aveva il viso largo, mascelle forti, occhi celesti, capelli neri spruzzati d'argento e i baffi che davano risalto alle labbra rosate. Si portò una mano alla fronte e le sue dita intirizzite sfiorarono il tepore delle mani di quel signore.

«Ti sei ripresa», disse lui, sorridendole.

«Allora, professore, sarà bene sbrigarsi», lo incalzò il domestico che stava alle sue spalle e reggeva l'abat-jour all'altezza del viso di Matilde.

«Sono Brasca, il medico. Tu come ti chiami?» domandò con accento affettuoso.

«Matilde, signore», balbettò lei.

«Ti fa male la fronte, Matilde?» s'informò.

«Un po'», rispose.

«Hai un bel bernoccolo. La ferita, per fortuna, è superficiale. L'ho disinfettata e ho messo un cerotto», spiegò, aiutandola a sollevarsi dal divano. Erano nella portineria del palazzo. Il portiere, sulla soglia, li osservava.

«Ti gira la testa, Matilde?» domandò ancora il medico.

Era un po' confusa, ma aveva la sensazione di non essersi mai sentita meglio. La presenza, la voce, il tocco gentile di quel dottore le infondevano un calore e una serenità sconosciuti.

«Sto benissimo, signore», rispose.

Lui sedette su uno sgabello e l'aiutò a mettersi in piedi.

«Accosta la lampada, Celestino», ordinò al domestico. Aveva preso tra le mani il viso della ragazzina e, con i pollici, le abbassò le palpebre inferiori. Poi le toccò le mandibole, la gola, la nuca.

«Mi sembra tutto a posto», concluse. «Ma qualche fettina di carne in più non ti farebbe male. Mangi carne, uova, formaggio?» le chiese.

«Raramente, signore», confessò lei.

«So bene come vanno certe cose», sussurrò lui. E soggiunse: «Adesso girati».

Il domestico e il portiere li osservavano. Matilde ubbidì. Il medico circondò con un braccio il suo corpicino, inducendola a piegarsi in avanti. Poi posò la testa sulla sua schiena. «Fai un bel respiro», le disse.

Attraverso la flanella dell'abito, Matilde sentiva il calore di quell'uomo che si prendeva cura di lei. Per la seconda volta, quel giorno, sorrise.

«Quanti anni hai, Matilde?» domandò il professor Brasca, mentre con un dito seguiva la curva della sua schiena, lungo la linea della colonna vertebrale.

Le piaceva come pronunciava il suo nome, le sembrava più bello.

«Undici, signore», rispose.

«Hai una lieve scoliosi», diagnosticò. «Dovresti fare un po' di ginnastica.»

«Sarebbe un lusso da signori», replicò lei.

«Lo so. È un'ingiustizia», mormorò lui, sottovoce. Prese a slacciare la lunga fila di bottoni che chiudevano il vestito sulla schiena. A quel punto, il sogno di Matilde finì. Con un movimento brusco si girò riabbottonandosi in fretta. Ma per quanto fosse stata veloce, il medico aveva fatto in tempo a notare una vasta ecchimosi sulla scapola sinistra.

«Devo proprio andare. Mi scusi», arrossì, mentre con lo sguardo cercava il suo cappotto e la sciarpa.

«Un momento», disse lui, agguantandola per un braccio. «Non voglio farti del male. Sono un medico e, in questo momento, tu sei la mia paziente», spiegò con fermezza. Quindi si rivolse ai due uomini: «Lasciatemi solo con lei», ordinò.

I due uscirono e Matilde, a sua volta, arretrò verso la porta, stringendo il cappotto e guardandolo con occhi spauriti.

«Chi ti picchia a quel modo?» domandò con voce autorevole.

«Nessuno, signore», rispose tremando.

«Non voglio sentire bugie», replicò lui, con severità.

«E io non voglio dire la verità», ribatté Matilde, con il coraggio della disperazione.

L'uomo emise un sospiro profondo. Si alzò dallo sgabello, le andò vicino e le accarezzò i capelli, guardandola con pietà.

«Povera piccola Matilde», sussurrò. «Mi dispiace tanto per te. Vorrei che tutti i bambini del mondo fossero rispettati. Purtroppo non è quasi mai così. Se avrai bisogno d'aiuto, suona alla mia porta», concluse. Mise due dita nella tasca del gilè, prese alcune monete e gliele tese.

«Grazie, no, signore», si schermì lei, ritraendosi.

«Sei una brava ragazzina, Matilde. Che la fortuna ti assista», le augurò, infilandosi la giacca. «E ti assisterà, grazie al nome che porti. Lo sai che cosa significa Matilde? Viene dall'antica lingua dei Celti. Vuole dire: 'possente' in battaglia. Sono certo che ingaggerai le tue guerre personali e le vincerai.»

Quella sera Delmo notò il vistoso bernoccolo sulla fronte e il cerotto che lo copriva solo in parte. Non fece domande. Matilde mise sulla tavola la minestra di cavolo e lardo che tutti divorarono con avidità. Rassettò la cucina e mise sulla stufa il ferro da stiro per ripassare la camicia di suo padre. Delmo uscì. Lei, vinta dalla stanchezza, invece di stirare andò a letto.

Si coricò accanto ai fratellini. La vicinanza dei loro corpi le diede conforto. Loro si addormentarono subito. Lei ripensò all'incidente accaduto nel palazzo del medico illustre e alla tenerezza di quell'incontro. Forse non tutti gli uomini sono malvagi, si disse.

5

MATILDE si addormentò e sognò di essere tra le braccia forti e tenere di un uomo buono che le diceva: «Sei una brava ragazzina, Matilde. Che la fortuna ti assista».

La brutalità di una mano che la scuoteva la strappò dal sogno. Aprì gli occhi. Nella stanza silenziosa, la figura massiccia del padre incombeva su di lei.

«Muoviti, vieni di là», ordinò Delmo, sottovoce.

Matilde scivolò fuori dal letto ed entrò nella cucina, chiudendosi alle spalle la porta della stanza in cui dormivano i suoi fratelli. Indossava ancora il vestitino di lana abbottonato fino al collo. Aveva i piedi nudi e il contatto con il pavimento gelido accentuò il bruciore dei geloni. La cucina era surriscaldata. La piccola stufa, caricata con la legna che ardeva scoppiettando, aveva le pareti arrossate dal fuoco.

«Senti che bel calduccio ho creato per te», disse Delmo infilandosi nel letto matrimoniale e ingiungendole di fare altrettanto.

Matilde osservò la stufa rovente e non si mosse. «Sto male», disse, portandosi una mano alla fronte incerottata, nel tentativo estremo di trovare una scappatoia.

Delmo le dedicò un sorriso da ubriaco. «Sei caduta?» domandò.

Lei reagì con un'alzata di spalle.

«Ti costa tanta fatica parlare?» insistette il padre.

Lo guardò con disprezzo. Che senso aveva raccontargli quello che le era accaduto? Lui voleva una cosa sola e, finché durava il torbido desiderio, era anche disposto a regalarle un sorriso. Ma quando la finta dolcezza non otteneva risultati, ripristinava il vecchio e collaudato metodo della violenza.

«Vengo io a prenderti?» domandò con un moto di stizza.

«Per una volta, lasciami in pace», supplicò Matilde.

«Dopo. Dopo potrai dormire tutta la notte.»

Sentì un groppo serrarle la gola. Che cosa poteva fare per liberarsi di quella maledizione? Le imposte della finestra erano chiuse e così l'uscio di casa, ma il vento di tramontana, che aveva ripulito il cielo spazzando via la neve, filtrava fischiando dalle fessure e gemeva lungo il tubo della stufa. Sembrava il gemito doloroso di un animale ferito. Matilde rabbrividì ancora.

«Non tirare troppo la corda», la minacciò suo padre.

«Eccomi», disse lei, muovendo un passo incerto verso il letto.

Le sembrava che il vento parlasse, profetizzando sventure. Ricordò che, anche la notte precedente la morte della madre, il vento di tramontana aveva annunciato il dramma.

«Ascolta», disse al padre. «Lo senti?»

«Che cosa?» rispose brusco.

«Il vento. Dice che sta per succedere una disgrazia.»

Delmo proruppe in una risata grassa. La sua faccia da ubriaco esprimeva soltanto il desiderio sordido di possederla.

«Sei una cretina», la disprezzò. L'afferrò con una mano costringendola a cadere sul letto. «Adesso farai quello che devi», soggiunse, attirandola a sé. Il suo alito saturo di vino aumentò il disgusto di Matilde.

Era debole, fragile, indifesa, ma s'impadronì di lei la certezza che il padre non l'avrebbe mai più violata.

«Io non starò più con te», affermò.

Delmo prese a pestarla con i pugni chiusi, facendola sanguinare. Matilde sorrideva ed esasperava il padre sussurrando: «Non sento male. Le tue botte non mi fanno niente. Non verrò più con te, neanche se mi ammazzi». Sentiva il sibilo del vento e ricordava le parole del professor Brasca: «Matilde è un nome di origine celtica e significa: 'possente in battaglia'».

Suo padre la picchiava e, per ogni pugno ricevuto, ripeteva a se stessa: Sono Matilde, possente in battaglia.

Lui le strappò il vestito, rivelando la fragile nudità sulla quale si sarebbe accanito finché le forze non lo avessero abbandonato. Spogliandola le fece fare una mezza piroetta. In quel momento, lo sguardo disperato di Matilde catturò quello attonito di Marco, il fratello grande.

Lei era completamente nuda, tra le braccia del padre che le impediva qualsiasi movimento. Lui stava sull'uscio, in maglietta e mutande. Guardava la sorella e il padre. Vide il corpo di Matilde coperto di lividi, il sangue che le colava dal naso. E gridò. Fu un grido terribile, che sorprese lo stesso Delmo.

Matilde approfittò di quell'attimo, si divincolò e si liberò da quell'abbraccio vergognoso. Cadde dal letto tirandosi dietro la pesante trapunta d'ovatta nella quale cercava di avvolgersi. Marco continuava a strillare, disorientato dalla violenza che aveva davanti agli occhi. Un lembo della coperta finì sulla stufa e subito prese fuoco.

I vicini, disturbati dagli strilli del bambino, si svegliarono di soprassalto.

«Fuori di qui, bastardo!» gridò Delmo. E poiché Marco, impietrito dall'orrore, non si muoveva, scese dal letto, nudo com'era, lo afferrò per un braccio, aprì l'uscio di casa e lo scaraventò fuori, sul ballatoio spazzato dal vento di tramontana.

Matilde gettò via la trapunta in fiamme e cercò di infilarsi il vestitino strappato. Il fuoco divampava. I bambini, svegliati dal trambusto, corsero in cucina, terrorizzati.

«I piccoli! Portate fuori i piccolini», gridò Matilde.

L'aria si faceva acre e irrespirabile. Prese fuoco la credenza. I vicini si accalcavano lungo la ringhiera, indecisi sul da farsi.

Delmo, fuori di sé per la paura, inveiva contro i figli e picchiava Matilde. Di fronte a quell'inferno stavano svanendo i fumi dell'alcol. «Hai deciso di sputtanarmi per tutto il rione», accusò la figlia, urlando.

Barbarina e il violinista Tamponi furono i primi a recuperare un minimo di sangue freddo. «Portate acqua! Tutta l'acqua che avete in casa», ordinò l'artista.

«Vado a cercare un telefono per avvertire i pompieri», disse Barbarina. S'era buttata uno scialle sopra la camicia da notte e scendeva le scale di corsa, seguita da altri che portavano secchi da riempire alla fontana.

«Andate fuori, bambini. Fuori! Giù! In strada», gridava Matilde, preoccupandosi che tutti i fratellini uscissero dalla cucina.

«Brutta troia, guarda che casino hai combinato», gridò Delmo, afferrandola per un braccio, sul punto di calarle un pugno in testa. Erano rimasti soli nella cucina piena di fumo e di fiamme. La ragazza pensava solo a fuggire, per mettersi in salvo, ma non riusciva a liberarsi dalla stretta del padre. Allora, con la mano libera, agguantò il pesante ferro da stiro che era sulla stufa, lo fece roteare sopra di sé e centrò la testa di Delmo, che si spaccò come un'anguria d'agosto.

La mano dell'uomo che le imprigionava il braccio si

aprì come una molla spezzata. Finalmente libera, Matilde raggiunse la porta e si abbandonò tra le braccia di un soccorritore.

I pompieri arrivarono con potenti getti d'acqua. Tutto il palazzo fu sgombrato. Non ci furono feriti. Soltanto alcuni intossicati dal fumo. E un morto: Delmo Riva.

Il *Corriere della Sera* s'impadronì della notizia, pubblicandola con dovizia di particolari. Si parlava soprattutto della sfortuna che perseguitava una nidiata di fratellini cui era morta prima la madre, annegata nel Naviglio, e ora il padre, perito tra le fiamme, nel generoso tentativo di mettere in salvo i figli. I poveri resti carbonizzati dell'uomo erano stati pietosamente composti e inumati. Del vecchio palazzo di corso Garibaldi, soltanto il quarto piano venne giudicato inagibile. Gli inquilini, compresi Barbarina e il violinista, si trasferirono altrove. I bambini Riva furono ricoverati tutti in ospedale. Matilde era in condizioni pessime. Aveva ustioni gravi alla mano destra, una frattura al braccio sinistro, ecchimosi lacero-contuse su tutto il corpo e una febbre altissima. Delirava, ripetendo: «Lo aveva detto, il vento, che sarebbe finita così».

Nel lettino del reparto pediatrico venne accuratamente visitata dal professor Alberto Brasca, appena rientrato da Roma. L'avevano trasferita lì, dal pronto soccorso, dopo alcune medicazioni sommarie. Tra le note relative alla paziente Riva Matilde era segnalata la deflorazione. Il primario disperò di riuscire a salvarla.

La ragazzina rimase tra la vita e la morte per molti giorni. Brasca si ricordava di lei e si prodigò in tutti i modi per aiutarla. Matilde si salvò. Due mesi dopo, quando fu completamente guarita, la condussero all'asilo Angiolina. I suoi fratelli più grandi erano stati accolti presso i Martinitt, l'orfanotrofio maschile della città. I più piccoli furono adottati da una famiglia.

6

MATILDE respirava un'aria nuova tra quelle mura antiche. Nell'asilo Angiolina aveva finalmente trovato la pace. Aveva una cameretta tutta per sé, attigua a quella della reggente, in un settore defilato della grande villa che ospitava la gloriosa istituzione. Le era stato detto che quella specie di isolamento era provvisorio. In seguito, dopo un'attenta valutazione del suo caso, avrebbe varcato la porta di comunicazione con l'asilo vero e proprio. Intanto, le avevano dato dei libri da leggere e un ricamo da fare, perché potesse impiegare il suo tempo.

Tra una pagina letta e qualche punto sconnesso, Matilde riceveva la visita di due assistenti che, interrogandola, tentavano di ricostruire i punti salienti della sua vicenda umana.

Matilde difendeva con ostinazione i suoi tremendi segreti. Per il resto era un'ospite modello. Osservava docilmente le regole imposte, rispettando i momenti della preghiera, curando la pulizia personale e della sua stanza, mangiando con appetito. Parlava volentieri della madre, dei fratelli, della scuola, del lavoro. Ignorava le domande sul padre e quelle che, in qualche modo, riguardavano il suo recente passato.

Il personaggio di rilievo, nella villa-asilo di via Vincenzo Monti, era Anna Lucchini, direttrice e fondatrice dell'asilo. Moglie di un medico famoso, amica di socialisti illuminati come Filippo Turati e Anna Kuliscioff, l'anziana signora si batteva da anni per i diritti delle donne, vittime delle violenze.

Nel suo asilo accoglieva bambine e ragazze che avevano conosciuto gli aspetti più crudeli e cruenti della vita. Orfane, ladre, mendicanti, mitomani, bugiarde, alcoliste. Con il supporto di insegnanti, medici e volontari qualche volta riuscivano ad avere un futuro. Alcune parlavano volentieri delle loro esperienze, denunciando i responsabili degli oltraggi subiti. Matilde non era tra queste e opponeva una tenace resistenza a ogni tentativo di raccontare la sua storia.

In ospedale, una visita minuziosa e delicata aveva messo in evidenza le percosse e gli abusi subiti. Il nome del suo violentatore era rimasto nel buio.

Le notizie raccolte sulla piccola ospite rivelavano un padre violento che l'aveva sottratta alla scuola per mandarla a lavorare. Le vicine di casa parlavano di Matilde come di una bambina esemplare, molto responsabile per la giovane età. Barbarina aveva tratteggiato il profilo di Delmo Riva come quello di un ubriacone che picchiava la figlia senza pietà e senza motivo, dal momento che la piccola si occupava della casa e dei fratelli con un forte senso del dovere. Serafina Lovati, la padrona della stireria, ne decantava la solerzia, l'onestà, la riservatezza e confermava le percosse. La maestra la giudicava un'allieva diligente, con notevoli capacità di apprendimento.

«È possibile che lo stupratore sia stato il padre. Ma non lo sapremo mai con certezza se Matilde non parla», disse la reggente ad Anna Lucchini. Il silenzio della ragazzina la esasperava.

«La mandi da me. Tenterò di aprire un varco nel suo mutismo», decise la direttrice.

Un'insegnante accompagnò la bambina nel suo studio, al piano terreno della villa. Poi le lasciò sole.

Matilde si avvicinò alla scrivania dove sedeva Anna. Era la prima volta che si trovava di fronte alla direttrice e si sentì prigioniera.

Anna aveva capelli bianchi e soffici, divisi da una scriminatura centrale, raccolti sulla nuca in piccole onde. Gli occhi profondi, il naso marcato, le labbra sottili disegnavano un carattere volitivo. La bambina fu affascinata da una spilla d'oro rosso a forma di fiore, con castoni di perle, che chiudeva il colletto dell'abito severo di seta blu, indossato dalla signora.

Anna lasciò che Matilde terminasse la minuziosa perlustrazione della sua persona e dello studio in cui si trovava. La ragazzina notò il soffitto piacevolmente affrescato, i muri rivestiti da una tappezzeria rosso cupo con grandi fiori gialli, un tavolo rotondo su cui facevano bella mostra di sé narcisi appena colti e messi in vaso, il piano della scrivania colmo di carte, piccoli ninnoli e un telefono di bachelite nera.

«Buon giorno, Matilde.» Anna ruppe il silenzio. «Come stai?» chiese subito dopo con un sorriso così dolce che Matilde non lo avrebbe mai dimenticato.

La bambina abbozzò una specie di inchino e rispose maldestramente al saluto. Indossava la divisa comune a tutte le ospiti: un grembiulone celeste sciolto in vita, con le maniche lunghe e arricciate, chiuso sulla schiena da una fila di bottoni.

«Siediti sul divano», la invitò Anna.

Matilde obbedì.

«Lo sai chi sono io?» domandò Anna. Era un modo banale di iniziare il discorso, ma era certamente il più accessibile per la ragazzina che annuì ancora, con un cenno del capo.

«Mi dicono che rifiuti di raccontare la tua storia», la incalzò Anna.

«Dicono la verità», confessò lei.

«Ti piace stare qui?»

«Non lo so. È un posto nuovo.»

«Ma non è una prigione. Non sei costretta a restare.»

«Cosa vuole dire?» domandò sospettosa.

«Quello che ho detto. Se non ti piace, possiamo cercare insieme un'altra soluzione», propose Anna, con dolcezza.

«Dove potrei andare? Non ho più casa, né famiglia. C'è un altro posto per una come me?» domandò.

«C'è il Nazareth, il Buon Pastore...»

«Lei cosa dice?»

«Non te li consiglio. Questo luogo è certamente il migliore.»

Matilde si passò una mano sulla testa. In ospedale l'avevano rapata a zero. Ora i capelli stavano ricrescendo, ma erano cortissimi e quando si guardava allo specchio si vedeva simile a un carciofo.

«Hai avuto qualche difficoltà con le assistenti. Ti capisco, ma il compito non è facile. Ognuna delle ragazze che sono qui dentro è un caso speciale. Anche tu sei un caso speciale», proseguì Anna.

Matilde la guardava impavida e orgogliosa e continuava a tacere. Considerava che essere un caso speciale era meglio che niente. Questo avrebbe voluto dire a quella dolce signora. Era vero che la sera si coricava senza tremare, perché finalmente non c'era più il padre a turbare le sue notti. Ma avrebbe voluto spiegare che aveva bisogno dei suoi fratelli, dei suoi vicini, del mondo che conosceva. Era disorientata in quella realtà estranea, senza punti di riferimento. Il cibo era buono, la stanza pulita e confortevole, ma si sentiva disperatamente sola.

Quasi avesse intuito i suoi pensieri, la direttrice proseguì: «Ti senti abbandonata da tutti, non è vero? Ti ho accolta nella mia comunità perché un benefattore ti ha raccomandata», annunciò e aspettò una reazione.

Lo sguardo della ragazzina s'illuminò.

«Mi riferisco al professor Alberto Brasca. So che ti aveva conosciuto prima della disgrazia. Mi ha detto che, in quell'occasione, ti aveva visto addosso i segni delle percosse. Ti ha curata anche quand'eri all'ospedale. Non puoi saperlo perché stavi molto male. Per un riguardo verso questo grande uomo, io avrò per te una sollecitudine particolare. Ma tu dovrai aiutarmi», disse Anna.

«Farò del mio meglio», promise Matilde.

«Molto bene. Domani andrò a Bologna, tornerò a Milano soltanto la settimana ventura. Fino ad allora continuerai a restare in isolamento perché prima di inserirti in un programma devo conoscerti meglio. Lo capisci, vero?»

Matilde capiva e non le importava di restare sola.

Dal giardino venivano le voci infantili di un girotondo e le grida gioiose delle bambine che giocavano a *te-ghe-l'et*. Era un gioco che sviluppava la prontezza dei riflessi e consisteva nel dare una spinta a una compagna gridando: «*Te-ghe-l'et*», per poi schivare in velocità il colpo di risposta. Matilde conosceva bene questo gioco che era il suo divertimento preferito nelle ore di ricreazione, a scuola, anche perché era rapidissima e vinceva quasi sempre. Ma ora non desiderava giocare. Voleva, con tutta se stessa, la sua casa, i fratelli, Barbarina, il professor Brasca che l'aveva curata e le aveva svelato il significato del suo nome. Tuttavia, ora che sapeva di dovere a lui l'ospitalità in quell'asilo, era incerta fra la gratitudine e il disinganno. L'orfanotrofio era un brutto posto e sarebbe stato il solo rifugio possibile, dopo aver perduto casa e genitori. Ma l'asilo Angiolina era quasi un marchio d'infamia, nell'opinione della gente, perché raccoglieva soltanto «le ragazze perdute». Nonostante tutto, lei non si identificava con questa categoria. Dunque non le dispiaceva restare sola.

«Continueremo il nostro colloquio un'altra volta», concluse Anna. E proseguì: «Nel frattempo potrai leggere, ricamare e assolvere agli incarichi che riceverai dalla signorina Alberta. Se vuoi, potrai scrivere una lettera al professor Brasca. Credo che gli farebbe piacere ricevere tue notizie», suggerì, congedandola.

Matilde trascorse altri due giorni nel raccoglimento della sua stanza. La mano ustionata non aveva riacquistato completamente la mobilità e cucire le costava fatica. Qualche volta si annoiava e giaceva immobile nel letto. Allora i pensieri volavano come uccelli impazziti. Ricordava il vento di tramontana con il suo presagio di sventure, le fiamme e il fumo che avevano invaso la casa, i fratellini terrorizzati e il padre che la picchiava nella stanza arroventata impedendole di fuggire con gli altri. Non ricordava come fosse riuscita a liberarsi da lui, ma sentiva di non provare dolore per la sua morte.

La domenica decise di scrivere la lettera al professor Brasca. Non sapeva come incominciarla, perché non aveva mai scritto lettere. Ricordava, per sentito dire, che bisognava iniziare con un: «Egregio signore». Quell'«egregio» le piaceva molto e così lo scrisse con assoluta convinzione. Se le mancava il desiderio di parlare, quello di scrivere nasceva impetuoso dal pennino che andava via via intingendo nel calamaio.

All'improvviso sentì un lamento fievole venire dalla stanza accanto alla sua.

Nella quiete del pomeriggio domenicale, quasi estivo, quel gemito aveva qualcosa di inquietante. Si affacciò alla porta della sua camera e bussò a quella accanto. Non ebbe risposta. Spinse il battente e, nella penombra, vide una bambina raggomitolata in un letto.

«Stai male?» domandò Matilde, senza decidersi a varcare la soglia.

«Mi fa male la testa», rispose la vocina fioca. C'erano tante boccette di medicinali sul suo tavolino da notte.

«Devo cercare aiuto?» si offrì Matilde.

«Non serve.»

Matilde mosse alcuni passi nella stanza. Era simile alla sua: pareti bianche, lettino bianco. Alcune stampe floreali. Un canterano di noce. Brocca e catino per le abluzioni. La bambina nel letto candido era un esserino minuscolo e spaurito.

«Che cos'hai?» le domandò.

«Un male brutto», rispose. «Un male da grandi. Dammi un po' d'acqua, per favore.»

Matilde riempì d'acqua un bicchiere e lo accostò alle labbra screpolate della bambina che ne prese un piccolo sorso e poi esausta abbandonò il capo, sul cuscino.

«Che male è?» indagò ancora.

«Sifilide», rispose la bambina.

La parola sifilide faceva paura a tutti perché era sinonimo di sofferenze infinite e di morte. Matilde fu percorsa da un brivido e guardò la porta, con il desiderio di fuggire. Poi ricordò il significato del suo nome. Lei era una ragazza forte. Non doveva lasciarsi prendere dalla paura. Era riuscita, con la forza, a sfuggire a Delmo che voleva farla morire. Non doveva farsi spaventare da una piccola malata.

«Io mi chiamo Matilde. E tu?»

«Io sono Giulia.»

«Quanti anni hai, Giulia?»

«Quasi nove.»

«Io undici compiuti.»

«Anche tu sei malata?»

«Sono guarita, adesso. Sono stata per diversi giorni tra la vita e la morte. Così dicono, perché io non me lo ricordo. Però la mia casa è bruciata. I miei fratellini sono all'orfanotrofio e io sono stata portata qui. Sembra che questo sia un buon posto. La mia mamma è morta l'anno passato, nelle acque del Naviglio. Mio padre è bruciato nel fuoco», spiegò succintamente.

«Acqua e fuoco», sussurrò Giulia. «Se il fuoco fosse venuto prima, l'acqua lo avrebbe spento.»

«Si vede che era destino», sospirò Matilde, rassegnata.

«Io, la mia mamma non l'ho mai conosciuta», disse Giulia. «Sono una bambina illegittima. Mi ha cresciuta una donna cattiva che, per denaro, mi ha portata in casa di un signore. Lui mi ha tormentata tanto e mi ha dato la sifilide. Mi hanno ricoverata all'ospedale di via Lanzone e ho raccontato tutto ai dottori. Poi, questa donna è venuta a trovarmi e mi ha picchiata, giurando che avevo detto soltanto bugie. Io, però, ho detto soltanto la verità. Allora i dottori hanno deciso che era meglio spostarmi in un altro ospedale per non far sapere a quella donna cattiva dove fossi. Per il momento mi hanno accolta qui. Sto isolata perché dicono che sono infettiva. Non appena si libererà un letto, mi porteranno in via Pace. Io penso che là mi guariranno. Tu cosa dici?»

«Garantito che ti guariranno», rispose Matilde, anche se sapeva che non sarebbe andata così.

«Tu non sei mai stata tormentata da un uomo?» s'informò la piccola. Matilde pensò a Delmo e fu tentata di non rispondere.

«Sì», rispose infine. «Però lui, adesso, è morto. Io sono viva e sto bene.»

«Anch'io sarei contenta se quel signore morisse. Ma sarei ancora più contenta se morisse la donna che mi ha allevata. Mi ricordo ancora quel giorno, tanto tempo fa. Io piangevo perché non volevo stare nella casa di quello sconosciuto e lei mi spogliava. Per non farmi gridare mi ha legato le mani e mi ha chiuso la bocca con un bavaglio. Poi mi ha messa nel letto di quell'uomo e se n'è andata. Lei ha avuto tanti soldi. Io soltanto la sifilide.»

Una voce severa interruppe i drammatici sussurri delle due bambine.

«Matilde, che cosa fai qui dentro?» domandò la signorina Alberta, la reggente.

«Mi ha dato da bere», la giustificò subito Giulia.

«Incosciente! Vai subito a lavarti le mani e guai a te se torni in questa camera», ordinò la donna. Era furibonda per quella pericolosa intrusione nella stanza di Giulia.

Matilde chinò il capo e uscì. Si lavò le mani come le era stato ordinato, poi tornò nella sua stanza e riprese a scrivere la lettera al professore.

Di tanto in tanto si accostava alla parete che la separava dalla piccola amica e tendeva l'orecchio. Sentiva soltanto il silenzio. Allora accarezzava il muro, non potendo accarezzare il viso della sfortunata compagna.

7

Anna Lucchini lesse la lettera che Matilde aveva scritto al professor Brasca. Ogni messaggio, in arrivo o in partenza dall'asilo, veniva attentamente analizzato, all'insaputa delle giovani ospiti. Era un modo criticabile, ma efficace, per conoscere il loro intimo. Le bambine affidavano alle loro lettere stati d'animo, desideri, nostalgie.

Nel messaggio al professor Brasca, Matilde rivelava un estremo bisogno d'affetto, di protezione e il desiderio di colmare la propria solitudine. Era un'invocazione d'aiuto. Non faceva parola dello stupro, quasi lo avesse cancellato dalla memoria.

Anna aveva capito che le violenze le erano venute dal padre e aveva sperato che Matilde riuscisse ad aprirsi nella sua lettera. Trasse un lungo sospiro di pietà. La situazione psicologica della ragazzina era davvero drammatica, perché tra le righe si leggeva un profondo senso di colpa. A un certo punto scriveva: «Se fossi stata una figlia sottomessa, avrei ancora una casa e i miei fratellini».

Da anni, la donna tentava di instillare nelle ragazze la consapevolezza della propria dignità e il diritto alla parità con gli uomini. Spesso era fatica sprecata.

Nelle sue conferenze in Italia e all'estero, nei raduni

delle femministe, Anna Lucchini parlava con foga della superiorità della donna sull'uomo, in quanto madre e pilastro di ogni famiglia. Esponeva i risultati di ricerche nell'ambito dei vari strati sociali, insegnava alle donne il rispetto di sé.

Le donne capivano il suo linguaggio, apprezzavano le sue parole, le applaudivano. Poi, rientravano nelle loro case e subito ricominciava l'eterna tragedia sotto il dominio del maschio padrone.

Se Matilde voleva conservare il suo segreto, non sarebbe stata lei a forzare una confessione. Ma aspettava il momento in cui la ragazzina si sarebbe aperta spontaneamente.

Richiuse la busta indirizzata al medico. Lo avrebbe visto quella sera stessa, a cena, e gli avrebbe consegnato il messaggio della sua piccola protetta.

Poi la fece chiamare nel suo studio e la accolse offrendole un sorbetto al limone.

«Ho saputo», esordì Anna, «che hai soccorso la povera Giulia. È un gesto che ho apprezzato.»

«Dov'è? Non l'ho più sentita e la signorina Alberta mi ha proibito di tornare da lei», ammise con rammarico.

«La reggente ha ragione. Bisogna andare cauti di fronte a certe malattie. Ora Giulia è in ospedale.»

«Potrò andare a trovarla?» chiese Matilde. Cercava affannosamente di intessere qualche legame che la facesse sentire meno sola.

«No. Hai già visto troppe sofferenze. Io voglio che tu cresca sana, forte e serena. Voglio vederti studiare e giocare. Per questo ho deciso di porre fine al tuo isolamento. Oggi conoscerai le altre ospiti e questa notte ti trasferirai nel dormitorio. Da domani avrai un'insegnante privata, qui, all'asilo. Se studierai bene potrai dare l'esame di quinta elementare entro la fine di giugno», disse Anna, con entusiasmo.

Matilde non lo condivise. «Posso vedere i miei fratelli?» replicò. Il resto non le interessava.

«In te, la voce del cuore è più forte di qualsiasi richiamo», osservò Anna, considerando che le violenze subite non avevano intaccato la capacità affettiva di Matilde. «Li vedrai molto presto. Qui non abbiamo mai voluto separare le famiglie. Il nostro scopo è invece l'opposto. Ma devi renderti conto che stai per iniziare una vita assolutamente nuova. E mi auguro che sia migliore di quella che hai avuto in passato.»

Le «angioline», come venivano comunemente chiamate le ospiti dell'asilo, si portavano addosso quel nome per tutta la vita. Anche quando riuscivano a imparare un mestiere, ad accasarsi, ad avere un'esistenza serena, l'asilo Angiolina le rivestiva come una seconda pelle. Per la gente comune, una ex angiolina poteva ricadere nel peccato in qualunque momento.

«Sì, signora», disse Matilde, chinando il capo. E aggiunse: «Grazie per il sorbetto. Non lo avevo mai assaggiato».

«Ti è piaciuto?» domandò Anna.

«È brusco», osservò. Poi arrossì, sembrandole di essere stata scortese.

«Imparerai che si dice aspro», sorrise Anna.

Matilde la osservava e si rendeva conto che, tra lei e l'anziana signora, c'era un abisso che non si sarebbe mai colmato. Anna Lucchini apparteneva al mondo dei signori, come il professor Brasca. Entrambi parlavano bene, si muovevano con garbo, vestivano con eleganza austera, sembravano guardare dall'alto gli eventi più drammatici, conservando compostezza e dignità.

Le piaceva l'atmosfera pacata che si era creata tra lei e la direttrice, nella quiete dello studio. Ma bastò un niente a sconvolgere tutto. La signorina Alberta irruppe tra loro come un temporale improvviso.

«Mi perdoni, signora Lucchini», esordì con un'espressione allarmata.

«Cosa c'è?» chiese Anna.

«È successa una cosa... una cosa...»

«Si calmi, mia cara», suggerì Anna. «Di qualunque cosa si tratti, troveremo una soluzione.»

La reggente si chinò sulla scrivania e sussurrò qualcosa all'orecchio della direttrice.

«Ma ne è sicura?» domandò Anna, con stupore.

«Legga, signora», disse, porgendole un telegramma.

«Oh, santo cielo! Non mancava che questa novità per complicarci la vita», esclamò l'anziana signora dopo aver letto il messaggio. Subito dopo colse su di sé lo sguardo curioso di Matilde e ritrovò immediatamente il sorriso. «Puoi andare, Matilde», la congedò. «Capisco la tua curiosità. Se avrai pazienza, saprai, come le tue compagne, la novità appena annunciata.»

La ragazzina uscì, chiudendosi alle spalle la porta dello studio. Ebbe ancora il tempo di cogliere le ultime parole di Anna: «Bisogna convocare il consiglio. Immediatamente».

Per la prima volta, dal giorno del suo arrivo, Matilde uscì nel cortile. Era l'ora della ricreazione e venne presto attorniata da uno stuolo di bambine chiassose che vestivano come lei. Un'insegnante batteva le mani per ricondurle all'ordine. «Vi presento Matilde», annunciò. E soggiunse: «Accogliete cordialmente la nuova sorella».

Quel giorno, Matilde conobbe Maria, Cecilia, Tosca, Iside, Olga, Pinuccia, Roberta e tante altre bambine sfortunate come lei. La più piccola aveva sei anni ed era stata affidata all'asilo da sua madre che la riteneva «pericolante», accusandola di essere pigra, bugiarda, avida di dolci. Era chiaro che la donna, vedova e con altri quattro figli da mantenere, voleva liberarsi di lei. La direttrice l'aveva accettata sapendo che, invece, era una bambina normale, ma illegittima. E le era sembrato necessario sottrarla alla pessima influenza della madre. La più grande aveva sedici anni. Si chiamava Orietta. Era stata affidata alle cure dell'asilo da un poliziotto che l'aveva acciuffata mentre tentava di adescare i passanti in via Torino. All'epoca aveva dodici anni. Viveva nella comunità da quattro e si era rivelata una ragazza gaia, bisognosa di cibo e d'affetto, incline allo studio. Ora frequentava con successo l'istituto magistrale.

Orietta si impadronì immediatamente di Matilde. La prese per mano e allontanò le altre compagne con un gesto imperioso da maestrina. «Adesso ti spiego come funzionano le cose qui dentro», annunciò, conducendola verso l'interno della palazzina. Prese a esporle i programmi dell'asilo, le caratteristiche salienti di ogni ospite, le peculiarità della signorina Alberta e delle insegnanti, la bontà della direttrice e le aspettative che la buona signora riponeva in ognuna delle sue protette.

«Ti accorgerai presto di quante cose ci siano da fare in una giornata. Non dobbiamo soltanto frequentare la scuola. A turni ci occupiamo della cucina, delle pulizie, del bucato, della stireria. Ci sono gruppi che studiano musica, altri che fanno ricamo. Si impara a lavorare ai ferri e a cucire i nostri abiti. Si legge molto, si compongono poesie, si allestiscono i saggi di fine anno», spiegò Orietta con foga.

«Io non riuscirò a fare niente di tutto questo», si allarmò Matilde.

«Imparerai, come tutte. Tranne qualche eccezione. Sai, tra noi ci sono alcune ritardate», disse sottovoce.

«Io sarò tra queste», garantì Matilde.

Avvicinandosi alla cucina, che era nel seminterrato, avvertirono il suono di colpi forti e regolari.

«Oddio, ci risiamo!» sospirò Orietta, accelerando il passo. «Adesso vedrai che cosa significa essere ritardate», annunciò, mentre spalancava la porta della cucina e si infilava, carponi, sotto il grande tavolo centrale dove una bambina, accucciata, picchiava la testa contro il legno. La afferrò per un braccio, la stanò dalla postazione e la trascinò al lavandino.

«Predi un asciugamano», ordinò Orietta a Matilde. Intanto apriva il rubinetto, costringendo la bambina a tenere il capo sotto il getto d'acqua che le irrorava la fronte.

«Sanguina», osservò Matilde, sgomenta.

«Certo. Appena la perdi di vista, comincia a battere la testa fino a rincretinirsi», spiegò, mentre afferrava il canovaccio e lo premeva sulla fronte bagnata della piccola.

«Perché lo fa?» domandò Matilde.

«Dillo tu, Dorina. Spiega a Matilde perché stai sempre a battere la testa», la spronò Orietta, con voce aspra.

Dorina aveva otto anni, il volto paffuto, i capelli biondissimi, lo sguardo triste. «Per far entrare il senno», affermò con voce roca, abbozzando un lieve sorriso.

«Non capisco», si smarrì Matilde.

«Il mio papà dice che sono senza senno e mi batte sempre sulla testa per farmelo entrare. Adesso non sto più con il mio papà e mi batto da sola. Così un giorno diventerò intelligente come le altre», spiegò con estrema serietà, incurante della ferita che ancora sanguinava.

«Hai visto? Questa è una delle ritardate che vivono qui. Il senno non le entrerà mai, naturalmente. In compenso, una volta o l'altra si ammazzerà», spiegò Orietta con convinzione. Poi, si rivolse a Dorina: «Per oggi ti sei battuta a sufficienza. Adesso puoi uscire in cortile a giocare».

«Credi davvero che basti?» domandò Dorina.

«Garantito», la rassicurò la compagna.

La piccola si allontanò soddisfatta, mentre Matilde s'impietosiva su quel caso. Ma il fiume di parole con cui Orietta la travolse non le consentì di abbandonarsi ad altre riflessioni.

«Questa sera sono di servizio in cucina e tu mi aiuterai. Ci sono le patate da sbucciare, gli spinaci da lavare e le verdure da tagliare. Poi bolliremo il latte per fare la crema con le uova. Se ci avanza zucchero, la copriremo con del caramello. A cucinare ci pensa la cuoca. Arriverà tra poco. Qui si cucina molto e bene. Il dolce non manca mai. E nemmeno la carne. La signora Anna ci tiene al cibo e ha ragione, perché la fame è una brutta bestia. Io lo so, perché l'ho provata», spiegò.

«Anch'io», convenne Matilde.

In quel momento suonò una campanella la cui eco invase i corridoi, le stanze e il giardino.

«La campanella a quest'ora?» s'interrogò Orietta. «Significa che c'è una riunione straordinaria. Chissà cosa è successo. Dobbiamo andare subito nell'atrio», soggiunse, asciugandosi le braccia che aveva immerse fino al gomito in un bacile d'acqua in cui stava lavando le verdure. Matilde si alzò di scatto, abbandonando il secchio delle patate da sbucciare e seguì la sua guida.

L'atrio della palazzina, illuminato dal sole del tramonto, era già gremito di bambine vocianti. Anna Lucchini, affiancata dalla reggente e dalle insegnanti, stava ritta, a metà della scala, aspettando che si facesse silenzio.

Lasciò vagare lo sguardo sulle quaranta bambine che la osservavano con occhi attoniti e curiosi.

«Oggi è arrivato un telegramma da Roma», esordì. «Il segretario particolare della regina Elena di Savoia ci comunica che Sua Maestà verrà a farci visita.»

Nacque un brusio di incredulità, subito spento da un gesto della presidentessa.

«Come sapete tutte, l'asilo Angiolina gode di una buona reputazione. Penso dunque che la nostra sovrana voglia vedere di persona come funziona questa istituzione. Ve la sentite di collaborare alla buona riuscita di questa regale attenzione?» domandò loro.

Le bambine rimasero in silenzio, come se non avessero afferrato quanto fosse importante l'avvenimento. I sovrani d'Italia appartenevano a un mondo irraggiungibile, quasi irreale. I loro ritratti erano esposti in tutte le scuole e negli uffici pubblici, ma erano considerati dalla gente comune alla stregua delle immaginette di santi.

Anna conosceva bene le sue bambine, intuì il motivo di quel silenzio e disse: «Capisco che la notizia vi abbia colto di sorpresa. Vi assicuro che sorprende anche me. Il governo si è sempre interessato poco di noi. Comunque, abbiamo una settimana per prepararci a ricevere la regina e qualcuno del suo seguito. Non faremo niente di speciale, anche perché non vogliamo alterare la nostra realtà. Voglio dire che non dovrete essere vestite a festa, né ostentare cose preziose che non abbiamo. Ma bisognerà pure rendere omaggio alla sovrana. Se il bel tempo ci assiste, organizzeremo una merenda in giardino. Allestiremo una piccola mostra dei vostri lavori e chissà che non ci piova in tasca qualche soldino. Per ora è tutto».

8

Il professor Alberto Brasca stava facendo colazione nella sala da pranzo della sua casa, in via Verdi. Erano passate da poco le sei del mattino, la strada era ancora silenziosa. Il chiarore del giorno appena nato era troppo debole per consentirgli la lettura del quotidiano che il suo cameriere gli aveva fatto trovare sul tavolo. La luce del lampadario di Murano gli era d'aiuto ma, più di tutto, gli sarebbe servito un paio di occhiali. Rimandava di mese in mese l'acquisto, nella convinzione che, a quarantacinque anni, fosse ancora presto per cedere alla presbiopia. Mentre assaporava bocconi di pane fresco, spalmato di burro, dopo averli intinti in un uovo à la coque, passò in rassegna i titoli di cronaca, gli annunci mortuari e quelli pubblicitari e soffermò la sua attenzione sulle pagine della politica. In un ampio articolo si esaltavano gli avanguardisti e i giovani balilla che si erano dati convegno sui monti del Trentino, sempre cari alla patria. In un altro, corredato di fotografie, era raccontata con dovizia di particolari la presenza dell'onorevole Mussolini, capo del governo, alle manovre navali di La Spezia. Come sempre, il giornale propagandava l'immagine di un'Italia in cui regnavano serenità, progresso, benessere, amore di patria. La realtà, però, era diversa e preoccupante. Alberto Brasca, che passava le sue giornate nelle corsie dell'ospedale, si rendeva conto dell'abisso che separava le bugie del regime dalla verità dei fatti. Gli operai continuavano a essere sottopagati e lavoravano in condizioni precarie. Il numero dei disoccupati aumentava, la legge dominante era quella del più forte, la beneficenza pubblica non era in grado di dare risposte concrete alla miseria dilagante. Brasca e i suoi amici cominciavano a nutrire seri dubbi sul fatto che il governo fascista potesse risollevare le sorti di una nazione messa in ginocchio dalla guerra mondiale e che, a distanza di dieci anni, non si era ancora risollevata.

Richiuse il giornale con un senso di noia. Versò nella tazza di porcellana bavarese un rivolo di caffè bollente e prese ad assaporarlo mentre arrivavano fino a lui i rintocchi della grande pendola, dal salone d'ingresso. Modulando le note del Big Ben londinese, l'orologio segnalava la fine della sua mezz'ora di solitudine, la più bella della giornata.

Sua moglie avrebbe continuato a dormire per molto tempo ancora. I suoi figli, saltando come sempre le lezioni all'università, avrebbero seguito l'esempio della madre. I suoi malati, invece, lo aspettavano e lui desiderava vederli, uno per uno, perché sapeva quanto le sue parole o un gesto affettuoso fossero importanti per loro.

Alberto era un uomo tormentato. Si portava addosso, da sempre, un senso di inquietudine, di insoddisfazione di cui ignorava l'origine ma che, nei rari momenti di ozio, lo sovrastava schiacciandolo. Era ricco e pieno di fascino. Avrebbe potuto, come avevano sempre fatto i maschi della sua famiglia, vivere di rendita, amministrando il patrimonio dei Brasca. Invece, aveva voluto studiare medicina, «tanto per fare qualcosa», aveva detto. Presto si era reso conto di quanto i diseredati avessero bisogno d'aiuto. L'amicizia con gli esponenti del socialismo più illuminato gli aveva aperto nuovi orizzonti su mondi che i Brasca avevano sempre preferito ignorare. A ventidue anni aveva sposato Lucetta Carini, una giovane aristocratica piacentina, che per qualche tempo gli aveva avvelenato l'esistenza con i suoi capricci e le numerose infedeltà. Ora la moglie, che aveva la sua stessa età, stava sfiorendo mentre lui continuava a essere un uomo vigoroso e bello. I capelli spruzzati d'argento, la fama professionale, la capacità di prodigarsi per i sofferenti contribuivano ad accrescere il suo fascino. Molte signore stravedevano per lui. Qualche volta Alberto ricambiava le loro attenzioni scatenando l'ira di Lucetta che, chissà come, riusciva sempre a esserne informata e, come molte persone infedeli, accettava le trasgressioni a senso unico: il proprio.

Sentì un contatto piacevole sulla gamba. Abbassò una mano e accarezzò il pelo fulvo di Nestore, un cane bastardo raccolto per strada che, da qualche anno, era diventato il suo compagno fedele.

Era un animale abitudinario, estremamente rispettoso degli orari. Ora gli segnalava che era scaduto il tempo della prima colazione e si aspettava il solito compenso. «È ora. Lo so», convenne Alberto, allungandogli un pezzetto di pane. Il cane lo prese delicatamente tra le labbra e lo divorò, seguendo il padrone che lasciava la sala da pranzo.

Nello spogliatoio, Celestino lo stava aspettando con il barbiere. Il cameriere aveva già preparato gli indumenti che il suo padrone avrebbe indossato, mentre il barbiere faceva montare la schiuma di sapone dentro una ciotola smaltata, rimestandola velocemente con il pennello da barba.

Il medico prese posto in poltrona e Nestore si accucciò ai suoi piedi. La clientela di Arno Salviati, così si chiamava il maestro del rasoio, abitava nel perimetro compreso tra piazza San Babila, piazza Cavour e piazza della Scala. Il professor Brasca era il cliente più mattiniero. Nel suo pellegrinaggio quotidiano, di casa in casa, Arno raccoglieva scampoli di vita delle persone più in vista, trasformandoli in cronaca da salotto che, spesso, sconfinava nella pura fantasia. Al professore riservava il riassunto della giornata precedente.

Con gesti rapidi e sapienti passava il filo sottilissimo del rasoio Puma sulle guance del medico, alzando il dito mignolo fornito di un'unghia lunghissima, segno di estrema distinzione. Mentre lo radeva, spettegolava sul litigio tra due nobildonne che si erano incontrate a teatro sfoggiando un identico cappellino. Raccontava nei particolari la fuga d'amore di un noto banchiere con una ballerina del Carcano. Lo aggiornava sui debiti di gioco del direttore di un giornale o sulla tresca sentimentale fra una dama di carità e un prelato della Curia. Arno sapeva tutto di tutti. Parlava sottovoce, incessantemente.

Alberto chiudeva gli occhi e fingeva di ascoltare le sue chiacchiere abbandonandosi, invece, ai propri pensieri.

Ricordò la sera precedente trascorsa con Anna Lucchini e il marito, che era stato il suo docente di fisiatria, e con altri amici. Si erano riuniti in casa Lucchini per la cena, con il piacere di ritrovarsi tra persone simili per discutere sugli argomenti che più li appassionavano: la politica, la società, la scienza. Anna aveva accennato di sfuggita, quasi con riluttanza, alla visita annunciata della regina.

«Qualcuno deve averle suggerito che la nostra istituzione non può più essere ignorata dalle autorità», aveva osservato.

«Farà come Mussolini: è venuto, ha fatto grandi promesse e poi chi s'è visto s'è visto», ricordò il professor Lucchini.

«Trattandosi di Sua Maestà, è possibile che elargisca una donazione», intervenne un ospite.

«Non mi faccio grandi illusioni», aveva dichiarato Anna, con l'abituale sorriso bonario. «I nostri sovrani li conosciamo bene. Definirli parsimoniosi sarebbe un eufemismo.»

«Questa visita è comunque un buon veicolo propagandistico. Potrebbe essere un modo per indurre i giornali a parlare dell'asilo e accrescere la cerchia dei benefattori», aveva rilevato il professor Lucchini.

«Spero proprio che sia così. I soldi per le mie bambine non bastano mai. Questa estate vorrei poterle mandare al mare. Mussolini si preoccupa tanto per i figli dei lavoratori, ma non fa una piega per le figlie di nessuno», aveva soggiunto Anna. E in quel momento si era ricordata della letterina di Matilde. Aveva lasciato la tavola per andare a prenderla e l'aveva consegnata ad Alberto, prima che si congedasse.

«Come sta quella piccolina?» le aveva chiesto lui.

«Benissimo. Il nostro medico l'ha trovata in ottime condizioni», aveva risposto Anna.

«Sai bene che non è di questo che sto parlando.» Alberto si era infilato la lettera nella tasca della giacca.

«Sta come può. Ha un carattere forte. Non vuole parlare di sé. Non sarà facile rimetterla in sesto», aveva concluso la signora.

Mentre il barbiere gli detergeva il viso rasato con un pannicello caldo, si ripromise di leggere la lettera di Matilde. Lo avrebbe fatto quella sera stessa. Ora doveva assolutamente andare in ospedale.

Qualche ora dopo, Lucetta Brasca si svegliò. La sua cameriera le annunciò l'arrivo della massaggiatrice. Dopo il massaggio fece il bagno e quindi la colazione. Mentre intingeva un savoiardo nel caffellatte, scorreva i titoli del quotidiano che era già stato sfogliato da suo marito, soffermando l'attenzione sui programmi teatrali, sulle poche notizie mondane e sulle cronache dal mondo del cinema. Poi fece le domande di rito alla cameriera.

«Chi ha telefonato? È arrivata posta? Fiori? Telegrammi? I signorini sono già usciti?»

Ottenne risposte soddisfacenti. A quel punto prese a vagare per casa in preda alla noia. Era deprimente non avere un flirt con tanto tempo a disposizione. Doveva assolutamente trovare un nuovo amante anche se, data l'età, l'impresa diventava sempre più difficile.

Si intrufolò nello studio del marito. Era una camera austera, piena di libri, a suo parere, illeggibili. Vi aleggiava un profumo di cuoio antico che a lei piaceva molto.

Sedette sulla poltrona dietro la scrivania e lasciò spazio ai pensieri. Si rammaricava di non aver saputo apprezzare, quand'era il momento, gli aspetti positivi di un compagno come Alberto. Avrebbe potuto sposarlo per amore, invece lo aveva fatto per ripicca, essendo innamorata di un altro che l'aveva lasciata. Quando si era accorta che Alberto era il migliore degli uomini possibili, la loro unione si era già irrimediabilmente incrinata. Ora che la bellezza degli anni giovanili non la sosteneva più, misurava il pozzo profondo della propria solitudine e si accaniva contro le sporadiche infedeltà di Alberto, non avendo altri argomenti che l'aiutassero a sopravvivere. Cominciava a rendersi conto di non essere riuscita a dare un senso alla propria esistenza e le faceva comodo addossare tutte le colpe al marito, accusandolo di avere amato la professione più della moglie, di essersi dedicato ai suoi piccoli malati invece di occuparsi della famiglia.

Passò in rassegna le lettere che si erano accumulate sulla scrivania e notò una busta indirizzata a suo marito e compilata da una grafia infantile.

La lacerò e lesse la lettera.

«Che storia indecente», sussurrò a fior di labbra.

Chi era questa Matilde che scriveva ad Alberto con tanta confidenza? Da una ragazzina dell'asilo Angiolina non c'era da aspettarsi nulla di buono.

«Piccola schifosa», deplorò, mentre con rabbia faceva a pezzi la lettera e la gettava nel cestino.

9

Matilde amava la compagnia di Dorina e la sua semplicità nell'elaborare pensieri singolari e profondi, lontani dagli schemi comuni, che rivelavano il dono di una fervida immaginazione.

L'annuncio della visita della regina aveva suscitato in tutte le angioline apprensione, trepidazione e le più incredibili fantasie.

Matilde si aspettava di incontrare una signora altera, così come la vedeva nei ritratti ufficiali, con un manto di seta bordato d'ermellino e il diadema di diamanti, e immaginava che tenesse in mano uno scettro luccicante simile alla bacchetta magica di una fata. Ne parlò a Dorina.

«Se la regina vuole, con un tocco della sua bacchetta ci trasforma tutte in principesse», le disse.

«Io non voglio diventare principessa. Preferisco essere trasformata in un'ape. Così potrò volare di fiore in fiore e succhiare tanto miele, come la regina», replicò Dorina.

«La regina non succhia il miele», la corresse Matilde.

«Sì che lo succhia. E vola anche. Vola basso, ma non posa mai i piedi per terra, perché non li ha. Le regine non hanno i piedi perché non possono calpestare il sudiciume del suolo. Hanno invece due piccole ali che le tengono su. Se la regina avesse i piedi, sarebbe una poveretta come noi. E non va neanche al gabinetto», spiegò Dorina. «Non sa neppure che esistono i gabinetti.»

«Però, se mangia...» dubitò Matilde.

«Lei si nutre di pappa reale. Le api la preparano per lei. Quando dorme, si posano sulle sue labbra e la imboccano», garantì la piccola ritardata.

«Se fosse così, mi spieghi perché la cuoca si sta dannando a preparare sorbetti e pasticcini da offrire alla sovrana e al suo seguito?»

«Perché così vuole la buona creanza. Lei guarderà sorbetti e pasticcini e dirà: 'Come sono belli!' ma non li toccherà», spiegò con assoluta convinzione.

L'idea di una regina nutrita dalle api con la pappa reale, che non avendo piedi sfiorasse il terreno senza toccarlo, che non frequentasse luoghi disdicevoli come il gabinetto, piaceva molto a Matilde. Così si convinse che Dorina sapesse molte più cose di tutti gli altri.

Dovette ricredersi quando la sovrana fece il suo ingresso nel giardino dell'asilo, con quattro dame e alcuni dignitari al seguito. Non solo camminava come tutti, ma era evidente che le scarpine di capretto scuro le andavano strette, tanto che la ghiaia del vialetto le procurò una smorfia di fastidio e, alla fine, si abbandonò con un palese senso di sollievo su una poltroncina di vimini. Sedendosi, sollevò un lembo della lunga giacca di seta grigia a fiorellini azzurri, rivelando la rotondità dei fianchi che la diceva lunga sul piacere del cibo.

Matilde diede un pizzicotto a Dorina, per comunicare il proprio disappunto. Dorina aveva le lacrime agli occhi per la delusione. Mosse un passo fuori dalla fila, dov'era schierata con le compagne, e si mise a correre a precipizio verso il fondo del giardino. Raggiunse la cancellata e cominciò a dare testate contro il pilastro di cemento che la sosteneva. Orietta e un'insegnante la raggiunsero per impedirle di farsi del male, mentre la bambina ripeteva: «Ha ragione il mio papà. Eppure il senno, una volta o l'altra, dovrà entrare in questa mia testa ottusa».

Tuttavia, l'improvvisa fuga della povera Dorina aveva allentato la tensione di un incontro troppo rigido. A quel punto, le regole ferree dell'etichetta si sciolsero, mentre le dame e le bambine si abbandonarono alla naturalezza dei modi e del linguaggio.

Matilde offrì alla regina un mazzolino di mughetti. Ricevette in cambio una carezza e qualche parola incomprensibile.

Il gruppo regale visitò le stanze dell'asilo, il dormitorio, la sala di lettura, la cucina. I lavori di cucito e di ricamo delle allieve vennero adeguatamente ammirati e fu accettato di buon grado l'omaggio di piccoli centrini eseguiti all'uncinetto. Poi la regina tenne un discorso di commiato, lodando l'operato delle educatrici e la volontà delle angioline di risollevarsi dalla condizione in cui il peccato le aveva precipitate.

Anna Lucchini non apprezzò quel genere di retorica e non si sorprese del modesto obolo lasciato all'asilo. Era tutto previsto. Tuttavia i giornalisti presenti, con i loro articoli, avrebbero ricordato che l'asilo Angiolina era un'istituzione unica nel suo genere e che i successi raggiunti nella rieducazione delle ragazze difficili erano stati così lusinghieri da richiamare l'interesse della sovrana.

Quando gli ospiti illustri se ne andarono e la vita nell'asilo riprese il ritmo consueto, Anna respirò di sollievo.

Si chiuse nello studio per telefonare al marito e fargli un resoconto della visita. Poi cercò di raccogliere le idee per programmare gli interventi più urgenti. Qualcuno bussò alla porta.

«Avanti», disse la direttrice, con voce stanca.

C'era la reggente, sull'uscio, e aveva un'espressione allarmata.

«Non c'è verso di calmare Dorina. Sarà il caso di chiamare il dottore?» domandò.

«Le dia qualche goccia di valeriana», propose Anna.

«Già fatto. L'ha risputata. Ci siamo messe in tre per legarla al letto e impedirle di farsi del male», spiegò.

Dorina stava diventando un grosso problema. Il medico dell'asilo aveva suggerito da tempo il ricovero in un ospedale psichiatrico. Anna osteggiava questa soluzione sostenendo che la bambina non era pazza, ma lo sarebbe diventata se ve l'avessero rinchiusa.

Conosceva i rischi cui andava incontro se Dorina avesse trovato la morte tra le mura dell'asilo. Le istituzioni, che mal tolleravano l'autonomia economica e religiosa dell'asilo Angiolina, sarebbero insorte denunciandola per l'incuria e l'incapacità di gestire una situazione tanto difficile. Forse l'avrebbero costretta a chiudere per sempre una struttura che per lei rappresentava una ragione di vita. Il manicomio sarebbe stata la soluzione più semplice nel caso di Dorina. Ma Anna amava le sue bambine e, fin dov'era possibile, si batteva per salvarle.

Anna conosceva i traumi subiti dalla bambina in tenera età. Era stata violentata dai fratelli e da un amante della madre. Il padre la picchiava perché la sera, invece di rincasare, andava bighellonando per le strade in cerca di qualcuno che le offrisse del vino. Uno spazzino l'aveva trovata ubriaca, addormentata sui gradini del Duomo. L'aveva portata da lei. Era stata curata, disintossicata, accudita con amore.

«Prima di essere maltrattata e violentata, era una bambina come le altre. Si è costruita delle barriere mentali per sfuggire alla realtà e salvarsi. Ha una mente fervida e, se continuiamo ad avere cura di lei, un giorno ritroverà il suo equilibrio», sosteneva Anna.

I risultati positivi che la bambina otteneva nello studio le davano ragione. Aveva rapidamente imparato a leggere e scrivere. Sapeva disegnare in modo originale e le piaceva comporre poesie in rima. Le crisi di autolesionismo erano sempre meno frequenti.

«Le ha parlato?» domandò Anna alla signorina Alberta.

«Non sente ragioni. Io dico che questa faccenda finirà male», dichiarò.

«Mia cara, lei è un'ottima reggente, ma il suo senso della catastrofe è irritante», replicò Anna. Lasciò la scrivania. «Andiamo da lei», decise.

Dorina era stata messa in una stanzetta isolata. Attraverso la porta socchiusa, Anna e Alberta udirono un parlottio sommesso. Si fermarono ad ascoltare.

«Non è colpa tua se la regina è una donna come tutte le altre», stava dicendo Matilde.

«Sì che lo è», sosteneva caparbiamente l'amica. «È tutta colpa mia e del senno che non vuol entrare nella mia testa.»

«Ecco dove sbagli. Il senno lo hai già dentro di te, ed e ben custodito. Anch'io dovrei sbattere contro il muro questo mio testone rosso, perché mi ero figurata la regina con la corona e la bacchetta magica che ci avrebbe trasformate in principesse. Poi ho visto che era soltanto una vecchia signora con un bel po' di baffetti sul labbro, neanche tanto bella e un po' arrogante. La delusione è stata forte e quasi mi sarei messa a piangere. Ma ho capito che le nostre erano soltanto fantasie. Adesso sappiamo com'è una regina. Ti sembra poco? A me sembra moltissimo. Quante altre ragazze possono dire d'aver visto Sua Maestà e rendersi conto che la signora Anna è molto meglio di lei?» sostenne Matilde.

«Questo è vero. Dipendesse da me, io farei regina la nostra direttrice», osservò Dorina.

Risero insieme. Poi la bambina prese a lamentarsi. «Ho un gran male alla fronte.»

«Lo credo. È gonfia e scorticata. Non puoi più seguitare così. Mi prometti di non farlo più?»

«Non posso promettere, perché non so quando mi prendono i cinque minuti di mattana. Ma ti assicuro che per oggi starò tranquilla. È una promessa solenne. Adesso slegami, per favore.»

La direttrice e la reggente si decisero a entrare nella stanza. «Slegala, Matilde», ordinò Anna, accostandosi alla bambina.

Le rinnovò un impacco freddo sulla fronte, mentre si rafforzava in lei la convinzione che l'amore potesse guarire la piccola. Le disse: «Oggi avrai una gran tazza di cioccolata, perché ti sei comportata bene con i nostri ospiti. E avrai cioccolata ogni giorno, se smetterai di farti del male».

L'asilo era un campo di battaglia dove, quotidianamente, ognuno faceva del proprio meglio per continuare a sperare. Ma Anna sapeva che, in assoluto, era molto più dura la lotta che le sue bambine dovevano sostenere. Loro combattevano per ritrovare e affermare la propria individualità, avendo sulle spalle il peso di esperienze devastanti. Non sempre le più tranquille erano quelle con minori problemi. Matilde, per esempio, così soccorrevole con le compagne, così quieta, silenziosa, diligente, a parere di Anna era una bomba che poteva esplodere da un momento all'altro, se lei non fosse riuscita a escogitare qualcosa per indurla ad aprirsi.

Aspettò ancora qualche giorno. Poi la mandò a chiamare. «Hai voglia di rivedere i tuoi fratelli?» le chiese.

«Dice sul serio?» domandò Matilde, incredula.

«Mi riferisco ai più grandi. Ti farò avere un colloquio con loro.»

«E i piccolini?» chiese. Era soprattutto affezionata ai

piccoli, perché con loro aveva dormito per mesi riscaldandosi al loro tepore. Stringendoli a sé era riuscita a sopravvivere alle violenze del padre.

«Per vederli occorre un permesso del tribunale, perché ormai sono stati adottati da una coppia molto agiata e senza figli. Ma ti assicuro che sono in ottime mani», garantì Anna.

«Questo significa che non potrò vederli mai più», concluse Matilde, rassegnata.

«Avresti preferito saperli in un orfanotrofio?»

Matilde non rispose. Abbassò lo sguardo e trattenne un singhiozzo. Non voleva piangere davanti a nessuno, nemmeno di fronte a quella signora così buona e generosa.

Fu la signorina Alberta ad accompagnarla alla gloriosa istituzione dei Martinitt.

I tre fratelli maggiori l'aspettavano nel parlatorio. Matilde li vide e quasi non li riconobbe. Avevano le teste rasate, le guance rosse e ben lavate, gli abiti puliti, senza toppe. Si guardarono senza sapere che cosa dirsi. La reggente si era seduta in un angolo del parlatorio e li osservava.

Matilde porse loro un cartoccio di caramelle. Marco, il più grande, le offrì una rosa scarlatta.

«È fatta con la mollica di pane», spiegò. «Io l'ho modellata. Loro l'hanno pitturata», concluse indicando i due fratelli.

«La terrò cara», sussurrò Matilde. Infine trovò il coraggio di fare domande. «Come state? Cosa fate? Come vi trovate in questo collegio? Vi danno da mangiare bene?»

I più piccoli sembravano aver conservato il buon umore di sempre. Si accanirono sulle caramelle, mentre Marco, il più grande, guardò dritto negli occhi la sorella e sussurrò: «So perché non ti hanno mandata dalle Stelline. Io ho visto tutto, quella notte».

«Tutto cosa?» si stupì Matilde.

«Tutto quello che è successo. Hai fatto bene a farla finita.»

Matilde impallidì. Marco le sorrise. «È un segreto tra noi due. Non ne parlerò mai con nessuno», garantì.

Lei chinò il capo, non trovando parole per replicare.

«Mi dispiace che ti abbiano mandato dalle angioline. Non lo meritavi», soggiunse, con dolcezza.

A quel punto non avevano altro da dirsi. Matilde si allontanò con un senso di profondo disagio e si augurò di non avere un'altra occasione per incontrare i fratelli. Il ricordo di una notte di marzo spazzata dal vento era troppo tormentoso per lei.

10

Anna volle sapere com'era andato l'incontro fra Matilde e i suoi fratelli.

«Hanno gradito le caramelle», riferì la reggente. «Il più grande ha detto qualcosa alla sorella, poi si sono salutati. Non ci sono state lacrime, né addii strazianti. Penso che ognuno di loro si stia adattando alla nuova condizione di vita», concluse, dicendo sostanzialmente la verità.

La direttrice scosse il capo, perplessa. «Tutta questa arrendevolezza non mi piace», sussurrò. Guardò oltre la finestra dello studio, verso il giardino. Matilde sedeva su una panchina con in grembo un libro di scuola. Avrebbe dovuto studiare, fare i compiti, imparare a memoria i tempi dei verbi. Invece il suo sguardo si perdeva nel nulla.

«Uno di questi giorni me la porto a casa», annunciò alla reggente. La sua casa poteva essere il luogo in cui indurre la ragazzina a confidarsi, a liberarsi dei brutti ricordi.

L'appartamento dei Lucchini occupava l'intero piano nobile di un palazzo ottocentesco in via Boccaccio. Matilde aveva intravisto molte case signorili nei suoi giri di consegne per le strade del centro cittadino, ma la residenza della direttrice era diversa. Le eleganti tappezzerie chiare, gli austeri mobili di mogano rosso tirati a lucido, le rigogliose piante in vaso, le scaffalature colme di libri, creavano un'atmosfera accogliente e serena.

Venne loro incontro un bellissimo setter irlandese che muoveva la coda frangiata in segno di saluto. Annusò accuratamente la ragazzina poi, rassicurato, stava per allontanarsi quando Matilde allungò una mano per accarezzarlo. Allora il cane si girò, strofinò il muso sulla sua mano e, infine, se ne andò.

«Gli piaci», osservò Anna. E soggiunse: «Si chiama Full. È il cane del professore». Il professore era il marito di Anna, docente universitario e grande amante della caccia.

Nel silenzio dell'appartamento risuonarono le note di un notturno di Chopin.

«È mia nuora. È concertista. Qualche volta viene a studiare da noi, perché le piace il suono del nostro pianoforte», spiegò Anna.

Venne loro incontro una domestica anziana. Aveva i capelli raccolti in una treccia che girava intorno al capo, un viso pieno dalle guance colorite, le gambe coperte da calze nere. Indossava un abito grigio su cui spiccava il candore del grembiule.

«Chi è questa bella bambina?» domandò, affettuosa.

«Si chiama Matilde. È una delle mie ragazze», rispose Anna, salutandola.

«E tu, non sei capace di parlare? Dove hai nascosto la lingua?» le chiese sorridendo la cameriera mentre prendeva dalle mani della signora i guanti e il cappellino.

Matilde, intimorita, sgranò su di lei gli occhioni chiari, senza replicare. Si vergognava della propria pochezza.

«Ho preparato i biscotti e la crema pasticciera. Li servo sul terrazzo?» proseguì la domestica.

«Nel mio salotto. Sono stanca e ho bisogno di sdraiarmi un po'», disse Anna, guidando Matilde lungo un dedalo di corridoi.

La mole di lavoro che affrontava ogni giorno diventava sempre più faticosa. Il suo cuore non era in condizioni eccellenti e il cardiologo le aveva suggerito una drastica riduzione degli impegni. Raccomandazioni che Anna continuava a ignorare.

Il salotto si apriva su un terrazzo dove c'era una grande voliera di ferro, dipinta di bianco, piena di pappagallini dai colori sgargianti.

Anna si adagiò sul canapè di velluto cremisi e lasciò che Matilde si guardasse intorno.

«A volte sento il peso degli anni», esordì e soggiunse: «Guardo a voi giovani con un pizzico d'invidia. Sono troppe le cose che non riesco più a fare perché le energie mi vengono meno», si lamentò.

Matilde osservò incuriosita la voliera. Poi lo sguardo si posò sul ritratto color seppia di una bambina che doveva avere all'incirca la sua età.

«Era mia figlia», spiegò Anna. «Quelli erano i suoi pappagallini. È morta a dodici anni. Ho aperto l'asilo chiamandolo con il suo nome, Angiolina. Alcuni pappagallini sono vecchi, ormai. Angiolina è morta vent'anni fa. Allora ero giovane, forte e andavo in giro per il mondo a parlare di donne alle donne. Quando mia figlia è morta, io ero a Londra. Non me lo perdonerò mai», sussurrò.

Matilde si era accovacciata ai piedi del canapè e l'ascoltava con attenzione.

«Che cosa significa parlare di donne alle donne?» La frase l'aveva colpita.

«Vuol dire spiegare loro quanto valgono», rispose Anna.

«Noi donne valiamo poco», osservò la ragazzina, tristemente.

«È qui che sbagli. Ogni donna, Matilde, è come uno scrigno che contiene pietre preziose. Nessun uomo, nemmeno il migliore, vale quanto una donna. Dobbiamo esserne consapevoli. Io sogno un mondo in cui noi possiamo avere gli stessi diritti degli uomini, le stesse opportunità, le stesse possibilità di far sentire la nostra voce, di imporre le nostre opinioni. Un mondo in cui non si debba più combattere per avere ciò che ci spetta.»

«La mia mamma mi ha insegnato che noi donne siamo nate per soffrire. Lei ha patito tanto. In ogni famiglia c'è un solo padrone: l'uomo. È lui che comanda. Noi dobbiamo soltanto ubbidire e subire, anche quando non vorremmo», concluse, in un sussurro, Matilde.

«Credi davvero che il buon Dio abbia creato la donna per farne una martire? Il Creatore, nella sua infinita sapienza, non avrebbe mai concepito un simile progetto.»

«Io so che dobbiamo portare il peso della croce per essere nate femmine», precisò la ragazzina.

«Gesù ha portato la croce per tutti noi, uomini e donne», obiettò Anna, e proseguì: «Lui ha predicato l'amore e condannato la violenza. Gesù ha amato i bambini e ne ha difeso l'innocenza. Ciò significa che non devono essere picchiati, né sfruttati, né costretti ad azioni turpi».

Cadde il silenzio, tra loro. Dopo qualche minuto Matilde parlò in un sussurro. «Era nel suo diritto», disse, abbassando gli occhi. «Lui era il padrone e io dovevo ubbidire.»

Matilde si stava finalmente confidando. Anna tacque sperando, con tutto il cuore, che la ragazzina non si interrompesse. Dopo un attimo di silenzio, Matilde proseguì: «Non potevo ribellarmi. Subivo e tacevo. Provavo tanta vergogna. Finché...»

In quel momento rivide la stufa arroventata, le fiamme crepitanti che cancellavano tutto. Poi più nulla, fino al risveglio in ospedale. Stava malissimo. La mano ustionata la faceva soffrire. La suora le diceva che i suoi fratelli stavano bene e che suo padre era morto. Ancora una volta si chiese se a uccidere Delmo fossero state le fiamme o il colpo inferto dal ferro da stiro.

«Poi, che cos'è successo?» Anna ruppe il silenzio.

«Poi è intervenuta la mano di Dio», sussurrò Matilde.

Anna si mise a sedere. Prese tra le sue le piccole mani di Matilde e la guardò negli occhi, sorridendo.

«Finalmente mi hai aperto il tuo cuore», le disse. E soggiunse: «Adesso dobbiamo occuparci del futuro, della tua nuova vita».

«Però sono sempre triste e non mi riesce di studiare», ammise Matilde.

«Diamo tempo al tempo. La tua maestra ha detto che eri una scolara diligente.»

«Non voglio più pensare al passato.»

«Ma succederà ancora. È inevitabile. Non puoi immaginare quante siano le bambine e i bambini della tua età, e anche più piccoli, ugualmente maltrattati, sfruttati e tormentati. È un sacrilegio che si perpetua dalla notte dei tempi. È per loro, Matilde, è per te, bambina mia, che io combatto ogni giorno», affermò Anna accalorandosi.

L'entusiasmo dell'anziana direttrice per una causa tanto importante colpì Matilde, che finalmente chiese il suo aiuto.

«Io non ho più nessuno al mondo», sussurrò, smarrita.

«Tu hai te stessa. Ti sembra poca cosa? Tu sei la sintesi meravigliosa di un mondo che nasce. Devi sfruttare le tue energie e le tue risorse. Lavora e rifletti. Continua a studiare, anche se ti costa fatica. Ci vorrà tempo e pazienza, ma so che riuscirai a fare qualcosa di buono della tua vita», affermò Anna, sicura.

Entrò la domestica spingendo il carrello su cui c'erano tè, biscotti e crema pasticciera.

«Ora facciamo merenda», annunciò Anna, con allegria.

Matilde ricordò sua madre che pronunciava le stesse parole quando, a un certo punto della giornata, si alzava dalla pietra su cui era rimasta inginocchiata per ore a passare spazzola e lisciva sui panni da lavare. Si portava le mani all'altezza delle reni, spingendo in fuori il ventre appesantito da una nuova gravidanza e le sorrideva. La sua figura si specchiava tremula nelle acque pigre del Naviglio.

Da un paniere posato sull'erba alta che cresceva lungo la riva del Naviglio, Adelina attingeva una forma di pane giallo, lo tagliava a fette e lo irrorava con vino rosso che versava da un fiasco. Poi apriva un cartoccino di zucchero e, con parsimonia, lo polverizzava sulla mollica inumidita. Quindi distribuiva una fetta per ogni bambino.

Allora si sedevano in cerchio sull'erba e guardavano i barconi che scivolavano lenti sul pelo dell'acqua. I barcaioli scambiavano battute con le lavandaie, esplodeva qualche risata, nascevano litigi tra i bambini.

Adelina parlava poco, sorrideva raramente, qualche volta piangeva, più spesso ricorreva al fiasco di vino. Dopo diventava allegra e Matilde gioiva dell'energia di sua madre. L'abbracciava avvolta dal profumo della sua pelle fresca. Ricorreva a lei quando aveva bisogno d'aiuto. Adelina non la sgridava, non la picchiava, raramente le dava una carezza. Poi tutto era finito ed erano cominciati i giorni difficili.

La cameriera prese a versare il tè nelle tazze. In quel momento, sulla soglia del salotto, apparve la sagoma imponente di un uomo con i capelli neri spruzzati d'argento.

«Disturbo?» domandò una voce morbida.

Lo riconobbe subito. Era il professor Brasca. Indossava un abito leggero color panna e teneva in mano un cappello di panama.

«Entra, Alberto. Tu non disturbi mai», disse Anna.

«Ho avuto una lunga discussione con tuo marito», spiegò lui mentre si chinava a baciarle la mano. «Ora stavo andando via, ma ho saputo che eri in casa e volevo salutarti.»

Non le sembrava più così vecchio come quando lo aveva conosciuto, in un freddo giorno di febbraio.

«Te la ricordi questa bella bambina?» gli domandò Anna.

«Ciao, Matilde», la salutò lui, sorridendole con simpatia.

Matilde arrossì. Non l'aveva dimenticata.

11

Ad Anna non era sfuggito il tono affettuoso con cui Alberto Brasca aveva salutato la piccola Matilde. Mentre si informava sulla salute di Lucetta e dei figli, notò che il medico osservava la ragazzina con uno sguardo dolcemente malinconico. Nella mente di Anna si disegnò un progetto.

«Riaccompagneresti all'asilo la nostra Matilde?» chiese Anna, a un certo punto. «Sono così stanca, questa sera», si giustificò.

«Lo faccio volentieri. Sono di strada», la rassicurò lui.

Era la prima volta che Matilde saliva su un'automobile. Provò una emozione così intensa che non l'avrebbe più dimenticata. Le sembrava di essere in un salotto che si muoveva. Era bello stare seduta vedendo venire incontro le case, gli alberi, i passanti. Era come viaggiare in un mondo fantastico. Il medico la guardava con tenerezza.

L'auto si fermò davanti alla palazzina di via Vincenzo Monti. Il sole stava per tramontare e le nuvole, spinte dal vento, si appesantivano disegnando nel cielo forme misteriose. Dalle finestre del refettorio veniva un tintinnare di stoviglie e le voci allegre delle bambine.

«Presto ritornerò a trovarti», le promise Alberto Brasca.

«Lo spero tanto», sussurrò Matilde mentre si esibiva in un inchino di congedo.

La reggente s'era fatta sull'uscio e sorrideva cerimoniosa al medico che si era levato il cappello per salutarla. Matilde entrò nell'edificio, ma era troppo emozionata per affrontare le compagne. Approfittando dei lunghi convenevoli con cui la reggente continuava a intrattenere il medico, attraversò l'atrio dell'asilo e si rifugiò in giardino. Corse a perdifiato fino alle sbarre della recinzione. Si aggrappò alle aste di ferro e chiuse gli occhi cercando di trattenere le lacrime.

Una mano si posò sulla sua mentre udiva la voce di una donna che le diceva: «Come sei cambiata, mia piccola Matilde!»

Ebbe un sobbalzo. Aprì gli occhi e vide Ermelinda.

Sembrava una signora. Aveva sul capo un tocco di rafia blu, bordato d'organza. Indossava un tailleur di seta amaranto. Non era truccata.

«Cosa fai qui?» domandò stupita.

«Ti ho tanto cercata», disse la donna. «Prima all'ospedale. Non mi hanno mai lasciata entrare. Dopo qui. Non mi hanno mai permesso di vederti», rivelò.

«Non ne sapevo niente. Perché non puoi vedermi?»

«Non sono una persona raccomandabile. Così hanno detto. Però, io avevo voglia di stare un po' con te. Mi sei rimasta nel cuore. Sei diventata bella, lo sai? Hai un bel colorito. I capelli, così corti e ricci, ti stanno bene», notò, gli occhi umidi di pianto. Poi osservò: «Perché ti hanno messa qui? Una brava ragazzina come te dovrebbe trovarsi alle Stelline». Matilde arrossì. Era chiaro che Ermelinda non sapeva degli abusi di suo padre.

«Una ragione c'è», rispose, pensando che un giorno

gliene avrebbe parlato. Poi le sorrise e proseguì: «Anche tu sei cambiata, Ermelinda», constatò, commossa. «Hai l'aria di una vera signora.»

«Ho lasciato Egiziaco e l'osteria. Ho cambiato vita, finalmente.»

«Come stanno Barbarina e tutti gli altri della casa?» domandò Matilde, travolta dai ricordi.

«Sono cambiate tante cose dalla notte dell'incendio. Se ne sono andati tutti. Adesso io abito da sola, in via Brera, sopra la bottega del ferramenta», spiegò.

«È una casa di lusso», si stupì Matilde.

«È un'abitazione dignitosa», replicò Ermelinda.

Alle spalle di Matilde comparve, a sorpresa, la reggente. Le aggredì entrambe. «Che cosa fa lei, qui?» urlò aggressiva all'indirizzo dell'ex prostituta. Poi si rivolse a Matilde: «Quanto a te, non hai nulla da dire a questa donna».

«Se avrai bisogno di me, sai dove trovarmi», sussurrò Ermelinda.

Matilde venne trascinata via di peso, mentre gridava: «Ermelinda, non lasciarmi!» Tentava inutilmente di sottrarsi alla presa energica della reggente.

«Se ne vada. E non disturbi mai più la bambina o saremo costrette a chiedere l'intervento dell'autorità», minacciò la signorina Alberta.

12

ANNA si fece condurre dall'autista all'ospedale dei bambini. Entrò nel padiglione pediatrico e chiese di essere ricevuta dal professor Brasca.

«Perdonami se ti ho fatto fare anticamera», esordì il medico, entrando nello studio dove Anna lo aspettava da alcuni minuti.

«I bambini hanno sempre la priorità», convenne lei, sorridendogli.

«Ma ora sono tutto per te, amica mia», le disse, chinandosi a baciarle la mano.

Alberto nutriva affetto e stima per l'anziana signora che sapeva infondere speranza e allegria, che non si dava mai per vinta, che aveva una parola di conforto per tutti.

«Stai lavorando troppo», osservò Anna, scrutandolo in viso. «Hai le occhiaie e sei pallido. Da quanto tempo non ti concedi una vacanza?»

«Sei venuta a interpretare il ruolo della mamma apprensiva?» scherzò il medico, mentre si liberava del camice.

Sedette alla scrivania ingombra di fascicoli clinici, riviste mediche e farmaci d'ogni tipo. Le pareti dello studio erano coperte di scaffali pieni di libri, attestati universitari, ingenui disegni eseguiti dai bambini che Alberto aveva curato e guarito.

«Sono qui per parlarti di Matilde Riva», spiegò Anna. E soggiunse: «Sai, potrebbe essere tua figlia...»

Il medico non le lasciò finire la frase.

«Hai ragione. Ti confesso che mi piacerebbe adottarla», affermò sicuro.

«Non potresti mai farlo», osservò Anna, conoscendo la sua difficile situazione coniugale. «Non credo che Lucetta sarebbe d'accordo.»

«Non lo posso fare, ma non a causa di mia moglie. Se adottassi lei, commetterei un'ingiustizia nei confronti di decine di bambini ugualmente bisognosi di una famiglia. Mi sentirei colpevole di fronte a tutti, privilegiando lei sola», constatò, tristemente.

«Però Matilde ti piace. Quello che ti chiedo non ha niente a che vedere con un'adozione. So che hai una bella casa nel Varesotto dove non vai mai. La bambina potrebbe trarre giovamento da un'estate in collina. Vorrei allontanarla per qualche tempo dall'asilo. È smarrita, non riesce a studiare e fatica ad adattarsi alla sua nuova vita.»

«Nella mia villa di campagna non c'è nessuno, tranne i domestici. Chi si occuperebbe di lei?» domandò Alberto perplesso.

In un tempo ormai lontano, la grande residenza liberty, situata su un poggio da cui si dominava il lago, era stata assiduamente frequentata dalla sua famiglia d'origine. Alberto vi aveva trascorso con i genitori gli anni dell'infanzia e della giovinezza. Poi era cambiata la moda e alla campagna si erano preferite le vacanze al mare, i viaggi all'estero, le crociere. La sua famiglia non aveva più soggiornato in quella casa da oltre vent'anni. Lucetta la detestava, sostenendo che aveva un aspetto sinistro. I figli di Alberto preferivano la Versilia in estate e la Valle d'Aosta in inverno.

Qualche volta Alberto ci tornava da solo, per alcuni giorni, soprattutto in autunno quando i boschi si tingevano con i colori sgargianti dell'estate che muore. Faceva lunghe passeggiate con Nestore, il suo cane. Raggiungeva una chiesetta settecentesca, ormai sconsacrata, sulla sommità di un colle che separava due valli e, quand'era in vena di malinconie, pensava che quello sarebbe stato un buon posto per morire. A volte scendeva in paese a trovare i pescatori. Sedeva alla loro tavola ascoltando storie di anni lontani, di figli emigrati in America e di altri figli morti sul Carso durante la grande guerra. Faceva salotto nel retrobottega della farmacia dove si davano convegno i notabili del luogo: il medico condotto, il notaio, il veterinario e il parroco. Altre volte invitava tutti a cena in villa. I domestici, una coppia che custodiva la casa, allestivano un pranzo. Con questi vecchi amici Alberto amava parlare di politica, di scienza, ma soprattutto rievocare storie di paese.

Dopo queste fugaci evasioni, ritornava al lavoro ritemprato e più sereno. Ora l'anziana amica gli proponeva di riaprire la villa per ospitare un'orfana in difficoltà.

«La bambina sarebbe troppo sola, laggiù», rilevò Alberto.

«Non a caso ti ho fatto notare che avresti bisogno di riposare. Stai lavorando troppo, ultimamente. Per qualche giorno potresti stare con Matilde. Lei avrà il tempo di adattarsi e tu ti rimetterai in forma. Non ti sarà difficile trovare una brava maestra che sia disposta a farla studiare. Io posso riprenderla in qualsiasi momento, se l'idea non funzionerà», promise Anna.

«Ti rendi conto che mi stai investendo di una responsabilità enorme? Se alla piccola succedesse qualcosa...» esitò.

«Le è già successo tutto, amico mio. E tu lo sai bene», sospirò Anna e proseguì: «In fondo si tratta di poche settimane che potrebbero essere determinanti per consentirle di ritrovare un certo equilibrio. So che non mi negherai il tuo aiuto».

«Non era questo che avevo in mente quando l'ho raccomandata a te», ironizzò il medico. «Però hai ragione. Sono veramente stanco», ammise, pensando al lavoro che non gli concedeva soste, ai litigi con la moglie, alle delusioni che gli venivano dai figli e a un'infinità di altri problemi che lo angustiavano. C'erano momenti in cui si perdeva d'animo e aveva la tentazione di ritirarsi in campagna. Poi, le responsabilità prendevano il sopravvento.

«Allora, ti affido Matilde», concluse Anna.

«Dammi qualche giorno per organizzare il lavoro», sorrise lui. E soggiunse: «Ecco che cosa ammiro in te: la determinazione nell'aiutare le tue bambine».

Mentre l'autista l'accompagnava all'asilo, Anna pensava alla felicità di Matilde quando le avrebbe comunicato la notizia.

13

Dopo l'incontro con Anna, Alberto Brasca rincasò con l'intenzione di parlare a sua moglie di Matilde. Il domestico lo stava aspettando. Gli aveva già preparato il bagno e gli abiti di ricambio.

«Professore, questa sera ci sono ospiti», gli annunciò, mentre lo aiutava a vestirsi.

«Vuol dire che, per una volta, avrò il piacere di vedere riunita la mia famiglia», ironizzò il medico.

Celestino gli stava allacciando i polsini d'oro della camicia, quando Lucetta entrò nello spogliatoio.

«Ti devo parlare», annunciò con aria eccitata.

«Anch'io», disse Alberto osservandola con un senso di fastidio. Sua moglie sembrava una vetrina di Tiffany. Grondava gioielli e indossava un abito lungo, sfavillante di lustrini. Era stata dal parrucchiere e il trucco accurato la ringiovaniva.

«Alessio si fidanzerà con Vittorina Pulitanò e, questa sera, abbiamo a cena i genitori della ragazza. Tu conosci i Pulitanò, vero?» chiese con voce zuccherosa.

Certo che li conosceva. Il padre di Vittorina era l'attuale amante di Lucetta.

«Molto superficialmente», replicò tuttavia.

«Alessio promette bene. Non credi?» insistette lei.

Celestino si era prudentemente eclissato, mentre Alberto si faceva il nodo alla cravatta.

«Davvero? E in quale campo? Non all'università, visto che non dà esami da due anni. E neppure nello sport: va a sciare e si rompe una gamba, monta a cavallo e si frattura un braccio. Non parliamo dei tavoli da gioco, visto che sono io a pagare i suoi debiti. In che cosa promette bene? Ma certo, ho capito! Tra le lenzuola. In questo, però, ha un degno compagno: suo fratello. D'altra parte, se mi passi il luogo comune, buon sangue non mente», concluse alludendo a Lucetta.

Contrariamente al solito, lei non raccolse la provocazione.

«Alberto, ti prego, non facciamo polemiche. Mi riferivo al patrimonio dei Pulitanò. Lascia che Alessio sposi Vittorina e vedrai che metterà la testa a posto. Perciò, per favore, sfodera tutta la tua diplomazia. Voglio assolutamente questo matrimonio», si accalorò la moglie.

«Perché?» domandò Alberto.

L'unione di Alessio con la figlia del ricco imprenditore rappresentava per Lucetta un pretesto valido per intensificare i suoi incontri con l'amante, senza suscitare pettegolezzi. Era molto ligia alle apparenze. Il medico aveva capito il suo gioco, ma finse di ignorarlo.

«Perché ogni genitore desidera il meglio per i propri figli. E tu, caro, che cosa volevi dirmi?»

L'ipocrisia di Lucetta stava per fargli saltare i nervi. Voleva dirle che si apprestava a ospitare un'orfana nella casa del Varesotto, ma preferì rimandare l'argomento.

«Ti suggerisco di togliere un po' della chincaglieria che ti porti addosso. È un insulto alla miseria», non riuscì a trattenersi dal commentare. Quindi uscì dallo spogliatoio, lasciandola sola a ribollire di rabbia.

«Perché, secondo te, se la tengo nel cassetto non si offende nessuno?» replicò stizzita anche se lui non poteva sentirla.

Alberto sfoderò il suo fascino durante il pranzo e anche dopo, quando vennero serviti i liquori e il caffè. Finse di ignorare gli sguardi d'intesa tra Lucetta e il futuro consuocero, fu amabile con la signora Pulitanò, benevolo con i figli e con la futura nuora. Si rendeva conto dell'abisso che lo separava ormai dalla sua famiglia. Si sentì risollevato soltanto quando gli ospiti si congedarono. Raggiunse il suo studio e si mise a leggere gli atti di un congresso fisiatrico che si era appena svolto a Modena. Lavorò per quasi un'ora poi, vinto dalla stanchezza, decise di andare a letto.

Celestino aveva lasciato sul tavolino da notte la bottiglia dell'acqua e il bicchiere. Mentre si spogliava, fu colto da un capogiro. Qualche tempo prima, a causa del ripetersi di questo malessere, era andato a farsi visitare dal suo maestro, il professor Lucchini, che gli aveva prescritto una serie di indagini cliniche. Esami alla mano, gli aveva esposto la diagnosi e aveva concluso: «Perché non ti prendi una vacanza?»

«Amo il mio lavoro e mi considero in vacanza da una vita», aveva scherzato.

«Sai bene che cosa voglio dire», aveva risposto il professore, preoccupato.

Ora, sdraiandosi a letto, considerò che Anna Lucchini, imponendogli la responsabilità di una ragazzina, lo aiutava a staccarsi dalla routine faticosa dell'ospedale.

Accese la lampada e aprì il romanzo di Thackeray che stava leggendo da qualche sera: *La fiera delle vanità*. Nella finzione narrativa, i buoni sentimenti, alla fine, avevano il sopravvento sul cinismo e sulla furbizia. Nella vita, invece, pensò Alberto, accadeva sempre il contrario.

Giunse fino a lui il suono attutito della pendola, nell'ingresso, che batteva la mezzanotte. Contemporaneamente sentì bussare alla porta e subito dopo il battente si schiuse e sua moglie entrò nella camera.

«Disturbo?» domandò.

«Sei qui», si rassegnò Alberto, mentre chiudeva il libro. Si tolse gli occhiali, cui si era arreso per non affaticare troppo la vista.

Lucetta indossava una veste da camera che sottolineava un'incipiente pinguedine.

«Volevo ringraziarti. Sei stato perfetto, questa sera», disse.

«Ho soltanto retto il tuo gioco», replicò lui.

«I ragazzi mi sembrano molto presi l'uno dell'altra», commentò sua moglie.

«Finché dura. E durerà fino a quando Vittorina non scoprirà che razza di inetto sia nostro figlio. Perché vedi, Lucetta, Vittorina non è come sua madre. Quella povera donna della Pulitanò vive nella totale sudditanza del marito. Sua figlia, invece, mi è sembrata volitiva e tutt'altro che disposta a tollerare», dichiarò il medico, mentre Lucetta sedeva su una poltroncina, accanto al trumeau, con l'intenzione di intavolare una discussione.

«Tu non stimi abbastanza i tuoi figli. Ecco perché non concludono niente», osservò. E proseguì: «In ogni caso, ti assicuro che la Pulitanò non è una vittima. Da contadina del Trapanese è diventata la moglie di un uomo ricchissimo. Che cos'altro potrebbe desiderare?»

«Francamente, l'argomento non mi interessa», affermò Alberto che aveva davanti a sé soltanto cinque ore di sonno ed era determinato a non lasciarsele sottrarre.

«Neanche a me», tagliò corto Lucetta. «Volevo soltanto ringraziarti e informarti che domani parto. Starò via per qualche settimana», annunciò.

«Allora, fa' buon viaggio.»

«Non ti interessa sapere dove vado?»

«Qualunque sia la tua meta, spero che tu abbia un soggiorno felice. Anch'io parto, domani. Vado in villa e porto con me una delle bambine di Anna.»

«Oddio, che strazio! Finirai nei guai, con le tue manie da buon samaritano», esclamò con tono melodrammatico.

«Che cos'è, un pronostico o un desiderio?»

«Fa' tu. Comunque, la cosa non mi riguarda. Buona notte», concluse Lucetta, andandosene.

Alberto spense la luce Faticò a prendere sonno, rammaricandosi per il fallimento del suo matrimonio. Obiettivamente non riusciva ad attribuire la responsabilità solo a Lucetta. Si rendeva conto di essersi sempre occupato molto del lavoro e poco della famiglia. Forse non era adatto per essere un buon marito e un buon padre. D'altra parte, nella sua famiglia d'origine, la figura paterna era mancata, essendo suo padre morto quando Alberto e i fratelli erano ancora piccoli. Sua madre si occupava dei figli con bonario distacco. Erano cresciuti tra nurse, istitutrici, collegi esclusivi.

Questo non gli aveva impedito di affrontare la vita con serietà. Aveva sperato che anche i suoi figli, Alessio e Pietro, che amava moltissimo, sarebbero diventati uomini sereni, equilibrati, generosi. Non era stato così. Erano cresciuti viziati, oziosi, cinici. Si chiedeva spesso quanta parte di responsabilità avesse in questo fallimento. Era consapevole del fatto che i suoi ragazzi non avevano avuto genitori affiatati. Alberto dettava loro delle regole che Lucetta sovvertiva, per il piacere di contraddirlo. In questa altalena di contraddizioni, Alessio e Pietro si erano persi.

Pensò a sua moglie. Anche lei, probabilmente, stentava a prendere sonno. Ma per altre ragioni. La prospettiva di un lungo viaggio con l'amante doveva essere molto eccitante. E su questa considerazione si addormentò.

Partì per il Varesotto nel tardo pomeriggio. Aveva dovuto pianificare i turni dei medici in ospedale e minacciare di sanzioni il personale non sempre efficiente. Aveva voluto rivedere i casi più difficili e assicurare ai suoi piccoli degenti un'adeguata assistenza. Quando raggiunse l'asilo Angiolina, Anna Lucchini lo stava aspettando. Matilde era con lei e teneva in mano una valigetta di fibra marrone.

«La bambina ha tutto con sé», annunciò Anna. «Libri, quaderni e abiti. Sono sicura che le troverai una buona maestra che l'aiuti a superare gli esami di quinta.»

Celestino era al volante della macchina. Lasciarono Milano mentre il sole declinava.

«A giudicare dal bagaglio, il tuo corredo mi sembra piuttosto ridotto», osservò Alberto, anche per rompere il silenzio.

«Per me è anche troppo. Non ho mai avuto più di due vestiti: uno per l'estate e uno per l'inverno», replicò la ragazzina.

«Sul lago, in questa stagione, le sere sono fresche. Avrai bisogno di una giacchetta, o di un golfino. E ci vorranno scarpe adeguate in sostituzione dei tuoi sandaletti un po' troppo consumati», commentò e si rivolse al domestico: «Celestino, ci fermiamo a Varese. Ci saranno negozi ancora aperti, suppongo».

Matilde sorrise, senza replicare. Da quando era salita sull'automobile sentiva di avere cominciato un viaggio nel mondo delle fiabe. Per la prima volta vedeva dolci declivi, boschi e ville occhieggianti dietro le barriere degli alberi. Respirava l'aria impregnata dei profumi che venivano dalla terra, dalle piante, dai fiori. Attraversarono piccoli paesi dove le case erano minuscole e linde. Le donne stavano sugli usci, lungo la strada, a chiacchierare e i bambini si rincorrevano con grida felici. L'automobile entrò in città e si fermò in una grande piazza. Matilde e il professore scesero dalla macchina ed entrarono in un negozio elegante che inalberava un'insegna: *Moda per la gioventù*.

Il sorriso ossequioso di due venditrici si raggelò quando posarono lo sguardo sulla bambina tenuta per mano dal distinto signore che l'accompagnava.

«Che cosa possiamo fare per lei?» chiese quella che sembrava essere la padrona.

«Per me nulla. Dovrà invece mettersi a disposizione di questa bella ragazzina», replicò Alberto che incominciava a divertirsi.

«Ma certo! Ma che carina», tubarono le due donne, spalancando le ante degli armadi addossati alle pareti della bottega.

Matilde sgranò gli occhi su quelle file interminabili di abiti di ogni foggia, tessuto e colore. Prevalevano le organze e i taffettà cangianti lavorati a nido d'ape, con le maniche a palloncino; ma c'erano anche camicette di cotone ricamate, gonnelline a fiori con le bretelle, golfini dai bottoni fantasiosi a forma di coniglietto, di fragola, di rosellina; abitini a giacca, prendisole, cappotti bordati di pelliccia e mantelle impermeabili, cappellini con i nastri colorati e i fiorellini di pannolenci; calze corte e a gambaletto, in filo di scozia e in filo di seta; guanti, scarpe alla francesina, alla bebè, di gomma per la pioggia, di vernice nera, di velluto per la sera.

Passò in rassegna tutta quella festa di frivolezze con una lentezza esasperante. Di tanto in tanto lanciava un'occhiata interrogativa al professore che annuiva oppure arricciava il naso per indicare che un abito non gli piaceva.

«Non avete un vestito alla marinara?» domandò infine Matilde, facendo sentire la sua voce.

«Ma certo, carina. Quanti ne vuoi», disse la padrona, mentre la commessa si affrettava a mettere sul banco alcuni modelli. «Ecco, guarda: abbiamo un crêpe de Chine per la primavera, un cotone inglese per l'estate, questa morbidissima lana australiana per l'inverno. Abbiamo risvolti in piquet di seta e piquet di cotone.»

«Va bene. Prendo questo di cotone. Grazie», decise Matilde. Aveva sempre sognato un vestito alla marinara e adesso poteva averlo. Non desiderava altro.

«Un solo abito mi sembra troppo poco. Prendiamone almeno altri quattro», intervenne il medico. E soggiunse: «Naturalmente vogliamo anche delle scarpe e un bel po' di biancheria per il giorno e per la notte».

Venne Celestino a trasportare in macchina una serie di pacchi infiocchettati mentre Matilde non riusciva a credere che tutta quella roba fosse per lei.

«Questi vestiti mi dureranno per anni», osservò.

«Alla tua età le bambine sane crescono a vista d'occhio e presto non entrerai più in questi panni», replicò il professore.

«Si potranno allargare e allungare. Li porterò per anni, glielo garantisco», insistette Matilde.

Arrivarono al cancello d'ingresso che, in loro attesa, i domestici avevano aperto. Due cuccioli di pastore tedesco, Kabiria e Saladino, uggiolavano festanti intorno alla macchina. Procedettero lentamente lungo un viale di ghiaia fino alla villa, la cui facciata era interamente coperta di rampicanti.

Oltre le cime degli alberi, sulla cresta del colle, nasceva la luna.

La coppia di domestici, il giardiniere Peppino e la cameriera Rosetta, li stavano aspettando. Dopo i convenevoli di rito guardarono incuriositi la piccola ospite.

«Ma che bella patanina», disse Rosetta. «Un po' smunta, ma tempo una settimana avrai già i colori del Varesotto», decretò.

«Ci penseremo noi a metterla all'ingrasso, professore», interloquì Peppino. Poi si rivolse a lei: «Come ti chiami?»

«Matilde Riva», rispose intimidita.

«Allora, Matilde, vieni con me. Ti conduco di sopra e ti faccio vedere la tua stanza», decise Rosetta.

La camera assegnata alla ragazzina era al secondo piano, dove c'erano le stanze della servitù. Aveva le pareti azzurre, con bordi a volute in giallo e ocra. C'erano un letto e un armadio di faggio, un tavolo rustico in noce e un trespolo di ferro smaltato che reggeva una specchiera ovale, una brocca e un catino di maiolica. Il comodino era sovrastato da una graziosa acquasantiera. La finestra inquadrava i colli lontani.

«Ecco, qui potrai posare i tuoi libri. Domani avrai anche una lampada per leggere quand'è buio e un tappetino per inginocchiarti a pregare», disse Rosetta mentre Celestino, che la seguiva, deponeva sul piccolo letto gli acquisti recenti.

«Che cos'è tutto questo ben di Dio?» domandò l'anziana domestica.

«Il corredo per la signorina», rispose Celestino, strizzando l'occhio, con aria complice.

«Il mio corredo», ripeté Matilde a mezza via tra la soggezione e il desiderio di darsi delle arie.

«Ti ha proprio preso a benvolere, il padrone», si congratulò Rosetta. E soggiunse: «Tutta roba fine, di Varese. Dunque, sbrigati a cambiarti, perché adesso si mangia. E guarda che, ogni mattina, qui ci si fa anche il bagno. È in fondo al corridoio e abbiamo acqua corrente calda e fredda. Il professore dice che la pulizia tiene lontane le malattie. E se lo dice lui, io gli credo», concluse, avviandosi fuori dalla stanza.

Matilde si guardò intorno cercando di prendere dimestichezza con l'ambiente nuovo. Nel corso degli ultimi mesi c'erano stati tanti cambiamenti nella sua vita. Congiunse le mani, strizzò gli occhi e sussurrò: «Signore, fa' che questo sia per sempre».

14

MATILDE scese a precipizio le due rampe di scale, individuò la cucina e si arrestò sulla soglia. Rosetta stava mettendo in tavola una zuppiera di minestrone fumante. Il giardiniere e Celestino erano già a tavola e c'era un posto anche per lei.

«Ma come? Non ti sei cambiata!» osservò Rosetta. «Dai, siediti che adesso si mangia», disse, cominciando a riempire le scodelle.

«Non sapevo cosa scegliere. E poi avevo paura di sporcare un vestito nuovo», si giustificò, prendendo il suo posto.

«Ha giudizio, la ragazzina», disse Peppino.

«Ti metterai elegante domani», le sorrise Celestino.

«E il professore?» domandò lei.

«Il padrone non mangia con la servitù. E comunque non mangia mai da solo. È andato in paese. Cenerà in casa del farmacista», spiegò la cameriera.

Matilde si trovò a suo agio tra quegli estranei affettuosi, mangiò con voracità e alla fine ripulì il piatto con un pezzo di pane. Poi, aiutò Rosetta a sparecchiare e insistette per lavare i piatti.

«Non credo che il padrone voglia che tu faccia la cameriera», osservò la donna, con tono bonario.

«Ma io voglio sdebitarmi per l'ospitalità. E siccome sono brava a fare i mestieri, desidero rendermi utile», replicò con determinazione.

«All'asilo Angiolina t'hanno cresciuta bene», commentò Rosetta.

Era evidente che il medico, o Celestino, avevano parlato di lei. E le dispiacque, perché non andava fiera di essere considerata un'angiolina.

«Io mi sono cresciuta bene da sola», replicò, immergendo le stoviglie in una catinella d'acqua calda.

Rosetta le sorrise. «Lo vedo che sei una brava ragazzina», si scusò.

Gli uomini erano usciti in giardino. Stavano seduti sotto una pergola di clematidi e discorrevano sommessamente. Peppino attizzava la pipa. Celestino sorseggiava acquavite.

«Cos'altro c'è da fare?» domandò Matilde, mentre Rosetta asciugava i bicchieri riponendoli, a uno a uno, dentro la credenza.

«Adesso andrai a letto di corsa. Oggi hai avuto una giornata faticosa e domattina alle otto verrà la maestra. È la signorina Ortensia. La conoscerai. È una specie di istituzione, in paese. Ha insegnato a fare le aste e i puntini, a leggere, a scrivere e a far di conto a tre generazioni. Anche al professore, che è nato qui. E anche al nostro figliolo, che è morto nella grande guerra. Quello solo, avevamo, e quello il Signore ci ha portato via. La stanza dove sei tu, era la sua», finì di raccontare, in un sussurro.

Matilde si coricò. Spense la luce e osservò la luna che, attraverso la finestra spalancata, la guardava con il suo faccione sorridente. Avvertì i passi pesanti dei domestici, lungo il corridoio. Raggiungevano le loro stanze. Si rigirò a lungo nel letto estraneo, senza riuscire a prendere sonno. Era già notte fonda quando sentì i cani uggiolare e dal giardino salì la voce del professore che ordinava loro di quietarsi. Percepì il rumore della porta d'ingresso che si apriva e poi il suono del chiavistello che si chiudeva. Infine, il silenzio.

«È tornato», disse Matilde alla luna. Chiuse gli occhi e si addormentò.

Si svegliò quando il sole stava nascendo. Aprì la porta, uscì nel corridoio e, a piedi scalzi, entrò nella stanza da bagno. Riempì la vasca e si lavò. Poi tornò nella sua stanza e indossò un abitino nuovo. Era a quadretti bianchi e blu. Aveva le taschine a forma di cuore e un colletto di piquet bianco. Si pettinò con cura, poi scese in cucina.

Rosetta aveva acceso la stufa e stava preparando il caffè. Su un vassoio c'erano piattini di porcellana che contenevano riccioli di burro, miele dorato e fette di pane tostato nel forno. E una ciotola di albicocche.

«Buon giorno», disse Matilde.

«Vedo che ti sei svegliata presto», osservò Rosetta. «Certo che stamattina sembri proprio un fiore. Sei molto elegante.»

«Grazie», replicò Matilde con aria compunta. «Che cosa posso fare?»

«Devi mangiare. Il padrone ti aspetta. Ho apparecchiato in veranda.»

«Mangerò con lui?» esitò.

«Questi sono gli ordini», disse la cameriera, deponendo due tazzine e la lattiera sul vassoio.

«Allora la colazione la porto io», si offrì afferrando i manici del vassoio. Credeva di essere mattiniera e scopriva che tutti si erano alzati prima di lei. Celestino era andato in paese a prelevare l'insegnante per Matilde. Peppino stava pulendo la conigliera. Rosetta aveva preparato da mangiare per tutti. Decise che il giorno seguente si sarebbe svegliata quand'era ancora buio. Voleva essere la prima ad alzarsi.

Alberto leggeva il giornale, al tavolo della veranda. Sopra un pigiama bianco indossava una vestaglia di cachemire blu. Sembrò non averla notata. Matilde, camminando quasi sulla punta delle scarpette nuove, depose il vassoio sul tavolo. Poi sedette di fronte a lui.

«Puoi cominciare con le albicocche», disse, senza guardarla. Matilde versò il caffè in una tazza e vi aggiunse del latte.

«E lei può cominciare con il caffè e latte», replicò. «Ci metto lo zucchero?»

Lui chiuse il giornale, la guardò e le sorrise. «Dormito bene?» le chiese. Non fece commenti sulla sua eleganza. Sembrava che Matilde fosse stata sempre così, con i capelli corti ben pettinati, l'abitino raffinato e le scarpe nuove.

«Lei è rincasato tardi», osò la ragazzina.

«È grave?»

«Non tanto. Solamente un pochino. Non sarei riuscita a dormire se lei non fosse tornato.»

Alberto annuì.

Matilde mangiò tutta la frutta. Poi prese del pane, lo spalmò di burro, lo coprì di miele e glielo porse.

«Mi stai viziando», tentò di scherzare.

«Quanti anni ha, professore?» domandò lei, all'improvviso.

«Quarantacinque», rispose Alberto.

«Sono tanti. Però non si vede che è così vecchio. Non fosse per i capelli bianchi, voglio dire.»

Il medico rise di gusto.

Venne Celestino ad annunciare l'arrivo della signorina Ortensia. Era una signora sull'ottantina. Vestiva un abito scuro, severo, un po' fuori moda. Si appoggiava a un bastone con il manico d'argento. Al collo pendeva una catenella che reggeva un *pince-nez*. L'unica civetteria si notava nei capelli, dichiaratamente tinti di rosso, raccolti in una crocchia fermata da spilloni di tartaruga, e nel viso imbiancato di cipria. Parlò brevemente con il medico, che nei suoi confronti aveva un atteggiamento ossequioso, mentre lei gli dava del tu. Poi Matilde le venne presentata e insieme decisero che un buon posto per lavorare fosse proprio la veranda.

«Prima di tutto vorrei capire quante cose sai, quali sono le nozioni che hai assimilato», esordì la maestra.

Il medico si era eclissato. Erano sole e alle parole dell'insegnante seguì il silenzio, anche perché Matilde non sapeva come replicare.

«Possiamo incominciare con un dettato, così avrò un'idea del tuo livello ortografico», proseguì la signorina Ortensia.

«Nel dettato sono sempre stata brava. Non potrebbe spiegarmi la storia dei Romani e dei Galli, o il Quarantotto con le barricate e le opere di Giuseppe Verdi?» chiese tutto d'un fiato.

«Bene, qualcosa sai. Dunque cominciamo dal dettato», decise l'insegnante. Prese dalla borsetta una scatolina d'argento, la aprì. Conteneva tabacco da fiuto mentolato. Ne prese un pizzico tra il pollice e l'indice, se lo portò alle narici e lo aspirò con un evidente senso di piacere. Dopo di che cominciò a dettare.

Furono quattro ore di lavoro intenso. A mezzogiorno Celestino riaccompagnò in paese la signorina Ortensia e Matilde pranzò di nuovo in cucina con i domestici. Il medico non si fece vedere per tutto il giorno. Matilde pensò che fosse uscito. Invece, le disse Rosetta, era nel suo studio a lavorare.

«Posso andare da lui?» domandò la ragazzina.

«Assolutamente no. Ci si presenta da lui solo quando chiama», rispose.

«E io cosa posso fare?»

«Va' dal Peppino che sta accudendo le bestie», suggerì la domestica.

C'erano oche, galline, conigli e i due cuccioli di pastore tedesco. Matilde giocò con loro. Riuscì a sporcare il vestito, a impolverare le calze, a sbucciarsi un ginocchio e a ridere di piacere quando i cani l'aggredivano leccandole il viso.

Le sembrava di rinascere. Era in campagna soltanto da un giorno e già il passato andava sfumando in una nebbiolina tremula mentre il presente la induceva a sperare in una nuova vita. Fece l'ennesima capriola sul prato e si risollevò felice.

All'improvviso un dolore lancinante le trafisse il basso ventre. Si spaventò. Piegandosi per la sofferenza raggiunse il portico, dove Rosetta sedeva a rammendare calzini.

«Sto male», si lamentò Matilde.

«Oh, Signore!» si allarmò la donna, lasciando cadere nel cesto dei panni la boccia di legno, l'ago e il ditale.

«Ma proprio male», soggiunse la ragazzina, con un filo di voce, aggrappandosi con una mano alla colonna di pietra.

«Avverto subito il professore», annunciò Rosetta.

«Non possiamo disturbarlo. Sta lavorando», osservò Matilde.

«Tu mettiti qui, seduta. So io quand'è il caso di chiamarlo. E da come ti vedo, questo è il caso», decise.

Matilde pensò che quello stupendo scenario, in cui si era ritrovata come per magia, fosse troppo bello per durare. Pensò anche di avere una malattia terribile per cui sarebbe certamente morta. Le venne da piangere. E in quel momento si ricordò di sua madre. Avrebbe voluto sentirsi circondata dall'abbraccio tenero di Adelina.

«Mamma, aiutami», supplicò a fior di labbra, mentre le lacrime le facevano velo.

«Ti aiuterò io», disse una voce maschile. Il professor

Brasca si chinò su di lei, la prese in braccio, la portò nel suo studio e l'adagiò sul sofà.

«Adesso facciamo una bella visita e intanto mi racconti che cosa ti senti.»

Rosetta le accarezzò i capelli e Matilde trasse un lungo respiro. Le sembrava di stare meglio.

«Forse non è niente. Anzi, sto già meglio. Ho sentito un dolore forte al ventre, come una stilettata», spiegò.

Alberto esercitò con le mani piccole pressioni sull'addome. «Dimmi quando senti male», suggerì.

Mentre le dita del medico scendevano verso l'inguine, il dolore si faceva più intenso.

«Che cos'hai mangiato a mezzogiorno?» le domandò.

Rosetta rispose per Matilde. «Riso in cagnone e lavarello arrostito. Come tutti.»

«Adesso ti provo la pressione», decise Alberto, prendendo dalla valigia il misuratore. Le fasciò il braccio, pompò aria, allentò la valvola e poi la lasciò sfiatare.

«È perfetta», dichiarò. E soggiunse: «Hai già avuto problemi di pancia? Hai fatto indigestione, qualche volta?»

Matilde annuiva o negava a seconda delle domande.

Alberto la scrutò a lungo, con aria pensosa. Poi sorrise.

«Rosetta», ordinò, «accompagnala in bagno e controlla se la natura ha seguito il suo corso.»

Matilde seguì docilmente la donna fuori dello studio. Poi si rifiutò di ripresentarsi davanti al medico. Si rintanò nella sua camera, rannicchiandosi nel letto.

Alberto dovette andare da lei. «Allora, signorina Matilde», esordì, «come va il mal di pancia?»

«Sta passando, professore», sussurrò lei, arrossendo.

«Scendi subito dal letto. Tu non sei malata. A guardarti, sembri ancora una bambina, ma sei diventata donna.»

«Lo so», disse Matilde, in un sussurro.

«Ora ti porto a fare un giro nel bosco. E appena cala il sole andremo sul lago. Ti insegnerò a remare.»

15

ANNA Lucchini morì in agosto. Alberto Brasca esitò a ricondurre Matilde a Milano. Anna era una presenza rassicurante per la sua piccola protetta. Il professor Lucchini gli disse che la direzione dell'asilo sarebbe stata presa da una nuora che aveva seguito da vicino il lavoro di Anna.

Matilde aveva superato l'esame di quinta elementare e, a parere della signorina Ortensia, era in grado di affrontare le scuole medie.

«Non ho cuore di riportarla in via Vincenzo Monti», confidò Alberto alla signorina Ortensia. «Lei, che cosa ne pensa?»

«A giudicare dall'affezione che porti alla piccola, ti suggerisco per lei un buon collegio svizzero», dichiarò l'anziana maestra.

«Sono d'accordo», convenne il medico.

Contattò diversi istituti senza decidersi a fare una scelta definitiva. Nel frattempo aveva iscritto Matilde alla scuola media di Varese.

Venne l'autunno e poi l'inverno. Alberto rinviava di mese in mese la scelta di un collegio, anche perché Matilde lo supplicava di non mandarla via.

«Sento, finalmente, di avere una casa. Rosetta, Peppino, Celestino, i cani e lei, professore, siete la mia famiglia. A scuola vado bene. In casa mi rendo utile. Perché vuole liberarsi di me?» gli domandava con lo stesso sguardo mite di Kabiria e Saladino, quando venivano rimproverati per qualcosa senza capirne la ragione.

«Non voglio liberarmi di te. Cerco invece la soluzione migliore.»

Avrebbe voluto spiegarle che voleva fare di lei una donna di classe con amicizie importanti e un avvenire sereno, ma sapeva che Matilde non avrebbe capito e avrebbe vissuto l'allontanamento come un rifiuto. Così, piano piano, l'idea del collegio decadde.

Dopo il ginnasio, Matilde fu iscritta alle magistrali.

Al mattino, inforcava la bicicletta e, con qualsiasi tempo, scendeva fino alla stazione dove prendeva il trenino per la città. Seguiva con profitto le lezioni e tornava in villa affamata.

Alberto prese l'abitudine di trascorrere sul lago la domenica, perché la compagnia di quella ragazzina lo ricompensava di tante amarezze. Di solito, arrivava in villa il sabato sera e, per l'occasione, cenavano insieme. Dopo cena, qualche volta Alberto scendeva in paese per incontrare gli amici, ma più spesso si ritirava nello studio, seguito dai cani e da Matilde che si accucciavano tutti ai suoi piedi. I cani s'acciambellavano, addormentandosi, Matilde gli mostrava i compiti fatti durante la settimana, gli chiedeva spiegazioni e gli poneva quesiti di ogni genere, ottenendo risposte esaurienti. Una volta osò chiedergli notizie della moglie e dei figli.

«È gente di mondo, Matilde», le spiegò Alberto. «Viaggiano, vanno ai ricevimenti, fanno salotto. Insomma, sono molto occupati.»

«Perché non vengono mai in villa?» domandò, incuriosita.

«Questo posto è troppo tranquillo. Considerano noiosa la vita di campagna», le disse.

Arrivò la primavera. Un giorno Matilde tornò da scuola e trovò una gran confusione in giardino e in casa. I cani erano irrequieti. Sul viale c'erano molte automobili. Dal salone veniva musica a tutto volume e c'era gente, all'interno.

Spaventata, aggirò la villa ed entrò dal retro in cucina. Rosetta si affannava intorno ai fornelli. Peppino portava su dalla cantina bottiglie di vino vecchio. Una donna del paese tirava la sfoglia con il mattarello.

«Che festa è?» domandò lei, posando a terra la cartella dei libri.

«Mettiti un grembiule e datti da fare», le ordinò Rosetta, con aria burbera.

«Vorrei una risposta», s'impuntò Matilde.

«Sono arrivati i signorini, da Milano. Un'improvvisata», brontolò Peppino. «E hanno portato con loro amici e fidanzate.»

«Sono piombati qui come un temporale», commentò la cameriera. «Dobbiamo cucinare per tutti. Spero che non gli venga l'idea di fermarsi anche per la notte», concluse. Sembrava furibonda.

«Sono venuti i figli del professore!» esclamò Matilde, incredula.

«E come sono belli», commentò la donna che tirava la sfoglia. «Si vede che sono dei signori. Io me li ricordo quando gattonavano in giardino e dovevo lavare mastelli di pannolini. Poi non si sono visti più.»

«Posso andare anch'io in salone?» domandò Matilde, che non sapeva se essere lieta o preoccupata per l'evento inatteso.

«Tu puoi solamente dare una mano. Vai ad apparecchiare per quindici. E, mi raccomando, fa' le cose a modo. La tovaglia di bisso azzurro, i piatti belli con i bordi d'oro e i bicchieri di cristallo. Tre bicchieri per ogni commensale», si raccomandò Rosetta.

Matilde ubbidì. Ricordando gli insegnamenti della domestica, fece del suo meglio per allestire una tavola elegante, muovendosi rapida e silenziosa. Mentre prendeva dalla credenza i bicchieri a stelo, di cristallo fine, ne ruppe uno. Le scivolò di mano infrangendosi sulla maiolica del pavimento.

La porta a specchi della sala da pranzo, che comunicava con il salone, si aprì. Fece capolino una giovane donna dagli occhi di velluto e dalle labbra rosso corallo. Indossava un abito bianco di maglia in lana. La gonna a pieghe aveva un bordo blu, come lo scollo della blusa lunga. Aveva un incarnato di porcellana e capelli neri che scendevano a onde sulle spalle.

«Tu, chi sei?» domandò, dopo averla attentamente osservata.

«Sono Matilde, per servirla, signorina», rispose lei, tremando per essere stata colta in fallo. Non sapeva come comportarsi con una signorina così elegante.

Alle spalle della giovane comparve un bel ragazzo. Assomigliava al professore, soltanto lo sguardo era diverso, duro e un po' beffardo.

«Ho rotto un bicchiere. Mi dispiace», arrossì Matilde, mentre si chinava a raccogliere i frammenti.

«Che cosa ci fai qui, Vittorina?» chiese il giovane.

«Mi ha detto che si chiama Matilde», riferì la ragazza. «Non è la prostituta che tuo padre ospita da tempo?» domandò sottovoce. Matilde la sentì.

«A un grand'uomo come lui, bisogna perdonare certe stramberie», replicò il giovane, ridendo.

La porta si richiuse.

Matilde piangeva mentre raccoglieva le schegge di vetro. Si tagliò un dito. L'asilo Angiolina le era rimasto sulla pelle. Era evidente che tutti conoscevano la sua storia. E da chi potevano averla saputa, se non dal professore? Si sentì tradita.

La comitiva chiassosa ripartì al tramonto, ma non servì a risollevare l'ansia dei domestici che, per tutto il tempo, avevano cercato inutilmente la ragazzina e, ora che erano rimasti soli, ripresero le indagini con maggior libertà. Matilde sembrava sparita nel nulla. Non era in casa e neppure nel giardino. In paese nessuno l'aveva vista. Forse era andata nei boschi. Rosetta e Peppino non avevano idea del motivo che l'aveva spinta a fuggire. Erano scomparsi anche i cani.

«Saladino e Kabiria sono con lei. Dunque, se si è perduta lungo qualche sentiero, riusciranno a riportarla a casa», disse il giardiniere, tanto per placare l'ansia. Tuttavia seguitò a cercarla.

Era ormai notte quando decisero che bisognava avvertire il professore.

«Io non ho il coraggio di dirglielo. Telefona tu», ordinò Peppino alla moglie.

«Metti che ritorni da un momento all'altro. Lo avremmo messo in ansia per niente. Piuttosto, avvertiamo i carabinieri», suggerì Rosetta.

«Ne verrebbe fuori un putiferio. Sarà il padrone a decidere.»

Gli telefonarono. Alberto arrivò in villa quand'era passata la mezzanotte e di Matilde non c'era traccia.

Il medico era furibondo. Fece mille domande esigendo spiegazioni che nessuno era in grado di dargli. Non sapeva neppure che i suoi figli fossero stati lì con gli amici.

«Sono stati loro a farla scappare», concluse infine.

«Io credo che si sia mortificata per aver rotto un bicchiere», sostenne Rosetta, cui mancava il coraggio di raccontare che, mentre serviva il pranzo, la fidanzata di Alessio disquisiva sulla ragazza con parole poco rispettose. I giovani ridevano e qualcuno chiedeva con insistenza di vedere la «prostituta».

Fu allora che Alberto si rese conto quanto Matilde fosse diventata importante per lui. Con il giardiniere e Celestino, muniti di torce, fece il giro della collina, scese in paese e perlustrò la riva del lago. Emetteva, di tanto in tanto, il fischio modulato con cui era solito richiamare i cani. Tremava all'idea che la ragazza fosse annegata, imprecava contro quei mascalzoni dei suoi figli ed esitava a denunciare la scomparsa alle autorità. Percorse il pontile d'attracco per le barche. Al suo richiamo gli rispose un guaito. Alberto orientò il fascio di luce verso l'uggiolio che si ripeteva e vide i musi scuri dei cani emergere dal telone che copriva la sua barca. Le bestie, tuttavia, non si mossero. Afferrò la cima dell'imbarcazione mentre Peppino, con un salto, saliva a bordo e scopriva il telo. Matilde, rannicchiata sul fondo, dormiva accanto a Saladino e Kabiria.

Alberto era combattuto fra la collera e la gioia. Entrò nella barca, sollevò tra le braccia la ragazza e, seguito dai cani e dai domestici, tornò verso casa.

Non disse una parola, non fece commenti. La mise sul letto, le tolse le scarpe e la coprì. Rosetta si accorse che il padrone era commosso.

«Domattina l'accompagno io a scuola», disse semplicemente, lasciando la camera in punta di piedi

16

La primavera era esplosa nel giardino con una festa di colori e di profumi. Lungo i colonnati s'infittivano rose rampicanti dalle forme antiche e dalle tinte sfumate. Nelle aiuole svettavano iris, emerocalle e gigli. I gladioli, le fresie e le dalie erano ancora imprigionate nei boccioli verdi, in attesa di aprirsi, mentre le begonie e le camelie stavano concludendo il loro ciclo di fioritura. Peppino, il capo protetto da un cappello di paglia, pazientemente rastrellava l'erba appena tagliata e ne faceva tanti mucchi che avrebbe poi trasportato con la carriola e utilizzato come foraggio per i conigli.

Matilde, accucciata sul prato, strappava le erbe invasive per impedire che soffocassero la crescita della dicondra che rivestiva, come un tappeto, l'area intorno al gazebo dov'era solita trascorrere, in estate, l'ora del tramonto, contemplando la nebbiolina che si levava dal lago e l'ultima luce d'oro sulla cresta dei colli. Giunse dalla villa il suono della campanella.

«Ora di pranzo», annunciò il giardiniere mentre si toglieva il cappello e passava un fazzoletto sulla fronte madida di sudore.

«Ho sentito. Non sono mica sorda», ribatté Matilde,

continuando il suo lavoro. Amava fare pulizia dentro e fuori di casa. Niente le sembrava mai abbastanza lucente: i bicchieri, l'argenteria, gli specchi, i pavimenti, il prato.

«E allora sbrigati», la sollecitò il vecchio. «Altrimenti il risotto diventerà lungo come la mia fame.»

«Uffa! Nessuno mi lascia mai in pace», protestò raddrizzandosi in tutta la sua altezza. «A volte mi chiedo dove trovo la pazienza di sopportare un vecchio brontolone come te», soggiunse, avviandosi a lunghe falcate verso la casa.

Fu allora che i cani, dalla loro postazione all'ombra, scattarono contemporaneamente in piedi e presero a correre lungo il viale di ghiaia in direzione del cancello da cui entrava una macchina.

«Oh, Signore, è arrivato il padrone», esclamò il giardiniere, abbandonando la carriola.

Rosetta s'affacciò dalla villa, asciugandosi le mani con una cocca del grembiulone che le fasciava i fianchi.

«Peppino, va' subito in cantina a prendere il vino», gridò al marito. Poi si rivolse a Matilde: «E tu, signorina, non stare lì impalata. Datti da fare».

Matilde raggiunse il viale, mentre una Lancia nera usciva da una curva fiancheggiata da rigogliose azalee. L'auto si fermò e ne scese Alberto. La ragazza mosse alcuni passi per andargli incontro.

«Fermati dove sei», ordinò il medico sorridendole. L'autista, intanto, aveva avviato la macchina e raggiungeva l'ingresso della villa.

Matilde tolse il cappello di paglia e scosse il capo facendo ondeggiare la massa compatta dei lunghi capelli ramati. Portava sempre il cappello, in estate, per evitare che le lentiggini si moltiplicassero e la carnagione bianchissima si arrossasse. Indossava una blusa di organza rosata e pantaloni bianchi di mussola che fluttuavano sulle gambe lunghissime. Portò una mano alla fronte per schermare gli occhi dal sole del mezzogiorno e sorrise a sua volta.

«Perché devo fermarmi?» domandò.

«Sei bellissima. Sembri fatta con i petali del fiore di pesco», esclamò Alberto.

Celestino stava scaricando dal baule della macchina una serie di pacchi che Rosetta portava in casa. I cani facevano un carosello intorno alle gambe del padrone e gli rivolgevano sguardi adoranti, aspettando una carezza.

Matilde corse incontro al professore e lo abbracciò mentre i cani abbaiavano festosi avventandosi su di loro.

Alberto rise felice di quella gran confusione. «Tu e i cani siete peggio di un terremoto», esclamò, divertito.

«Sono sei settimane che non la vedo. Credevo si fosse dimenticato di me», si lamentò Matilde, avviandosi con lui verso la villa.

«Posso servire il pranzo, professore?» domandò Rosetta.

«Mangerò in cucina, con voi», decise il medico, mentre si toglieva la giacca e si arrotolava le maniche della camicia fino al gomito.

«Avessimo saputo del suo arrivo, avrei cucinato qualcosa di speciale», si scusò la domestica. «E Matilde avrebbe preparato la torta con le uvette. È diventata brava a cucinare i dolci.»

«Abbiamo solamente minestra di riso e frittata con le punte delle ortiche che ho raccolto io», precisò Matilde.

«Quello che va bene per voi va benissimo anche per me», asserì il medico che non si decideva a staccare lo sguardo dalla ragazza.

L'aveva portata lì per un soggiorno di qualche settimana. Erano trascorsi sette anni ed era ancora lì. La bambina difficile, scontrosa, disperata che Anna Lucchini gli aveva affidato era diventata una diciottenne gioiosa, ciarliera, spigliata, che animava con la sua presenza la quiete sonnolenta della villa sul lago.

Alberto l'aveva vista crescere e diventare donna sbocciando come un fiore di rara bellezza.

Era rimasta un po' selvaggia. Le piaceva perdersi nei boschi e andare a pesca sul lago. Qualche volta la tristezza le velava lo sguardo. In quei momenti si estraniava da tutti. Anche i domestici rispettavano i suoi silenzi. «Lasciamola tranquilla», diceva Rosetta al marito. «Ha le sue malinconie e bisogna capirla. Tutto quello che ha passato non si cancella con un colpo di spugna.»

«Quello che mi stupisce è il disinteresse della famiglia del padrone per questa poverina», si rammaricava il giardiniere.

«Certo che, dipendesse da loro, sarebbe su una strada», osservava Rosetta.

Per i due domestici, Matilde aveva preso il posto del figlio perso in guerra. Sapevano che la sua presenza, in quel luogo, era precaria. Dipendeva soltanto dalla volontà del padrone continuare a ospitarla o mandarla via. Pensavano che, se la signora Brasca avesse voluto, il professore l'avrebbe adottata come figlia.

«Un giorno», pronosticava Rosetta, «il padrone troverà per lei il marito adatto. Matilde si sposerà, andrà a stare chissà dove e non la vedremo più.»

«Ma dovrà essere un marito con tanti soldi, perché ormai è abituata bene», diceva Peppino, cui dispiaceva l'idea di non avere più intorno quel terremoto di ragazza.

Da qualche tempo Rosetta s'era accorta che alcuni ragazzi del paese la corteggiavano con discrezione e non sapeva se esserne lieta o preoccupata. Matilde, però, non sembrava avvedersene. Un giorno, la domestica decise di parlarne con il padrone.

«C'è un rondone del paese che svolazza intorno alla nostra Matilde», gli aveva rivelato.

Alberto si era messo in allarme.

«Chi è?» domandò sospettoso.

«Il figlio del farmacista, quello che studia a Pavia. Ogni volta che la piccola torna da scuola, lui fa in modo di trovarsi alla stazione e poi pedala con lei fino a qui», raccontò la donna. «Certo, tutto si può dire di quella piccola peste, tranne che sia maliziosa», soggiunse, con un certo compiacimento.

«Non mi piace. Questa storia non mi piace», decretò il medico. Sapeva bene quello che un ventenne di buona famiglia cercava in una ragazzina senza famiglia, soprattutto se era bella come Matilde. Non le disse niente. Parlò invece con il farmacista e il «rondone» smise di farsi vedere. Ora, sedendo con i domestici al tavolo di cucina, chiacchierava animatamente raccontando del suo recente viaggio a Nuova York.

«Due settimane in nave, per andare e tornare», raccontava. «Ci sono cose, in America, che noi non immaginiamo. Il traffico è allucinante. I grattacieli sono alti da far paura. La gente di giorno lavora in città e la sera torna a casa coprendo distanze come quella da Milano a qui. Si spostano tutti con l'automobile oppure con la metropolitana, che è molto più estesa e moderna di quella di Parigi. Alloggiavo in un grande albergo sulla Quinta Avenue. Mi avevano dato un appartamento al quarto piano e non riuscivo a dormire per il frastuono delle macchine. Mi sono fatto spostare al quindicesimo piano e finalmente sono riuscito a riposare.»

Lo ascoltavano allibiti e Matilde non smetteva di fare domande.

«Se prenderai il diploma di maestra, per premio ti porterò a fare un lungo viaggio con me», promise Alberto.

Avevano terminato il pranzo e sedevano, soli, nella veranda. Matilde, come sempre, accucciata ai suoi piedi con i cani.

«Davvero, professore, farebbe una cosa simile per me?» domandò incredula.

«Perché, non dovrei?»

«Perché forse, alla sua famiglia, non farebbe piacere che lei portasse con sé, in America, un'orfana che da troppo tempo approfitta della sua generosità», disse tutto d'un fiato.

Da tempo si era lasciata alle spalle l'infanzia e adesso cominciava a porsi interrogativi e a nutrire dubbi sul suo futuro.

«In tutta franchezza, Matilde, devo dirti che non me ne importa nulla di quello che pensa la mia famiglia. Così come ai miei figli e a mia moglie importa molto poco di quello che penso o faccio. Questa è la verità», confessò lui, con rammarico.

Matilde lo osservò pensosa.

«Che altro vuoi dirmi? Ti conosco bene, ragazzina. Qual è il problema?» le domandò guardandola con dolcezza.

«Non lo so neppure io. Sono inquieta, nervosa. Non so perché.»

«Quando lo saprai, affronteremo insieme la situazione, come abbiamo sempre fatto. Se può servire a rasserenarti, sappi che sono fiero di te. Tra un anno diventerai maestra. Avrai una professione che ti consentirà di vivere dignitosamente. Quanto al resto, io ti starò sempre vicino per aiutarti. Non ti perderò mai di vista, perché tu fai parte della mia vita», dichiarò Alberto, chinandosi a scompigliarle i capelli.

Matilde alzò le braccia, gli circondò il collo stringendosi a lui e prese a baciargli il viso con un trasporto inaspettato per entrambi. Quando le loro labbra si incontrarono, sembrò loro che quello fosse l'attimo per cui era valsa la pena attendere per sette lunghissimi anni.

17

FU un bacio lungo e appassionato cui si abbandonarono nel silenzio della controra, percorso da una brezza calda e lieve.

Già al mattino, arrivando alla villa, nel momento in cui Matilde gli era corsa incontro, Alberto era rimasto stordito dalla sua bellezza. Eterea e sensuale, la ragazza era ormai alta quasi quanto lui. Aveva il corpo sottile e flessuoso, la pelle dalle trasparenze delicate, il volto rosato, i lineamenti perfetti esaltati dalle piccole efelidi che punteggiavano il naso e le gote, i capelli infuocati che scendevano in larghe onde ad accarezzarle il lungo collo e le spalle.

Aveva deciso di rivederla dopo le fatiche di un lungo viaggio di lavoro negli Stati Uniti e una burrasca famigliare scatenata da sua nuora, Vittorina Pulitanò che, avendo scoperto l'ennesima infedeltà del marito, era decisa a separarsi. Lucetta aveva colto l'occasione per rovesciare su di lui la colpa della immaturità di Alessio e anche quella di Pietro, il secondogenito. Già che c'era, lo aveva anche incolpato della propria infelicità dovuta all'abbandono dell'amante che le aveva preferito una donna più giovane.

Durante la notte, Lucetta si era infilata nel letto di Alberto e ne era scaturita una scena pietosa, perché lui si era sottratto al desiderio della moglie andando a rifugiarsi nello studio. Lei lo aveva seguito, allungando il rosario delle accuse.

«Tu mi sfuggi perché hai un'altra donna», lo aveva accusato Lucetta.

«Sono vent'anni che non dividiamo più lo stesso letto. Da dove ti viene questa improvvisa passione?» aveva reagito lui.

«Volevo solamente verificare se te la facevi con la puledra che tieni in campagna. Adesso so per certo che è la tua amante», aveva dichiarato lei.

Era partito uno schiaffo di cui si era immediatamente pentito. Non era riuscito a tollerare un insulto all'innocenza di Matilde e alla limpidezza del loro rapporto.

«Credi davvero che tutte le donne ti assomiglino?» le aveva chiesto con aria di sfida.

«Potrei creare uno scandalo. Lo sai? Potrei far mettere alla porta quella prostituta quando voglio», lo aveva minacciato.

La rabbia di Alberto era sfumata in una risata. «Questo è davvero il colmo. Se tu non fossi la donna infelice che sei sempre stata, attribuirei questi tuoi livori alla menopausa. Giovanni Pulitanò ti ha lasciata e vuoi rifarti su di me. Non ti è mai venuto il sospetto che l'immaturità dei tuoi figli dipenda dall'avere avuto una madre come te?»

L'aveva messa alla porta e si era chiuso a chiave nello studio. Naturalmente non era riuscito a dormire. Così, si era rivestito ed era andato in ospedale, nel cuore della notte.

Aveva fatto il giro delle corsie, spiando il sonno dei suoi piccoli pazienti. Al mattino, dopo le visite in reparto con i suoi allievi, aveva telefonato a Celestino perché venisse a prenderlo e lo portasse nella sua villa in campagna. Lui era troppo stanco per guidare.

Aveva deciso di concedersi una settimana di riposo. Nel frattempo sperava che la burrasca in famiglia sarebbe passata e si augurava che Lucetta trovasse un'altra vittima su cui sfogare i suoi isterismi. Ora, mentre baciava Matilde, capì che sua moglie, con un intuito tutto femminile, aveva letto in lui il sentimento che provava per quella ragazza. La desiderava con tutto se stesso. Tuttavia, facendo appello al buon senso, tentò di prendere subito le distanze da lei. Afferrò la ragazza per i polsi e si sciolse dal nodo delle sue braccia.

Le sorrise, tentando di minimizzare l'accaduto. «Ehi, ragazzina, queste effusioni dovrai riservarle al tuo ragazzo, quando ne avrai uno. Non a questo vecchio medico.»

Era spaventato dalla passione che rischiava di travolgere le loro vite, annullando tutto quanto di buono avevano costruito insieme in tanti anni. Si pentì di non averla mandata in collegio a suo tempo.

Matilde gli rivolse uno sguardo implorante. «Perché?» chiese. Poi sussurrò, arrossendo: «Io ti amo, professore».

Queste parole, finalmente dette, le diedero la misura di un sentimento a lungo cullato e mai confessato. Adesso sapeva che i numerosi giovani che da tempo la corteggiavano l'avevano lasciata indifferente perché il suo cuore apparteneva da sempre ad Alberto.

«Che cosa ne sai tu, dell'amore?» le chiese lui, con un'ombra di tristezza nella voce. «Io credo che tu stia scambiando per amore la gratitudine, l'amicizia, l'affetto che ci lega da anni.»

Matilde provò un senso di irritazione che la fece reagire: «Con quale diritto giudichi i miei sentimenti?»

«Sei la solita piccola peste. Ma non cadrò nel tuo tranello. Ho più di cinquant'anni. Tu nei hai appena diciotto. Se ti assecondassi, mi considererei un vecchio satiro. Mia piccola Matilde, tu meriti di meglio e di più di questo attempato dottore che ti vuole bene», disse Alberto guardandola con tenerezza.

Lei era furibonda. Quell'uomo buono, generoso, bello, respingeva la felicità che avevano a portata di mano.

«Se la pensa così, non voglio più restare in questa casa. Non accetto la presenza di un uomo che mi ama e non ha il coraggio di ammetterlo», dichiarò con rabbia.

Scese i gradini della veranda e corse, attraverso il prato, fino al gazebo. Tra le colonnine coperte d'edera guardò le acque scure del lago dove il sole creava un luccicante brulichio. Il silenzio del pomeriggio era sottolineato dal canto assordante delle cicale che esaltava la sua disperazione. Si chiedeva dove potesse andare per sottrarsi a una situazione divenuta, all'improvviso, insostenibile. Non aveva nessuno al mondo, tranne lui.

Allora le venne in mente Ermelinda. Qualche volta si scrivevano. La donna concludeva sempre le sue lettere dicendo: «La tua amica, sulla quale potrai sempre contare».

«Me ne andrò», disse a voce alta.

«Non andrai da nessuna parte. Non senza di me. Che senso avrebbe la mia vita se tu non mi fossi accanto?» la sorprese Alberto, arrivando silenzioso alle sue spalle.

Matilde non si mosse. Lui le posò una mano sulla nuca. Rabbrividì a quel contatto. Alberto aveva mani bellissime. «Taumaturgiche», come lei amava definirle.

«Guardami, piccola», le sussurrò.

Lei si girò a guardarlo.

«Ti sembra davvero che questo vecchio sia degno di te?» le chiese dolcemente, accarezzandole il viso. Aveva gli occhi lucidi di commozione. Spalancò le braccia e Matilde si rifugiò sul suo petto. Rimasero stretti l'uno all'altra, senza parlare.

Poi, attraversarono il prato ed entrarono in casa.

I domestici, durante la controra estiva, riposavano nelle loro stanze. Alberto salì le scale prendendola in braccio, entrò nella sua camera, la depose sul grande letto coperto di piquet bianco e, lentamente, la spogliò.

Dalle persiane chiuse filtravano lame di sole che disegnavano strisce di luce e di ombra sulle pareti, sul letto, sui loro corpi nudi. Nel piacere che li unì, lei dimenticò la paura e cancellò ricordi terribili.

«Voglio farti fare un ritratto», disse Alberto, tenendola fra le braccia.

«Mi hai già fatto tante fotografie. Le conservo in un album», replicò.

«Sto parlando di un dipinto. Voglio un buon pittore per te.»

«Non sono così sicura di voler posare», si schermì lei.

«Ci penseremo», tagliò corto Alberto, assillato da un pensiero terribile: «E adesso, chi mi darà la forza di staccarmi da te e tornare a Milano?»

«Già. E io, come troverò il coraggio di affrontare Rosetta, Peppino, Celestino?» lo incalzò.

Alberto la strinse a sé, cullandola. Come tutti gli innamorati, avrebbe voluto escludere il resto del mondo, perché nessuno era necessario a loro, se non loro stessi. Aveva ormai la certezza che Matilde fosse la donna che il destino aveva tenuto in serbo per lui, e che tutto quello che aveva fatto nella vita fosse stato finalizzato al loro incontro. Pensò che, nei disegni misteriosi della sorte, fosse stato da sempre concepito, per lui, quel silenzioso pomeriggio estivo, la fresca penombra della stanza e quella stupenda diciottenne che dava finalmente una forma compiuta ai lunghi anni d'attesa. Matilde era il fiore di una pianta rara che era sbocciata per lui.

Ricordò il corpicino esile, malnutrito, martoriato dalle percosse, che aveva raccolto nell'atrio della sua casa, in via Verdi. Ricordò la creatura febbricitante, nell'ospedale dei bambini, che aveva lottato per giorni tra la vita e la morte, stremata dai maltrattamenti, dagli abusi di un padre violento. La sorte gliela aveva affidata e lui aveva fatto tutto quanto era in suo potere per darle una vita migliore. Ora che ne aveva fatto la sua donna, poteva ancora garantirle una uguale serenità?

«I domestici sono davvero un problema?» le domandò, pensoso.

Matilde annuì.

«Lo risolveremo subito. Rivestiti», le ordinò.

Scesero insieme al piano terreno ed entrarono in cucina. Rosetta stava lavando nell'acquaio la verdura per il minestrone della sera. Alzò gli occhi su di loro e si stupì di vederli abbracciati.

«Da questa notte, Matilde dormirà nella mia camera. Che io sia in villa oppure no, perché ora è anche la sua camera», annunciò Alberto, con semplicità.

«Oh, Signore!» balbettò la donna, impallidendo. Si portò una mano bagnata alla fronte, come se volesse cancellare una realtà difficile da accettare.

«Matilde è già abbastanza preoccupata. E anch'io lo sono, se devo dirti la verità», confessò Alberto.

«Con tutto il rispetto che le devo, mi lasci dire che non me lo aspettavo», sbottò la domestica.

«Preferiresti che nascondessimo i nostri sentimenti? Hai paura che io possa fare del male a Matilde? Temi per la mia famiglia? Capisco il tuo stupore, che è anche il nostro», spiegò Alberto.

Rosetta rimase silenziosa. Poi s'avvicinò a Matilde e con un braccio le circondò le spalle in un gesto protettivo.

«Adesso questa piccolina è felice. Ma domani, che cosa ne sarà di lei?» osò interrogarlo.

«Mi preoccuperò di lei domani, dopodomani e tutti i

giorni che verranno per il resto della mia vita», affermò Alberto.

«Non si potrebbe tenere la cosa segreta, almeno per un po'?» osservò la donna che già cominciava ad accettare il fatto nuovo.

«Sarebbe come ammettere che siamo colpevoli e che abbiamo paura di quello che penserà la gente», replicò Alberto.

«Lei è una persona istruita e un galantuomo. Se la pensa così, avrà le sue ragioni. Io, per me, non fiaterò», concluse Rosetta, rimettendosi a lavare la verdura.

Alberto ripartì per Milano dopo una settimana e fu davvero difficile per entrambi separarsi, anche se sapevano che presto sarebbero di nuovo stati insieme.

La domenica, Matilde andò a messa in paese e volle confessarsi. «Reverendo, mi perdoni perché ho peccato», sussurrò attraverso la grata, ignorando di ripetere le stesse parole pronunciate da sua madre quand'era cominciata la sua storia con Delmo.

18

MATILDE salì sul treno Milano-Parigi, preceduta da Alberto e seguita da un facchino che portava i loro bagagli. Era dicembre. Il vento gelido si insinuava sotto le volte altissime della Stazione Centrale che brulicava di viaggiatori. Rabbrividì sotto la pelliccia di castoro biondo e per qualche istante desiderò di essere ancora nella villa sul lago, dove tutto le era familiare. Si sentì in colpa per i giorni di studio che avrebbe perduto, per aver lasciato soli il giardiniere e la moglie, per i cani che avrebbero sofferto per la sua assenza. Si sentì impaurita da quella nuova avventura che la portava lontano, verso una terra sconosciuta, avendo Alberto come unico punto di riferimento. Quando lui le aveva annunciato il viaggio, aveva avvertito a fior di pelle un formicolio di piacere. Adesso era spaventata. Istintivamente allungò una mano per afferrare il braccio del suo compagno. Il medico si voltò e le sorrise. Il capotreno aprì la porta di uno scompartimento del vagone letto.

«Questo è per la signorina», disse, facendosi da parte, così che Matilde potesse entrare. «E qui accanto c'è lo scompartimento del signore», soggiunse, mentre spalancava una porta che metteva in comunicazione i due ambienti.

Il facchino divise i bagagli di Matilde da quelli del medico, mentre il capotreno proseguì con le istruzioni.

«Questo è il lavabo con acqua calda e fredda, e nello stipo superiore c'è la bottiglia dell'acqua fresca e i bicchieri. Spero che il riscaldamento sia sufficiente. La cena sarà servita alle otto nella carrozza ristorante. Per qualunque altra necessità basta premere questo campanello: sono al loro servizio», concluse. Alberto allungò mance al facchino e al capotreno. Chiuse le porte dei due scompartimenti, che davano sul corridoio, si liberò del cappotto e del cappello, poi aiutò Matilde a levarsi la pelliccia.

«All'improvviso sei ammutolita», disse, guardandola negli occhi.

«Sono un po' confusa», sussurrò lei.

«Dovrai abituarti ai viaggi. La prossima estate andremo in America. Ma prima ancora, per Pasqua, ti porterò a Londra. Non voglio più andare lontano senza di te», spiegò.

Bussarono alla porta. Era un cameriere. «Fiori per la signorina e champagne per il signore», annunciò.

«Chi li manda?» domandò Matilde, affondando il viso in un bouquet di pallide rose e piccoli gigli.

«Il signore», disse il cameriere. E soggiunse con aria professionale: «Quando andranno a cena, provvederò a far preparare i letti».

«Mi vizierai sempre così?» domandò Matilde, sorridendo.

«Molto di più, mia piccola peste. Ciò che posso offrirti non riuscirà mai a compensare tutto quello che ricevo da te.» La baciò, insinuando una mano sotto la giacca del tailleur blu per accarezzare la seta della camicetta e sentire il tepore del suo corpo.

«Mi offri valanghe d'amore, di vestiti, di libri, di fiori. Mi porti al cinematografo, a teatro. Passi le notti facendo la spola tra il lago e l'ospedale, invece di riposare come dovresti. Hai sacrificato per me la tua vita di relazione, i tuoi amici, i tuoi impegni sociali. Sopporti le critiche della tua famiglia. Io non faccio niente per te», osservò Matilde.

«Tu mi hai ridato i miei vent'anni. Da tanto tempo non giocavo più a tennis, non correvo in bicicletta, non andavo a sciare, non mi rilassavo la sera in poltrona con una mano gentile che mi accarezza. Tu non sai il piacere che provo solo a guardarti, o quando mi leggi le pagine di un romanzo che ti piace. Oltre a ciò, mi riservi ancora la gioia del tuo corpo che si adatta così bene al mio. Quando ci amiamo, è tutto così perfetto da sfiorare la commozione», ammise.

«E quando ti parlano di me come fossi tua figlia? Ti piace, questo?» lo sfidò, divertita.

«In tutta sincerità, solletica il mio orgoglio di maschio. Mi piace da impazzire», confessò.

Risero entrambi. Uno strattone brusco e il fischio della locomotiva li avvertirono della partenza. Matilde si aggrappò a lui.

«Mi sento come un albero che qualcuno sta per sradicare», sussurrò.

«È la sensazione che accompagna ogni partenza. Non siamo un popolo nomade», disse Alberto. Stappò la bottiglia di champagne e lo versò nelle coppe. «Dobbiamo brindare al tuo primo viaggio», disse. «E alla sorte, che non ci separi mai.»

Durante tutta l'estate e nel lungo autunno avevano trascorso insieme il poco tempo libero di Alberto estraniandosi dal mondo, felici della loro intimità, circondati dalla complicità discreta dei domestici e dal rammarico degli amici del paese che, in quegli anni, si erano abituati alla compagnia dell'illustre clinico. «Quella ragazzina gli ha dato alla testa», sussurravano tra loro, non senza una certa invidia.

In realtà Alberto non aveva affatto perduto il senno, aveva invece riscoperto il piacere di vivere. Aveva fatto una scelta e, come sempre gli era accaduto, l'avrebbe portata avanti fino in fondo.

Aveva lasciato l'appartamento di via Verdi, che aveva diviso con Lucetta e i figli durante i venticinque anni di matrimonio, e si era trasferito in via Bigli, nel palazzo di sua madre, Cristina Brasca nata Odescalchi.

L'anziana contessa lo aveva accolto, secondo il suo stile, con serenità. «Parlami di lei», gli aveva detto. «Voci di salotto sostengono che sia bellissima.»

«Non dare credito, mamma, alle voci dei salotti», replicò Alberto.

«So bene quanto valgono», convenne la signora.

«Infatti nessuno l'ha mai vista, in città. Comunque è vero che è molto bella, ma lo era anche Lucetta, quando la sposai. Matilde è diversa. È forte, volitiva, sincera. Ti piacerebbe, se la conoscessi.»

«Ogni cosa a suo tempo. Dimmi che cosa c'è di vero nel suo passato di angiolina.»

«È lì che l'ho raccolta. Volevo la figlia che Lucetta non mi ha mai dato. E solo dopo, quando la bambina disperata è diventata una donna, ho capito di aver sempre cercato in lei la mia compagna», confessò Alberto.

«Molto intellettuale, e anche poetico», commentò la madre. «Ma, dal momento che ti sei messo contro tutti, avrai il mio appoggio incondizionato», decise la signora che era abbastanza ricca e influente per non tenere in alcun conto l'opinione degli altri.

«Mi dispiace che si facciano tante chiacchiere», si rammaricò lui.

«Mi sembrano legittime. Quando la noia sconfiggerà i pettegolezzi, allora vorrò conoscere questa meraviglia», decretò la madre.

Ma intanto le chiacchiere proliferavano e si arricchivano di particolari sempre più fantasiosi. Salviati, il barbiere, che ora si presentava di prima mattina in via Bigli, ci teneva ad aggiornare il medico sull'andamento della situazione.

«Il commendator Brambati si è fatto un'amante giovane e la signora Brambati inveisce contro di lei, professore. Dice che lei è un pessimo esempio per tutti i mariti, se posso permettermi di riferire le parole testuali», rivelò un mattino.

Alberto, il viso coperto di schiuma, sorrise accarezzando la testa di Nestore, che sottolineava i pettegolezzi del barbiere sbuffando ed emettendo sordi brontolii.

Le cronache di Salviati proseguivano, intervallate a volte da domande ansiose sul proprio stato di salute.

«Quando vado un po' di corsa, sento come un fischio in gola. È grave, professore?»

«Salviati, lei deve fumare di meno, parlare di meno e lavorare di meno. Non è più un ragazzino», replicò Alberto.

«Ho giusto cinquant'anni, come lei, professore.»

«Solo che io ne dimostro quaranta e lei sessanta.»

«Non è che mi farebbe una visitina?»

«Va bene. Uno di questi giorni le do un'occhiata. Adesso si sbrighi, perché si fa tardi», lo sollecitò Alberto togliendosi dal viso i pannicelli intrisi d'acqua bollente.

Aveva un nuovo cameriere, Gino. Celestino era rimasto in villa con il compito di fare da autista a Matilde. Per lei aveva acquistato una nuova automobile. Il domestico fidato doveva anche insegnarle a guidare.

Ora, mentre il treno stava uscendo dalla stazione e superava sferragliando un dedalo di binari, lo rassicurava sapere che l'indomani avrebbero trovato Celestino a Parigi, a riceverli.

Per Matilde aveva fatto riaprire la palazzina in stile neoclassico, che apparteneva a sua madre, in prossimità di Neuilly. Alberto avrebbe seguito i lavori di un congresso di fisiatria e Matilde, accompagnata da Celestino, avrebbe scoperto Parigi e le sue favolose vetrine. Avrebbero festeggiato insieme il Natale, nell'intimità della casa, e sarebbero tornati in Italia al termine delle vacanze, in tempo per la ripresa delle scuole.

Dal corridoio del vagone letto arrivò il suono di una campanella e una voce che annunciava che la cena era servita.

«Mi sembra di vivere in un film, o in un romanzo», osservò Matilde mentre sfilava dal bouquet di fiori una rosa e l'appuntava al bavero della giacca.

«Non so se sarà sempre così esaltante, ma ti garantisco il lieto fine», assicurò Alberto, scortandola verso la carrozza ristorante.

«Il lieto fine sarebbe: 'E vissero per sempre felici e contenti'?» domandò lei.

«Ne conosci uno migliore?» la incalzò lui.

Sedettero al tavolo, illuminato da un abat-jour rosato. Sulla tovaglia di lino damascato c'era un minuscolo vaso di fiori.

Matilde allungò una mano e la posò su quella di Alberto. «Non si vive mai felici e contenti per sempre. Non sono più una bambina alla quale devi raccontare una favola. Un finale migliore, anche perché più realistico, sarebbe: 'E morirono insieme, amandosi, l'uno nelle braccia dell'altra'», disse, sottovoce.

«È questo che vorresti?» si stupì Alberto.

«No, se penso al presente. Sì, se penso agli anni che verranno.»

«Allora pensa soltanto al presente e leggi il menù. Ci sono ostriche per antipasto. Tu non le hai mai mangiate e io te le sconsiglio. Non è vero che facciano bene all'amore, mentre è certo che fanno male allo stomaco.»

«Va bene, professore. Niente ostriche», convenne lei.

«Però, una potresti assaggiarla. Così saprai che sapore hanno.»

«Dimmelo tu.»

«Io non lo so. Le ostriche mi hanno sempre fatto schifo. Come le cervella, il rognone, le lumache e le rane.»

«Come l'aglio, la cipolla cruda, i cetrioli e il brodo di tartaruga», incalzò Matilde.

«Quando hai bevuto brodo di tartaruga?» s'insospettì Alberto.

«Mai. Mi fa schifo solo il nome», rispose lei.

Risero divertiti, consapevoli che se il lieto fine non esiste, esiste tuttavia un modo lieto per arrivare al traguardo.

19

QUANDO tornarono da Parigi, Alberto aveva con sé il ritratto di Matilde. Era una piccola tela firmata dal pittore francese Eric Junot, che era stato allievo di Giovanni Boldini. Dal maestro, morto cinque anni prima, aveva appreso la straordinaria tecnica di tratteggiare figure femminili, esaltandone la sensualità.

A lei era costato interminabili ore di posa, rese meno tediose dalla presenza di Alberto che non l'avrebbe mai lasciata sola con l'artista. Nel salotto della villa neoclassica, riscaldato dal fuoco del caminetto, Matilde, praticamente nuda, era sdraiata sul divano Impero, il seno e il grembo a contatto dei cuscini di seta damascata. Offriva alla vista del pittore le spalle, la schiena, i glutei e le lunghe gambe in un gioco di luci e ombre che davano risalto al candore del suo incarnato e alla massa fulva dei lunghi capelli che le accarezzavano le spalle e sottolineavano il profilo delicato del viso.

Il suono di un grammofono scandiva le pennellate lente e lievi, diffondendo nella stanza tanghi argentini cantati da Carlos Gardel, Azucena Maizani, Sofia Bozán, Roberto Firpo.

«Il tango», spiegò il pittore, «mi aiuta a far emergere quanto c'è di meglio in ogni donna che ritraggo.»

«Mi piacciono queste canzoni. Le parole mi sembrano più belle di una poesia. Alberto, perché non mi porti a ballare? Ho tanta voglia di ballare il tango», disse Matilde.

«Dovrai farne a meno, perché io mi sentirei terribilmente ridicolo se ti facessi ballare», rispose il medico.

«Posso offrirmi come accompagnatore di mademoiselle Matilde? Conosco i posti giusti, a Parigi, dove si fa del vero tango. Sempre che monsieur lo consenta», si offrì il pittore.

«Monsieur non lo consente», replicò Alberto, regalando a Matilde un sorriso malizioso. E proseguì: «Quanto a te, mia piccola peste, non distrarre l'artista dal suo lavoro. Ho fretta di veder finito il tuo ritratto».

Quando il dipinto fu terminato, Alberto e Matilde lo osservarono a lungo. «Quella sarei io?» s'interrogò Matilde.

«Sei davvero tu», affermò Alberto, compiaciuto, e aggiunse: «C'è tutta la tua sensualità».

«Non avrò mai il coraggio di portare a casa questo quadro. Arrossirei di vergogna se Rosetta o gli altri lo vedessero», confessò lei.

«È mio. Lo metterò nella mia stanza, a Milano. Così potrò guardarti quando sono lontano da te», dichiarò lui.

La prima cosa che fece, tornando nel palazzo della madre, fu di cercare un chiodo e un martello per appendere il dipinto. Trovò la collocazione ideale sulla parete che fiancheggiava il letto, così avrebbe potuto vederlo anche stando seduto alla scrivania. Stava giusto dando l'ultimo colpo di martello, quando sua madre si affacciò dalla porta. Alberto le andò incontro e la salutò baciandole la mano.

«È sempre bella Parigi?» domandò lei.

«Questa volta lo è stata ancora di più», sottolineò lui.

L'anziana signora sedette sul piccolo divano, ai piedi del letto. «Mi sembra giusto che tu sappia da me quello che è successo qui, mentre tu eri in vacanza», esordì.

«Se si tratta di Lucetta, preferirei non sapere», replicò Alberto. A questo punto si aspettava il peggio da sua moglie, che da mesi gli faceva telefonate minacciose e gli inviava lettere piene di insulti.

«L'hanno dimessa due giorni fa dalla clinica. Tentato suicidio con i barbiturici», incalzò la madre. «Ora sta bene e, francamente, non so fino a che punto fosse determinata nell'attuazione del suo proposito. Ma non basta. Tua nuora ha definitivamente lasciato Alessio e i Pulitanò gli hanno intentato una causa per danni. Pare che tuo figlio abbia sperperato al gioco il patrimonio della povera Vittorina. Né si può dire che vada meglio con il tuo secondogenito. Ha messo incinta la figlia della cuoca e la giovane Damiana Magnaghi. I Magnaghi esigono un matrimonio riparatore, mentre la cuoca minaccia una denuncia se tuo figlio non asseconderà le sue richieste economiche. Vuoi che prosegua?»

Mentre sua madre parlava, Alberto liberava il dipinto dall'imballaggio.

«Ne ho avuto sentore a Parigi. Mi ha telefonato l'amministratore per chiedermi se fosse il caso di pagare», disse lui.

«E allora?» lo interrogò sua madre.

«Ho chiuso tutti i rubinetti. Credo che i miei figli debbano imparare a sbrigarsela senza far ricorso al mio denaro. Finché ho pagato, le cose sono andate sempre peggio. Quanto a Lucetta, aveva preso soltanto cinque sonniferi. Non ha nessuna intenzione di morire», dichiarò.

«Non ti ho mai visto così determinato con la tua famiglia. Mi fa piacere. Ma intanto mi chiedo se valga davvero la pena di affondare in tutti questi guai per una donna», ragionò l'anziana signora.

«Giudica tu, mamma», affermò Alberto, appendendo il ritratto di Matilde.

La signora Brasca si alzò, si accostò alla parete e osservò il dipinto con l'aiuto di un paio d'occhialini assicurati al collo da un nastrino di velluto nero.

«È lei?» domandò.

Alberto annuì.

«Sì, ne vale la pena», concluse, dedicando al figlio un sorriso pieno di comprensione.

Alberto si chinò a baciare la fronte di sua madre. «Ti ringrazio», sussurrò. «La tua approvazione mi è di grande aiuto.»

«Andrò a trovare mia nuora e vedrò cosa posso proporle per indurla ad accettare la situazione senza altri drammi», disse la madre.

Nei mesi che seguirono, parve davvero che Lucetta si fosse rassegnata alla separazione. Smise le telefonate minacciose, non scrisse più lettere di insulti, tornò alla sua vita brillante sostenendo con le amiche che la relazione di Alberto con la «giovane prostituta» era il suo canto del cigno.

«Poveruomo, sta per compiere cinquantun anni e non si rassegna a invecchiare. Anche noi donne fatichiamo ad accettare il trascorrere inesorabile del tempo. Alla fine, ce ne facciamo una ragione. Presto mio marito tornerà a casa e io lo accoglierò con il perdono», diceva con tono frivolo.

Con i figli, tra le mura domestiche, l'apparente magnanimità svaniva. «Vostro padre è un porco», dichiarava in ogni occasione. «E voi due siete degni di lui. Una cosa è certa; fintanto che lui sta con quella, e ci starà a lungo perché i Brasca sono tutti cocciuti, denaro in casa se ne vedrà ben poco. A meno che la sgualdrina che si tiene laggiù, in campagna, non lo tradisca. E siccome deve ancora nascere una puttana che sappia essere fedele, bisogna soltanto avere pazienza. Nel frattempo, dovrete cavarvela da soli. Quindi tu, Pietro, sposerai la giovane Magnaghi, che non è il massimo delle mie aspirazioni, ma è pur sempre un buon partito. Puoi baciarti i gomiti se tua nonna t'ha tolto da un impiccio, pagando la figlia della cuoca. E tu, mio povero Alessio, dovrai metterti a lavorare. I miei parenti di Parma ti hanno trovato un buon impiego nella loro banca. Con il tempo riuscirai a riconquistare tua moglie. Vittorina è così stupida che, nonostante tutto, continua ad amarti.»

Quand'era sola con se stessa, le accadeva di scoppiare in lacrime. «Ma perché devo essere così infelice?» si diceva. «Non ho fatto niente per meritare una sorte così orribile. Ho avuto qualche flirt, è vero. Ma che altro avrei potuto fare, per passare il tempo? Certo, non l'ho sposato per amore, ma questo non significa che io non sia sua moglie a tutti gli effetti. Gli ho persino dato due figli. E lui ha aspettato che io arrivassi a cinquant'anni, senza possibilità di rifarmi una vita, per innamorarsi di una diciottenne e umiliarmi davanti a tutti. Se esiste una giustizia divina, mio marito pagherà caro questo affronto. Ma intanto dove trovo la forza per sopravvivere?» Si guardava allo specchio asciugandosi le lacrime e sfiorando le rughe che le segnavano il viso. «Non ho alcuna possibilità di trovare un nuovo amante. Forse dovrei darmi alle opere di carità. Le mie amiche lo fanno. Io però non me la sento. Le miserie degli altri mi immalinconiscono. E se facessi un viaggio? Un lungo viaggio, naturalmente. Magari il giro del mondo, dall'America alla Cina. Già, ma con chi?»

Lucetta si arrovellava nei suoi interrogativi, le settimane si susseguivano uguali. Alberto brillava per la sua totale latitanza. Venne Pasqua. Matilde si ammalò.

Rosetta telefonò al professore che era in ospedale. «La signorina ha la febbre alta e si lamenta perché le fa male la gola», disse.

Alberto arrivò subito in villa.

Matilde stava davvero male. Quasi non riusciva a parlare. Lui la visitò scrupolosamente. Alla fine le rivolse un sorriso rassicurante: «È soltanto una laringite. Ti darò del chinino per abbassare la temperatura e un farmaco nuovo per combattere l'infezione. Non importa se non riesci a deglutire il cibo. Prenderai dei succhi di frutta e brodo ristretto di carne. Intanto ti metterò degli impacchi freddi sulla fronte».

Rosetta e Peppino correvano dalla cucina alla camera portando ghiaccio, frutta ridotta in poltiglia e addolcita con il miele, cambi di biancheria. Celestino andava su e giù dal paese a comperare medicinali e provviste. Alberto si sistemò su una poltrona, accanto al letto, deciso a non lasciare Matilde fino a quando non fosse uscita dal torpore della febbre.

Passò così un giorno e una notte, asciugandole il sudore, dandole da bere a piccoli sorsi, reggendola per accompagnarla in bagno. Finalmente la temperatura cominciò a scendere. Il dolore alla gola, invece, persisteva.

Alberto la costrinse a fare una serie di fomenti per attutire la secchezza della gola. Dopo una settimana Matilde stava meglio, ma non era guarita. «Credo che non potrò portarti a Londra con me», annunciò lui, con rammarico. Aveva persino preso in considerazione l'idea di rinunciare lui stesso al viaggio. E lo avrebbe fatto se non avesse notato in lei segni inequivocabili di guarigione.

«Lo credo anch'io», rispose Matilde. Non riusciva ancora a ingerire cibi solidi. Rosetta preparava per lei semolini, pantrito, carne macinata e passati di frutta.

«Se me lo chiedi tu, rinuncio al congresso inglese», disse Alberto, sperando fermamente che lei glielo chiedesse.

«Parti tranquillo, amore. Quando tornerai, io sarò guarita. Ti correrò incontro e ti assillerò per vedere subito quali regali mi avrai portato», scherzò Matilde.

«Starò via una settimana. Sarà la settimana più lunga della mia vita, senza di te. A proposito, che cosa vuoi da Londra?» domandò.

«Niente. Torna presto. Sei tu il mio regalo più bello», replicò. Poi soggiunse, un po' timidamente: «Per quanto, mi piacerebbe tanto avere una bambola».

«Non sei un po' cresciuta per giocare alle bambole?»

«Non ne ho mai avuta una, da bambina», si giustificò.

Da Londra, Alberto le telegrafava ogni giorno e il fattorino dell'ufficio postale aveva il suo da fare a ricevere e trasmettere messaggi. Un giorno Matilde ricevette un telegramma: «Trovato bambola. Bella da morire. Ti assomiglia».

Nel giardino fiorivano primule e mughetti, narcisi e pratoline. Nuvole temporalesche scivolavano veloci verso oriente sospinte dal vento d'aprile. Matilde aveva ricevuto una telefonata da Alberto quand'era sceso dal treno a Milano. Adesso lo aspettava con impazienza.

Correva continuamente dalla cucina, dove stava preparando una crostata di mele, alla veranda non appena le pareva di sentire i cani uggiolare.

Al mattino, si era lavata i capelli. Rosetta l'aveva aiutata ad asciugarli accanto al caminetto e poi glieli aveva pettinati raccogliendoli in una grossa treccia che le aveva attorcigliato sulla nuca. Aveva indossato calze di seta, scarpine di vernice blu, una gonna a godet di crêpe azzurro, come il golfino in lana d'angora.

«Sei tanto bella che sembri dipinta», aveva concluso la domestica.

Matilde si sentiva rinata. Le sembrava di dover recuperare le due settimane di letto con mille piccole cose da fare.

«Ma sta' un po' quieta», si spazientì Rosetta. «Sei peggio di un saltamartino. Non è correndo avanti e indietro che il padrone arriverà prima del tempo.»

«Ma se mi do da fare, il tempo passa prima», ragionò lei.

«E ti ammali di nuovo, perché sei ancora debole e tutto questo correre non ti fa bene», la rimproverò.

«È lui. È arrivato!» urlò Matilde, chiudendo di scatto lo sportello del forno dove aveva collocato la teglia della crostata. Kabiria e Saladino, infatti, si erano fiondati fuori dalla cucina e correvano verso il viale dove la Lancia di Alberto si arrestò.

Celestino era già lì, ad aprirgli la portiera e Matilde quasi lo travolse mentre lui spalancava le braccia per accoglierla. La sollevò da terra e si mise a piroettare su se stesso, mentre lei gli copriva il viso di baci.

«Ti amo. Ti amo. Ti amo», ripeteva Matilde con voce ridente.

«Non ho mai smesso di pensare a te», disse lui, baciandola con passione.

Celestino scaricò le valigie dal bagagliaio e poi avanzò portando una grande scatola di cartone.

«È la mia bambola?» domandò lei.

Alberto annuì.

«È enorme, a giudicare dall'imballo. Dammela, Celestino», disse Matilde.

«Portala su, in camera da letto», ordinò Alberto al cameriere.

«Perché non posso averla subito?» si spazientì la ragazza.

«Perché prima voglio accertarmi che tu sia davvero guarita. L'aspetto è radioso, ma devo esaminare la tua gola», spiegò Alberto, conducendola verso lo studio.

«Va bene, professore», accondiscese lei, con fare rassegnato e non senza un accenno ironico. «Come vuole lei, professore. Lei ha sempre ragione.»

«Smettila di brontolare», scherzò lui. Matilde si lasciò scrutare e auscultare con la fiducia di sempre, senza tradire l'impazienza.

«Abile, professore?» domandò quando il medico le concesse di rivestirsi.

«Non ti farà male stare tranquilla ancora per qualche giorno. E attenta a non correre troppo e a non sudare», raccomandò, mentre si lavava le mani.

Matilde non lo sentì. Stava già correndo su per le scale. Lanciò un urlo gioioso quando il braccio di Alberto l'afferrò per la vita, costringendola a frenare la corsa. «Lasciami», strillò ridendo e divincolandosi dalla sua stretta.

«Non prima che Celestino abbia liberato la bambola dall'imballaggio. Devi vederla in tutto il suo splendore.»

Entrarono in camera. La bambola era stata collocata sulla cassapanca.

Matilde la vide e ammutolì.

«Non è questo che avevi in mente, vero?» osservò lui.

«Mi sembra più una statua che una pigotta», sussurrò Matilde, incerta tra la delusione e lo stupore per la grande figura lignea, solo parzialmente vestita.

Le braccia, dalla spalla al polso, erano imprigionate entro maniche sontuose di velluto, a strisce orizzontali, verde e cremisi. Sul verde brillavano piccole pietre rosse e sul cremisi spiccavano, come gocce di pioggia, bianchissime perle. Il seno e le spalle erano nudi. Il ventre era seminascosto da una gonna arricciata di organza trasparente con l'orlo bordato di velluto cremisi. Il viso dolcissimo e paffuto era incorniciato da capelli d'oro che scendevano a treccia sulla schiena.

«È un manichino molto antico. Anche se non li dimostra, questa fanciulla ha cinquecento anni», le spiegò Alberto. «L'ho comprata a un'asta da Sotheby's. Non è stato semplice aggiudicarmela, perché c'erano altri acquirenti affascinati da questa scultura.»

«Mi sembra un po' scandalosa», osservò Matilde. «Forse sarebbe più pudica se fosse completamente nuda.»

«Lo era. La gonna e le maniche gliele ho fatte fare io», confessò.

«Perché?» chiese, cominciando a toglierle la gonna.

«Volevo che fosse un regalo importante. Non vuoi gioielli, mentre io volevo regalarti perle e rubini. Li ho fatti cucire sul velluto delle maniche.»

«Mi stai dicendo che queste sono pietre preziose?» domandò incredula.

«Quando lo deciderai, disferai le maniche e otterrai una lunga, preziosissima collana», rivelò Alberto.

«Ti ringrazio. Ma adesso non voglio nessuna collana», decise Matilde liberando le braccia della scultura. Arrotolò le maniche e la gonna di organza e le ripose in un cassetto, tra la sua biancheria.

«Ecco, così nuda mi piace di più», affermò con aria decisa. «Però non è vero che mi assomiglia.»

«Infatti, tu sei più bella», convenne Alberto.

«Grazie, amore mio», sussurrò Matilde, abbracciandolo. «Non mi separerò mai da questa pigotta. So che mi farà compagnia nelle notti in cui tu non ci sei», soggiunse, osservando il viso curioso della bambola.

«Invece ci sarò sempre più spesso, perché io solo so quanto mi è costato non vederti per otto giorni», confessò lui che, da qualche tempo, accarezzava un progetto che gli avrebbe consentito di restare per sempre accanto a Matilde.

20

Venne l'estate. Matilde aveva concluso brillantemente i suoi studi. Alberto aveva pianificato per luglio il loro viaggio negli Stati Uniti. Una domenica mattina decisero di fare una gita nei boschi, lungo il crinale dei colli, verso una chiesetta settecentesca che si profilava solitaria su un grande pianoro da cui si dominava la valle.

Alberto portava sulle spalle lo zaino, per il picnic, che Rosetta aveva riempito di pane appena sfornato, cotolette fredde, uova sode e frutta. C'era anche un thermos di tè ghiacciato. Matilde portava un plaid e una tovaglia arrotolati e legati con una cinghia.

Occorrevano due ore di marcia per arrivare alla meta. I due procedevano affiancati, in silenzio, all'ombra di un immenso querceto, respirando i profumi del bosco, ascoltando il suono ritmato dei loro passi, seguendo ognuno il filo dei propri pensieri.

Alberto ricordava l'incontro recente con l'amico Giacomo Orombelli, notaio di famiglia. Era andato a trovarlo nel suo studio esprimendogli l'ansia per il futuro di Matilde.

«Ho tanti anni più di lei. Se morissi, voglio che la ragazza abbia una buona stabilità economica», gli aveva detto.

«Considera che hai una moglie e due figli che potrebbero impugnare il testamento, qualora tu destinassi a Matilde una parte delle tue proprietà», aveva osservato il notaio.

«Per questo mi rivolgo a te. Tu sai la consistenza del mio patrimonio. Ce n'è per tutti. Ma non ci sarebbe un centesimo per quella ragazza, se non prendessi provvedimenti.»

«Potresti farle una donazione, finché sei in vita», aveva suggerito l'amico. «Potresti intestarle un capitale in buoni fruttiferi.»

«Non con l'aria che tira in questa malandata nazione. Voglio che abbia case e terre e un conto su una banca svizzera», aveva deciso Alberto.

«Allora vedrò di preparare una bozza di donazione che poi perfezioneremo insieme. Vuoi che lo facciamo subito o preferisci dopo le vacanze?»

«Mi andrebbe bene la prossima settimana, prima della nostra partenza per gli Stati Uniti», aveva detto Alberto.

«Quanta fretta per un uomo giovane e sano come te», aveva osservato Orombelli, con un sorriso comprensivo.

«È una questione che mi tormenta da mesi e voglio assolutamente risolverla. Così non ci penserò più.»

Di lì a qualche giorno si sarebbe finalmente tolto questo assillo.

Matilde pensava alla sua gravidanza. Da un mese sapeva di essere incinta e questa consapevolezza l'aveva messa in agitazione, anche perché si chiedeva come avrebbe reagito Alberto, quando lo avesse informato. Così rimandava l'annuncio di settimana in settimana sperando di trovare il momento più opportuno per parlare.

«Quando glielo dirai, andrà in brodo di giuggiole», l'aveva rassicurata Rosetta, che era la sola persona a conoscere il suo segreto.

«E se invece si arrabbiasse? Se mi dicesse che non vuole un figlio?» si era preoccupata lei.

«Conosco il padrone da quand'era bambino. Lo conosco meglio di te e della signora contessa. Ormai ho capito tutto il bene che ti vuole. Dunque, vorrà bene anche al figlio che porti dentro di te», aveva concluso la domestica.

Durante il cammino in lieve salita, di tanto in tanto Matilde scrutava il medico, osservando il suo profilo bello e fiero, a tratti oscurato da chissà quali preoccupazioni.

«Amore mio, che cosa c'è che non va?» osò chiedergli, a un certo punto.

Alberto si fermò, le sorrise e l'attirò a sé baciandola a fior di labbra.

«Quando sei con me, non c'è niente che non vada per il verso giusto», la rassicurò.

Raggiunsero il pianoro quando il sole era ormai alto nel cielo. In quel punto terminava la proprietà dei Brasca, di cui la chiesa faceva parte. Era una piccola costruzione che risaliva alla prima metà del Settecento. Lungo il perimetro esterno dei muri, un tempo affrescati a tinte vivaci, restavano tracce di colori sbiaditi. Delle scene dipinte si vedevano soltanto qualche lembo di veste e volti di cui si indovinava il profilo. Un tempo, la chiesetta era stata meta di pellegrinaggi estivi che si concludevano con danze e banchetti sul prato. Poi, era stata abbandonata con la diaspora dei contadini. I ladri avevano fatto man bassa degli arredi sacri. All'interno era rimasto soltanto l'altare di pietra che portava, scolpito, lo stemma della famiglia materna di Alberto, quello degli Odescalchi. Il calore del sole di luglio era mitigato dall'aria fresca della collina. Alberto aprì il portale borchiato della chiesa che aveva resistito agli insulti del tempo. Sulle travi della volta si posavano gli uccellini che entravano dalle finestrelle sfondate dell'abside.

«Venivo spesso da bambino quassù», disse Alberto. «Avevo un domestico che mi portava a cavalcioni. Mi raccontava che sotto questo pavimento c'è una cripta in cui sono sepolti un avo di mia madre e la sua amante, trucidati dal marito di lei. In seguito la chiesa venne sconsacrata.»

«È vero?» domandò Matilde, incuriosita.

«Non ne ho idea. Mia madre non ne ha mai saputo niente. Diceva che erano storie di contadini, leggende nate nella suggestione dei boschi.»

Le loro voci venivano amplificate dall'eco che rimbalzava sulle pareti spoglie.

«Le leggende hanno sempre un fondamento di verità», osservò la ragazza, mentre avanzava al centro della chiesa. Con la suola degli scarponcini batté alcuni colpi sull'impiantito di mattoni. «Qui sotto si sente il vuoto. Forse quelle tombe ci sono davvero.»

«Io vorrei che ci fosse un prete che ci sposasse», disse Alberto.

«Che bisogno c'è? Io mi considero la tua sposa», replicò lei.

«Eppure, un giorno riuscirò a sposarti. Sempre che tu lo voglia, mio dolcissimo fiore di pesco», scherzò lui, accarezzandole con mano lieve la curva della schiena.

«Devo dirti qualcosa», sussurrò Matilde.

«Anch'io», affermò lui.

«È freddo qui dentro. Usciamo?» propose lei, rabbrividendo. Indossava pantaloni corti di tela grezza che sottolineavano la perfezione delle gambe e una camicetta di lino bianco, senza maniche. Fuori, nell'aria calda, ronzavano gli insetti. Il lago, da quell'altezza, sembrava uno specchio luccicante. Una brezza leggera accarezzava l'erba punteggiata di piccoli fiori d'ogni colore. Alberto si fermò a guardare il panorama. Sorrideva mentre respirava l'aria sottile e tiepida. Circondò con un braccio le spalle di Matilde.

«Questo è un posto magico, dove il tempo si è fermato e io mi rivedo bambino a fare le capriole sul prato. Sono venuto tante volte quassù, sempre da solo, perché non volevo spartire con nessuno la meraviglia del luogo. Adesso tu sei con me ed è ancora più bello. Sai una cosa, Matilde? Quando morirò, vorrei essere sepolto qui, accanto al muro di questa chiesetta, proprio sotto la meridiana. Credo che questo sia un buon posto per riposare in eterno.»

«Allora anch'io vorrò riposare qui, accanto a te», replicò lei. E soggiunse: «Ma prima, vorrei allestire sul prato un grande ballo con dame e cavalieri e canzoni che si perdano nel vento e arrivino ovunque, inondando la valle di note liete e di risate».

«Ma poiché la morte è ancora lontana e noi due siamo vitali e affamati, io proporrei di imbandire la tavola», decise Alberto, deponendo lo zaino.

Matilde distese la coperta sull'erba. Poi si inginocchiò e cominciò a disporre il loro pranzo.

«Volevi dirmi qualcosa», gli ricordò la ragazza.

«Ho in mente un progetto», esordì Alberto, afferrando il pane.

«Include anche me?» domandò lei.

«Che progetto sarebbe, se tu non ne facessi parte?»

«Allora raccontami tutto.»

«L'estate scorsa avevo comperato una casa a Nuova York», rivelò.

«Perché?»

«Mi piaceva. Si affaccia su un parco che si chiama Reservoir Park. È una piccola casa, con i mattoni a vista e grandi finestre e camini in ogni stanza. Ultimamente mi sono accorto di non voler più vivere in Italia. Vedi, in America si respira un'aria di libertà che qui abbiamo dimenticato. Te ne renderai conto tu stessa, appena ci arriveremo. Non ti ho ancora detto che mia madre è andata laggiù ormai da un mese. Ci sta aspettando», raccontò.

«Questo mi preoccupa.»

«Mia madre è dalla nostra parte.»

«Mi preoccupa ugualmente.»

«Se ti dicessi che vorrei fermarmi in America per sempre, tu che cosa penseresti?»

Ci vollero alcuni secondi prima che Matilde afferrasse il significato di quelle parole.

«Fammi capire fino a che punto hai sviluppato questo progetto», indagò.

«È soltanto un'idea. Volevo discuterne con te prima di prendere una decisione», chiarì il medico.

Matilde pensò a quella grande nazione sconosciuta di cui si favoleggiava come fosse il paese della cuccagna. Era la terra del lusso e dell'abbondanza, dove tutti avevano l'automobile, dove le donne indossavano la pelliccia anche per fare la spesa, dove ogni casa aveva la radio e il frigorifero elettrico. Si figurava le case come le vedeva al cinematografo e le ragazze avevano i volti delle star di Hollywood. I servitori negri erano buoni fino al sacrificio e i padroni bianchi erano gentili e generosi. Pensò allo spazio infinito che separava la vecchia Europa dal Nuovo Continente. Pensò ai suoi fratelli e avvertì un senso di lacerazione. Non aveva più avuto contatti con loro da quando aveva lasciato Milano. Sapeva che non avrebbe rivisto mai più i piccolini, perché la famiglia di adozione aveva preteso la segretezza. Ma gli altri erano ancora ospitati dai Martinitt. Di tanto in tanto aveva inviato lettere e mandato doni, ricevendo puntualmente risposte da Marco, il maggiore, che la ringraziava, le diceva che stavano bene e che imparavano un mestiere. Ma avvertiva un senso di distacco in quei brevi messaggi. Il filo dei loro rapporti si andava sempre più assottigliando. Ma era pur sempre un legame. Se fosse andata tanto lontano, il filo si sarebbe spezzato. Tuttavia, se questo era il disegno di Alberto, lo avrebbe assecondato.

«Da quando chiedi il mio parere, prima di decidere?» gli domandò.

«Ho per caso fatto qualcosa che tu non volessi?» si allarmò lui.

«Sto dicendo che tu hai sempre deciso per me. Tu decidi se sto bene o se sto male, se ho fame o se ho sonno, se devo andare a scuola o se devo fare vacanza, se si va al cinema o si sta a casa. Tu decidi tutto.»

«Dici sul serio? Pensa che io conoscevo una bambina che aveva deciso che mi sarei occupato di lei. Questa stessa bambina, quando è cresciuta, ha deciso che io diventassi l'uomo della sua vita. Ti sembrano decisioni da niente?» sottolineò a sua volta.

«Vorresti dirmi che non eri d'accordo? Che non mi desideravi quanto ti desideravo io?» lo sfidò.

«Non avrei mosso un dito per averti.»

«Se è così, azzeriamo tutto. Io non sono più la tua donna e tu non sei più il mio uomo», replicò Matilde stizzita, alzandosi in piedi e guardandolo con occhi di ghiaccio.

Alberto l'agguantò per le gambe e la fece cadere su di sé. Rideva e non si era mai sentito tanto felice.

«Ti amo, piccola peste. Ma tu sai che non ti avrei mai presa contro la tua volontà. Però è stato un gran giorno quello in cui hai deciso di volermi.»

«Lo so. E vorrei aggiungere che, al di là della tua volontà e della mia, qualcuno sta bussando alla nostra porta.» Le venne così l'annuncio della sua gravidanza.

Alberto la guardò perplesso, senza capire.

«Sto parlando di nostro figlio. Amore mio, io sono incinta», concluse. Trasse un sospiro di sollievo quando vide il sorriso un po' incredulo di Alberto.

«Non è uno scherzo, vero?» sussurrò.

«Sono al secondo mese», dichiarò Matilde.

Alberto la abbracciò mentre insinuava una mano nei suoi pantaloncini, accarezzandole il ventre.

«Qui dentro c'è il nostro bambino», disse. «Che stupido. Non m'ero accorto di niente. Ma ne siamo proprio sicuri?»

«Non ci sono dubbi. Sono stata da un ginecologo, a Varese. Mi ha accompagnata Rosetta», gli spiegò.

«Perché non me l'hai detto subito?»

«Non trovavo le parole e non sapevo come l'avresti presa.»

Alberto aveva gli occhi umidi, mentre la stringeva a sé e la baciava.

«Oh, Dio del cielo! Avrò un figlio. La mia stupenda ragazza mi darà un figlio. Non posso crederci.» Era frastornato e felice. «Vieni, torniamo subito a casa», disse, prendendola per mano.

«E il nostro picnic?»

«Lo lasciamo alle formiche. Non ho più fame. Pensa, Matilde, nostro figlio nascerà in un grande paese. Nascerà in America. Nascerà da uomo libero. Tu non sai quale straordinario regalo mi hai fatto.» Alberto era commosso e rideva e, attraverso le lacrime, vedeva la sua ragazza, diventata già mamma, stringere al seno il loro bambino.

«Dovrò avere molta cura di te. Prima di tutto farai una serie di analisi cliniche. Devi essere in forma perfetta durante i sette mesi che restano. Curerò la tua alimentazione. Farai molta ginnastica. Ti insegnerò le tecniche respiratorie per il parto. Poi bisognerà...»

Matilde non lo lasciò finire.

«Calmati, Alberto. Si tratta soltanto di una gravidanza, non di un evento soprannaturale», scherzò, richiamandolo alla realtà.

«Ma io ho più di cinquant'anni. Non sono molti gli uomini che hanno la gioia di diventare padri a questa età.»

«Non sono nemmeno tanti gli uomini che, alla tua età, sembrano dei ragazzi.»

Giunsero alla villa durante la controra. I cani fecero un gran chiasso al loro arrivo, e li seguirono mentre salivano le scale.

«Voi due, a cuccia», ordinò Alberto, chiudendoli fuori della camera.

«Perché?» domandò Matilde.

«Voglio fare l'amore con te. Subito», affermò, mentre con dita nervose le slacciava i bottoni della camicetta.

Si amarono a lungo, languidamente, pienamente, delicatamente. Alberto non si stancava di accarezzarla, di baciare il suo piccolo ventre che non rivelava ancora i segni della maternità.

Soltanto quando sentirono la campanella che annunciava la cena, si resero conto che avevano trascorso l'intero pomeriggio a stordirsi d'amore e di parole. Erano esausti e felici.

Si rivestirono. Matilde si accostò alla grande bambola e le disse con aria maliziosa: «Sarebbe piaciuto anche a te un maschietto come il mio. Vero?»

«Sei una peste!» dichiarò Alberto, sollevandola tra le braccia.

«Lasciami!» gli ingiunse Matilde.

«Ti porto giù in braccio», replicò Alberto.

Lei gli circondò il collo con le braccia e reclinò il capo sulla sua spalla. Saladino e Kabiria erano ancora lì, accucciati davanti all'uscio della camera. Dimenando la coda, li precedettero lungo le scale.

«Una volta o l'altra, queste bestie, che mi stanno sempre tra i piedi, mi faranno fare un ruzzolone», protestò lui.

Fu in quell'istante, per schivare uno dei due cani, che mise un piede in fallo. Perse l'equilibrio. Cadde all'indietro battendo la testa su un gradino, mentre Matilde, travolta con lui nella caduta, lasciava il suo collo per aggrapparsi alla balaustra della scala. Si risollevò subito, indenne.

«È tutto a posto, amore?» domandò chinandosi su Alberto.

Gli occhi del suo uomo sorridevano nella fissità della morte che lo aveva colto in una frazione di secondo, nell'attimo in cui la nuca aveva picchiato con violenza contro lo spigolo del gradino.

21

Cominciò con un gemito di bambina che ha perduto la mamma. Poi il lamento divenne un grido lacerante che rimbalzò per tutta la casa, si dilatò nel giardino e nel parco.

I domestici accorsero dove la vita di Alberto, nel volgere di un attimo, si era spenta.

Trovarono Matilde, seduta sui gradini, che stringeva al seno il capo di Alberto.

Celestino e Peppino si chinarono sul corpo inerte del padrone.

«Chiamate subito il dottore», ordinò Rosetta.

«Non serve», sussurrò Matilde.

Sembrava assente, distaccata. Abbandonò il capo di Alberto e si alzò in piedi, come un automa. L'anziana domestica scese nell'atrio e chiamò al telefono il medico condotto.

Intanto gli uomini sollevarono il corpo del padrone e lo portarono in camera da letto. Rosetta entrò affannata nella stanza.

«Il dottore verrà subito», annunciò.

Suo marito scosse il capo e non disse nulla. Celestino piangeva. Matilde stava in piedi, immobile, accanto al letto e fissava il volto esanime di Alberto.

Venne il medico a constatare la morte. «Mi dispiace», disse a Matilde. «Per lui e per te. Adesso avrai contro tutta la sua famiglia. Quanto a lui, se ti può consolare, sappi che non s'è neppure accorto di morire.»

«Grazie», sussurrò Matilde.

«Vorrei tanto esserti d'aiuto», disse ancora l'uomo, sul punto di congedarsi. Era sinceramente addolorato per Alberto che era un vecchio amico e per la ragazza che vedeva ormai sola e indifesa.

«Non mi serve nulla. Mi creda», lo rassicurò lei, in un soffio.

Poi chiamò Celestino. «Telefona alla signora Brasca», gli ordinò. «E manda subito un telegramma alla madre del professore. È a Nuova York. Troverai l'indirizzo sulla scrivania. Poi chiama il parroco, per la benedizione.» E poiché Celestino continava a singhiozzare, concluse: «Smettila di frignare». Quindi si rivolse a Rosetta, che le stava accanto, e disse: «Portami una valigia, e dopo lasciami sola con lui».

«Povera bambina. Che cosa ne sarà di te, adesso?» domandò la domestica guardandola con pietà. «E di quella creatura innocente che ti porti in grembo, che cosa ne sarà?» proseguì, asciugandosi gli occhi con il grembiule.

«Il mio bambino e io siamo vivi. Non preoccuparti per noi, Rosetta», rispose, piano.

La donna uscì in punta di piedi dalla stanza e tornò con una valigia di cuoio, la stessa che Matilde aveva usato pochi mesi prima per andare a Parigi con Alberto. La posò su una sedia e uscì.

Matilde aprì la valigia e vi ripose la sua biancheria, che tolse dai cassetti del comò, e qualche vestito che staccò dall'armadio. La chiuse e la mise vicino alla pigotta. Accostò una sedia al letto. Ormai era scesa la sera e, dalla finestra spalancata sul giardino, si vedeva la luna. Accese l'abat-jour sul comodino e sedette accanto ad Alberto. Gli accarezzò una mano e gli sussurrò: «Mi dispiace, amore mio. Era tutto così bello e perfetto. Non poteva durare. So che continuerai a vigilare graziosamente su di me, come hai sempre fatto. Sono contenta che tu abbia saputo di nostro figlio e mi riempie di felicità sentirlo crescere dentro di me, perché in lui ci sei tu, la tua carne, il tuo sangue, il tuo spirito. Io ti porto dentro di me, Alberto. È questo ciò che conta. E porto dentro di me tutto il nostro amore, i nostri sogni e le nostre speranze. Addio, amore mio».

Entrò una falena, nella stanza, e prese a volteggiare impazzita intorno al lume. Sfiorò la lampadina, si scottò e cadde. Matilde la raccolse delicatamente, si alzò e la posò sul davanzale.

Dal campanile della chiesa si sentì scoccare la mezzanotte. Rosetta, nonostante il divieto, entrò nella camera.

«Hai bisogno di riposare, povera piccola», le disse. «Va' a dormire. Lo veglio io il padrone.»

«Lui, ancora per qualche ora, è solo mio», affermò Matilde. «Dopo, sarà della sua famiglia.»

Si sedette di nuovo sulla sedia e, senza più muoversi, aspettò la prima luce del mattino. Entrò Celestino, in punta di piedi, e le porse una tazza di caffè. Sentirono il rumore di alcune automobili che percorrevano il viale di ghiaia.

«Sono arrivati», sussurrò Celestino.

I cani, che la sera prima si erano insinuati nella stanza, avevano trascorso la notte accucciati ai piedi del letto. In quel momento si rialzarono, si stiracchiarono, volsero uno sguardo a Matilde e poi scesero abbaiando verso gli intrusi che stavano invadendo l'atrio della villa. Matilde bevve il caffè. Poi, tese al domestico la tazza vuota. Si alzò dalla sedia e si accostò alla finestra per socchiudere le persiane, mentre Celestino usciva. Tornò accanto al letto, si chinò sull'uomo amato e posò le labbra sulle sue in un ultimo bacio.

«Addio, amore mio», sussurrò.

Afferrò la grande bambola di legno, racchiudendola nell'incavo di un braccio, prese la valigia e uscì dalla stanza.

Lucetta Brasca e le nuore stavano salendo le scale. Si fecero da parte per lasciarla scendere.

«È lei», affermò sottovoce una giovane donna che Matilde riconobbe subito. Era la stessa che, entrando in sala da pranzo, l'aveva colta con i cocci di un bicchiere in mano.

«È lei», constatò Lucetta Brasca, riprendendo a salire.

Al pianterreno c'era Rosetta che l'aspettava.

«Dove stai andando?» le chiese in un soffio.

«Parto. La mia presenza non è gradita a loro. Come loro non sono graditi a me», rispose.

«Va' nello studio del padrone. Ci sono i figli e il notaio che ti stanno aspettando», annunciò.

«Che cosa vogliono?» domandò infastidita.

«Qualcosa vorranno, se mi hanno detto di chiamarti.»

Matilde appoggiò per terra la sua grande bambola e la valigia. «Addio, Rosetta. Ti ringrazio per avere vegliato tanti anni su di me. Credo che non ci rivedremo più», disse, abbracciandola stretta.

«Ma cosa dici? Non puoi andar via così... E poi non è detto che tu debba andartene. Il padrone non avrebbe voluto, ne sono certa.»

«Il padrone non c'è più. Per me questo posto non ha più senso, senza di lui», disse piano Matilde.

«Venga, signorina. S'accomodi», la invitò un uomo dalla soglia dello studio. Era il notaio di famiglia, lo stesso con cui Alberto aveva parlato una settimana prima.

L'uomo le si avvicinò. «Sto cercando di tutelare, per

quanto possibile, i suoi interessi», le sussurrò, invitandola a seguirlo.

Così Matilde si trovò di fronte i figli di Alberto che la guardavano, imbarazzati.

«Si segga», le suggerì il notaio.

Si sentiva a disagio sotto gli sguardi incuriositi dei due padroni di casa. Sedette sul bordo della sedia e aspettò.

«Il mio amico Alberto ci ha lasciati senza redigere un testamento», esordì il notaio.

«Quindi lei, signorina, non ha alcun appiglio per rivendicare dei diritti sulla sua eredità», intervenne Alessio.

Ma di che cosa stavano parlando? Matilde li guardò stupita.

«Tuttavia il professor Brasca aveva espresso la chiara intenzione di farla partecipe del patrimonio», s'affrettò a dire il notaio.

«Così, anche se non ci sono documenti in proposito, e per evitare di fare uno scandalo, noi potremmo liquidarla con un piccolo capitale», interloquì il secondogenito.

«Gli eredi propongono una cifra che non si avvicina proprio a quello che il professor Brasca aveva in mente per lei. Tuttavia, è abbastanza consistente. Vogliamo discuterne, signorina Riva?» domandò il notaio.

Finalmente le era tutto chiaro. Volevano darle dei soldi nel timore che lei avanzasse pretese, invocando magari le testimonianze dei domestici. Si alzò e guardò gelida i due figli di Alberto. Non avevano neppure sentito il bisogno di andare a vedere il padre morto. La sola cosa che premeva loro era il patrimonio di cui stavano per impadronirsi. Lei era straziata per la morte dell'uomo perdutamente amato. Loro non riuscivano a mascherare la gioia che quella morte gli aveva regalato.

«Non desidero discutere, perché non ho nulla di cui discutere, né con loro, signori, né con altri. Il rapporto tra me e il professore riguardava soltanto noi. Io non vi devo niente e voi non mi dovete niente. Ho con me soltanto il denaro per prendere il treno», disse estraendo dalla tasca alcune banconote e mostrandole. Raggiunse la porta e uscì.

Rosetta e Peppino erano nell'atrio e piangevano.

«Non te ne andare, bambina», disse il giardiniere. «Resta con noi. Questo è un posto sicuro per te.»

«Grazie», sussurrò Matilde, abbracciandoli. «Grazie di tutto. Vi vorrò sempre bene», soggiunse, avviandosi alla porta. I cani la seguirono festosi.

«Andate via», ordinò lei, con voce dura.

I cani si fermarono. Matilde percorse il viale fino al cancello e loro la seguirono a distanza. Quando stava per uscire sulla strada di terra battuta, le erano di nuovo alle calcagna.

«Ho detto via», gridò con le lacrime agli occhi e, poiché non si muovevano, prese dal suolo una manciata di sassolini e glieli scagliò contro.

In quel momento sopraggiunse una Lancia. Al volante c'era Celestino.

«Sali, Matilde», le disse.

«Mi accompagni alla stazione?» domandò.

«Ti accompagno fin dove vorrai andare», affermò il cameriere.

«A Milano, in via Brera. Dalla mia amica Ermelinda», rispose Matilde.

Giovanna

1

MATILDE si alzò dalla sedia a dondolo e, da un cassetto dell'armadio, prese qualcosa che infilò in una grande busta. La posò sul tavolo, davanti a Giovanna.

«Volevi conoscere la mia storia? Bene, adesso sai come cominciò: la casa in fiamme, poi l'asilo Angiolina e la villa sul lago. Ma questo non fu che l'inizio. Il seguito fu anche peggio. Dunque, adesso è arrivato il momento di trovare un rifugio da cui nessuno mi possa mandare via», disse con voce aspra.

Giovanna era sconvolta dal racconto della vecchia. I gomiti appoggiati al tavolo, la osservava commossa. Non riusciva a credere che la stupenda diciottenne di cui un illustre clinico si era perdutamente innamorato fosse la donna vecchia e stanca che le stava di fronte.

«E dopo? Dopo, che cosa accadde?» le domandò.

«Non ho nessuna intenzione di dettarti le mie memorie. Devo portare fuori il mio Lilìn», affermò, chinandosi sul suo cagnolino. Lo prese in braccio con un certo sforzo e gli offrì un pezzo di biscotto.

«Prendi quella busta», soggiunse. «Ci sono dentro le maniche della pigotta.»

«Che cosa dovrei farne?» domandò Giovanna.

«Vendere le pietre. Ho bisogno di soldi.»

«Mi avevi detto di non aver bisogno di nulla», esitò la giovane.

«Ti ho detto che voglio un posto che sia veramente mio.»

Il sole si andava spegnendo. Da lontano venne il suono inquietante della sirena di un'ambulanza.

Giovanna aprì la busta ed estrasse le maniche. Se le perle e i rubini cuciti sul velluto fossero stati pietre autentiche, Matilde avrebbe posseduto un tesoro. Ma se fossero stati soltanto buone imitazioni?

«Mi stai investendo di una responsabilità molto grande. Non credo di poter accettare», si schermì.

«Di' piuttosto che non credi di volermi aiutare», si stizzì la vecchia.

«Metti che siano soltanto vetri», sbottò Giovanna.

«Alberto mi disse che avrei potuto farne una collana preziosa. Dunque non sono vetri», s'impuntò la donna.

«Se è così, perché non li hai venduti prima?»

«Sei una povera, piccola, mediocre anima. Ti ho raccontato la parte più importante della mia vita e non hai capito niente. Vieni a piangere sulla mia spalla perché, per una volta, ti sei comportata come una donna. Sei di un perbenismo rivoltante. Hai paura di tuffarti nei sentimenti, di sporcarti, di affrontare la sofferenza. Hai il terrore di buttare il tuo cuore di là dall'ostacolo perché dopo, pensi, non potrai più riprenderlo. Non sarai mai una donna, né una madre, né un'amante, né una sposa. Puoi soltanto fare la bottegaia di lusso. Perché non ho venduto prima, mi domandi? Ma non capisci che queste perle e questi rubini sono tutto quello che mi rimane dell'uomo che ho amato? Si può monetizzare l'amore, stupida donnetta?» sbottò Matilde, con furia.

«Praticamente mi hai preso a schiaffi», replicò Giovanna, impallidendo. «Sei spietata», soggiunse, pensando che Matilde le avesse detto la verità. Ormai era consapevole di avere sempre vissuto di apparenze, di avere sempre temuto di confrontarsi con se stessa per paura di soffrire.

L'aveva colpita, nel lungo racconto di Matilde, l'accenno alla cassetta di liscivia che se ne andava, sul pelo dell'acqua del Naviglio, trascinata dalla corrente. Si identificò con quel legno che andava lontano. Aveva sempre cercato di ignorare il bene e il male che le passavano accanto. Invece di trovare la forza per risalire la corrente ed essere più partecipe della vita, andava lentamente alla deriva.

«La mia cassetta di liscivia sta imbarcando acqua e rischia di affondare», sussurrò, concludendo i suoi pensieri.

Matilde le rivolse un sorriso maligno.

«Il pallone gonfiato sta per esplodere», ironizzò.

«Hai ragione. Ti aiuterò», decise Giovanna.

«Lo sapevo. So che questa volta andrai fino in fondo. Venderai le mie pietre e credo che ne ricaverai un bel mucchio di soldi», garantì la vecchia.

Giovanna la guardò dubbiosa.

«Matilde, fammi capire. Per non lasciare questo abbaino hai rifiutato un appartamento nuovo e confortevole che non ti sarebbe costato niente. Ora dici che ti occorre del denaro. Perché?» le domandò incuriosita.

«Adesso non mi va di parlarne. Devi fare soltanto quello che ti chiedo», rispose la vecchia, avviandosi verso le scale.

Giovanna la seguì. Sembrava che Matilde si divertisse a centellinare le informazioni per il gusto di tenerla sulla corda.

«Sei veramente insopportabile», sbottò.

«Lo so benissimo. Puoi sempre mandarmi al diavolo», replicò.

«Lo dici perché sei sicura che non lo farei», s'indispettì. Poi, scrollò le spalle, rassegnata.

Erano arrivate nel cortiletto. Matilde posò la sua bestiola nel carrello. Giovanna le andò vicino e le sfiorò il viso con una carezza.

«Ti voglio bene», le sussurrò, sorridendole. «Sei splendida», soggiunse.

«Sessant'anni fa lo ero. Oggi sono solo un rudere», si schermì mentre agguantava il carrello e lo sospingeva lungo l'androne.

«Per le tue pietre, mi rivolgerò a un commerciante onesto», la rassicurò.

La vecchia si allontanò lungo la via spingendo il carrello cigolante.

Giovanna entrò nella bottega. Lino stava mostrando a una cliente due piccole porcellane del Settecento. Erano nudi femminili colti nell'attimo in cui si liberavano dell'ultimo indumento.

«Crede che piacerebbero a mio marito? Pensavo di regalargliele per il suo compleanno», disse la signora, vedendo Giovanna.

Il marito in questione era un collezionista di nudi di donna, noto tra gli antiquari per questa passione che coltivava da tempo.

«Le ha già viste», rivelò Giovanna, «non più tardi di un mese fa. Le ha osservate a lungo. Alla fine, senza esprimere apprezzamenti, mi ha salutata.»

«Forse non ne era convinto», commentò la signora. Poi, abbassando il tono di voce, anche se in bottega non c'erano altri clienti, domandò: «E che cosa mi dice di quel manichino che sta nascondendo a tutti?»

Giovanna rivolse a Lino un'occhiata divertita. Il vecchio scrollò le spalle con l'aria di dire: nel nostro ambiente non esistono segreti. Anche l'antiquaria abbassò la voce, assumendo un'aria complice.

«L'ho mandato a Firenze. Mia suocera se ne è innamorata e vuole tenerselo in casa. Mi è sembrato giusto accontentarla», mentì.

«Peccato. Se ne sta parlando parecchio, in giro. Mi sarebbe tanto piaciuto vederlo.»

Lino si defilò nel retrobottega, lasciando sole le due donne.

«Lei sa com'è pettegolo il nostro mondo. Nessuno ha visto la mia scultura, ma tutti ne parlano come se la conoscessero», replicò Giovanna con aria maliziosa.

La cliente se ne andò e Giovanna raggiunse il suo collaboratore. Risero insieme. «Lo vede, Lino, fino a che punto arriva la curiosità? Il compleanno di suo marito è in novembre, ma i due sono già entrati in fibrillazione per la mia pigotta e qualsiasi pretesto è buono per cercare di vederla.» Aprì la busta ed estrasse le maniche di velluto. Le osservò alla luce della lampada. Perle e rubini riflettevano morbidi bagliori.

«E questa, che roba è?» domandò Lino.

Gli elastici, che chiudevano le maniche ai polsi e alla sommità delle braccia, si erano allentati nel corso dei decenni. Giovanna prese dei pezzi di spago.

«Adesso vedrà», disse a Lino aggirando lo scaffale dietro cui era nascosta la scultura. Infilò il tessuto sulle braccia di legno e lo fermò con lo spago alle due estremità. Poi si mise accanto a Lino per ammirare l'effetto.

«Che cosa gliene pare?» domandò con aria compiaciuta.

«Questa ragazzina diventa sempre più bella», osservò il vecchio restauratore.

«Matilde vuole che venda le pietre. Certo che deve averla amata molto», disse Giovanna, con un sospiro.

«Chi?»

«L'uomo che ha regalato questo manichino a Matilde.»

«E se l'avesse rubato?» insinuò Lino.

«A lei quella povera donna non piace. Perché?» gli domandò.

«È una da cui ci si può aspettare di tutto. Anche di finire in un guaio», sbottò Lino, con tono caparbio.

«Nessuno sa niente di Matilde e tutti la detestano. La storia della scultura è commovente, mi creda», si indispettì Giovanna.

«Al suo posto, io smetterei di andarle attorno», insistette Lino, con voce lugubre.

Giovanna non diede credito alle sue parole. Tolse le maniche dalla scultura, le ripose nella busta e tornò in bottega.

Telefonò a un gioielliere fiorentino, amico dei Lanciani. «Mi puoi dare il recapito di Fred Silverstein?» gli domandò. Sapeva che il gioielliere acquistava le pietre quasi sempre da Silverstein, un inglese di origine ungherese, noto mercante di diamanti.

«Mi stai rubando il mestiere?» le domandò l'amico.

«Sto facendo un favore a una cliente che ha qualcosa da vendere», spiegò Giovanna restando sul vago.

Appena avuto l'indirizzo, cercò sull'agenda i numeri della Cogestar e inviò due fax a Londra. Il primo per chiedere un incontro con Fred Silverstein, il secondo per avere un appuntamento con Alessandro Mongrifone, presidente della Cogestar, al quale avrebbe chiesto una revoca dell'ingiunzione di sfratto a Matilde. Dubitava di ottenere una risposta, ma voleva fare tutto il possibile per aiutare la vecchia.

Comunque, non si aspettava un riscontro immediato. Invece, mentre Lino stava per chiudere la bottega, il fax entrò in funzione. Il primo messaggio veniva proprio dalla Cogestar. Il testo diceva: *Il presidente sarà lieto di riceverla. Fissi lei la data e l'ora*. Il secondo le comunicava che mister Silverstein sarebbe stato lieto di incontrarla negli uffici di Hatton Garden il lunedì successivo, alle nove del mattino.

«Sembra che domenica dovrò andare a Londra», annunciò Giovanna a Lino, dopo aver fissato un appuntamento con Mongrifone per il lunedì pomeriggio.

«Naturalmente è sempre a causa di Matilde», ironizzò l'uomo.

«Che vuole che le dica. È la prima volta che mi do tanto da fare per qualcuno», rispose. Non gli disse che si dava tanta pena perché ormai voleva bene a quella donna. Sarebbe stata soltanto una mezza verità. L'altra ragione più segreta era che Giovanna sentiva che, in qualche modo, Matilde faceva parte del disegno misterioso del suo destino.

2

GIOVANNA salutò Lino che stava chiudendo la bottega. Sulla strada di casa fu attratta dalla vetrina di un negozio di dischi. Non aveva mai amato la musica.

Qualche volta Jacopo l'aveva coinvolta imponendole balletti e concerti di musica classica. Lei l'aveva assecondato per fargli piacere, ricavandone un senso di frustrazione che non sapeva definire. Detestava anche la musica leggera, per non parlare del rock tanto amato da Giny. Entrò nel locale gremito da giovani a caccia di cassette e cd. Un impianto stereo diffondeva un assordante metal.

Una bella ragazza con le labbra, le unghie e i capelli tinti di blu e un anello che le trafiggeva il labbro inferiore si occupò di lei senza entusiasmo. Giovanna la osservò pensando a Giny e fu grata alla figlia per non aver ceduto a quella moda estrema.

«Cerco un vecchio motivo», esordì Giovanna.

«Mi dica», replicò la ragazza.

«*La cumparsita*», precisò, sentendosi a disagio per quella richiesta in contrasto con l'ambiente in cui si trovava.

Inaspettatamente, la ragazza in blu le regalò un sorriso angelico.

«Abbiamo una bella edizione. Ecco, le consiglio l'ultimo cd di Julio Iglesias.»

Uscì con quel disco e riprese il cammino pensando allo sconosciuto che aveva incontrato nella mansarda di piazza Cordusio. Perché era fuggita quando lo aveva rivisto? Si paragonò con la determinazione di Matilde e le sembrò di non avere mai avuto il coraggio delle proprie azioni.

Sua suocera venne ad aprire la porta di casa. Notò la busta del negozio di dischi.

«Da quando ti sei data alla musica?» s'incuriosì Eugenia, precedendola verso la sala da pranzo.

«Da quando la musica si è data a me, se vogliamo chiamare musica un vecchio tango», replicò, sedendo a tavola dov'era apparecchiato soltanto per due. «E Giny?» domandò.

«È appena uscita. Tu sai con chi», annunciò la suocera.

«Mi sembra di capire che lo sappia anche tu», sottolineò Giovanna.

«Già. Tua figlia me ne ha parlato», rivelò con un sospiro di rassegnazione. E proseguì: «Ai miei tempi, una storia simile sarebbe stata inimmaginabile. Ora i giovani hanno altre regole che io non conosco».

«Avessero almeno delle regole, sarebbe già un successo», constatò Giovanna, amaramente.

«Non so dare un giudizio, soprattutto trattandosi di Giny.»

«Sai quanto me che è una storia sbagliata. Tanto è vero che tua nipote non è il ritratto della felicità. Qualche volta penso che voglia soltanto farmi un dispetto», si lamentò.

Stavano cenando di malavoglia.

«Tu non sei una madre facile. Mi metto nei panni di quella ragazzina che deve competere con una donna bella e di successo. A dir poco si sente frustrata», commentò Eugenia.

«Tu e Giny sapete benissimo che io sono diversa da come sembro», osservò Giovanna.

«È vero. Se si solleva il velo dell'apparenza, sotto c'è un po' di confusione. Non lo dico per offenderti, ma perché ti stimo e meriti un'opinione sincera.»

Dalla strada, attraverso le finestre spalancate, saliva l'incessante rumore del traffico.

«Così, se mia figlia fa delle stupidaggini, la colpa è mia. Grazie tante», si stizzì.

«È anche sua, naturalmente. Ci sono giovani in condizioni ben più deplorevoli che riescono comunque ad avere un equilibrio. Consolati pensando che tu te la sei sempre cavata. Sarà così anche per lei», ragionò la suocera.

«Parole! Intanto pensa che tragedia sarebbe se quel disgraziato decidesse di lasciare la moglie per mettersi con quella ragazzina», sbottò, dando voce a una preoccupazione che l'assillava da settimane.

«Non accadrà, me lo sento. Ricorda, comunque, che a tutto c'è rimedio. È questo il bello della vita.» Pensò al figlio perduto e si convinse che, se Giovanna fosse vissuta sempre accanto a lui, Giny avrebbe avuto meno problemi.

«Vorrei proteggerla dalla sofferenza», replicò sommessamente, anche se incominciava a realizzare che il dolore è una componente inevitabile della vita ed è pericoloso sforzarsi di ignorarlo o di rimuoverlo. Finirono di cenare in silenzio.

«Domenica andrò a Londra. Ti fermeresti qui fino al mio ritorno? Tua nipote si sentirebbe meno sola e io sarei più tranquilla», propose.

«C'è qualche asta che mi è sfuggita?» s'incuriosì la suocera.

«Stai tranquilla: a te non sfugge mai nulla, soprattutto quando si tratta del nostro lavoro. Devo fare un favore alla vecchia che mi ha venduto la scultura», le raccontò.

E proseguì: «Quella povera donna è molto malata. Tu sai che ho sempre cercato di fuggire dalle sofferenze altrui. Ora non riesco più a farlo. Mi sento coinvolta da Matilde. L'ho soccorsa quando è caduta. Le ho mandato il mio medico per visitarla. Ho ripulito la sua casa. Soltanto un anno fa non avrei mai pensato di riuscire a fare cose del genere. Francamente non so che cosa mi stia succedendo».

«Stai diventando adulta. Se la strada della tua maturazione passa attraverso quella donna, va bene così», concluse Eugenia, posando una mano rassicurante sul braccio della nuora che la ricambiò con un sorriso.

Poi guardò l'orologio. «Si è fatto tardi. Devo andare a un'asta. Questa volta, però, non c'è nulla che riguardi la vecchia Matilde», disse sorridendo. E soggiunse: «Vuoi venire con me?»

«Preferisco stare a casa ad aspettare Giny», rispose la suocera.

Giovanna andò sola. Alcuni giorni prima aveva visto l'esposizione dei pezzi all'incanto ed era stata attratta da un dipinto del 1933 intitolato: *Bambina con gattino di gomma*. L'avevano affascinata gli occhi della piccola che sembravano due lucenti chicchi d'uva nera. Sua figlia aveva quello stesso sguardo stupito e penetrante. Ora si rendeva conto che, forse, già da bambina Giny si dibatteva tra le apparenti certezze che Giovanna le offriva e le profonde incertezze di una situazione famigliare ambigua.

Il prezzo base del dipinto era relativamente contenuto e sperava di aggiudicarsi la tela per regalarla a Giny.

Il dipinto era in mano a un valletto che lo mostrava al pubblico, mentre il battitore ne decantava i pregi. Cominciarono le offerte. Mentre le battute salivano, qualcuno del pubblico triplicò l'offerta. Era un messaggio chiaro, con cui l'interessato comunicava agli altri di ritirarsi perché lo avrebbe acquistato a qualsiasi prezzo. Così Giovanna non rilanciò. Decise di lasciare l'asta e si avviò verso l'uscita. Era ormai in fondo alla sala quando sentì il battitore annunciare un olio su tela di Eric Junot. Titolo dell'opera: *Lezione di tango*.

Si fermò e si voltò di scatto. Junot era lo stesso pittore che aveva ritratto Matilde nella villa parigina di Alberto Brasca.

Tornò sui suoi passi mentre il venditore proseguiva nell'illustrare il dipinto.

«Come i signori possono vedere, la pennellata rievoca lo stile del Boldini, di cui Junot è stato allievo, ma la sensualità è più marcata. I colori sono caldi, appena smorzati sullo sfondo dove indoviniamo, più che vedere, un grammofono da cui si diffondono le note di un tango. La ballerina, in abito rosso, è avvinta al compagno che la ghermisce. Notino, signori, la forza di questo gesto di possesso da parte dell'uomo cui la donna risponde ritraendosi, come se volesse sfuggirgli.»

Giovanna tornò a sedersi, letteralmente rapita dalla bellezza di quella tela. Intanto il battitore proseguiva nella descrizione: «Eric Junot è stato un artista ingiustamente definito minore, in quanto...»

Giovanna guardava il dipinto e pensava all'altro che era appeso nell'abbaino di via Fiori Chiari. A quelle due immagini se ne sovrappose una terza: quella di una bambina con le labbra sporche di cioccolata che una mano maschile voleva pulire e invece le imbrattava ancora di più.

A quel punto erano incominciate le offerte e sentì il battitore che annunciava: «Due milioni e uno... e due...»

«Quattro milioni», disse Giovanna sottovoce, accompagnando le parole con un gesto della mano.

Se lo aggiudicò tra lo stupore dei presenti che, per quella tela, non avrebbero pagato una somma tanto elevata.

Tornò a casa con il quadro. Nell'appartamento silenzioso avvertì la presenza amica di Giny, della suocera e della domestica che dormivano nelle loro camere.

Rassicurata, si preparò per la notte con il solito, metodico rituale: lavò accuratamente i denti, si struccò, fece una doccia calda e, infine, indossò il pigiama di seta. Quindi, davanti allo specchio della toilette, si massaggiò il viso, il collo, le mani e le braccia con diversi tipi di creme idratanti e nutrienti. Poi spruzzò sui polsi un soffio di Eternity, la sua essenza preferita. Questi preliminari le favorivano il sonno.

Quella sera, invece, considerò il vorticoso susseguirsi di eventi degli ultimi giorni. Appoggiò i gomiti al piano della toilette, prese il viso tra le mani e guardò la propria immagine riflessa nello specchio. Che cosa c'è che non va? si domandò.

Era depressa e reagì facendosi uno sberleffo. Ma non ne scaturì il solito sorriso che metteva in fuga i cattivi pensieri. Il meccanismo collaudato da tempo per scacciare le ombre e i fantasmi non funzionava più.

Affiorò invece il volto bellissimo del giovane sconosciuto del quale si era innamorata, anche se si ostinava a combattere questo sentimento.

Rivide il volto duro di Giny mentre le diceva: «Hai incastrato papà».

Ricordò i momenti salienti del racconto di Matilde con il suo carico di violenza e di disperazione.

Infine, riaffiorò il volto paffuto di una bambina con le labbra sporche di cioccolata. Il motivo conduttore di tutte queste immagini era un tango straziante le cui note si amplificavano nella sua testa causandole un profondo malessere.

Indossò una vestaglia, attraversò il lungo corridoio in punta di piedi e si rifugiò in salotto.

Scartò il quadro appena acquistato e lo collocò su un

tavolino, sotto la luce di un abat-jour. Trovò il disco di Iglesias e lo introdusse nel lettore programmandolo sulla terza canzone: *La cumparsita*. Si infilò la cuffia per ascoltare mentre si acciambellava sul tappeto, davanti al quadro.

Dopo le prime note, gli occhi si riempirono di lacrime e incominciò a ricordare.

Il caseggiato in periferia

1

GIOVANNA aveva nove anni. Le sue sorelle, Margherita e Lucia, ne avevano rispettivamente tredici e undici. Gisella, la madre, era sarta e lavorava in casa. Guido Reslieri, il padre, era un dipendente delle Ferrovie dello Stato. Abitavano in un caseggiato in prossimità di una distesa di campi e di ortaglie, alla periferia della città.

La strada asfaltata non arrivava fino a casa. Gli abitanti della zona, pertanto, dovevano camminare nella polvere d'estate, nel fango d'autunno e nella neve d'inverno. Per andare a scuola, i bambini facevano a piedi due chilometri ogni giorno.

A Gisella quella casa non piaceva. Sognava un appartamento spazioso e confortevole in un palazzo più decoroso e, per realizzare quel progetto, lavorava accanitamente.

Quand'era in vena di confidenze, ne parlava con le figlie: «Voglio una casa grande e bella, con i pavimenti di marmo, i caloriferi in ogni stanza, l'ingresso padronale e quello di servizio e due bagni: uno per noi donne e uno per vostro padre».

Anche le sorelline davano il loro contributo affinché il sogno si realizzasse. La sera, dopo cena, incollavano scatole di cartone per una ditta di imballaggi farmaceutici. Era un lavoro semplice e sottopagato che gli consentiva, però, di stare dalla parte della mamma, muovendo un tacito rimprovero al padre che non condivideva l'idea.

Guido Reslieri, infatti, osteggiava quell'iniziativa, tanto che aveva investito i propri risparmi nell'acquisto di una Seicento di seconda mano.

«Mi consentirà di spostarmi più agevolmente da casa al lavoro e viceversa», aveva detto in risposta alle proteste della moglie. E aveva soggiunto: «Non ho vizi. Il mio stipendio lo verso tutto in casa. Che altro si può pretendere da un poveruomo?»

«Che faccia gli straordinari, per esempio», lo aveva incalzato Gisella.

«Ci risiamo. È un argomento sul quale non voglio discutere», replicava, rifugiandosi in camera da letto ad ascoltare la musica che amava di più: i tanghi di Gardel, Julio Sosa e Astor Piazzolla.

Aveva sistemato un giradischi sul comò. Nessuno poteva toccarlo, tranne lui. Capitava che i turni di lavoro lo tenessero lontano da casa per due o più giorni di seguito, nel corso della settimana. Quando tornava, recuperato il sonno perduto, metteva in funzione l'apparecchio. Alle bambine quella musica piaceva. La mamma qualche volta si irritava, poiché i soldi spesi in dischi erano denaro sottratto al suo sogno.

Quando vedeva la moglie particolarmente arrabbiata, Guido l'afferrava per la vita, costringendola a ballare. Le bambine ridevano e la tensione si allentava.

La mamma aveva una figura minuta, il volto pallido, le labbra piccole e sottili, grandi occhi azzurri e capelli biondi, lunghi e setosi, che portava raccolti sulla nuca.

Il papà aveva una folta capigliatura fulva, il volto chiaro punteggiato di lentiggini, la stazza di un lottatore. Amava l'allegria, si burlava delle fisime della moglie e le sue risate esplodevano fragorose come tuoni. Sapeva essere dolce anche quando doveva muovere un rimprovero. «Che senso ha», diceva alle sue donne, «dannarsi la vita per comperare una casa? Quando muori non puoi portarla con te. Non è forse più saggio lavorare di meno e divertirsi di più?»

Gisella prendeva a tamburellare le dita sul tavolo: segno di grande irritazione. Allora lui l'abbracciava e l'ammoniva: «Se ti arrabbi fai del male al tuo cuore».

Gisella soffriva di insufficienza cardiaca e la sua malattia era una preoccupazione costante.

«In una società civile, ogni famiglia avrebbe il diritto di possedere la casa in cui vive», replicava ostinata. E non si concedeva pause di riposo. Tranne la domenica. Allora metteva il coperchio alla macchina da cucire, si cambiava d'abito e andava in chiesa con le figlie. Il pomeriggio le lasciava libere di giocare con le amiche. Lei si sdraiava sul letto a leggere fotoromanzi, perdendosi in quelle storie d'amore infinite. Una domenica di maggio, subito dopo pranzo, Giovanna uscì con le sorelle e alcune amichette.

«Dove andate?» volle sapere la madre.

«Nei prati», rispose Margherita.

La mamma tese loro una borsa di tela a rigoni gialli, blu e rossi.

«Portate a casa un po' d'insalata matta», ordinò, pensando che, con l'aggiunta di uova sode, la cena sarebbe stata subito pronta.

Le ragazzine si avviarono lungo un sentiero costeggiato da siepi di sambuco. Cantavano allegramente una canzone di successo interpretata da Gianni Morandi: «Fatti mandare dalla mamma a prendere il latte...»

Giovanna era fiera dei jeans che Gisella le aveva acquistato al mercato. Erano i primi della sua vita. Aveva persino rifiutato di indossare una giacca di cotone, che li avrebbe in parte nascosti, mentre lei desiderava tanto esibirli alle amiche.

«Mi basta la camicetta», aveva detto alla mamma, «fa caldo, ormai.» Effettivamente, da alcuni giorni c'era aria d'estate.

Lucia ostentava la sua pettinatura a caschetto, come quella di Mary Quant, la stilista inglese che aveva lanciato la minigonna. Margherita, che stava per concludere la terza media, era la maggiore del gruppo e si sentiva appagata dal suo ruolo di chioccia.

Il caldo diventò soffocante, mentre il cielo si tingeva di lilla. Un improvviso turbine di vento sollevò polvere e foglie, arruffò l'erba e i rami degli alberi e scompigliò i capelli delle ragazzine che si misero in allarme, stringendosi l'una all'altra.

«Ripariamoci in quel capanno», ordinò Margherita, indicando una piccola costruzione in legno e lamiera che serviva per riporre gli attrezzi.

Le folate di vento mettevano a dura prova la resistenza delle pareti e del tetto che cigolavano in modo sinistro. Le ragazzine tacevano impaurite. Lucia incominciò a piangere dicendo che voleva tornare subito a casa.

Giovanna, invece, era quasi eccitata da quel gran frastuono amplificato dalle esili lamiere del rifugio. Ma quando una raffica di vento sollevò il tetto portandolo lontano, anche lei urlò di terrore come le compagne.

«Usciamo subito, altrimenti ci crollerà tutto addosso», decise Margherita.

L'aria si era fatta gelida e le bambine, rabbrividendo, si misero a correre verso casa mentre un tuono assordante annunciò l'inizio del temporale.

All'improvviso, Giovanna si staccò dal gruppo e si spinse di nuovo nel prato.

«Dove stai andando?» gridò Margherita.

«A cercare l'insalata per la mamma», rispose.

La sorella la rincorse e la riacciuffò. «Sei matta da legare. Vieni subito a casa», ordinò perentoria.

«Cosa dirà la mamma se non le portiamo l'insalata?» protestò Giovanna.

In quel momento la videro avanzare sul sentiero con le altre mamme in ansia per le bambine sorprese dal temporale. Nel cielo saettavano i lampi e incominciavano a cadere goccioloni di pioggia. Mentre si scatenava la furia del temporale, varcarono tutte l'androne di casa.

Presero a salire le scale. Gisella faticava a ogni gradino e sognava un bellissimo appartamento in un palazzo con l'ascensore.

«Mamma, possiamo andare da Luana?» chiesero Lucia e Margherita

«E i compiti?» obiettò Gisella.

«Dai, mamma. Soltanto per poco. È domenica», insistette Margherita.

Così Giovanna e sua madre si ritrovarono in casa da sole. Entrarono in cucina che era il cuore del piccolo appartamento. Scrosci di pioggia rigavano i vetri. Giovanna starnutì.

«Non hai voluto la giacchina e ora ti sei presa il raffreddore», la rimproverò Gisella.

La camera, piastrellata di bianco, era arredata con mobili di formica verde chiaro.

Giovanna sedette di fronte alla portafinestra che s'affacciava su un terrazzino. A lei piaceva quella stanza e l'atmosfera d'intimità che si creava quand'era sola con la mamma, oppure quando arrivava una cliente per la prova. La signora si metteva in sottoveste e Gisella l'aiutava a indossare l'abito imbastito. Poi, si infilava tra le labbra una serie di spilli mentre la cliente si rimirava allo specchio.

«Guardi un po' qui, signora Gisella. Non le sembra che la spalla faccia difetto?»

«Va scalfato il giromanica», osservava la mamma, disegnando con gli spilli una nuova traccia sul tessuto.

«Il punto vita me lo sento un po' alto», segnalava la cliente.

«Lo abbassiamo di mezzo centimetro. Non di più, altrimenti devo approfondire la *pince* sui fianchi.»

Parlavano di *carré*, di finte tasche, di sfondi piega, di scollature e di sbiechi, controllando il modello originale pubblicato su *Burda* e su altre riviste di moda. Erano dialoghi sommessi che Giovanna amava ascoltare.

Poi, inevitabilmente, la mamma e la cliente si scambiavano gli ultimi pettegolezzi sulla moglie dell'ortolano che si era fatta un girocollo d'oro massiccio o sulla salumiera che si era comperata la pelliccia di visone.

Infine, la cliente domandava: «E il suo cuore, signora Gisella, come va?»

«Mi dicono che non devo strapazzarmi, ma come si fa a dar retta ai dottori?» replicava sospirando.

Giovanna soffriva per la malattia della mamma. Qualche volta le diceva: «Non preoccuparti. Hai sentito che c'è il professor Barnard che sostituisce i cuori malandati con quelli nuovi? Se sarà necessario, avrai anche tu il tuo pezzo di ricambio».

Fuori, il temporale si stava calmando. Gisella aprì uno sportello della credenza e prese una stecca di cioccolata. «Tieni», le disse, posandola sul tavolo.

La bambina si illuminò. «Accipicchia! È quello svizzero», esclamò, scartando l'involto e ripiegando con cura la carta stagnola. Spezzò il cioccolato in tanti quadratini che incominciò a gustare con aria beata. «Mamma, perché è così buono il cioccolato?» domandò.

La mamma si era seduta al tavolo e sfogliava una rivista. Guardava le fotografie di attori e donne famose e leggeva le didascalie sognando un mondo da cui la separava una distanza incolmabile.

«Come faccio a risponderti? Le cose buone sono buone e basta», rispose.

«E quelle cattive sono cattive e basta?» la incalzò Giovanna.

«Ci sono anche quelle così e così. Che non sai se sono buone o cattive. Sono le peggiori, perché uno le deve valutare con attenzione e quando il bene e il male si confondono, ci si disorienta», ragionò Gisella.

Giovanna la osservò pensierosa, continuando a mangiare il cioccolato. «Papà è buono o cattivo?» domandò infine.

«Così e così», rispose Gisella, con un sospiro.

In quel momento, dalla camera accanto esplose la musica. Era un tango: *La cumparsita*.

«Addio pace. Si è svegliato», commentò la donna, con rassegnazione, alludendo al marito che era rientrato la mattina per il turno di riposo.

Guido Reslieri comparve sulla soglia della cucina. Aveva gli occhi ancora gonfi di sonno, i capelli scomposti, la barba di due giorni. Era scalzo. Indossava i pantaloni gualciti di un pigiama celestino e una canottiera di cotone bianco.

«Si può avere un caffè?» esordì sbadigliando.

Spioveva e il sole ritornava a splendere. Nella cucina risuonavano gli accordi della fisarmonica che accompagnava la voce del cantante.

L'uomo posò lo sguardo su Giovanna e sorrise. «Hai la bocca sporca di cioccolato. Ti cola dalle labbra. Non si può dire che tua madre non ti vizi», constatò. Sedette al tavolo e prese Giovanna sulle ginocchia. «Guarda come ti sei ridotta», soggiunse, passandole una mano sulla bocca. Era una mano grossa, un po' ruvida, che sapeva di tabacco.

Giovanna avvertì la tensione della madre.

«Lasciala», gli ordinò Gisella. «Non vedi che l'hai sporcata ancora di più?»

Suo padre rise. «Tu pensa a farmi il caffè», replicò, rivolto alla moglie. Poi accostò il suo viso a quello della figlia. «Adesso il papà ti pulisce», soggiunse. Giovanna sentì sulla sua guancia la pelle ispida di barba.

«Fammi provare com'è buono questo cioccolato», sussurrò lui. Posò le labbra su quelle della bambina e ci passò sopra la lingua, ripetutamente, come se leccasse un cono di gelato. Era un contatto così piacevole che Giovanna rise.

Sentì su di sé le mani nervose della mamma che la afferrarono, trascinandola accanto al lavello. «Ora te la pulisco io la faccia», disse la donna.

La risata del padre accompagnò il flusso dell'acqua che usciva dal rubinetto. «Mia moglie è gelosa delle mie bambine. Vuole toccarle soltanto lei», ironizzò.

«C'è modo e modo di comportarsi», tagliò corto la donna che adesso respirava a fatica. Giovanna vide le sue labbra illividirsi, mentre con un canovaccio le asciugava il viso paffuto. Poi, la spinse fuori dalla cucina. «Va' di sopra a chiamare le tue sorelle», le ordinò. «È ora di fare i compiti», concluse mettendola fuori dalla porta di casa. Giovanna si fermò sul ballatoio. Era svanito il piacere della cioccolata e anche il contatto dolcissimo con il padre. Sua madre s'era innervosita e non ne capiva la ragione.

«Tu devi lasciare in pace le mie bambine. Hai capito?» La voce di sua madre, solitamente sommessa, aveva assunto toni striduli ed era arrivata fino a lei.

2

La loro cameretta era così piccola che conteneva a stento un letto per Margherita e uno a castello in cui dormivano Giovanna e Lucia. Ma era piacevole ritrovarsi tutte e tre, la sera, in quella stanzina.

Si coricarono presto. Giovanna si addormentò mentre Margherita e Lucia intessevano un dialogo sulle fortune di Jacqueline Kennedy e di Sophia Loren.

«Se sarò promossa, mi pettinerò come la Loren», annunciò Margherita. E soggiunse: «Vorrei tanto essere bella come lei».

«Ma piantala! Che cosa te ne fai della bellezza se poi ti scegli un marito vecchio e brutto come il suo?» obiettò Lucia.

«L'uomo non deve essere bello, basta che sia ricco. Guarda Jacqueline: ha sposato Onassis che è un rospo, ma è ricchissimo», ribadì la sorella.

«Dio, che schifo! Ma come fai a ragionare in questo modo? I soldi non contano niente se non c'è l'amore», sentenziò Lucia.

«Che cosa ne sai dell'amore?»

«Dimenticavo che l'esperta sei tu. Ti sciogli per quel mostriciattolo di Tullio che ha la faccia piena di brufoli e le mani sudaticce. E inoltre è più povero di noi», le rinfacciò Lucia, alludendo al figlio dei vicini con il quale Margherita intratteneva un innocente scambio di figurine.

«Lascia stare Tullio se non vuoi che ti prenda a schiaffi», la minacciò la sorella, lanciandole il cuscino.

Lucia rispose con uno strillo e Giovanna, che si era appena addormentata, si svegliò. Qualcuno bussò alla porta della camera.

«Volete calmarvi e dormire?» Era la mamma che armeggiava intorno alla maniglia della porta.

«Sta' tranquilla, mamma. È chiusa a chiave», la rassicurò Margherita.

«Adesso faremo silenzio», soggiunse Lucia.

«Perché la notte dobbiamo chiuderci a chiave?» domandò Giovanna soffocando uno sbadiglio.

«Perché la mamma vuole così. Taci e dormi», le ordinò la sorella maggiore.

«Perché ci rinchiudiamo solamente quando c'è papà?» insistette.

«Ma quanto rompi», si spazientì Lucia.

Giovanna soffocò uno starnuto. «Mi fa male la gola», si lamentò.

«Ti verrà il raffreddore. Ed è colpa tua perché oggi sei voluta andare nei campi senza la giacchina», la rimproverò Margherita.

«Sei cattiva e antipatica», brontolò Giovanna, coprendosi la testa con il cuscino.

«E tu sei una piccola ambiziosa. Volevi mettere in mostra i tuoi jeans e adesso paghi», intervenne Lucia.

«Non vi sopporto più. Solo perché siete più grandi di me vi credete in diritto di darmi sempre addosso», si commiserò la piccola.

Adesso parlavano sottovoce per non disturbare il riposo dei genitori.

«Povera vittima», la canzonò Margherita.

«Con voi ho chiuso. Sono stanca e ho sonno. Se mi svegliate un'altra volta, mi metto a strillare», minacciò. Sistemò il cuscino e si riaddormentò.

Al mattino, svegliandosi, riprese a starnutire. Andò in cucina per fare colazione e trovò l'intera famiglia già seduta intorno al tavolo.

«Hai gli occhi lucidi», osservò la mamma, vedendola entrare. Le andò vicino e posò le labbra sulla sua fronte. «Sei un po' calda», constatò.

«Non ho fame. Non mangio», disse Giovanna, allontanando da sé la scodella del caffellatte.

Le sorelle, per niente partecipi del suo malessere, si spartirono le fette biscottate che lei rifiutava.

«Non stai bene», soggiunse la mamma. «Bevi un po' di latte. Non puoi andare a scuola digiuna.»

Il padre, ancora in pigiama, stava rimestando lo zucchero nella tazzina del caffè mentre ascoltava il giornale radio. Sembrava assorto in tutt'altri pensieri e, invece, intervenne.

«Non vorrai mandarla a scuola in queste condizioni», disse alla moglie.

«Invece sì», sussurrò la donna.

Giovanna avrebbe desiderato tornare nel suo letto, ma per principio non discuteva mai la volontà della mamma.

L'uomo sbottò nella solita risata chiassosa. «Vostra madre, care le mie bambine, è di una gelosia da manicomio», scherzò.

La moglie non raccolse la provocazione. «Esco con voi», dichiarò, sospingendo le figlie fuori di casa. «Devo andare in merceria e poi devo passare da una cliente a ritirare della stoffa.»

«Mi accompagni fino a scuola?» le domandò Giovanna mentre scendevano le scale.

La mamma annuì, tacendo che aveva un appuntamento con il cardiologo. Ultimamente non stava affatto bene. Le si erano gonfiate le gambe ed era afflitta da una stanchezza invincibile che il medico chiamava astenia. Quando furono davanti alla scuola, Lucia e Margherita scattarono verso l'ingresso mentre Giovanna si strinse a sua madre.

«Non mi sento bene», le sussurrò.

«Lo so. Porta pazienza. Nel pomeriggio papà rientra in servizio e avremo la casa tutta per noi. Metterò una brandina in cucina così tu starai sdraiata vicino a me mentre cucio», promise, sospingendola verso l'ingresso della scuola. Ma Giovanna non voleva staccarsi da lei.

«Mamma, è vero che sei gelosa?» le domandò.

«È vero», ammise sorridendo.

«A me piace papà», affermò la bambina.

«Lo so», tagliò corto lei. «Adesso entra o farai tardi.»

«Devo fermarmi anche per la refezione e il doposcuola?»

«Non è necessario, soprattutto se non ti senti bene. Ti aspetto per mezzogiorno», rispose la madre, chinandosi a baciarla sulla fronte. L'appuntamento con il cardiologo era fissato per le dieci e lei contava di rincasare in tempo.

Quando suonò la campanella che segnava la fine delle lezioni, Giovanna si avviò fuori dall'aula. Nel corridoio incontrò Lucia, che le sbarrò il passo.

«Dove stai andando?»

«A casa», rispose lei.

«Niente da fare. Anche se non stai bene, e si vede, non torni a casa a quest'ora.»

«Me lo ha detto la mamma. Ha detto che potevo saltare la refezione e il doposcuola», s'impuntò Giovanna.

«E se la mamma fosse ancora fuori?» domandò Lucia.

«Ci sarà. Me lo ha promesso. E poi, c'è papà», affermò Giovanna, soffiando rumorosamente il naso in un fazzolettino di carta.

Lucia si chinò su di lei e, guardandola dritta negli occhi, le disse: «Ascoltami bene. Se la mamma non c'è, sali da Luana e aspetti lì finché lei ritorna. Mi hai capito?»

«Dio mio, quanto la fai lunga», sbottò Giovanna che aveva un solo desiderio: tornare a casa e mettersi a letto.

Coprì a fatica il percorso dalla scuola a casa. Era stremata. Aveva la febbre alta ed era tale la prostrazione che, camminando, piangeva.

Facendosi forza, salì le tre rampe di scale. Nell'ingresso abbandonò la cartella ai piedi dell'attaccapanni e spalancò la porta della sua cameretta. Non ebbe neppure la forza di spogliarsi. Si abbandonò sul letto di Lucia. Era esausta.

Dalla camera da letto sentì la voce di suo padre. «Gisella, sei tu?» Evidentemente aspettava la moglie che non era ancora rientrata.

Avrebbe voluto rispondere, ma non riuscì.

Suo padre comparve sulla soglia della stanza. Era sempre in pigiama. Ma si era lavato, sbarbato e pettinato. Profumava di colonia. «Stai male, vero?» le chiese dolcemente, chinandosi su di lei per accarezzarle la fronte.

«Ho freddo», sussurrò Giovanna.

«Tua madre è uscita con voi e non si è ancora vista», commentò lui, sorridendo. Prese a disfare i lacci delle scarpine e soggiunse: «Vuol dire che per una volta avrò il privilegio di curare la mia bambina. Fidati di papà, piccola mia».

Le levò le scarpe e i jeans, l'avvolse in una coperta, la prese in braccio e la portò nel lettone.

«Adesso ti preparo una buona medicina», le sussurrò con voce rassicurante. La costrinse a bere un succo di frutta dopo averle somministrato un'aspirina.

«Vedrai che tra un po' la febbre scenderà e starai meglio», la rassicurò. Poi azionò il giradischi e nella stanza si diffusero le note della *Cumparsita*.

«Ho tanto freddo», balbettò la bambina

«Ci pensa il tuo papà a scaldarti», replicò infilandosi a sua volta nel letto e avvolgendola in un tenero abbraccio. Il suo tocco era ancora più gentile e delicato di quello della mamma. I brividi di freddo si andavano stemperando in un tepore nuovo. Ricordò quando lei era molto più piccola e stava su quel lettone con le sorelline. Papà e mamma, nello spazio tra il comò e l'armadio, ballavano il tango. Papà faceva smorfie buffe, mamma rideva rovesciando il capo all'indietro e lei con le sorelle saltellavano sul letto, facendo cigolare la rete metallica. A un certo punto papà le aveva prese in braccio, facendole ballare a turno, mentre la mamma sorrideva, il volto illuminato dall'allegria.

Poi tutto era cambiato. Chissà perché.

«Quando guarisco, balliamo il tango», sussurrò, stremata dalla febbre e da un piacere che nasceva dentro di lei e scaturiva dalla mano calda del padre che le accarezzava l'inguine.

«Sei calda», le diceva il padre. «Sei una bambina calda, come piace a me.» Intanto era riuscito a levarsi il pigiama e ad avvicinarla a sé ancora di più. Giovanna sentiva il profumo della colonia. Teneva gli occhi chiusi e le sembrava di sognare. Era così bello che non si aspettava certo, da tanta estenuante dolcezza, il dolore lancinante che le trapassò il ventre e la colse a tradimento. Lanciò un grido disperato che si unì a un altro, più acuto, simile a un rantolo. Poi ci fu un tonfo.

Il padre si ritrasse spaventato. Ai piedi del letto c'era sua moglie, riversa al suolo. La musica era finita, il disco girava a vuoto. I vicini, richiamati dalle urla sincrone di Giovanna e di sua madre, bussavano all'uscio di casa.

«Cos'ho fatto», bisbigliò l'uomo, atterrito, incerto se occuparsi della gente che si assiepava sul pianerottolo o di sua moglie che era a terra, svenuta. La piccola Giovanna si lamentava sommessamente come un cucciolo ferito.

Ora che la mente si era snebbiata, Guido tremava in preda alla paura. Con braccia malferme si chinò a sollevare la moglie e la depose sul letto, accanto a Giovanna.

«E adesso, cosa faccio?» Si mise a singhiozzare, terrorizzato per essere stato scoperto.

Margherita tornò da scuola in quel momento. Disperse i vicini, dopo che le ebbero raccontato di essere accorsi per aver sentito urla disperate. Entrò in casa aprendo l'uscio con il suo mazzo di chiavi e si precipitò in camera da letto. Vide suo padre che piangeva, appoggiato alla sponda del letto su cui sua madre respirava a fatica e tuttavia teneva avvinta a sé la piccola Giovanna, seminuda e delirante.

«Schifoso!» sibilò, guardandolo con disprezzo.

Afferrò il giradischi e lo scagliò per terra. Lavò pietosamente la sorellina, la rivestì con un pigiamino pulito e la mise nel suo lettino. Nella camera dei genitori, cambiò le lenzuola sporche di sangue sollevando la madre con una forza che non sapeva di possedere.

Il padre si era rintanato su una poltroncina, in un angolo della camera, il capo tra le mani, e continuava a piangere. Lei gli si pose davanti e gli sputò sul viso. «Ti garantisco che non ci sarà una prossima volta, perché io ti ammazzerò prima», gli disse con calma.

«Perdono», sussurrò lui.

«Fuori di qui», gli ordinò. «Ma prima consegnami le chiavi di casa.»

Più tardi, quando venne il medico della Croce Rossa chiamato d'urgenza, l'uomo era già andato via.

Il dottore visitò la madre e analizzò i tracciati dell'elettrocardiogramma che le era stato fatto la mattina, dopo una coda interminabile che le aveva impedito di rincasare per tempo ed evitare il disastro.

«Non c'è tuo padre?» domandò il dottore a Margherita.

«Lui lavora alle Ferrovie. Non tornerà prima di due giorni», rispose la ragazzina.

«Non si può avvertirlo? Devo parlargli.»

«Può dire a me. Non c'è nessun altro in casa.»

«La tua mamma deve essere ricoverata immediatamente in ospedale», affermò il medico

«No, il mio posto è qui, accanto alle mie bambine», sussurrò la donna, con un filo di voce. E soggiunse: «Dov'è Giovanna? La voglio vicina a me»

«Ha sentito? La mamma non vuole andare in ospedale. Lei prescriva le medicine che servono e penserò io a curarla», decise Margherita.

«Faccia come dice mia figlia. Io sto già meglio», sussurrò la donna.

Il dottore se ne andò dopo aver prescritto per la malata l'immobilità assoluta e una serie di farmaci.

Margherita riportò la sorellina accanto alla mamma. Poi, andò in farmacia.

Sulla via del ritorno incontrò Lucia che, finito il doposcuola, chiacchierava allegramente con alcune compagne. «Seguimi», le ordinò.

Non appena furono sole, Margherita spiegò: «Il porco l'ha fatto con Giovanna».

La bambina undicenne impallidì. «La mamma lo sa?» domandò in un sussurro.

«Lo ha sorpreso sul fatto. Si è sentita male. Quanto a Giovanna, non è messa bene neppure lei. Ha la febbre alta e delira.»

«Lo sapevo. Me lo sentivo che sarebbe finita così. Non volevo che lasciasse la scuola sapendo che la mamma era fuori e lui era in casa», disse.

«Sarebbe accaduto comunque», tagliò corto Margherita entrando in casa e dirigendosi verso la camera da letto dei genitori.

Gisella si teneva stretta a Giovanna e respirava a fatica.

«Che nessuno sappia», sussurrò alle due figlie.

«Nessuno saprà», garantì Margherita.

«Dovete difendervi da lui», proseguì la donna.

«Sarà lui a doversi difendere da noi, mamma», garantirono insieme le sorelle.

«Voi due sono riuscita a proteggervi. La piccola non l'ho potuta salvare.»

Lucia e Margherita rimasero in silenzio.

«Adesso, prendi queste gocce», la sollecitò Margherita porgendole un bicchiere d'acqua in cui aveva sciolto la medicina.

Giovanna era immersa nel sopore della febbre. Di tanto in tanto si lamentava bisbigliando parole incomprensibili.

Passò la notte e, il giorno dopo, la mamma stava peggio. Giovanna, invece, smise di delirare perché la febbre era scesa. Tuttavia, alle sorelle maggiori, sembrò che emergesse da un territorio remoto, ai confini del sogno.

«Mamma, sei malata anche tu?» domandò Giovanna a Gisella, abbracciandola.

«Non è niente. È soltanto il mio cuore che fa le bizze», sussurrò la donna, accarezzandole la fronte.

«Ho dormito tanto. Ho fatto molti sogni. Mi sembrava che ci fosse della gente qui intorno. È successo qualcosa?» interrogò le sorelle, guardandole con occhi smarriti.

«Hai avuto un gran febbrone. Adesso come ti senti?» le chiese Margherita.

«Non lo so. Mi sento debole. E ho male qui», disse portandosi una mano all'inguine.

«Forse è uno strascico della febbre», disse Lucia.

La mamma si era messa a piangere.

«Posso alzarmi?» domandò Giovanna.

«Starai a letto tutto il giorno», ordinò Margherita.

«Noi adesso dobbiamo andare a scuola. Tu non devi aprire la porta di casa a nessuno. Mi hai capito? Nemmeno a papà.»

«Perché?» domandò lei.

«Perché così deve essere», sussurrò la madre.

Passò la giornata e anche la notte. Giovanna dormì quasi sempre e si svegliava soltanto per bere. Poi si riassopiva tenendo un braccio intorno al collo di sua madre.

Il mattino dopo, quando si svegliò, guardò Gisella che le dormiva accanto.

«Mammina, come sei fredda», disse Giovanna, staccandosi da lei.

Così facendo, spostò il braccio della mamma che ricadde inerte sul lenzuolo. Allora Giovanna gridò con tutto il fiato che aveva in gola. Accorsero le sorelle.

La mamma era morta.

3

La nonna Amalia venne ad abitare con loro. E non ebbe vita facile con tre ragazzine irrequiete e un padre che, secondo lei, era sempre stato un tipo indecifrabile.

Il doversi occupare di loro la aiutò a superare il dolore per la perdita della figlia. Capì subito che la sua Gisella le aveva nascosto una situazione famigliare decisamente strana. Ciò che più la colpiva era il disprezzo, neppure tanto velato, che le ragazze, soprattutto le due figlie più grandi, avevano per il padre. La piccola, più che disprezzarlo, lo ignorava totalmente.

L'uomo, nei rari momenti che trascorreva con la famiglia, teneva lo sguardo basso, parlava soltanto se interrogato e, quando passava la notte a casa, veniva chiuso a chiave nella cameretta che era stata delle bambine. Le ragazze, adesso, dormivano nella stanza da letto dei genitori. Per la nonna era stato sistemato in cucina un letto pieghevole.

Doveva ammettere che Gisella aveva educato bene le figlie, per quanto riguardava l'andamento domestico. Margherita sapeva fare la spesa e teneva il libro dei conti di casa. Lucia, nonostante i suoi undici anni, s'ingegnava in cucina. La piccola Giovanna si rendeva utile nelle faccende. Ma quanto al resto, quelle bambine le sembravano davvero strane. Le due maggiori avevano preso la sorella minore sotto tutela. Non la lasciavano mai sola, rispettando i suoi lunghi silenzi e l'aria spesso trasognata.

La nonna si era convinta che Giovanna fosse un po' immatura, sebbene la povera Gisella le avesse sempre detto che era una ragazzina fantasiosa e intelligente.

Gisella riposava ormai da due mesi nel cimitero di Musocco. Le scuole erano finite, le tre sorelle erano state promosse. Era domenica. Tornarono dalla messa con la nonna e arrivò anche il padre.

«Quanto tempo ti fermi?» domandò Margherita, con l'abituale cipiglio, bloccandolo nel piccolo ingresso. La nonna e Lucia si erano già messe ai fornelli. Giovanna rifaceva i letti.

«Riprendo servizio lunedì sera», rispose Guido, sottovoce.

«Hai tre ore per riposare. A mezzogiorno, quando saremo tutti a tavola, dobbiamo parlare», concluse la ragazzina.

«Va bene», rispose lui, chinando il capo e avviandosi verso la sua stanzetta.

Giovanna, cui spettava il compito di distribuire il cibo nei piatti, come sempre ignorò il padre. Come sempre intervenne la nonna. «Giovanna, ti sei dimenticata di papà», la riprese.

«È vero», replicò lei, mettendosi a sedere e portandosi alla bocca una frittella di fiori di zucca.

«Servi anche lui», le ordinò Margherita.

Giovanna obbedì.

La nonna aveva fatto un bel misto di verdure impanate e fritte che accompagnavano crocchette di pollo aromatizzate con il limone. Consumarono il pranzo in silenzio. Poi, la nonna sparecchiò la tavola e Margherita si rivolse al padre: «In casa servono più soldi», esordì.

«Consegno a te il mio stipendio, come prima facevo con la mamma», osservò Guido.

«I guadagni della mamma non ci sono più. Io devo iscrivermi alle superiori e tra un paio d'anni toccherà anche a Lucia e poi a Giovanna. Dunque, aumenteranno le spese», insistette.

«Ci sono da parte i risparmi di vostra madre. Non li ho toccati. Se non bastano per comperare una casa, come avrebbe voluto lei, saranno almeno sufficienti per i vostri studi», osservò l'uomo.

«Quelli non si toccano. Saranno una piccola dote per noi tre sorelle, quando ci sposeremo.»

«E allora, come pensi di fare?» domandò il padre.

La nonna, che seguiva la conversazione, intervenne: «Ho la mia pensione. Non è gran cosa, ma servirà come contributo».

«No, potresti aver bisogno di quei soldi», le sorrise Margherita. Quindi si rivolse di nuovo al padre: «Dovrai fare quello che hai sempre evitato in quindici anni di matrimonio: gli straordinari. Mi sono informata. Potresti addirittura raddoppiare lo stipendio. E questo farai», decretò con fermezza.

L'uomo chinò il capo sul piatto ormai vuoto. «Mi sembra giusto», osservò semplicemente.

«Allora, l'argomento è chiuso», disse Margherita, alzandosi da tavola.

L'uomo si ritirò nella sua stanza. La nonna Amalia lasciò scorrere uno sguardo severo sulle tre nipoti.

«Adesso ascoltate me», esordì. «Io non sono sicura di voler continuare a vivere con voi. Non ho mai visto trattare in questo modo un capofamiglia. C'è qualcosa che non mi convince e vorrei sapere di che cosa si tratta.»

«Chi è il capofamiglia?» domandò Giovanna.

«Prima era la mamma. Adesso sono io», chiarì Margherita. Lucia annuì.

«Il capofamiglia, fino a prova contraria, è vostro padre», s'impuntò la nonna.

«Fino a prova contraria», la incalzò Lucia. «E la prova contraria c'è», sottolineò.

«Che cos'è una prova contraria?» s'intromise ancora Giovanna.

«Posso conoscerla anch'io, finalmente?» domandò la nonna, ignorando la domanda di Giovanna.

«No», rispose Margherita. «È un segreto che la mamma ci ha fatto promettere di non rivelare mai. Ma credici, nonna, sulla parola.»

«Vostro padre deve essersi macchiato di una colpa terribile se mia figlia vi ha chiesto il silenzio», sussurrò la nonna. Eppure, ora che gli viveva accanto, nutriva per suo genero una pena profonda.

Passarono alcuni anni. Le tre sorelle crescevano e si comportavano in modo ineccepibile, ma il loro rapporto con il padre non migliorava.

Quando Giovanna si iscrisse al primo anno di ragioneria, Lucia era al terzo anno e Margherita all'ultimo. Nella scuola che frequentavano erano conosciute da tutti gli insegnanti che apprezzavano la serietà delle tre sorelle. L'ultima, Giovanna, era la più bella e la più strana. Anche se studiava con profitto, sembrava spesso assente, come se la sua mente navigasse lungo una rotta sconosciuta agli altri.

Una volta, l'insegnante di lettere affrontò l'argomento con Margherita. «Ascoltami», le disse. «Ho osservato bene tua sorella e ho il sospetto che sia malata.»

Margherita si allarmò.

«Perché non la fate visitare da un neurologo? Le sue assenze mentali potrebbero essere di origine epilettica. È solo un sospetto, naturalmente. Però sarebbe bene escludere questa eventualità.»

Così Giovanna venne sottoposta a una serie accurata di indagini. Con esito negativo.

«È strana di suo», riferì Margherita alla professoressa. «Del resto, è sempre stata così», concluse.

Dopo la maturità, Margherita trovò un lavoro e un fidanzato. A vent'anni si sposò con Luigi Brenna che aveva un buon impiego alla Camera di Commercio.

Il neomarito accettò di ospitare nella loro casa anche Giovanna che era all'ultimo anno di scuola.

Lucia lavorava alla biblioteca comunale e colse a pretesto le nozze della sorella maggiore per andare ad abitare per conto suo.

Nel volgere di pochissime settimane, nel caseggiato tra i campi, restarono solo la nonna e il genero.

La loro convivenza fu pacifica e durò per anni.

4

GIOVANNA entrò in sala da pranzo dove la famiglia Brenna aveva da poco finito di cenare.

«È questa l'ora di presentarsi?» la rimproverò Margherita.

«Ho fatto tardi. Scusami», si giustificò.

Il suo piatto era stato coperto perché il cibo non si raffreddasse. Suo cognato Luigi si alzò e, passandole accanto, le batté affettuosamente un colpetto sulla spalla, mentre i due nipotini la abbracciarono. Giovanna scoprì il suo piatto. La investì il profumo dello sformato di spinaci e prosciutto.

«Dove sei stata?» volle sapere Margherita che sedeva di fronte a lei, i gomiti appoggiati al tavolo, le dita intrecciate a sostenere il mento.

«Ma quanto la fai lunga. Dopotutto ho soltanto un'ora di ritardo», si difese sbuffando.

«Bastano soltanto cinque minuti per fare stupidaggini. Ti ho chiesto dove sei stata e con chi», s'impuntò la sorella.

Giovanna pensò ai momenti dolcissimi trascorsi in compagnia di Luca, il commerciante d'auto che aveva un salone in prossimità della grande macelleria in cui Giovanna lavorava da qualche mese come cassiera.

«Sai bene con chi mi vedo», replicò irritata per quella indebita intrusione. «Luca mi ha accompagnato a casa e siamo stati qui sotto, davanti al portone, a chiacchierare.» Era vero. Giovanna non mentiva mai e Margherita lo sapeva. Questo, però, non bastava a placare le sue ansie materne.

«Si può sapere che cosa vuole da te, quel tipo?» le domandò.

«Fai uno sforzo di fantasia», replicò Giovanna, gustando con piacere lo sformato.

«Non scherzare. Ricorda che ti ho sempre fatto da madre.»

«Che cosa voleva da te tuo marito, quando vi siete conosciuti?» la incalzò Giovanna.

«Lui voleva sposarmi. E io volevo sposare lui, naturalmente. Ma questo Gandolfi è un saltamartino. Te lo dico perché ho preso informazioni sul suo conto. E non dirmi che devo farmi gli affari miei, perché fino a quando vivi sotto il mio tetto, quello che fai ci riguarda tutti.»

«Infatti non lo dico. Se lo chiedevi a me, invece di fare il detective, avresti risparmiato tempo e fatica. È vero, gli piace correre la cavallina. Lo sto tenendo sulla corda proprio perché non voglio finire nel numero delle sue conquiste.»

«Se scherzi con il fuoco, prima o poi ti bruci», l'ammonì.

«Ascolta, Margherita. Non voglio bruciarmi, voglio sposarmi. Luca è ricco, è un bell'uomo e credo che anche lui voglia mettere su famiglia. Dunque, che motivo hai di preoccuparti?»

«E l'amore?» domandò Margherita.

«Non ci ho ancora pensato», rispose Giovanna, tranquillamente.

«Esci con un uomo e non sai se lo ami? È il colmo, Giovanna. Ma che cos'hai nel cuore?» si disperò la sorella.

«Non essere così drammatica. È proprio necessario amare un uomo per sposarlo? Non basta che mi piaccia? Luca mi piace. Io piaccio a lui. Che altro c'è?»

«Sei sempre stata molto strana», commentò amaramente Margherita.

Giovanna si ritirò nella sua stanza per elaborare in pace quello che le appariva come un ottimo progetto. Luca aveva ventinove anni, dieci più di lei. Era figlio unico e possedeva con il padre un'attività ben avviata e molto remunerativa. Abitava l'attico di un palazzo in prossimità della Stazione Centrale dove l'aveva ripetutamente invitata, e dove lei si era sempre rifiutata di andare. Un giorno avrebbe accettato, ma non prima che lui le chiedesse di sposarlo.

La dichiarazione non sarebbe tardata ad arrivare, ne era certa. Lei non aveva un soldo, ma era seria, bella e aveva un impiego sicuro. Aveva un buon numero di corteggiatori, ma la sua scelta era caduta su Luca perché le sembrava il più concreto e le offriva maggiori garanzie per il futuro. Sedette al tavolino, accanto al letto, e prese a tracciare su un foglio la sua firma da signora sposata: Giovanna Gandolfi. Si vedeva già la fede all'anulare e immaginava di abitare in una casa bellissima con un marito che l'avrebbe colmata di doni e le avrebbe fatto fare una vita elettrizzante fra ricevimenti eleganti e viaggi esotici. Scrisse anche il nome di lui e li racchiuse entrambi in un cuore. Poi fece una smorfia perché le sembrò una raffigurazione troppo mielosa.

Si coricò, spense la luce e continuò a sognare il suo matrimonio. Si sarebbe sposata in bianco, con un abito sfarzoso di tulle e un piccolo diadema di foglioline d'edera, perché il verde faceva risaltare il colore ramato dei suoi capelli. Le sue damigelle sarebbero state Lucia e Margherita. Suo cognato Luigi l'avrebbe accompagnata all'altare al posto del padre, con il quale non aveva nessun rapporto. Non che avessero litigato. Anzi, quando andava a fargli visita con le sorelle, lui trovava sempre il modo di farle scivolare in mano una busta con un po' di denaro. Ma c'era da sempre, tra loro, qualcosa di taciuto, di non risolto. Non sapeva che cosa fosse e non aveva voglia di scoprirlo. Le bastava sapere che era ben accudito dalla nonna. Per il resto, il legame di parentela si riduceva al rispetto delle convenzioni.

Lucia viveva con un'amica zurighese che si chiamava Liselotte. Era segretaria di un funzionario all'Ambasciata svizzera. Non facevano mistero della loro omosessualità, con grande sofferenza di Margherita che non si rassegnava alla diversità della sorella.

Sarebbe stato arduo imporre a Lucia un abito da cerimonia grazioso. Si vestiva male, mortificando la sua bellezza dentro abiti maschili, non si truccava e aveva tagliato a spazzola i bellissimi capelli biondi. Era molto simpatica, generosa, estroversa e Giovanna preferiva di gran lunga la compagnia di Lucia a quella della sorella maggiore. Su questi pensieri si addormentò.

Pochi giorni dopo, Luca Gandolfi la invitò a cena in un ristorante sul Naviglio. Era un posto alla moda, frequentato da giovani eleganti. Per l'occasione, Giovanna sfoggiava un abito di seta nero ravvivato da un giro di perle coltivate, prestito di Margherita. La guardavano tutti con ammirazione e lei ne era consapevole. Luca fece sfoggio di tutto il suo fascino tenendo la conversazione su un tono lieve e un po' fatuo che a Giovanna andava benissimo. Luca era divertente e generoso: due doti da non sottovalutare in un futuro marito.

«E se andassimo a ballare?» le propose a fine cena.

Giovanna s'irrigidì. Non le piaceva la musica né, tanto meno, il ballo.

«Non sarebbe meglio fare una passeggiata lungo il Naviglio?» replicò.

«Hai qualcosa contro i locali notturni?»

«Devo assolutamente rincasare prima di mezzanotte, altrimenti mia sorella si arrabbia. Inoltre non so ballare. Non mi piace e non voglio imparare. Detesto la musica e sono stonata», dichiarò tutto d'un fiato.

Luca sorrise: «Una risposta diretta è preferibile a tanti stupidi giochi di parole». E aggiunse: «Se invece facessimo un giro in macchina?» Luca pensava all'intimità della sua Jaguar.

«Mi sembrerebbe una proposta un po' ambigua. Vedi, Luca, io sono cresciuta sotto l'ala protettiva delle mie sorelle. Vivo con una di loro che è una specie di cane da guardia. Ma è giusto che sia così. Non sono una ragazza dall'avventura facile», spiegò.

Si avviarono lungo la sponda del Naviglio di Ripa Ticinese, mano nella mano, come due timidi innamorati al primo incontro.

«Avrai pure avuto qualche storia sentimentale», insinuò lui.

«Macché. Quando avrei voluto avere degli appuntamenti, c'era sempre Margherita con il fucile puntato», confessò.

«Credo che tu sia la ragazza più inavvicinabile che io abbia mai incontrato», constatò Luca, con un certo compiacimento.

«Mia sorella sa che esco con te e mi ha messo in guardia. Naturalmente non era necessario, perché so che ti piacciono le ragazze facili. Con me stai perdendo tempo», replicò tranquillamente.

«Mentre tu sei il tipo che si sposa», disse Luca, pensieroso. Giovanna gli piaceva moltissimo, ma non era ancora pronto per il matrimonio.

«Credo che dovresti riaccompagnarmi a casa. Si sta facendo tardi», concluse lei.

La lasciò davanti al portone di casa. «Mi sto innamorando di te», le confessò, baciandole la mano.

«Mi sento molto lusingata», sorrise lei.

«E tu?» le domandò Luca.

«Ancora non lo so. Incomincia a farmi la corte.»

«Perché, finora che cos'ho fatto?» si stupì.

«Hai cercato solamente di portarmi a letto», affermò lei, chiudendogli il portone in faccia.

Per Luca divenne una questione di puntiglio espugnare quella bellissima fortezza. Cominciò a mandarle fiori, a inventare per lei stupide poesie che infilava nelle scatole dei cioccolatini. Giovanna si divertiva a leggere quei versi impacciati e regalava i dolci ai nipotini.

Al mattino, Luca si presentava davanti a casa per accompagnarla al lavoro e la sera l'aspettava all'uscita della macelleria per ricondurla a casa. Qualche volta andavano al ristorante.

Una sera, prima di iniziare la cena, lo scapolo impenitente formulò la sua richiesta di matrimonio. Giovanna non riuscì a contenere la felicità, soprattutto quando lui le mise al dito un anello con uno stupendo diamante paglierino.

«È quello che ho sempre desiderato», disse.

Luca non capì se alludesse alla sua dichiarazione o all'anello.

«Non mi hai ancora detto se mi ami», le fece notare.

«Mi piaci e ti voglio bene. Pensi che basti?» rispose Giovanna.

Era abituato a far breccia nei cuori femminili e il suo orgoglio di maschio ne risentì. Tuttavia sorrise. Ai suoi occhi, Giovanna era la rappresentazione perfetta della donna ideale.

«Me lo farò bastare. Anche perché apprezzo la tua sincerità», ammise, tacendole che per lei aveva perduto da tempo il sonno e la tranquilla sicurezza di sempre. Quindi soggiunse: «Amo il candore che ti rende così strana. Di questi tempi, molti considerano quasi una colpa la verginità di una donna. Io, invece, sono all'antica e so dare a questa virtù il valore che merita. Sarò un marito speciale. Non ti pentirai di avermi sposato».

Giovanna presentò ufficialmente Luca alle sorelle e conobbe i genitori di lui. Venne fissata la data delle nozze: settembre.

In agosto Margherita partì con la famiglia per Forte dei Marmi, dove Luigi aveva una casetta con un bel giardino ereditata dai nonni. Giovanna andò in Sardegna con Luca. A Porto Rotondo i Gandolfi possedevano una villa costruita sulla roccia, a picco sul mare. I genitori di Luca la accolsero come una figlia di cui essere fieri. All'ora dell'aperitivo, sulla piazzetta, diedero l'annuncio delle nozze agli amici. La coppia di fidanzati fu sommersa dai festeggiamenti e da una serie di inviti.

Giovanna entrava in un mondo a lungo sognato e che fino ad allora si era divertita a immaginare, prendendo spunto dalle cronache dei rotocalchi. Come Cenerentola, le era bastato incontrare Luca per approdare in una reggia dove tutti avevano per lei sorrisi accattivanti, parole d'incoraggiamento e una manifesta ammirazione, lasciandosi alle spalle l'umiltà delle proprie origini, la scarsa cultura, i modi impacciati, le ristrettezze economiche in cui si dibatteva da sempre.

Era elettrizzata e immensamente felice.

Lo disse ai futuri suoceri.

«Con il tempo tutto ti sembrerà meno straordinario. Io sono nato povero come te e ho costruito il mio successo con il lavoro, la volontà e una buona dose di fortuna. Ti assicuro che ci si abitua subito alla ricchezza, mentre non ci si rassegna mai alla miseria», garantì il padre di Luca.

«Meriti davvero di essere felice», le sussurrò la futura suocera. «Di questi tempi è una rarità trovare una ragazza bella come te che sposa il primo uomo della sua vita.»

Giovanna sorrise.

La sera, dopo cena, i due fidanzati andarono a passeggiare abbracciati sulla spiaggia. Era una stupenda notte di luna piena e l'aria profumava di erbe aromatiche.

«Non sono così sicura di voler arrivare vergine alle nozze», gli disse, stringendosi a lui.

«Stai scherzando?» sussurrò lui, incredulo.

«Tu provaci. In fondo è quello che hai sempre desiderato.»

Giovanna fantasticava sui misteri del sesso dagli anni dell'adolescenza. Quando Luca la baciava, avvertiva un piacevole formicolio e il desiderio incontenibile di darsi a lui. Ma la rigida educazione ricevuta in famiglia le aveva impedito di abbandonarsi al piacere di amare che era molto curiosa di scoprire.

«Sei sicura di desiderarlo anche tu?» esitò Luca.

Giovanna posò le labbra sulle sue e si baciarono dolcemente lasciandosi scivolare sulla sabbia morbida. Era tutto così perfetto che lei si abbandonò senza riserve alle delizie di quel nuovo gioco, dolcissimo e straziante.

Quando Luca entrò in lei si stupì di non provare dolore, come se fosse stata plasmata soltanto per lui.

E, all'improvviso, l'incanto si spezzò. Luca si staccò da lei senza una parola e si sedette sulla sabbia dandole di spalle.

«Ho fatto qualcosa di sbagliato?» balbettò Giovanna, sconvolta da quell'improvviso cambiamento.

«E me lo domandi?» disse lui, recuperando gli abiti sparsi intorno.

«Certo che te lo chiedo, perché non lo so. Un attimo fa eravamo in paradiso e ora mi sembra di essere precipitata su una lastra di ghiaccio», replicò disorientata.

«Perché mi hai mentito?» domandò Luca, alzandosi in piedi.

«Quando?» rispose lei, stupefatta.

«A proposito della tua verginità», sbottò lui, furibondo.

A quel punto Giovanna mise in relazione l'assenza di dolore con l'accusa del fidanzato. Era sicura della propria sincerità e non sapeva che cosa dire. «Mi dispiace che tu non mi creda. Per me è stata davvero la prima volta.» Era confusa e aveva voglia di piangere.

«Che bisogno c'era di ingannarmi?»

«Luca, ti prego, ascoltami. Ti ho detto la verità. È proprio necessario che una donna provi dolore?» lo interrogò, alzando la voce.

«Sì, è necessario», replicò Luca.

«In questo caso, le nostre strade si dividono. Non posso sposare un uomo che non ha fiducia in me», reagì. Raccolse i suoi abiti e si rivestì velocemente.

«Infatti sono stato un ingenuo a proporti il matrimonio», la incalzò. E soggiunse: «Ti piaceva l'idea del marito brillante, della famiglia ricca, di un futuro senza problemi».

«Sai una cosa? Non m'importa niente dei tuoi soldi, del tuo perbenismo, del tuo anello con diamante paglierino», disse, sfilandosi dal dito il solitario e scagliandoglielo sul viso. «Sei un piccolo uomo. Adesso so di meritare di meglio», concluse. E soggiunse: «Fossi in te, mi informerei meglio. Non ti viene il sospetto che una donna possa essere nata così, come me?»

Il mattino dopo, lasciò la villa dei Gandolfi e si fece condurre con un taxi all'aeroporto. Prese il primo volo per Pisa e irruppe in casa della sorella, a Forte dei Marmi. Margherita, il marito e i loro figli sedevano in giardino, facendo colazione. La guardarono allibiti.

«Sono proprio io», disse lei.

«Allora veniamo in spiaggia con te», la aggredirono i nipotini con allegria.

Giovanna lasciò cadere la valigia e li prese in braccio entrambi.

Margherita non osava parlare. Il cognato le sorrise.

«Va tutto bene, Giovanna?» domandò.

«Se si esclude il fatto che il matrimonio è andato a monte», replicò lei.

«Lo sapevo. Non ho mai creduto che quel signorino di buona famiglia fosse l'uomo giusto per te», sbottò Margherita.

«Ragazzi, andate a prendere le biciclette. Andiamo al mare», annunciò Giovanna ai nipotini.

Mentre i bambini si allontanavano, si chinò sulla sorella.

«Luca è proprio un miserabile», sussurrò. E soggiunse: «Meno male che non ne ero innamorata, altrimenti ci soffrirei moltissimo. Invece mi sento rinascere. Era tutto così opprimente, prima».

5

Per Giovanna fu una splendida estate. Fu eletta «Miss Versilia» e godette di una discreta popolarità. Il mondo nel quale la sua bellezza l'aveva catapultata era, tuttavia, molto diverso da come se l'era immaginato. Così, non fece fatica a prenderne le distanze. Non si era mai sentita in sintonia con la banalità e il cattivo gusto.

Venne sommersa da una valanga di offerte di lavoro che solleticarono la sua vanità. Ma si rese subito conto che il suo posto di cassiera in macelleria era preferibile ad altre proposte, allettanti solo in apparenza. Il buon senso, insomma, prevalse su tante lusinghe.

L'unica novità concreta era rappresentata da un giovane fotografo che le chiedeva con insistenza di posare per una serie di immagini. «Hai le carte in regola per diventare una modella pubblicitaria», le diceva, spiegandole che avrebbe avuto rapporti unicamente con agenzie prestigiose e solide come casseforti. «Faresti la tua e anche la mia fortuna, perché io potrei essere il tuo agente.»

«Ci penserò», aveva promesso, senza sbilanciarsi. «Vorrei godere in pace i pochi giorni di vacanza che ancora mi restano.»

Il misero naufragio della sua storia d'amore con Luca cominciava ad assumere la patina evanescente dei ricordi che avrebbe presto dimenticato. Credeva nel destino e si consolò pensando che il ruolo di ricca signora borghese evidentemente non era adatto a lei. La vacanza stava per finire quando, inaspettatamente, Luca Gandolfi si presentò a casa di Margherita.

«Sono venuto a chiederti scusa», le disse con l'aria del cane bastonato. E soggiunse: «Mi sono comportato in modo deplorevole».

Giovanna gli rivolse una sguardo gelido. «A me è sembrato che tu sia stato coerente con te stesso e con il tuo modo di pensare», osservò.

Erano fuori, nel giardino. Lui guardava quella ragazza bellissima, che aveva il sole negli occhi e nei capelli, e misurava la propria pochezza.

«Vorrei che tu mi perdonassi», le sussurrò.

«Questo l'ho già fatto», replicò Giovanna.

«Significa che ho ancora qualche speranza?» domandò

«Non siamo fatti per vivere insieme», rispose Giovanna.

«Anche se io ti amo e ti desidero più di chiunque altro al mondo?»

Era così patetico da rasentare il ridicolo. Giovanna ne fu profondamente irritata e fece del suo meglio per controllarsi

«Luca, la nostra storia è finita. Sarebbe stato un errore per entrambi se ci fossimo sposati. Siamo troppo diversi», affermò tendendogli la mano. Era un congedo definitivo.

Margherita, che aveva spiato quell'incontro, appena furono sole l'aggredì. «Sei proprio matta. È venuto da te strisciando e lo hai messo alla porta. Dove troverai un altro marito così ricco?» sbottò.

«Un marito soltanto ricco non mi interessa. Voglio qualcosa di più e di meglio dalla vita. La storia con Luca mi ha chiarito le idee», si giustificò.

«Tu, mia cara, stai cercando la luna nel pozzo. Hai in mente qualcosa che non so?» le chiese allarmata.

«Prendere la luna, senza cadere nel pozzo», disse Giovanna, con tono tranquillo.

«Tu fantastichi troppo. Dovresti guardare in faccia la realtà. Purtroppo, per molti versi hai preso da nostra madre. Anche lei era una sognatrice. Ti ricordi quando voleva comperare un grande appartamento con due bagni?»

«Davvero? Non ne so niente», trasecolò Giovanna. «Quand'è stato?»

«Eri bambina, ma lavoravi anche tu come noi a incollare scatole di cartone per portare qualche spicciolo al sogno della mamma», raccontò Margherita, illuminandosi per quel lontano ricordo.

«E dopo? Dopo che cosa accadde?» indagò, mentre si sforzava inutilmente di ritrovare brandelli di passato.

«La mamma morì e, con lei, il suo sogno. Ma restarono i soldi risparmiati uno sull'altro. Sono ancora investiti in buoni fruttiferi. Non abbiamo mai osato toccarli. Questo, almeno, dovresti saperlo», la compatì Margherita che, come Lucia, aveva benedetto le lacune nella memoria infantile della sorella.

«Certo che lo so. Ma non saranno quelle quattro lire a cambiare la mia vita. Voglio ben altro, sorellina», sorrise.

«Buona fortuna. Ma sta' attenta agli scontri frontali. Possono fare molto male», la mise in guardia.

Giovanna riprese il suo impiego alla cassa della macelleria. Nel tempo libero lavorò con il giovane fotografo che approntò per lei un nutrito album di splendide immagini, puntando soprattutto sul suo viso incantevole. Era un professionista corretto. Non le propose mai di spogliarsi, né tentò di sedurla. La subissava di complimenti e pronosticava per lei un avvenire brillante.

Una sera le telefonò. «Incrocia le dita», disse. «È arrivata la prima offerta concreta da un'agenzia importante. Vogliono incontrarti.»

«Quanto concreta?» domandò lei.

«Sto parlando di milioni, Giovanna. Non preoccuparti per questo. Sono il tuo agente e spunterò il prezzo più alto. Domani pomeriggio ci incontriamo in agenzia Mi raccomando, indossa un abito semplice e non truccarti. Ti voglio lanciare come una ragazza acqua e sapone.»

Giovanna non si esaltò. Si preparò invece con una certa diffidenza a quell'incontro. Le sembrava che fosse tutto troppo semplice e facile. Dovette ricredersi quando si trovò di fronte alla correttezza dei suoi interlocutori che le proposero di reclamizzare certe lenzuola di un marchio famoso.

«Il cotoniere vuole conoscerti prima di firmare il contratto», le dissero.

«Che bisogno c'è, se ha già visto le mie foto?» chiese Giovanna.

«È un tipo all'antica. Gli piace vedere quello che compera», replicò il titolare dell'agenzia.

Così Giovanna e il fotografo varcarono la soglia della prestigiosa sede dell'industria tessile. Una segretaria li scortò in un ufficio sontuoso dove furono ricevuti dal titolare e da alcuni collaboratori. Giovanna rispose garbatamente a una serie di domande banali e si sentì appagata dall'ammirazione degli uomini dell'azienda. Poi lesse attentamente il contratto che le veniva sottoposto, chiedendo via via chiarimenti al suo agente. Infine, appose la sua firma in calce a quell'impegno che prevedeva un compenso notevole.

«A questo punto non ci rimane che festeggiare il nostro accordo», propose l'industriale. Era un uomo dall'aspetto severo, relativamente giovane e dai modi sbrigativi. «Vogliamo andare a cena?» soggiunse.

«È necessario?» domandò Giovanna al fotografo in un sussurro. Aveva lavorato tutto il giorno ed era stanca.

«È un invito garbato. Perché vorresti rifiutare?» obiettò il giovane.

Giovanna pensava alle giustificazioni che avrebbe dovuto fornire alla sorella e al fatto che la sua sveglia suonava ogni mattina alle sei e mezzo. Non l'allettava l'idea di far tardi con degli sconosciuti. Alla fine, il contratto appena firmato la indusse ad accettare con un sorriso.

«Mi dispiace di non poterti accompagnare. Ho un altro impegno», disse il fotografo. Anche i due dirigenti si eclissarono e lei dovette fronteggiare, nel solito ristorante alla moda, l'importante interlocutore che le parlò di sé, del padre che, da venditore ambulante di stoffe, era riuscito a impiantare nel Varesotto i primi telai nell'immediato dopoguerra, del grande impulso che lui e i suoi fratelli avevano dato all'impresa, delle sue mire espansionistiche.

Disquisì sulle sottili differenze del cotone greco da quello egiziano, sulle malattie professionali, come la sordità, che colpivano le operaie addette ai telai, sulla finezza dei filati e delle stoffe. Poi, la intrattenne con puntigliose dissertazioni sulla tela regina, la pelle d'uovo, la tela sposa, il bisso medioevale e la tela di Fiandra.

«Lei reclamizzerà la nostra produzione di tela regina», sottolineò, diffondendosi in tediosi particolari.

Era un parlatore instancabile. Giovanna ascoltava e annuiva. Il discorso coinvolse poi la famiglia, i figli un po' troppo viziati, la moglie dal carattere spinoso, la solitudine del potere.

Giovanna ascoltava rassegnata quel torrente di parole.

Riuscì a non sbadigliare ma, ostentatamente, più d'una volta, guardò con impazienza l'ora al suo piccolo orologio da polso.

«Sono uno sciocco», disse lui, a un certo punto. «Lei è stanca e io le sto facendo perdere tempo in chiacchiere inutili», quasi si scusò affrettandosi a scortarla fuori dal ristorante, dove entrambi avevano mangiato pochissimo.

La fece salire sulla sua macchina offrendosi di riaccompagnarla a casa. Nel frattempo proseguì nell'esposizione dei suoi progetti aziendali. Parcheggiò l'auto davanti al portone del palazzo di Giovanna e, mentre lei era sul punto di congedarsi, lui la trattenne afferrandola delicatamente per un braccio. «Le ho parlato tanto di me, ma non so nulla di lei», disse.

«Le garantisco che non ho proprio niente di interessante da raccontarle», replicò lei, azionando l'apertura della portiera che non scattò.

Lo guardò allibita e lui sorrise.

«Ti lascerò andare subito», la rassicurò in tono confidenziale. «Ma prima vorrei qualche minuto di piacevole intimità», disse, infilando di prepotenza una mano sotto il suo abito.

Allora Giovanna si spaventò. La strada era buia e deserta. Riecheggiò nella sua mente l'ammonimento di Margherita: «Attenta agli scontri frontali. Possono fare molto male».

«Lei è matto da legare!» gridò, dibattendosi per uscire dalla macchina.

Il ricco imprenditore aveva abbassato la cerniera dei pantaloni e stava per incombere su di lei.

«Non essere stupida. Hai appena firmato un contratto molto vantaggioso. Non vorrai mandare tutto all'aria.» Aveva reclinato i sedili e le stava addosso, schiacciandola.

Giovanna lanciò un urlo spaventoso.

«Piantala, cretina!» sbottò l'uomo, disorientato.

Qualcuno, all'esterno, batteva colpi vigorosi sulla carrozzeria. Lui si ritrasse, allarmato. Sul marciapiede c'era Luigi che, spronato dalla moglie, era sceso per aspettare Giovanna sul portone di casa.

«Piccola scema, con me hai chiuso», sibilò l'industriale, ricomponendosi velocemente.

Luigi spalancò dall'esterno la portiera che Giovanna non era riuscita ad aprire. La ragazza si precipitò fuori gettando in faccia all'industriale il contratto appena concluso.

Luigi girò attorno all'auto, aprì la portiera e agguantò l'uomo per la giacca. «Chiedi scusa alla signorina», gli ordinò, con voce livida.

«Lei tenga giù le mani. Potrei farle passare un guaio», minacciò l'uomo.

Luigi trascinò l'industriale fuori dall'abitacolo e lo schiaffeggiò con forza.

Non appena Giovanna entrò in casa con il cognato, esplose in un pianto dirotto.

«Ti avevo messa in guardia contro le tue ambizioni», l'ammonì Margherita. E soggiunse, porgendole un fazzolettino perché si asciugasse le lacrime: «Adesso ti faccio una bella camomilla. Così ti calmerai e potrai riflettere più serenamente».

Ma lei non voleva rattristarsi più del necessario. Sorseggiò la camomilla mentre Margherita l'accudiva con affetto.

«Ho sbagliato un'altra volta», ammise amaramente. «Non è niente di grave. È come quando si impara a guidare la macchina. Dopo un paio di svarioni, capisci come funziona la faccenda. La prossima volta non sbaglierò», decise, determinata a dimenticare l'accaduto.

Infatti non sbagliò più. L'estate successiva, durante le

vacanze, incontrò Jacopo Lanciani. Se ne innamorò e l'istinto le suggerì come comportarsi per non incorrere in una nuova delusione. Ma Jacopo non l'avrebbe comunque delusa, perché era la persona migliore che una donna potesse incontrare.

Oggi

1

Giny si svegliò di soprassalto. Aveva avuto un incubo che il risveglio dissolse. Guardò l'ora sulla radiosveglia. Erano le due del mattino. Si alzò e andò in cucina a bere un bicchiere d'acqua. Scorse una lama di luce venire dal salotto. Aprì la porta e trovò sua madre affondata in una poltrona, la cuffia dello stereo sulle orecchie. Stava piangendo.

Giovanna la vide. Si tolse la cuffia, si asciugò le lacrime e le sorrise.

«Che cosa ti succede, mammina?» le chiese con dolcezza.

Giovanna spalancò le braccia per accoglierla. Giny si sedette sulle sue ginocchia e l'abbracciò.

«Sono soltanto un po' malinconica», minimizzò la madre per non spaventarla.

«Lo vedo. Stavi ascoltando musica e già questo mi sembra un fatto preoccupante», constatò sua figlia.

«E tu, da quando ti svegli nel cuore della notte?»

«Ho fatto un brutto sogno.»

«È passato. Non pensarci più», le sussurrò Giovanna stringendola a sé.

«Stai soffrendo per il babbo?» domandò la ragazza.

«Anche per lui», confessò Giovanna.

«Avevamo promesso di raccontarci tutto. Ti ascolto», la spronò Giny. Vide sul tavolino il quadro che Giovanna aveva appena acquistato. «Bella questa tela», esclamò.

«Si intitola *Lezione di tango*. Sono contenta che ti piaccia.»

Avrebbe voluto raccontare a Giny la sua storia e spiegarle che, finalmente, ora capiva perché non aveva tollerato le affettuosità di suo marito per la figlia. Gli aveva sottratto Giny non per gelosia, ma nel timore inconscio che potesse accadere quello che era successo a lei. La paura l'aveva accompagnata per tutta la vita. Quanti errori e quanta infelicità inflitti a se stessa e agli altri. Era disperata e non trovava le parole né il coraggio per spiegare a Giny tutto questo.

Sorrise a sua figlia e disse: «Vuoi che ti racconti tutto? Ti prometto che lo farò, quando sarò meno triste e, soprattutto, meno stanca. Adesso andiamo a dormire».

Uscirono dal salotto e Giny la seguì in camera da letto.

«Mi prendi vicino a te?» le domandò.

«Solo se mi prometti di dormire», l'avvertì Giovanna. «Sono quasi le tre e domani devi andare a scuola.» Si sdraiarono sul letto, l'una accanto all'altra.

«Spegni la luce, per favore», disse Giny.

Stettero vicine, al buio, immerse ognuna nei propri pensieri.

Giovanna era troppo sconvolta per prendere sonno. Avrebbe voluto affrontare subito le sorelle e chiedere la ragione di quel lungo silenzio perché, ora se ne rendeva conto, loro avevano sempre saputo la verità.

«Ho chiuso con Paolo», sussurrò Giny.

Giovanna si impose di non reagire lasciando che Giny seguitasse a raccontare.

«Mamma, hai sentito quello che ho detto?» insistette sua figlia.

«Certo. Hai chiuso con Paolo», ripeté Giovanna, con calma. Si mise a sedere sul letto e riaccese la lampada.

«Spegni, o non riuscirò a parlarti», supplicò Giny.

«Lo hai scaricato, finalmente», si rallegrò Giovanna.

«Lui ha scaricato me», la corresse sua figlia.

«Per questo non dormivi. Che cosa è successo?»

«Gli ho detto che ero incinta.»

«Ma non è vero. Dimmi che non è vero, Giny», si allarmò sua madre.

«Avevo parlato a lungo con la nonna a proposito di Paolo. Ragionando con lei, ho capito che forse non ero così innamorata...»

Giovanna, spaventata, non la lasciò finire: «Ma tu prendi la pillola. Com'è potuta accadere una cosa del genere?»

«Mamma, non sono incinta. L'ho soltanto detto per vedere come avrebbe reagito. È fuggito vigliaccamente. Mi ha fatto pena. Mi sono vergognata per lui e un po' anche per me. Ti ho fatto soffrire inutilmente. Perdonami.»

Madre e figlia si abbracciarono strette e Giovanna le raccontò di Luca Gandolfi, il suo primo amore, la sua prima delusione.

«Allora puoi capire come mi sento io», sussurrò Giny.

«Io mi sono sempre rifiutata di soffrire. Se qualcosa o qualcuno mi feriva, lo cancellavo dal mio orizzonte. È un metodo che non ti consiglio. Non si guarisce dalle delusioni soffocandole in fondo al cuore. Devi smaltire il tuo dispiacere senza averne paura. Passerà presto, vedrai. Io posso solo benedire il povero Paolo. Sarebbe stato un disastro se avesse avuto il coraggio dei propri sentimenti. Si sarebbe dibattuto tra la sua famiglia e te. Ne avreste sofferto tutti e, alla fine, avreste capito che non eravate fatti per vivere insieme», disse Giovanna.

«È stata la nonna a suggerirmi di metterlo alla prova», confessò Giny.

«Mia suocera, da buona fiorentina, discende in qualche modo dal Machiavelli», sorrise Giovanna. E soggiunse: «T'ho mai detto di quando mise me alla prova? Non le piaceva l'idea che sposassi tuo padre. Così, un giorno, mi affrontò e mi disse che suo figlio non possedeva nulla, nemmeno la casa in cui viveva. Se volevo diventare la signora Lanciani, dovevo prepararmi a una vita di privazioni, perché lei non ci avrebbe aiutati mai. E, come prima mossa, chiuse la villa del Forte e tolse lo stipendio a Jacopo. Sai una cosa, Giny? Ci comportammo con molta dignità. Io avevo il mio stipendio e mi bastava. Tuo padre trovò lavoro presso un amico e si trasferì in un piccolo appartamento in San Frediano. Io volevo soltanto lui, non il suo denaro. Lo amavo profondamente».

«Mammina, spero tanto che le nostre incomprensioni siano finite, perché ho tanto bisogno di te», disse Giny, con voce assonnata. Si addormentò e Giovanna se la tenne vicina.

«E anch'io spero tanto che il periodo delle mie paure sia finito, perché ho tanto bisogno di ricominciare a vivere», sussurrò, prima di lasciarsi vincere dal sonno.

La sera dopo era venerdì. Giovanna riuscì a mandare figlia e suocera a teatro e pregò le sorelle di presentarsi da sole per la cena settimanale.

«Voglio fare chiarezza nel mio passato», esordì, mentre sedevano a tavola. «Penso che voi due mi abbiate taciuto qualcosa di molto importante e non so ancora se ringraziarvi o maledirvi.»

Lucia e Margherita non osarono alzare lo sguardo dai piatti. La presa di coscienza di Giovanna era ormai nell'aria. Lo avevano capito entrambe quando la sorella minore, qualche tempo prima, aveva insistito su certe domande cui loro non avevano voluto rispondere.

La porta della sala da pranzo era spalancata sul salotto

dove era in funzione l'impianto stereo che diffondeva *La cumparsita* cantata da Iglesias.

«È proprio necessaria questa musica?» sbottò Lucia.

«È sull'onda di queste note che mio padre mi ha usato violenza», affermò Giovanna, con tono gelido.

Lucia bevve il suo vino d'un fiato, si asciugò le labbra e guardò la sorella più giovane con aria di sfida.

«Credi di essere stata l'unica vittima? Papà l'aveva già fatto con Margherita e poi con me», dichiarò.

Cadde il silenzio. Lucia si mise a piangere, Margherita si alzò da tavola e andò in salotto a spegnere lo stereo.

Ritornò in sala da pranzo e affrontò Giovanna: «Noi ti abbiamo difesa come potevamo, quand'eri bambina. Eravamo piccole anche noi, ma non volevamo che ti toccasse la nostra stessa sorte».

«La mamma non ha mai saputo di noi due, anche se lo sospettava», singhiozzò Lucia.

«Ma dove trovi la forza di preoccuparti ancora per quel disgraziato di nostro padre?» domandò Giovanna a Margherita. E proseguì: «Io non ti capisco. E non capisco neppure te, Lucia. Perché avete sempre taciuto? Io avevo rimosso quel ricordo allucinante, ma voi avevate il dovere di indurmi a ricordare. Vi rendete conto del guaio che avete combinato con il vostro silenzio? Tutti a dire: 'Giovanna, poverina, è strana', e a compatirmi. Come avete potuto tacere per tanto tempo?» sbottò in preda alla collera.

«Giovanna, siamo tre disgraziate, questa è la verità», intervenne Lucia. E soggiunse: «Margherita è una nevrotica e s'è buttata sulla religione come fosse una zattera di salvataggio. Tu ti sei aggrappata alle apparenze, ignorando la sostanza della vita. Io ho reagito rifiutando gli uomini. Siamo davvero tre disgraziate. Che cosa vogliamo fare? Dobbiamo continuare a piangerci addosso? Vogliamo maledire nostro padre fino alla fine dei nostri giorni?»

«Smettila, Lucia», intervenne Margherita. «Nostro padre è soltanto un poveruomo tormentato dal rimorso e dalla consapevolezza che rifarebbe esattamente quello che ha fatto. Perché il suo istinto perverso è più forte della ragione. Non intendo assolverlo, ma perdonarlo sì. Io l'ho perdonato. Credo che voi due dovreste fare altrettanto, soprattutto considerando le sue condizioni. È in grave stato confusionale, ma quelle violenze se le ricorda. E ne soffre», concluse.

2

La casa di riposo era stata una villa patrizia. Adesso era una fondazione sovvenzionata in parte da lasciti privati e in parte dagli stessi degenti che, con la loro pensione, contribuivano alle spese. L'edificio sorgeva in un parco, in prossimità di Pavia.

Guido Reslieri ci era entrato spontaneamente cinque anni prima, alla morte della suocera che lui aveva assistito fino alla fine.

Giovanna chiese di lui in portineria. Le venne incontro un'infermiera. «Guardi, il signor Reslieri è laggiù», le disse indicandole un luogo imprecisato lungo un viale fiancheggiato da antichi platani.

«Laggiù, dove?» chiese Giovanna, titubante.

La donna osservò la visitatrice notando l'eleganza del tailleur di lino celeste, delle scarpine di vernice bicolori celeste e blu come la piccola borsa che portava a tracolla. Vide la grossa acquamarina al mignolo e gliela invidiò. Pensò che fosse una gran signora e si stupì che cercasse il povero signor Reslieri, pensionato delle Ferrovie.

«Dove c'è quella fontana», spiegò e aggiunse: «Vuole che l'accompagni?»

«No, grazie», si schermì Giovanna.

Sulle panchine di legno, lungo il viale alberato, sedevano gli anziani. Alcuni vestiti in modo inappuntabile, altri in pigiama e vestaglia. Altri infermi stavano su sedie a rotelle spinte dalle accompagnatrici. Tutti avevano facce stanche e tristi, lo sguardo spento, il corpo gracile.

Giovanna rabbrividì mentre percorreva il viale, sforzandosi di sorridere a quei vecchi che la guardavano incuriositi.

Una donna anziana l'agguantò per un braccio. «Tu sei Angela?» domandò, con tono brusco.

«No, signora», rispose Giovanna.

«Me lo hai portato il gelato?» insistette la donna.

«Mi dispiace», replicò, tentando di sottrarsi a quella mano scheletrita che le stringeva il polso.

La donna, rassegnata, lasciò la presa. Giovanna le accarezzò la fronte. «Grazie», sussurrò la vecchia.

Notò un uomo seduto su una poltroncina di plastica bianca. Aveva il capo reclinato sul petto, le mani nodose aggrappate ai braccioli, lo sguardo fisso sull'acqua verdognola di una vasca dove nuotavano pesci rossi grossi come trote.

Giovanna si avvicinò e lo riconobbe. Posò una mano sulla spalla ossuta del vecchio.

«Ciao», disse, «sono Giovanna.»

L'uomo alzò su di lei lo sguardo appannato. «Ci conosciamo?» domandò.

«Sono tua figlia», rispose lei.

«La mia vista si è indebolita. Devi avere pazienza», le spiegò.

Giovanna sedette sul bordo della vasca, di fronte a lui.

«Adesso mi vedi?» chiese.

Il vecchio non rispose, lo sguardo perso nel vuoto. I capelli, un tempo folti, ramati e ricci si erano sbiancati e diradati. La corporatura imponente si era prosciugata.

Era tutto pelle e ossa. Le piccole efelidi che una volta punteggiavano il suo volto largo e chiaro si erano trasformate in grosse chiazze marroni che macchiavano il viso.

Giovanna pensò che, con il passare degli anni, sarebbe diventata esattamente come lui, tanta era la loro somiglianza.

«Come stai?» gli domandò.

«Come uno che aspetta di morire. Qui dentro, tutti aspettiamo la morte. Ogni giorno è uguale al precedente. Si peggiora a poco a poco, ma non ce ne accorgiamo. È un declino lento», spiegò il padre.

«Che cosa fai durante il giorno?» gli domandò.

«Guardo i pesci, quando il tempo è buono. D'inverno, sto davanti alla finestra della mia stanza e guardo il cielo.»

Giovanna annuì lasciando scorrere lo sguardo oltre le spalle del vecchio, dov'era un minuscolo gazebo che conteneva una panchina semicircolare intorno a un piedistallo che sosteneva una statua colorata della Vergine.

«E penso», aggiunse il padre, dopo una pausa interminabile.

Venne verso di loro una bella ragazza bruna che indossava una svolazzante vestaglietta rosa. Si accostò al vecchio e gli diede un bacio sulla fronte. Gli parlò come fosse un bambino. «Come sta il mio tesoro?» gli domandò.

«Ti riconosco dalla voce. Sei Giuditta», disse Guido, abbozzando un sorriso.

La ragazza, che aveva occhi vivaci e gioiosi, passò una mano sui capelli dell'uomo, scompigliandoglieli.

«Allora, andiamo a fare una passeggiatina?» chiese, mentre guardava Giovanna con curiosità.

«Giuditta è una volontaria», spiegò il padre. E soggiunse: «Questa è Giovanna, la minore delle mie figlie».

«Complimenti, Guido. Hai una figlia bellissima», replicò la ragazza, con voce gaia. «Vengo a trovarti domani», soggiunse, dandogli un buffetto affettuoso sulla guancia.

«Grazie», sussurrò Giovanna, sorridendole.

La ragazza se ne andò.

«Vuoi fare due passi con me?» domandò al padre.

L'uomo si alzò con fatica aiutato da Giovanna e, insieme, si incamminarono lungo il viale.

«Ti mostro la mia stanza», propose lui. Entrarono nella villa e percorsero un ampio corridoio. Il soffitto a volta era affrescato con scenette bucoliche di maniera. Alle pareti erano appesi i ritratti a olio della famiglia Brunelli, che aveva istituito la fondazione, e degli altri benefattori. Volti severi, aristocratici, di stampo antico, i cui sguardi sembravano fissare con severità il vecchio padre e la bellissima figlia come se conoscessero il loro turpe dramma. Un ascensore li portò al secondo piano. Si trovarono in un grande soggiorno con le pareti bianchissime e il pavimento di legno. Era arredato con piccole poltrone di pelle rossa e tavolini rotondi. Su ogni tavolo c'erano fiori recisi in vaso.

Una suorina vestita di bianco stava bagnando le grandi piante ornamentali allineate lungo i finestroni che davano sul parco. Gli anziani, seduti in poltrona, leggevano o ascoltavano musica in cuffia, qualche donna ricamava. Lungo la parete opposta ai finestroni, una serie di porte dava accesso alle camere. Da una di queste uscì un vecchio, le braccia strette al petto, perché la vestaglia rigonfia non si aprisse.

«Signor Beretta, cos'ha rubato?» lo investì la suorina, lasciando l'annaffiatoio e fronteggiandolo.

«Niente», rispose lui, con aria innocente.

«Faccia un po' vedere», insistette lei, infilando la mano nella vestaglia. Estrasse rotoli di carta igienica, piccoli teli di spugna e pezzi di sapone. «Signor Beretta, lei deve smettere di rubare nelle camere dei suoi compagni.» Poi, si girò e sorrise a Guido e Giovanna che si avvicinavano.

«La mia Gisella è venuta a trovarmi», annunciò Guido alla suora.

«Gisella era la mia mamma», precisò Giovanna.

Poiché la suora sapeva che a volte Guido perdeva colpi, non sottolineò l'errore e le chiese: «Non era mai venuta, vero? Di solito vedo l'altra sorella».

«È la prima volta», rispose Giovanna. E soggiunse: «Voleva mostrarmi la sua stanza».

«È questa.» La suora aprì la porta su una cameretta linda, dall'arredo essenziale: un letto bianco, un comodino, un piccolo tavolo, una sedia e una poltrona sotto la finestra. Sopra il letto era appeso un crocefisso.

Giovanna sentì una stretta al cuore. Non c'era più nulla che lo legasse al passato, alla famiglia, alla casa in cui era vissuto.

«Gisella dov'è? Perché non viene?» domandò Guido sedendo sul bordo del letto.

«Gisella è morta. Trent'anni fa», spiegò Giovanna.

«Mi dispiace tanto», disse lui, scuotendo il capo. «Io le volevo bene. Era una brava donna. Mi ha dato tre figlie. Volevo tanto bene anche a loro.»

Appoggiò il capo alla spalliera del letto e si mise a piangere. «Io volevo bene alle mie bambine», singhiozzò. «Non so perché ho fatto loro del male. Non volevo. Per gli altri era una cosa brutta. Ma per me era giusta. È questo che non mi dà pace. Ho sofferto tanto quando mi avete escluso dalla vostra vita, perché continuavo a volervi. È stato solo per amore», disse, asciugandosi le lacrime.

«Povero vecchio», lo compatì Giovanna, accarezzandogli il viso con infinita pietà.

«Ti domando perdono», sussurrò lui.

Poi, aprì il cassetto del comodino e prese una stecca di cioccolato fondente. Gliela tese: «Questa ti piaceva tanto quando eri bambina. Prendila».

«Non mi piace più», si ritrasse lei. Si avviò verso la porta.

«Te ne vai?» le domandò il padre.

Lei annuì.

«Allora di' a Gisella che venga a trovarmi. Dille che mi manca tanto.»

Nel soggiorno Giovanna si accostò alla suora. «Come sta mio padre?» le chiese.

«È un paziente modello. A tratti cade in uno stato confusionale e dice cose strane.»

«Per esempio?»

«Dice che nella vita ha amato soltanto la moglie e le tre bambine e per questo Dio l'ha punito portandogliele via. Venga più spesso a trovarlo. È molto solo», raccomandò la suora.

Giovanna scese al piano terreno e imboccò il viale di platani. Uscì dal cancello, salì sulla sua macchina e prese la strada per Milano. Era triste. Pensò che non era riuscita a dargli un bacio, né a chiamarlo papà.

Tuttavia, il capitolo più drammatico della sua vita si era finalmente chiuso.

3

GIOVANNA decise di tornare nella mansarda di piazza Cordusio, con la speranza di incontrare l'uomo di cui si era innamorata. Salutò il portiere, che la riconobbe, e gli domandò le chiavi. «Guardi che hanno sospeso i lavori», la informò.

«Che cosa è successo?» domandò allibita.

«Hanno proprio chiuso bottega. Non c'è più nessuno.»

«Posso avere le chiavi?»

«Quelle le ha l'architetto.»

Se ne andò delusa, pensando che non avrebbe mai più rivisto l'enigmatico sconosciuto.

Dal negozio telefonò a Filippo Pantani, ma non riuscì a trovarlo da nessuna parte. Il giorno dopo, all'aeroporto, entrò nella sala d'imbarco del volo per Londra.

Aveva prenotato una stanza all'*Halcyon*, un piccolo albergo in Holland Park, dove un tempo era solita alloggiare con Jacopo.

Sedette con gli altri passeggeri in attesa. Pensava con sollievo alla conclusione della vicenda sentimentale di sua figlia e la confortava saperla in compagnia della nonna. Di là dai vetri vide calare le prime ombre della sera e le assimilò al tramonto di suo padre. La morte, forse, era meno spaventosa della vecchiaia. A dissipare la malinconia di quei pensieri fu il sopraggiungere dell'amico architetto che si guardava intorno alla ricerca di un posto dove sedersi.

«Quando si dice il destino», esclamò Giovanna, raggiungendolo.

Filippo le sorrise e l'abbracciò.

«Ti ho cercato a lungo, ieri. Dove ti eri nascosto?» gli domandò.

«Da mia madre. Ora abito con lei.»

«Hai un aspetto splendido», lo rincuorò Giovanna.

«Per conservarlo più a lungo possibile devo condurre un'esistenza ordinata. Non puoi immaginare quanto siano utili le madri, in questi casi.»

Sorrisero entrambi.

«Perché mi cercavi?» le chiese.

«Ero curiosa di sapere come vanno i lavori in piazza Cordusio», disse lei, con aria vaga.

«Sospesi. È per questo che sto andando a Londra. Quella maledettissima camera da letto è rimasta come l'hai vista tu. Macerie comprese. Mongrifone si è finalmente materializzato con una telefonata e mi aspetta domattina nel suo ufficio», spiegò.

«La Primula Rossa sta per rivelarsi», ironizzò Giovanna. E soggiunse: «Se mai riprendessi i lavori, fammelo sapere. Dopotutto, mi sta a cuore la sorte di quell'appartamento», confessò con aria lieve. Poi proseguì: «Adesso tieniti forte. Domani, nel pomeriggio, sarò anch'io negli uffici della Cogestar».

«Perché?» s'incuriosì l'amico.

Giovanna raccontò succintamente la storia di Matilde, l'ingiunzione di sfratto dal palazzo fatiscente, l'invio del fax a Londra e la sorprendente risposta. «Credevo che mi mandassero al diavolo. Invece mi hanno fissato un appuntamento. Secondo me, Mongrifone è un po' matto.»

«Su questo non ci sono dubbi. Ma toglimi una curiosità. Questa vecchia di cui parli, ha qualcosa a che vedere con la scultura che nascondi nella tua bottega?»

«Lo sai anche tu!» esclamò Giovanna divertita.

«Se ne parla molto. E la colpa è tua, perché ne stai facendo un mistero.»

«La colpa è del nostro ambiente, afflitto da mali cronici come la curiosità e l'invidia. Vorrebbero vederla per poterne parlare male. Quindi, non la mostrerò a nessuno.»

«Neppure a me che sono il tuo migliore amico?»

«Ci penserò, Filippo», tagliò corto lei.

Quando vennero aperti i cancelli, si avviarono insieme verso l'interno del Boeing. C'erano molti posti vuoti, così sedettero vicini, continuando a chiacchierare. Arrivarono a Heathrow in un soffio. Presero la metropolitana. Giovanna scese a Holland Park, in prossimità del suo albergo. Filippo a Green Park dove, a Savile Row, c'era l'appartamento di sua madre.

«Spero tanto che tu riesca a concludere i lavori per Mongrifone», gli augurò quando si salutarono. Nutriva ancora l'assurda speranza di ritornare in quella mansarda e ritrovare l'uomo che l'aveva tanto affascinata.

«Spero tanto che tu riesca a risolvere il problema della tua vecchina», ricambiò lui. «In ogni caso, ci rivedremo a Milano.»

Il mattino dopo, Giovanna arrivò in Hutton Garden, il quartiere londinese dei gioiellieri. Si fermò davanti a una palazzina dall'aspetto modesto, la solita porta laccata di blu, il bow window con le tendine di tulle bianco, un piccolo giardino. Prima di suonare alla porta, controllò l'indirizzo temendo di essersi sbagliata.

Le aprì un ragazzino in abito scuro, la papalina nera, i capelli biondi e due boccoli che scendevano a nascondergli le orecchie.

«Sono la signora Lanciani. Ho un appuntamento con il signor Silverstein», esordì con fare incerto.

L'amico gioielliere di Firenze le aveva sempre parlato di Silverstein come del più affidabile e ricco mercante inglese di pietre. Quella casa non sembrava all'altezza della fama di chi l'abitava.

«Papà la sta aspettando, signora Lanciani», disse il ragazzino, precedendola lungo una scala interna che portava al piano superiore. La introdusse in un salotto grazioso, con la tappezzeria a fiori pallidi, le tendine guarnite di volant, la moquette azzurrina.

Giovanna non aveva alcuna familiarità con il mondo dei ricchi mercanti di gioielli, quasi tutti di origine ebrea. L'uomo che la accolse, tuttavia, superò ogni possibile previsione. Era un ometto basso di statura, il viso ancora giovane seminascosto da una bionda barba fluente da cui spuntavano piccole labbra rosate. Aveva grandi occhi celesti e un bel naso dritto e fiero. Indossava una giacca nera che gli arrivava al ginocchio e una camicia candida. senza colletto.

«Sono molto contento di conoscerla», le disse, tendendole la mano.

«Il piacere è tutto mio», replicò Giovanna.

«A quanto ho capito, abbiamo in comune l'amore per le cose belle. Il nostro amico toscano mi ha spiegato che lei è mercante d'arte», proseguì l'uomo indicandole una piccola poltrona di fronte alla sua scrivania.

Prima di sedersi, Giovanna estrasse dalla borsetta le maniche della pigotta e le posò sul piano rivestito di pelle.

Lui le guardò e sorrise. Aprì un cassetto, estrasse un vassoio foderato in camoscio e vi adagiò l'antico velluto. Giovanna notò le sue mani piccole, bianchissime, delicate.

Sistemò una lente sull'occhio sinistro, accese una piccola lampada alogena e si chinò a esaminare le pietre.

Prese un paio di pinzette e staccò una pietra dal suo insediamento. Poi, la osservò minuziosamente. Ne staccò altre e le studiò attentamente. Quindi, le misurò con un piccolo calibro. Fece lo stesso con alcune perle.

Giovanna seguiva in silenzio le sue mosse, scrutando il viso assorto dell'uomo.

Trascorsero pochi minuti che le sembrarono un'eternità.

Infine, il gioielliere si tolse la lente e le sorrise. «Sono pietre molto belle. Il colore, la purezza e il taglio sono perfetti. Pesano all'incirca due carati l'una», sentenziò congiungendo le mani, come se pregasse.

«La persona cui appartengono vuole venderle», disse Giovanna.

«Non avrà difficoltà a farlo.»

«Vuole acquistarle?» gli domandò.

«Io acquisto e vendo. Gradisce una tazza di caffè?» continuava a sorridere, senza risponderle.

Le sembrò scortese rifiutare e, per quanto non amasse il caffè inglese, lo accettò ringraziando.

L'uomo premette un pulsante in un punto imprecisato, sotto la scrivania, e subito entrò una giovane donna portando un vassoio con due tazze di caffè fumante.

«Signora Lanciani, le presento mia moglie Sara», disse l'uomo, andando incontro alla brunetta in abito country. La donna era palesemente incinta.

«Come sta?» la salutò Giovanna.

«Aspetto allegramente il mio quinto figlio», rispose schiudendo le labbra in un sorriso infantile. Così come si era presentata, la donna si ritirò in punta di piedi. Loro sorseggiarono il caffè in silenzio.

Poi, il commerciante contò le pietre e le perle. Chiuse gli occhi e disse una cifra, in dollari.

Giovanna rimase senza fiato. Le sembrò una somma enorme. Si sforzò tuttavia di conservare un'espressione imperturbabile. «La persona che intende vendere si aspettava almeno il doppio», replicò, impassibile.

«È escluso», disse lui, scuotendo il capo.

«Allora mi dispiace. Non se ne fa nulla», decise Giovanna con l'aria di voler chiudere la contrattazione. Il mestiere le aveva suggerito una strategia. Si augurò che fosse quella giusta.

«Discutiamone, signora Lanciani», riprese lui, con il suo sorriso mite.

«D'accordo, signor Silverstein», sorrise a sua volta.

Si accalorarono entrambi. L'uomo elencò tutti gli oneri che un simile investimento comportava, mentre Giovanna ne sottolineava i vantaggi. E pensava a Matilde, che non avrebbe mai creduto di possedere quella enorme fortuna. Dopo un'ora di trattative estenuanti, uscirono insieme e andarono in banca. Le pietre erano passate di mano e il signor Silverstein accreditò sul conto di Giovanna la somma concordata. Erano entrambi molto soddisfatti.

Giovanna era elettrizzata e avrebbe voluto informare subito Matilde. Ma la vecchia non aveva neppure il telefono.

Tornò in albergo. Pranzò velocemente e si preparò ad andare alla Cogestar. Calcolò mezz'ora di colloquio. Dunque, sarebbe riuscita a prendere un volo per Milano alle quattro del pomeriggio. Giusto in tempo per andare da Matilde.

Riordinò la sua sacca da viaggio, pagò il conto dell'albergo e si fece chiamare un taxi che la condusse in Berkeley Square, nel cuore della City.

Il nome Cogestar era inciso su una lunga lastra di marmo lucente che sovrastava la porta d'ingresso di un palazzo sontuoso. L'euforia che l'aveva fin lì sorretta si spense. Si sentì ridicola.

La Cogestar era una importante holding internazionale. Con quale coraggio sarebbe riuscita a fronteggiare il suo interlocutore per chiedere di non sfrattare una vecchia disperata da un abbaino che stava andando in rovina? Ripensò al fax inviato a Londra. Era stata chiara. E altrettanto chiara era stata la risposta. Si fece coraggio dicendosi che, nella peggiore delle ipotesi, l'avrebbero messa alla porta.

Varcò la soglia e, al portiere gallonato che l'accolse, indicò il proprio nome e l'ora dell'appuntamento con Mongrifone.

L'uomo le chiese di compilare una scheda con i dati anagrafici, poi parlò al telefono con qualcuno. Quindi la scortò verso un ascensore. «Ultimo piano», le disse. «Troverà a riceverla miss Elaine, la segretaria del presidente.»

L'ascensore era una scatola tutta specchi, mogano rosso e ottoni tirati a lucido. Miss Elaine era una signora dall'aspetto piacevole e dall'eleganza sobria.

«Benvenuta, signora Lanciani», le sorrise. E soggiunse: «Il presidente è occupato. Si scusa e la prega di aspettare solo qualche minuto».

La fece accomodare in un salottino dall'arredo essenziale. Alle pareti c'erano due grandi tele di Campigli, raffiguranti morbide figure femminili. Giovanna posò per terra la sua sacca da viaggio accanto alla poltrona in cui sedette.

«Posso offrirle un tè? Oppure un caffè?» le chiese la segretaria.

«Nulla, grazie», rispose, augurandosi che l'attesa non fosse troppo lunga perché rischiava di perdere l'aereo.

Rimase sola e si mise a sfogliare nervosamente una rivista di viaggi, abbandonata su un tavolino, mentre si convinceva sempre di più dell'inutilità di quell'appuntamento. Passarono pochi minuti. Poi miss Elaine schiuse la porta e le annunciò che mister Mongrifone la stava aspettando.

Giovanna si trovò così sulla soglia di uno studio hollywoodiano con grandi finestre che si affacciavano sui tetti della città, mobili scuri, poltrone di pelle nera, la moquette bianca e soffice. Dietro l'enorme scrivania sedeva un uomo in controluce. Nell'aria aleggiava un vago profumo di limone e cannella.

«Finalmente», l'accolse una voce mai dimenticata.

«Oh, no!» esclamò lei, riconoscendolo.

«Sono proprio io», replicò l'uomo, andandole incontro.

4

GIOVANNA non poteva credere che l'uomo tanto desiderato, lo sconosciuto con cui aveva diviso momenti indimenticabili, fosse Alessandro Mongrifone, il presidente della Cogestar.

«Mi hai fatto venire fin qui perché cadessi nella tua trappola», lo aggredì.

«Tu hai chiesto un appuntamento, io ho accettato, considerandolo una grazia piovuta dal cielo», replicò Alessandro.

«Mi sento ridicola», soggiunse con malagrazia. La infastidiva constatare che, anche in quella situazione, lui continuava a essere terribilmente affascinante.

«Mi sono innamorato di te», confessò lui.

«Questo me lo avevi già detto.»

«Adesso te lo ripeto.»

«Detesto i bugiardi. Mi hai fatto credere di essere quello che non eri.»

«Non mi hai lasciato il tempo di spiegare», si difese, andandole vicino. Allungò una mano per accarezzarla e lei mosse un passo all'indietro.

«Non toccarmi», gridò con voce isterica.

«Smetti anche tu di mentire. Mi desideri almeno quanto ti desidero io», affermò deciso.

Era vero, ma non voleva capitolare. Era combattuta tra il desiderio di abbracciarlo e il bisogno di fuggire. A salvarla arrivò il trillo del cellulare che aveva infilato nella tasca del blazer. Soltanto la sua famiglia aveva quel numero e doveva esserci un motivo serio per cercarla.

Era Giny. «Hanno portato in ospedale la tua amica Matilde», le annunciò. «Il suo cane è qui in bottega. Non voleva lasciarlo e ho dovuto prometterle che avresti avuto cura di lui.»

«Vado subito all'aeroporto. Vieni a prendermi a Linate con la nonna», rispose Giovanna.

Chiuse la comunicazione e si rivolse ad Alessandro. «Ero venuta per chiederti qualcosa che ora non ha più importanza», gli disse, sul punto di lasciare l'ufficio.

«Perché vuoi sempre litigare ogni volta che ci incontriamo?» sbottò lui, seguendola. Raggiunsero l'ascensore e vi salirono. «Se hai un problema, vorrei esserti utile», propose, resistendo alla tentazione di stringerla a sé.

Giovanna gli diede le spalle, maledicendo la lentezza degli ascensori inglesi. «È successo qualcosa a quella povera vecchia che la tua società vuole mettere in mezzo a una strada», sibilò, mentre si spalancavano le porte. Attraversò l'atrio con passo scattante e fu sulla strada. Vide arrivare un taxi. Lo bloccò e salì a bordo.

Alessandro gridò: «Non farai mai in tempo a prendere il tuo aereo. C'è uno sciopero in corso».

Giovanna non afferrò il senso delle sue parole, ma lo capì quando si trovò imbottigliata nel traffico. Si innervosì e finì per litigare con il conducente, accusandolo di non aver saputo scegliere un percorso più veloce. Quando raggiunse l'aeroporto, il suo aereo era già decollato. A quel punto si accorse di non avere con sé la sacca con i documenti e il biglietto di viaggio.

E adesso, che cosa faccio? si domandò abbandonandosi su un sedile imbrattato di gelato liquefatto. Si alzò di scatto, ma era troppo tardi. I suoi jeans erano bagnati e sporchi. Non aveva nulla per potersi cambiare e, senza documenti, non poteva ripartire. Si guardò intorno disperata e scoppiò in lacrime.

«Ma perché sono così stupida?» singhiozzò. Ancora una volta non aveva avuto il coraggio di confessare ad Alessandro che lo amava. Ancora una volta si era comportata come una sciocca. Che cosa volevo dimostrare? s'interrogò furibonda.

Poi sentì il suo nome diffuso dall'altoparlante.

«La signora Lanciani, in partenza per Milano, è pregata di presentarsi al banco informazioni Alitalia», scandì la voce di un'annunciatrice.

Si guardò intorno ansiosamente e individuò il luogo indicato. La infastidivano i jeans imbrattati di gelato e si chiedeva come avrebbe potuto recuperare la sua sacca dimenticata alla Cogestar, da cui la separavano sedici chilometri di strade impraticabili. Era in ansia per Matilde. Se fosse morta prima che lei fosse riuscita a parlarle, che cosa ne avrebbe fatto di tutti quei soldi? Ma su questi interrogativi continuava a prevalere il pensiero di Alessandro.

«Sono io la signora Lanciani», si presentò.

«Buona sera, signora», le sorrise un giovane steward. «Sono Peter Grey. Questa è la sua borsa», annunciò indicandole la sacca che aveva in mano. E soggiunse: «Se vuole seguirmi, l'aereo del signor Mongrifone è pronto per il decollo».

Giovanna trattenne il fiato per lo stupore. Ingoiò le lacrime e tentò di ricambiare il sorriso. «Il signor Mongrifone dov'è?» domandò.

«È in città. Lei viaggia sola», precisò il giovane avviandosi per un tortuoso cammino che portava allo scalo degli aerei privati.

Giovanna non aveva mai viaggiato con un volo privato. Sentì su di sé l'attenzione dell'intero equipaggio: il comandante, il suo secondo, lo steward e la hostess. I motori erano già accesi e lei guardò incuriosita le pareti rivestite di radica bionda, i divani di pelle chiara, i tavolini in mogano rosso. Ovunque spiccava il monogramma di Mongrifone. Ricordò il commento di Filippo: «Gli piace segnare il suo territorio, come i cani».

La hostess, un'orientale bellissima, le indicò il bagno e Giovanna, finalmente, riuscì a lavarsi e a cambiarsi l'abito. Prima del decollo telefonò a Giny per avvertirla che sarebbe sbarcata nel settore riservato ai voli privati.

Quando l'aereo fu in assetto di volo, gli assistenti le offrirono cioccolatini e champagne. Rifiutò, chiedendo soltanto acqua. Poi, si sdraiò sul divano, chiuse gli occhi e sorrise.

Pensò ad Alessandro con un brivido di gioia. Per un attimo, ai lineamenti forti e duri dell'uomo, alla sua espressione ironica, che a tratti sfumava nella tristezza, si sovrappose il viso di suo marito, così dolce e rasserenante. Si rammaricò di non essere riuscita a dargli il meglio di sé. Non avrebbe commesso gli stessi errori con Alessandro e la loro vita sarebbe stata tutta diversa.

Nel salottino si affacciò la hostess. «Va tutto bene?» le domandò.

«Tutto bene, grazie», rispose Giovanna.

«Stiamo per atterrare. Vuole allacciare la cintura?» la invitò.

«La prego, non se ne vada.»

La giovane sedette di fronte a lei. Entrambe fecero scattare la chiusura delle cinture di sicurezza.

«Quando rivedrà il signor Mongrifone?» le domandò.

«Tra un paio d'ore, se a Linate ci danno il permesso di ripartire immediatamente per Londra», rispose. E soggiunse: «Il signore deve essere a Parigi in serata»

«Posso lasciargli un messaggio?»

La hostess annuì.

«Durante il volo, lui dove si siede?» chiese Giovanna.

«Esattamente dove sta lei adesso», disse la giovane.

Giovanna prese dalla borsetta il blocchetto degli appunti. Staccò un foglietto e scrisse: «Ti amo». Poi, lo ripiegò e lo mise sul tavolino, sotto una rivista. Era sicura che la hostess lo avrebbe letto, ma non gliene importava niente. A Linate, lo steward la scortò fino all'uscita, sbrigando per lei le pratiche doganali.

Giny e la nonna la stavano aspettando.

«Da quando sei diventata una viaggiatrice miliardaria?» la interrogò sua figlia.

«È una storia lunga. Per ora posso dirti che ho perduto il mio aereo e qualcuno mi ha offerto un passaggio», rispose. Poi soggiunse: «Ditemi subito di Matilde. Dov'è? Come sta?»

E Giny raccontò.

5

QUELLA mattina, quando Giny uscì da scuola con le compagne, si guardò intorno per individuare la nonna che, sul marciapiede opposto, le faceva un cenno con la mano. Si staccò dal gruppo e la raggiunse.

«Come ti sei vestita?» domandò Eugenia, sorpresa di vederla indossare un abitino di seta a righe, molto femminile.

«Mi sono messa un vestito della mamma», rispose la ragazza. E soggiunse: «Non trovi che mi stia bene?»

«Se non fosse per quello zaino che ti porti sulle spalle, ti starebbe benissimo», osservò la nonna.

«Dove andiamo?» domandò la ragazza, senza raccogliere la provocazione.

«Ho detto a Bruna che avremmo mangiato fuori. Ti va bene la *Trattoria dell'Orso*?»

«Perché non ci prendiamo un panino preparato dal salumiere e andiamo in bottega a mangiarlo?» propose Giny.

Fecero così. Giny amava il negozio di via Fiori Chiari e aveva passione per l'antiquariato.

Ora, mentre sedevano davanti al bancone da lavoro di Lino, gustando panini ripieni di mortadella, la nonna osservò: «Credo proprio che il mestiere dell'antiquario ti piaccia».

«Non lo so. Mi piacerebbe anche fare l'insegnante, oppure la giornalista. Sembra che a scrivere me la cavi bene. Cosa ne dici?»

«Che è ancora presto per scegliere», osservò Eugenia.

«Dopo la delusione con Paolo, per un po' di tempo non voglio fare scelte di nessun tipo», disse, con amarezza.

«Non piangerci sopra più del necessario», l'ammonì la nonna.

«È stata la mia prima esperienza, capisci? E l'ho fatta con un cretino. Pensa che ancora oggi, uscendo da scuola, ho sperato di vedermelo davanti. Mi sono illusa che venisse a scusarsi per la sua viltà. Invece, niente. È sparito. Spero soltanto che gli altri uomini non siano come lui», sospirò e aggiunse: «Nonna, secondo te, la mamma è innamorata?»

«Perché me lo chiedi?»

«Perché tu sei un tipo sveglio», esclamò ridendo.

«Scoprilo da sola», disse Eugenia che non voleva arrischiare giudizi sulla nuora. Si alzò dal tavolo e andò dietro lo scaffale dove c'era la scultura che Giovanna amava tanto.

«Secondo me, mamma ha una storia», insistette Giny raggiungendo Eugenia che stava osservando la statua con attenzione.

«Accendi quel faretto, per favore», disse alla nipote.

Orientò la luce per illuminare le spalle, il collo e il viso della bambola.

«A te piace questa donnina?» domandò alla ragazza.

«No», rispose lei senza esitare. «È troppo strana. Mi inquieta soprattutto il viso, così tondo e imbellettato. È troppo schiacciato, non vedi?»

Eugenia Lanciani osservava e rifletteva. Poi, il suo

sguardo si illuminò. «Ma certo? Perché non ci ho pensato prima?»

«A che cosa?»

«Lo scultore ha dovuto seguire la forma del tronco. Non c'era abbastanza legno per dare al viso uno spessore maggiore. Aveva ragione tua madre. La testa fa davvero un tutt'uno con il corpo.»

«E questo, che cosa cambia?»

«Che la statua vale molto di più. Mi piacerebbe esporla nella mia bottega, a Firenze.»

«Scordatelo. Mamma non te la darà mai», dichiarò la ragazza.

In quel momento, Lino entrò nel retrobottega, e loro si affrettarono a liberare il tavolo degli avanzi del pranzo. Il vecchio restauratore andò in negozio e alzò la saracinesca. Sulla via si era formato un piccolo crocchio di persone.

Tornò nel retrobottega e disse: «Bisogna telefonare per un'ambulanza. Qualcuno sta male».

La nonna e Giny uscirono. Matilde era distesa a terra. Accanto a lei c'era il carrello con dentro il suo cane.

La ragazza si fece largo tra la gente che guardava la donna senza decidersi a soccorrerla. «Stia tranquilla, signora», disse Giny chinandosi su di lei, «sta per arrivare un medico.»

«Il mio Lilìn», sussurrò Matilde. «Dov'è il mio cane?»

«Me ne occuperò io», garantì. «E avvertirò subito mia madre.»

«Tu chi sei?» domandò la donna.

«Sono la figlia di Giovanna», la rassicurò.

Quando la donna venne caricata sull'ambulanza, Giny si impadronì del cane e lo portò nel negozio. Poi, aveva telefonato a Londra per avvertire sua madre.

Ora che Giovanna era tornata si sentì sollevata da una responsabilità.

«Vorrei subito andare da lei», decise Giovanna. In quel momento si sentì un guaito venire dal sedile posteriore dove sedeva la ragazza.

«È il suo cagnolino. Non sapevamo dove lasciarlo», spiegò Eugenia. Lo avevano infilato dentro una borsa di stoffa imbottita. «Non ha voluto mangiare né bere», soggiunse Giny.

Quando arrivarono all'ingresso dell'ospedale, Giovanna liquidò figlia e suocera e prese il cane con sé. «Ci vediamo a casa, più tardi», disse, avviandosi verso l'interno con la borsa.

Matilde era in una stanza a due letti nel reparto di medicina. Era pallidissima e la guardò con occhi spauriti

«Indovina chi ti ho portato», sussurrò Giovanna posando la borsa sulla coperta immacolata.

«Il mio Lilin», esclamò la vecchia, con un filo di voce, gli occhi inumiditi di lacrime.

Giovanna le accarezzò una guancia. «Come ti senti?» le domandò.

La donna stringeva a sé il suo cane e piangeva. Un'infermiera, passando nel corridoio, vide l'animale. Entrò nella camera e guardò Giovanna con riprovazione. «I cani non sono ammessi. Quindi, porti subito fuori quella bestia», ordinò.

«La prego, ci fermiamo solo per qualche minuto», disse Giovanna.

«È escluso. O lo porta via immediatamente o dovrò chiamare la caposala», intimò l'infermiera alzando la voce.

Giovanna le andò vicino e la guardò come se volesse annientarla: «Questa donna e il suo cane sono inseparabili e lei deve soltanto provarci a mandarci via».

«Ma come si permette?» urlò l'infermiera, furibonda.

«Fuori di qui, immediatamente!» le intimò Giovanna.

Tornò accanto a Matilde e la rassicurò. «Ti porto in

clinica», le disse. «Avrai una camera tutta per te e nessuno ti separerà dal tuo Lilìn.»

«Non posso permettermi di pagare una clinica», osservò la vecchia.

«Matilde, ho venduto le tue pietre. Sei più ricca di quanto immagini.» Uscì nel corridoio e telefonò al medico che aveva già visitato la donna. Gli spiegò il caso e gli chiese aiuto. L'amico la rassicurò.

«Falla trasportare subito in casa di cura. Penso io a trovare una sistemazione per lei», garantì.

Giovanna ritornò nella stanza e si chinò su Matilde: «Ti porto in un albergo a cinque stelle», le annunciò, mentre la donna continuava a piangere accarezzando il suo cagnolino.

«Io sto morendo, Giovanna», sussurrò.

«Tu sei immortale», le rispose sorridendo.

Giovanna rincasò mentre Giny e la suocera stavano per andare a tavola. «Mio Dio, che giornata!» sospirò sedendo con loro. Era esausta, ma le sembrava di aver assolto ai suoi doveri nel migliore dei modi, almeno per quanto riguardava Matilde.

«Ha telefonato un attimo fa il signor Alessandro Mongrifone. Ha detto di riferirti che ha ricevuto il tuo messaggio», annunciò Giny.

Giovanna arrossì.

«Che cosa ti avevo detto, nonna?» proseguì la ragazza alludendo al sospetto che sua madre fosse innamorata. Ora ne aveva la certezza.

6

Giovanna si fermò nella portineria della clinica. «Come sta il cane della signora Riva?» domandò al portiere.

«Venga dentro», la invitò l'uomo. Il bassotto era nella borsa imbottita e le rivolse uno sguardo implorante. Giovanna si chinò ad accarezzarlo.

«Ciao, Lilìn. Adesso ti porto dalla tua padrona. Ha mangiato?» si informò.

«In camera della signora Riva. Qui rifiutava il cibo. Allora il mio collega, prima di lasciare il servizio, lo ha portato di sopra», spiegò l'uomo.

«Vi ringrazio di cuore», disse Giovanna posando discretamente sul tavolo una mancia generosa. Afferrò i manici della borsa e si avviò verso l'ascensore.

Quel giorno, Matilde aveva l'aspetto di un'anziana, distinta signora un po' sofferente. Appoggiata a numerosi cuscini, esibiva una camicia da notte di seta candida. I candidi capelli, graziosamente ravviati, incorniciavano il viso pallido. Un'infermiera, seduta accanto al letto, leggeva un quotidiano a voce alta. Vide Giovanna e si alzò. «La signora ha trascorso una notte tranquilla», la informò subito.

«Ecco di nuovo il mio Lilìn», esclamò Matilde, tendendo le braccia, mentre Giovanna posava la borsa sul letto.

«E a me, non dici nulla?» interloquì, chinandosi a sfiorarle i capelli con un bacio.

Matilde sorrise e, alludendo all'infermiera, disse: «Mandala via».

La donna sentì l'ordine e replicò con un sospiro rassegnato.

«Vada a fare un giro», le suggerì Giovanna. «Io mi fermerò per un'ora almeno.» Aveva assunto tre infermiere che l'assistevano, a turno, giorno e notte. Aveva acquistato biancheria di seta e tutto quanto di superfluo potesse servire per far vivere a Matilde un'agiatezza a lungo dimenticata. Appena furono sole, Giovanna occupò il posto lasciato libero dall'infermiera. «Allora che cosa mi racconti?» le domandò.

«Che sono al capolinea», brontolò per tutta risposta. «Stamattina mi hanno portata nei sotterranei e me ne hanno fatte di tutti i colori. Mi hanno infilato dentro una strana macchina da cui pensavo che non sarei uscita mai più. Poi, quando sono tornata qui, è venuto quel tuo amico medico a raccontarmi un sacco di bugie. Come sto, lo so da me, senza bisogno che me lo dicano gli altri.»

«Come stai?» le chiese Giovanna.

«Bene», rispose. «Non si vede?»

«E i dolori?» insistette.

«Passati, per fortuna. Può darsi che arrivi una nuova crisi. Ma, per il momento, le donne che mi hai messo intorno mi danno solamente fastidio. Adesso dimmi che cosa è successo con le mie pietre», disse con tono energico che smentiva le precarie condizioni di salute.

«Vendute, mia cara. Di corsa e molto bene. Stamattina ti ho aperto un conto in banca e vi ho trasferito l'intera somma ricavata. Ora tu dovresti firmare una delega, in modo che io possa, se lo vuoi, gestire il denaro per te», le spiegò mettendole davanti alcuni fogli.

«Accendi la luce, altrimenti non riesco a leggere», disse Matilde. Lesse gli estremi bancari e sottoscrisse la delega, restituendo il tutto a Giovanna.

«Però! Non avevo idea che valessero tanto», sussurrò. «Credo sia molto più di quanto mi serve.»

«Che cosa hai in mente? Adesso dovresti parlarmene, non credi?»

Sentirono bussare alla porta e comparve un'infermiera della clinica. «Sta arrivando il professore», annunciò. «Sarebbe opportuno far sparire il cane.»

Giovanna si impadronì della bestiola e la chiuse in bagno, sperando che non si mettesse ad abbaiare. Le mance, generosamente distribuite, avevano creato una meravigliosa complicità intorno al piccolo Lilìn.

Il medico aveva con sé i risultati degli ultimi esami. Rivolse a Giovanna uno sguardo eloquente che Matilde colse al volo.

«Poiché mi aspetto di morire, tutto quello che potrebbe dire non mi tocca più», esordì, spiazzandolo.

«Tutti aspettiamo di morire», sospirò lui. «È inevitabile.»

«Ma io ci sono vicina. Lei no», ribatté con voce aspra.

«Forse non così vicina come crede. Alla sua età, i malanni antichi procedono con lentezza. Potrebbe avere ancora giorni buoni», disse lui.

«A me serve più di qualche giorno. Dunque, faccia del suo meglio per farmi campare qualche mese», ordinò come se si rivolgesse a un cameriere indolente che andava spronato.

«Sono qui per questo, signora», spiegò. «Comincerà da oggi una terapia con vitamine e antidolorifici. Faremo naturalmente altre indagini per mettere a punto una combinazione di farmaci più efficaci», spiegò.

«Quando potrò tornare a casa mia?»

«È appena arrivata e già vuole lasciarci?» le sorrise il medico.

«Ti trovi tanto male, qui?» soggiunse Giovanna, accarezzandole una mano.

«Conosci qualcuno che sia felice di stare in ospedale?» brontolò Matilde. E insistette: «Voglio sapere quando potrò andarmene».

«Mi dia due settimane di tempo, signora», disse il medico. «Verrò a trovarla tutti i giorni, due volte al giorno. So che la signora Lanciani ha pianificato un'assistenza adeguata. So anche che tiene qui il suo cane», soggiunse sorridendo. E concluse: «Io farò un buon lavoro. Lei si lasci curare».

Quando se ne andò, Giovanna lo seguì nel corridoio. «Allora, che cosa mi dici?» domandò ansiosa.

«È alla fine. Potrebbe essere tra qualche giorno o tra qualche settimana», rispose il medico.

«Capisco. È possibile almeno evitarle la sofferenza?›

«Farò del mio meglio, te lo garantisco», soggiunse lui, prima di salutarla.

Giovanna tornò in camera ostentando un sorriso che non ingannava nessuno, tanto meno Matilde.

Venne anche l'infermiera del nuovo turno che Giovanna allontanò con un pretesto.

Matilde volle vicino a sé il suo Lilìn. «Ti occuperai di lui, vero?» domandò.

«È quello che sto facendo, mi pare», replicò.

«Lo so e ti ringrazio. La verità è che mi dispiace separarmi da lui. E più ancora mi dispiace morire. Non pensavo di essere così affezionata a questa mia vecchia carcassa. E comunque non era in questo modo che pensavo alla mia fine. Ho sempre sperato che sarebbe giunta all'improvviso, come accadde ad Alberto che un istante prima era pieno di vita e d'amore, e un istante dopo se n'era andato. Chissà perché la morte è clemente con alcuni e perfida con altri», si interrogò, pensosa. E proseguì: «Voglio essere sepolta vicino a lui. Se la vita ci ha allontanati, che almeno la morte ci ricongiunga, così come lui avrebbe voluto. Mi chiedevi a che cosa servivano tutti quei soldi? Voglio una tomba in cima alla collina, accanto alla chiesetta antica, dove Alberto avrebbe voluto essere sepolto. Lo avevano messo nella cappella di famiglia e poi, quando i Brasca sono andati a rotoli, hanno venduto tutto, cappella compresa. A casa mia, nell'armadio, troverai lettere e documenti. La villa sul lago, lo leggerai, è stata acquistata dagli eredi Pulitanò, i nipoti dell'uomo che fu l'amante di Lucetta Brasca. E anche la chiesa, naturalmente. I resti di Alberto sono nell'ossario del cimitero. Datti da fare, Giovanna, perché la morte sta bussando alla mia porta e io non so fino a quando potrò tenerla fuori».

«Matilde, smettila di parlare di morte», sbottò Giovanna per reagire alla commozione.

«Non preoccuparti. Con i soldi si fa quasi tutto. Questo dovresti saperlo. Dunque, incarica le persone giuste perché comperino la chiesa e la terra che ci sta intorno. Insomma voglio essere sepolta su quella collina, accanto al mio uomo.»

Giovanna se ne andò portandosi via il cagnolino che affidò al portiere. Venne la nuova infermiera e sedette accanto a Matilde. La vecchia finse di dormire, perché non aveva voglia di parlare con nessuno. Un dolore cupo le attanagliava il ventre, anche se, per fortuna, la flebo clisi che le stavano facendo riusciva a renderlo sopportabile. Il ronzio del condizionatore le ricordò quello degli insetti nell'aria calda dell'estate su un pianoro accarezzato dal vento caldo che veniva dal lago e sfiorava l'erba punteggiata di piccoli fiori d'ogni colore.

Ricordò la voce di Alberto che diceva: «Questo è un

posto magico, dove il tempo si è fermato. Quando morirò, vorrei essere sepolto qui, accanto al muro di questa chiesetta, proprio sotto la meridiana. Credo che questo sia un buon posto per riposare in eterno». Lei era giovane, piena di vigore e nella sua mente non c'era spazio per la malinconia. Portava dentro di sé un figlio e fremeva di felicità. Tuttavia aveva promesso: «Allora anch'io vorrò riposare qui, accanto a te».

Quanti anni erano passati da quel giorno lontano? Non era mai più stata così felice. Aveva conosciuto altri uomini, ma non si era più innamorata.

La sua vita, da che aveva memoria, era sempre stata avvelenata dal dolore. C'erano stati sprazzi di luce, lampi di gioia fugace, ma la sofferenza aveva sempre prevalso. Eppure continuava a preferire questo faticoso calvario, alla meta in cima al colle dove c'era la fine di tutto: dei pensieri, dei ricordi, delle emozioni. Pensò ad Alberto e al frutto del loro amore che aveva portato in grembo. Dov'era, adesso, quel figlio mai nato?

Matilde si abbandonò ai ricordi.

Gli anni dell'abbandono

1

Ermelinda aveva preso a servizio la giovane Amelia, figlia di contadini veneti, afflitta da una fame atavica. Era esile, scura e operosa come una formica. La sola cosa rigogliosa, in lei, erano i capelli neri, folti e ricci. La sua famiglia, allettata dalla propaganda di regime che prometteva un posto al sole su una terra fertile, era partita per l'Abissinia. Amelia, ogni mese, spediva laggiù il suo salario, perché i genitori le inviavano richieste disperate di denaro.

Aveva quindici anni e, alle pulizie di casa, preferiva i giochi con la gatta. Ermelinda la capiva e la compativa. Pertanto, quando voleva la casa tirata a lucido, si rimboccava le maniche e lustrava ogni cosa. Tuttavia, la servetta aveva buone qualità: era sinceramente affezionata alla padrona e amava cucinare.

Ermelinda era un'ottima sarta. Si era fatta un nome tra le signore della media borghesia che vivevano intorno a Brera e volevano imitare l'eleganza del bel mondo. Aveva battezzato il suo laboratorio: *Sartoria Passoni*. Copiava i modelli di Lanvin e Ventura a costi accessibili, dando alle clienti l'illusione di indossare capi d'alta moda. Aveva assunto quattro lavoranti e poteva contare sull'aiuto di artigiane, che lavoravano a domicilio, per le rifiniture più complesse. Aveva preso in affitto l'appartamento adiacente al suo e adesso occupava l'intero primo piano del palazzo in via Brera.

L'Italia era finalmente un Impero, ma le colonie non avevano cambiato l'economia dissestata e la sola cosa stabile era la miseria. Tuttavia la gente credeva nel fascismo e coltivava sogni di grandezza. Le famiglie del ceto medio risparmiavano sul cibo e si dannavano per salvare le apparenze. Qualcuno digiunava per poter vestire bene, per comperare la lacca rosa corallo per le unghie, la tintura biondo miele per i capelli, i biglietti per il cinema domenicale. I più fortunati avevano anche la radio e la Balilla, l'automobile per tutti, come recitava la pubblicità. Le riviste di moda straniere come *Marie Claire*, *Vogue* e *Harper's Bazaar* erano introvabili. Ermelinda se le faceva spedire dalla Svizzera, perché sebbene la propaganda di regime imponesse succedanei come *L'almanacco della donna italiana*, le signore continuavano a prediligere la moda d'Oltralpe. L'autarchia costringeva le sarte a usare il bemberg invece del cotone, le pelli di topo e scoiattolo invece delle volpi argentate e dei visoni selvaggi, la lana di coniglio invece di quella di pecora, il sughero invece del cuoio. Per guarnire i cappelli non c'erano più penne esotiche dai colori sgargianti ma penne di tacchino, d'oca e di gallina.

Tutti si erano adeguati all'autarchia sperando che finisse al più presto, perché gli ideali di grandezza comportavano sacrifici di ogni tipo. Anche la cultura ne risentiva e gli orizzonti intellettuali diventavano sempre più angusti.

Ermelinda, che continuava a essere molto generosa, offriva il pranzo di mezzogiorno alle lavoranti e mangiava in cucina con loro e con Amelia. Dava loro cibo sostanzioso e cucinato con cura dalla giovane domestica, che era anche avveduta nel fare la spesa: sceglieva gli ingredienti migliori e tirava sul prezzo con i negozianti. La sua abilità di cuoca era una dote innata, come quella di coltivare in vaso, sui balconi, il basilico e le altre piante aromatiche.

In quel giorno di luglio portò in tavola una minestra di riso, fatta con brodo di gallina e pane di campagna spalmato di dolcissimo stracchino.

Finito il pranzo, Amelia mise sul fuoco la napoletana per il caffè, mentre le ragazze si concedevano una sigaretta.

«Oggi alle tre viene la signora Finzi per provare il tailleur», annunciò Ermelinda. «A che punto siamo?» domandò.

«Dobbiamo montare le maniche. Si fa in mezz'ora», garantì la lavorante più anziana.

«Alle cinque arriva la professoressa Alfano. È la quarta prova e speriamo che sia l'ultima, perché quel vestito da sera mi sta facendo dannare», soggiunse Ermelinda.

«Il ricamatore non ha ancora consegnato il corpetto di strass. Doveva essere qui a mezzogiorno, ma non s'è visto», segnalò un'altra lavorante. Amelia servì il caffè e, in quel momento, trillò il campanello d'ingresso.

«Ecco il ricamatore», disse Amelia. «Vado a ritirare il corpetto. Lo fàccio entrare?» chiese, mentre già si avviava verso l'anticamera.

«Digli che mi aspetti in laboratorio», ordinò la sarta.

Dall'anticamera arrivò l'eco di un parlottio sommesso. Poi, sulla soglia della cucina comparve Matilde. Reggeva tra le braccia una grande bambola di legno. Amelia si era impossessata della sua valigia. Le donne guardarono stupite la figura solare e altera della ragazza e sulle loro chiacchiere banali calò il silenzio.

«Maria Vergine, sei davvero Matilde!» esclamò Ermelinda, deponendo la tazzina del caffè.

La ragazza annuì, gli occhi pieni di lacrime, e sussurrò: «Lui è morto».

Ermelinda si alzò dal tavolo e l'abbracciò, tenendola stretta contro il petto. Matilde, finalmente, pianse. La donna, allora, la guidò verso la sua camera da letto, la indusse a sdraiarsi e le sedette accanto.

«Raccontami tutto», le disse.

Allora Matilde riversò su di lei lo strazio e la disperazione. «Non sapevo dove, né da chi andare. Non mi restavi che tu, Ermelinda», concluse. Poi soggiunse: «Ma non ti ho detto ancora tutto. C'è dell'altro, purtroppo».

«Qualunque cosa sia, io ti aiuterò. Insieme risolveremo ogni problema», disse l'amica, prendendo su di sé il dolore della ragazza.

«Sarebbe stato meglio se fossi morta con lui», singhiozzò.

«Non bestemmiare. Il dolore passerà e arriveranno giorni migliori. Io sono qui, vicina a te, per darti tutto quello che ho. Non è molto, ma è meglio che niente. Il mondo va avanti e andrai avanti anche tu», cercò di confortarla Ermelinda.

La teneva stretta a sé, accarezzandole i capelli. Continuò a parlarle con voce sommessa, fino a quando Matilde si addormentò. Non riposava da due giorni e, alla fine, la stanchezza ebbe il sopravvento sul dolore.

Allora la sarta chiuse le persiane e uscì dalla camera in punta di piedi. Nel laboratorio, Amelia e le ragazze avevano ripreso il lavoro e parlavano fitto tra loro. Tacquero quando la videro entrare. «Non voglio pettegolezzi», esordì la sarta, con fermezza. «Matilde è come una figlia, per me. È una brava ragazza e ha tanto bisogno d'affetto. Dunque, non facciamo chiacchiere. Cerchiamo piuttosto di aiutarla.»

«Non stavamo dicendo cattiverie», replicò la lavorante più anziana. E soggiunse: «Ci interrogavamo su quella specie di bambola che si è portata appresso. Sembra un manichino».

«Adesso prepariamoci, perché sta per arrivare la signora Finzi», tagliò corto Ermelinda.

Quando scese la sera e le lavoranti se ne andarono, la sarta tornò in camera da letto. Matilde dormiva ancora. Allora andò in cucina, dove Amelia stava preparando la cena. «Voglio fare una torta», annunciò. «A Matilde piacciono i dolci», spiegò mentre posava sul tavolo le uova, lo zucchero e la farina.

La giovane domestica era in grande agitazione. Quella presenza inattesa e misteriosa aveva scatenato la sua fantasia e avrebbe voluto che Ermelinda fosse un po' più loquace sul suo conto. Alla fine non riuscì più a trattenere la curiosità.

«Certo che è proprio bella», disse, prendendola alla lontana. «Sembra un figurino di Parigi. E anche aristocratica. Si vede che è una signora. Chi è morto?»

«L'uomo che la amava», sussurrò Ermelinda. Intanto si chiedeva qual era la cosa che Matilde le aveva taciuto.

Quando la torta fu messa nel forno e la tavola apparecchiata, andò a sedersi sul terrazzino che si affacciava sul cortile. Accese una sigaretta e sospirò, preoccupata per la giovane amica, che continuava a dormire.

Matilde si svegliò poco prima di mezzanotte. Trovò Ermelinda nel salotto che sfogliava distrattamente una rivista di moda. Si guardarono e si sorrisero.

«Ho fame», esordì Matilde, gli occhi ancora gonfi di pianto.

«La tua cena si è raffreddata. Adesso te la riscaldo», disse, precedendola in cucina.

«Dov'è la mia pigotta?» domandò, preoccupata.

«L'ho messa in quella che sarà la tua stanza. La mia casa è grande e mi farai felice se starai qui, con me. Mi sento così sola.»

«Io, invece, non sono sola. Ho un bambino dentro di me», sussurrò.

«Maria Vergine! Questo non me lo avevi ancora detto», sospirò Ermelinda. E soggiunse: «Purtroppo so che una ragazza-madre viene cacciata da tutti. A te non accadrà la stessa cosa. Io avrò cura di te e di questo bambino».

«Ma io dovrò trovare un lavoro. Non posso pensare di farmi mantenere da te», obiettò la ragazza.

«Ci penseremo a suo tempo. Comunque, hai il diploma delle magistrali e quindi sei una maestra. Potresti insegnare.»

«Ma quale maestra? Credi forse che un istituto accetterebbe un'insegnante incinta senza marito? No, meglio seppellire il passato.»

«Allora ti insegnerò a cucire. Lavorerai qui, con me. Cominceremo a preparare il corredino per il tuo piccolo. E faremo abiti bellissimi per questa giovane mammina», decise Ermelinda. «Hai ragione tu. Il passato è passato.»

Invece il passato si ripropose dopo un paio di settimane. Celestino, il domestico del professor Brasca, suonò alla porta della sartoria Passoni e chiese di parlare con Matilde. Aveva con sé un pacco e glielo mise in mano.

«È un quadro. Te lo manda la contessa Brasca, la mamma del padrone», spiegò.

Matilde immaginava di che cosa si trattasse. Era la tela, dipinta da Eric Junot a Parigi, che la ritraeva sdraiata sul divano.

«Ti ringrazio, Celestino. Entra, non stare lì sull'uscio», lo invitò.

«Noi», disse, includendo il giardiniere e sua moglie, «ti pensiamo sempre e ci manchi molto.» Era visibilmente commosso. E soggiunse: «La contessa Brasca ti aspetta a casa sua. Vuole aiutarti. Ha saputo da Rosetta che aspetti un figlio».

«Di' alla contessa che non mi serve niente, che avrò cura di suo nipote e lo amerò così come ho amato suo figlio. Il passato è passato e non tornerà mai più», disse, tristemente, e aggiunse: «Abbraccia tutti per me. Vi porterò sempre nel mio cuore».

Era un congedo definitivo. In seguito, nel corso degli anni, ebbe notizie per via indiretta della famiglia Brasca, travolta dalle disgrazie. Matilde non se ne stupì, ma non ne fu nemmeno felice. Le capitò invece di considerare come una consolazione il fatto che Alberto non ne avrebbe patito.

Passò l'estate, ci fu un lungo autunno e vennero i giorni freddi e bui. A novembre Matilde si sentì male. Nel cuore della notte, Ermelinda la portò in taxi all'ospedale di via Commenda. Un'ostetrica del Pronto Soccorso la visitò.

«Di quanti mesi sei?» le chiese, guardandola con severità. Matilde aveva declinato le proprie generalità e la sua condizione di nubile.

«Sei», rispose con un filo di voce, soffocando gli spasimi delle contrazioni continue.

«Stai avendo un aborto spontaneo. È difficile che la povera creatura possa sopravvivere. E, forse, è meglio così», sentenziò abbandonandola sul lettino.

Ermelinda, cui era stato proibito di entrare nella saletta delle visite, affrontò l'ostetrica mentre usciva. «Mi dica, è grave?» domandò.

«È grave non avere un marito», osservò, con tono aspro.

Ermelinda non osò replicare, anche se avrebbe voluto avventarsi su di lei e picchiarla.

Matilde passò la notte a lamentarsi mentre la sua amica la consolava come poteva.

Il parto prematuro avvenne all'alba. «Era un maschio», disse l'ostetrica. «Ha avuto più buon senso di sua madre. È morto subito.»

2

«ADESSO basta! Così non è possibile andare avanti. Ti rendi conto che hai trasformato la mia casa e la mia sartoria in un mortorio?»

Ermelinda, sempre così dolce, comprensiva, materna, era scattata in piedi come una molla, rossa di collera, calando un pugno sul lungo tavolo da lavoro intorno al quale sedeva con le altre ragazze e Matilde; Amelia, china sul pavimento, raccoglieva con una calamita gli aghi e gli spilli disseminati un po' dappertutto. Stavano tutte lavorando a uno strascico da sposa in organza bianco. Cucivano intorno ai bordi un finissimo cordoncino di raso. Erano tessuti delicati che andavano trattati con cura estrema. Le donne agucchiavano in silenzio ascoltando un programma di canzonette trasmesso dalla radio. Matilde, come sempre da quando aveva lasciato l'ospedale, piangeva.

Era passato un mese dalla conclusione tragica della sua gravidanza e la disperazione non l'abbandonava. Non mangiava quasi più, dormiva pochissimo e piangeva in continuazione.

Per esperienza, Ermelinda sapeva quanto bisogno di lacrime avesse una donna dopo il parto. Ma erano crisi che, di solito, si stemperavano nel corso dei giorni. Era già passato un mese e Matilde, invece, deperiva a vista d'occhio. La sarta ci pativa e non sapeva più che cosa fare per distogliere l'amica dalla sua disperazione.

Così, quella mattina, mentre infilavano un punto dopo l'altro, le lacrime di Matilde erano cadute sull'organza dello strascico, rovinando il tessuto. La frustrazione diventò collera e tutte, Matilde compresa, sussultarono di fronte alla reazione inattesa di Ermelinda. Lei stessa ne fu sorpresa. Impallidì, sedette e riprese l'ago con mano tremante.

«Scusami, piccolina», sussurrò.

«Scusami anche tu. E anche voi», balbettò Matilde abbandonando il lavoro e rifugiandosi nella sua camera.

Era una piccola stanza che Ermelinda aveva tappezzato con fiori provenzali. Il letto era rivestito con pizzi e nastrini, la finestra aveva tendine di tulle e un grande tappeto bianco copriva quasi per intero il pavimento. Il ritratto a olio di Matilde era stato appeso sopra il canterano. La sua pigotta, messa su un piedistallo, stava in un angolo, di fronte al letto. C'erano giorni in cui Matilde la ignorava, e altri in cui le parlava come a un'amica e le raccontava il dolore per aver perduto il figlio che era l'ultimo legame con Alberto. Fintanto che il bambino le cresceva dentro e lo sentiva muoversi e scalciare, le sembrava che Alberto non fosse morto, ma continuasse a vivere dentro di lei. Dopo il parto prematuro aveva avvertito la lacerazione dell'abbandono, aveva dovuto prendere coscienza del fatto che Alberto se n'era andato per sempre. La paura della solitudine si era ripresentata come ai tempi dell'asilo Angiolina, quando aveva perduto i fratelli e la casa.

Raggiunta la sua stanza, Matilde si era acciambellata su una sedia imbottita e abbracciava un cuscino di taffetà cangiante dai riflessi rosa e bianchi mentre i singhiozzi le scuotevano il petto. Si asciugò gli occhi e guardò il ritratto appeso sopra il canterano. Ricordò il salotto nella villa di Neuilly, a Parigi.

Era dicembre ed era trascorso un anno, da allora. Rivide il caminetto acceso, il divano con i cuscini di raso, il giovane pittore dagli occhi ardenti che con il pennello accarezzava la tela e con lo sguardo accarezzava il suo corpo. Ricordò il sorriso protettivo del suo amante; il giardino era bianco di neve e, in lontananza, si accendevano le luci di Parigi. Avrebbe tanto voluto riappropriarsi di quei momenti felici e rivivere, anche solo per un attimo, quell'atmosfera calda, sensuale, dolcissima. Invece era tutto finito, per sempre.

La gatta di Ermelinda, che stava raggomitolata sul letto, spiccò un balzo e si posò in bilico tra le sue spalle e lo schienale della sedia. Poi cominciò a miagolare perché voleva scendere verso il suo grembo, ma non poteva, a causa del cuscino che Matilde stringeva a sé. In quel momento, Ermelinda spalancò la porta della camera.

«Oggi è l'ultimo dell'anno», disse. «Questa sera ti porto al veglione degli artisti. Voglio vederti sorridere.»

Matilde la guardò, senza reagire. Ermelinda si chinò su di lei.

«Fino a quando credi di poter resistere in questo stato?» la interrogò con voce dolce. Le accarezzò le ginocchia e proseguì: «Hai appena diciannove anni. La tua dovrebbe essere l'età della spensieratezza. Invece sei qui a tormentarti, e rattristi anche me e la mia casa. So quanti dispiaceri hai nel cuore. Ma la vita continua. Abbi fiducia in me e lasciati aiutare. Ti garantisco che tornerai a sorridere. E adesso, esci immediatamente da questa stanza. Amelia ha preparato la vasca piena d'acqua caldissima e sali profumati. Ti farai un bagno, indosserai un vestito splendido e questa notte ci divertiremo», garantì la sarta.

Matilde la assecondò per non dispiacerle.

Il veglione era al teatro Fossati, dove la gente si accalcava cantando e ballando. Il vino teneva alto il morale, fra lanci di coriandoli e stelle filanti. L'orchestra proponeva valzer e tanghi. Una cantante, dal trucco esagerato, gorgheggiava: «*La spagnola sa amar così, bocca a bocca la notte e il dì*». Il fumo delle sigarette si stratificava nell'aria calda.

Matilde indossava un abito in maglia di seta nera che fasciava il suo corpo sottile e la copriva dal collo alle caviglie, facendo risaltare il pallore del viso e l'oro rosso dei suoi capelli. Stava aggrappata al braccio di Ermelinda come se, nella calca, temesse di perderla. Un cameriere le scortò verso un tavolino un po' defilato rispetto alla pista da ballo. Sentì su di sé gli sguardi degli uomini che l'ammiravano e arrossì per l'imbarazzo.

«Vuole ballare, signorina?» l'apostrofò un uomo robusto che aveva bevuto qualche bicchiere di troppo. Ghermì Matilde per la vita, ma vacillò subito sotto uno spintone di Ermelinda.

«La mamma non permette», disse, fulminandolo con un'occhiataccia. Non l'aveva accompagnata fin lì per abbandonarla tra le braccia di un ubriaco. Sedettero al tavolo, seguite da quell'uomo alticcio.

«Tutta questa confusione mi paralizza. Torniamo a casa, Ermelinda», supplicò la ragazza.

«Signore, vi chiedo umilmente perdono», esordì il corteggiatore. E soggiunse: «Permettete che mi presenti». Era Aurelio Banti, critico musicale del *Corriere*. Si vergognava del rozzo approccio dovuto al vino. Sotto l'effetto dell'alcol, il rubicondo giornalista articolava a fatica le parole. Corrugava la fronte per attribuire maggior serietà alle sue affermazioni, in un atteggiamento comune agli ubriachi. «Il fatto è, gentile signora, che la bellezza della signorina e la sua castigata eleganza mi hanno fatto perdere la testa. Ma questa non è una scusante per aver tentato di trascinare la sua figliola nel vortice delle danze.»

«Sedete al nostro tavolo, dottor Banti, e fateci compagnia», lo invitò Ermelinda, avendo riconosciuto nell'uomo il marito di una sua cliente. E soggiunse: «Io sono la sarta Passoni e la signorina è la mia figlioccia, Matilde Riva».

L'uomo, che si era appena seduto, tornò ad alzarsi chinando il capo e mettendo in mostra la lucente calvizie. Aveva intenzione di esibirsi in un compito baciamano, invece si aggrappò al tavolino perché faticava a reggersi sulle gambe.

«Conosco tutti in città. Com'è possibile che mi sia sfuggita questa meraviglia? Signorina Matilde, se fossi sobrio, scapolo e avessi vent'anni di meno, mi inginocchierei ai suoi piedi e le dichiarerei il mio... Scusate, dimentico sempre di usare il voi al posto del lei... Se il camerata Starace mi sentisse, rischierei un trasferimento in provincia. Dunque, che cosa stavamo dicendo?»

Matilde, per la prima volta dopo tanti giorni di tristezza, sorrise. «Non preoccupatevi, signor Banti. Mi avete coperta di complimenti immeritati. Vi ringrazio», gli disse.

Un cameriere posò sul tavolo il secchiello dello spumante e tre coppe.

«Mancano pochi minuti alla mezzanotte. Per salutare il vecchio anno non c'è un modo migliore che brindare con voi al nuovo che sorge 'libero e giocondo', come dice la canzone», riprese il giornalista.

«Non è il sole che sorge libero e giocondo?» domandò Matilde, che cominciava a lasciarsi trasportare dall'euforia del momento.

«Tutto, intorno a noi, è libero e giocondo, da quando Mussolini è diventato un padre saggio per gli italiani. Lui ci tiene per mano e ci dice che cosa dobbiamo o non dobbiamo fare. Le ingiustizie non sono mai opera sua, ma dei suoi gerarchi», sbottò il giornalista.

«Dottor Banti, per carità, controllatevi. Nonostante il chiasso, qualcuno potrebbe sentirvi», si allarmò Ermelinda.

«Avete ragione. Alcuni dei miei amici sono finiti al confino per molto meno. Però, l'idea che questo cenone si debba chiamare 'Rancio di San Silvestro', perché l'anno fascista si festeggia il 28 ottobre, è un insulto al mio senso estetico. E se dovessero fucilarmi per questo, morirei gridando: 'Viva il cenone, abbasso il rancio!'»

L'orchestra riprese a suonare un malinconico valzer. Tutti smisero di ballare. La gente si alzò dai tavoli reggendo bicchieri colmi di spumante. La cantante, dal palco, cominciò a scandire i secondi che stavano per concludere l'anno vecchio. «Meno dieci, nove, otto...»

«Matilde! Finalmente ti ho ritrovata», sussurrò una voce dall'accento marcatamente straniero.

Lei si girò di scatto e si trovò di fronte un volto noto, anche se non ricordava dove, né quando lo avesse visto. Era un giovane dallo sguardo lampeggiante. Indossava lo smoking e aveva capelli nerissimi, lucidi di brillantina. Un ricciolo ribelle gli scivolava sulla fronte. All'improvviso, un nome affiorò alle labbra, mentre ricordava la firma sulla tela del suo ritratto. Per un attimo al volto del giovane si sovrappose quello di Alberto Brasca.

«Eric Junot», sussurrò. Il suono del gong si ripercosse in tutto il teatro. Era scoccata la mezzanotte.

I calici si levarono. Le coppie si baciarono. L'orchestra intonò il *Valzer delle candele*. Eric attirò a sé la ragazza e posò le labbra sulle sue.

Il dolore di Matilde si sciolse al calore di quel corpo che aderiva al suo e la disperazione volò via insieme con la fine dell'anno vecchio.

3

ERMELINDA guardò la giovane amica e il suo cavaliere. Erano una coppia bellissima.

«Vado via con lui», le annunciò Matilde, sottovoce.

«Lo conosci?» le domandò, preoccupata.

«È il pittore che mi ha fatto il ritratto», spiegò.

«Posso fidarmi o devo stare in ansia?»

«Forse il tempo delle lacrime è finito. Non era questo che volevi?» disse la ragazza.

Ermelinda li guardò allontanarsi tra la folla. Una mano paffuta si posò sulla sua. Il giornalista la osservava con simpatia: «Li lasci andare. Si è giovani una sola volta nella vita».

Ora che Matilde se ne era andata, tutto quel frastuono, quell'euforia un po' forzata, la immalinconirono.

Lei non era mai stata giovane. Soltanto da pochi anni aveva acquistato un po' di serenità, ma si portava dentro le umiliazioni, i soprusi, le cattiverie subite. Gli oltraggi avevano aperto ferite che non si rimarginavano. Aveva faticosamente guadagnato la rispettabilità, ma era diventata diffidente e sospettava di tutto e di tutti. Bastava un niente a ferirla. Vedeva ombre ovunque. Quando un uomo le dimostrava qualche attenzione, invece di compiacersi, si chiedeva se sapesse qualcosa del suo passato e lo respingeva nel timore di nuove sofferenze. Ora si interrogava sulla simpatia che il giornalista le stava dimostrando. Si chiese che cosa volesse da lei. Poi, notò il suo sguardo perso nel vuoto e le fece pena. Non sapeva che cosa lo tormentasse, ma era certamente un uomo infelice.

«Cara signora Passoni», riprese lui, «saper dimenticare è un dono di Dio. Quando mi accorgo che sto ricordando troppe cose, mi affido a un'amica fedele, la bottiglia. Lei rimette le cose a posto.»

Ermelinda annuì con aria comprensiva, pensando che tutti avevano qualcosa da dimenticare, ma non tutti, per fortuna, ricorrevano all'alcol.

Si alzò dal tavolo, subito imitata dal giornalista.

«Che cosa ne direste, dottor Banti, se vi proponessi di riaccompagnarvi a casa?» gli chiese.

«Temo di aver dimenticato dove abito», si scusò lui.

«Ma io lo so. Vostra moglie è una mia cliente.»

Uscirono sulla strada. A dispetto del freddo, molta gente s'era riversata fuori dalle case e dai locali per festeggiare il nuovo anno.

Ermelinda si avviluppò nel mantello di velluto foderato di coniglio. Passò un taxi, che procedeva lentamente in cerca di clienti, e lo fermò. Diede al conducente l'indirizzo del giornalista. «Dopo accompagnerete me in via Brera», disse.

Aiutò l'uomo ad aprire il portone.

Quando, finalmente, entrò in casa sua, respirò di sollievo. La pendola a torre, in anticamera, batté l'una. Si liberò del mantello, attraversò il laboratorio e aprì la porta della camera di Matilde. Il letto era intatto. La ragazza non era ancora tornata. Allora schiuse l'uscio della stanza in cui dormiva Amelia. La servetta stava rannicchiata sotto la pesante trapunta d'ovatta. Sul guanciale, tra la selva dei suoi capelli neri, c'era la gatta.

«Già di ritorno?» domandò la ragazzina, sollevando il capo.

«Dormi, dormi», sussurrò Ermelinda. La gatta spiccò un balzo e le andò vicino.

«Vi serve qualcosa?» domandò Amelia.

«Ti ho detto di dormire», ordinò Ermelinda. Chiuse l'uscio e s'avviò, preceduta dalla gatta, verso la sua camera. Si spogliò, si pulì il viso con acqua di rose, indossò una camiciona di flanella e, sopra, la liseuse di lana. Infilò ai piedi pantofole di feltro e andò in cucina.

Le stufe a carbone collocate nelle stanze erano spente da un pezzo, ma il tepore persisteva. Mise a scaldare un pentolino d'acqua sul fornello elettrico. Da un barattolo di vetro versò nella tisaniera alcuni cucchiai di fiori di camomilla e aspettò che l'acqua bollisse.

In quel momento Amelia s'affacciò sulla soglia.

«Che cosa vuoi?» le chiese Ermelinda.

«Vi faccio compagnia mentre aspettate Matilde», rispose, sedendo al tavolo e stringendosi addosso la vestaglia trapuntata.

«La prendi un po' di camomilla?» domandò Ermelinda, posando sul tavolo due tazzine.

Nel silenzio della cucina si sentivano i loro cucchiaini che rimescolavano lo zucchero nel liquido ambrato. La gatta era saltata sul ripiano della credenza e con la coda frustava l'aria.

«Quella gatta lì è nervosa», osservò Amelia.

«E lo sono anch'io», replicò la donna.

«Prima o poi tornerà», disse Amelia alludendo a Matilde che era la causa del loro nervosismo.

«Prima o poi», ripeté Ermelinda e prese a bere a piccoli sorsi.

«Dov'è andata?» chiese Amelia.

«Non lo so», rispose Ermelinda, con voce seccata.

«Era quello che volevate che succedesse, dopo tante

settimane di lacrime», le ricordò la servetta.

«Ma non sapevo che sarebbe accaduto così all'improvviso. E con quel pittore di cui non conosco proprio nulla», sbottò la donna. E proseguì: «Adesso mi pento d'averla portata al veglione».

«Lui, com'è?» indagò Amelia.

«Per essere bello, è bello. Giovane, elegante, ma...» non finì la frase perché non sapeva tradurre in parole la sua ansietà.

«Matilde sa quello che fa», tentò di rassicurarla.

«Zitta, zitta», sussurrò eccitata. Aveva sentito dei passi lungo la scala e sperò che fosse la sua giovane amica. Ma i passi proseguirono oltre il primo piano.

Avevano vuotato le tazzine. Ermelinda prese a tambu-rellare le dita sul piano del tavolo.

«Accendo la stufa?» propose la servetta.

«Sarebbe meglio andare a dormire», consigliò la padrona.

«Tanto non dormiremmo. Siamo nervose tutte e tre», concluse Amelia includendo nel numero anche la gatta.

«Ma perché devo preoccuparmi tanto? Non è mica mia figlia!» sbottò Ermelinda.

«Neanche la mia», disse Amelia, con fare da donna. «Però noi donne sappiamo come vanno certe cose e sappiamo bene che non c'è da fidarsi degli uomini. Che brutto mondo, signora Ermelinda. Se gli uomini non ci fossero, si starebbe così tranquille, tra noi», sospirò.

«Ma che cosa dici? Se non ci fossero gli uomini, come faremmo a nascere? E poi non è vero che le donne siano tanto migliori. Ce ne sono di molto cattive», disse e aggiunse: «Amelia, vai a letto».

La pendola batté due rintocchi. Ermelinda aprì il cassetto della credenza, trovò il pacchetto delle sigarette e ne accese una. Prese a fumare mentre Amelia non si muoveva dal tavolo.

Alle tre, erano ancora sedute al tavolo intirizzite di freddo.

Poi sentirono la chiave girare nella toppa. Matilde comparve sulla soglia della cucina.

«Che cosa fate in piedi a quest'ora?» domandò, sfoderando un sorriso smagliante. Nessuna delle due l'aveva mai vista così felice. Le sorrisero, dimenticando l'ansia della lunga attesa. La gatta saltò sul tavolo dove si acciambellò, chiudendo gli occhi.

«Ti stavamo aspettando», rispose Ermelinda. «Allora, ti sei divertita?» domandò.

«*Ah, l'amour! L'amour, toujours l'amour*», prese a canticchiare Matilde, liberandosi del mantello.

«Ti sei innamorata?» le chiese Amelia.

«No», rispose ridendo e abbracciandola. «Ma è come se lo fossi.»

4

USCIRONO dal teatro. Eric circondò le spalle di Matilde, tenendola stretta a sé, mentre percorrevano la via Ponte Vetero.

«Dove mi porti?» gli domandò.

«A lezione di tango», rispose.

Attraversarono piazza del Carmine e si diressero verso via Fiori Chiari. Sopra il cappotto nero, il pittore portava una sciarpa di seta bianca che il vento gelido sollevava. Matilde indossava una mantella rossa con cappuccio, foderata di agnellino nero. Era un capo prezioso, confezionato da Ermelinda per una cliente facoltosa. «Mi raccomando, non sciuparlo e non macchiarlo», si era preoccupata la sarta, quando glielo aveva posato sulle spalle. «Se la Belicchi viene a sapere che lo hai usato, non lo vorrà più e dovrò ripagarglielo», aveva spiegato.

Matilde non conosceva la cliente, ma era fiera di quel mantello che esaltava la sua bellezza.

La via Fiori Chiari era buia. Passarono davanti a un postribolo tra i più famosi della città. Le imposte erano chiuse e le luci spente. I due giovani superarono l'incrocio con la via Formentini e lì il pittore si fermò

«Abito qui», disse, infilando una grossa chiave di ferro nella serratura di un vecchio portone. Era un palazzo modesto, abitato da artigiani e bottegai.

«Da quando abiti qui?» domandò Matilde, percorrendo con lui l'androne che si apriva su un cortiletto interno.

«Da quando sono venuto in Italia», rispose, mentre cominciavano a salire le scale. «Ho affittato l'abbaino. È spazioso e di giorno c'è molta luce. Mi ricorda molto Parigi», soggiunse.

Rischiarava i gradini con una pila a batteria. L'ultima rampa conduceva a una porta che il pittore aprì. Entrarono nella stanza illuminata dai raggi della luna che si stagliava nel riquadro di una grande finestra. Il profumo della legna, che ardeva in una stufa di terracotta, si mischiava a quello dei colori a olio e dei solventi.

Eric accese un lume a petrolio. «Quassù non è ancora arrivata la luce elettrica», spiegò mentre si toglieva la sciarpa e il cappotto.

Matilde si guardò intorno. Accanto alla finestra, un grande cavalletto sosteneva una tela appena abbozzata. Un lungo tavolo, addossato al muro, era ingombro di pennelli, boccette, colori e rotoli di carta. Schizzi e disegni a matita erano appesi un po' ovunque, sulle pareti. In un angolo c'era una stupenda psiche di mogano accanto a uno scaffale zeppo di libri e di dischi. C'era anche un bel tavolo tondo, con attorno delle sedie. Un paravento a colori vivaci nascondeva, probabilmente, la camera da letto.

Matilde si liberò del mantello, lo ripiegò accuratamente e lo posò sul tavolo. «Perché sei venuto a Milano?» domandò incuriosita.

«Sono stato chiamato per dipingere il ritratto di una bella signora», spiegò il pittore mentre posava sul tavolo una bottiglia di vino e due bicchieri.

«Non bevo, grazie», disse Matilde, e chiese: «Chi è la tua committente?»

«Ti dice niente il cognome Pulitanò?»

«Vittorina Pulitanò? La moglie di Pietro Brasca?» chiese sottovoce.

«Proprio lei», confermò Eric. «Da lei ho saputo che il professor Brasca non c'è più. A quel punto ho cominciato a cercarti. E finalmente ti ho trovata», spiegò, guardandola con adorazione.

Matilde pensò che il destino si divertiva a tessere una curiosa tela attorno alla sua vita. Perché il passato continuava a tormentarla con ricordi tanto struggenti?

«Non dovevi darmi lezione di tango?» domandò, per reagire alla malinconia.

«Per questo siamo qui», sorrise lui. Prese un disco dallo scaffale e lo mise sul grammofono. «Ti faccio ascoltare *La cumparsita*. Chiudi gli occhi e ascolta. Non importa se non capisci le parole. Devi soltanto seguire il ritmo della musica», soggiunse, mentre nella soffitta si diffondevano i primi accordi di una fisarmonica e una voce maschile cantava: «*Si supieras, que aùn dentro de mi alma...*»

Eric le accarezzò il viso triste e sotto le dita sentì una lacrima. «Pensi sempre a lui?» sussurrò.

«Sto cercando di dimenticare», rispose lei, con un filo di voce.

«Ho voglia di far l'amore con te. Ti desidero da quando ti ho vista nella villa di Neuilly. Allora non avevi occhi che per lui. Anche adesso sembra che lui continui a stare tra noi.»

«È così», ammise Matilde.

«Facciamo l'amore, ti prego», la supplicò, avvolgendola dolcemente.

«Non sono pronta. Riesci a capire?» Matilde si sciolse dalle sue braccia. Eric annuì, trattenendo le mani della ragazza nelle sue.

«Allora», propose sorridendo, «vogliamo cominciare questa lezione di tango?»

«Prometti che non riderai della mia goffaggine», disse lei.

«Promesso. Ora ti insegno il primo passo: la *promenade*», spiegò, agguantandola per la vita. Piegò un ginocchio e costrinse Matilde a protendersi verso di lui. «Bravissima. È proprio così che devi fare.» Lei sorrideva impacciata ma divertita.

«Ora ti mostro una figura bellissima. Si chiama 'coda di rondine'. Porta in fuori la gamba e piegati all'indietro a formare un arco, esattamente come sto facendo io. Gira il capo e guardati allo specchio. Vedi? I nostri corpi sembrano la coda di una rondine, per questo il passo si chiama così.»

«Ma è difficilissimo. Non riesco a coordinare i movimenti», protestò Matilde.

Eric le insegnò il *corté*, l'inginocchiata, il *casquet*. Poi ancora la *refalada*, la *corrida* e la *lustrada*. Matilde rise di cuore su quell'ultimo passo che il pittore eseguì lustrando la punta della scarpa sui pantaloni.

La musica finì e li sorprese abbracciati. Si fissavano negli occhi come due galli pronti al combattimento, odiandosi e amandosi.

«Il tango è violenza», affermò lui. «Un uomo e una donna si cercano affannosamente e, non appena si trovano, si sfuggono. Si riprendono e si lasciano. È la danza di un amore senza fine.»

«Il tango mi piace», decise Matilde. «Ricominciamo?»

Sentirono battere una serie di colpi contro l'impiantito.

«Qualcuno non è d'accordo», osservò Eric, alludendo ai vicini che erano stati svegliati nel cuore della notte.

«Hanno ragione. Sono le tre del mattino. Devo tornare a casa», disse Matilde.

«Ti riaccompagno», decise lui.

Scesero di nuovo sulla strada e si incamminarono verso via Brera. Si tenevano stretti, come due innamorati.

Matilde pensava ad Alberto e a quanto fossero diverse le emozioni vissute con lui.

«Oggi parto», disse lui. «Torno a Parigi.»

«Peccato», replicò lei.

«Ma tornerò tra un mese. Vittorina Pulitanò è andata in montagna e ha interrotto le pose per il ritratto», spiegò.

«Perché insisti a chiamarla con il cognome da ragazza?»

«Perché si è separata dal marito. Pare che lui si sia riempito di debiti a un punto tale che, per ripagarli in parte, le ha ceduto l'eredità paterna.»

«Anche la villa?» domandò con un senso di dolore.

«Non lo so.»

«Ecco, io abito qui», disse Matilde.

«Saprò dove cercarti, al mio ritorno», le sorrise.

«Buon viaggio, Eric», sussurrò lei.

«Buon anno, Capelli d'Oro Rosso.»

Matilde entrò nell'androne e lui si protese, afferrandola per un braccio. Le fece fare una mezza piroetta e l'afferrò ai fianchi.

«Questa è un'altra figura di tango. Si chiama *buit*», spiegò, sorridendo. «La rifacciamo?»

«Quando tornerai», promise Matilde.

5

La mattina di Capodanno, Ermelinda partì in corriera per il santuario di Caravaggio. Aveva con sé una discreta somma di denaro che avrebbe offerto, come ogni anno, alla Madonna che l'aveva aiutata a ricostruirsi una vita rispettabile e dignitosa. Amelia era partita con lei, lasciando Matilde sola. La ragazza non le sentì neppure andar via, perché dormiva profondamente. A svegliarla di soprassalto fu il suono insistente del campanello di casa. In camicia da notte, a piedi scalzi e ancora assonnata, arrancò verso l'anticamera e, guardando dallo spioncino, vide il volto di una donna.

«Chi è?» domandò.

«Sono la signora Belicchi.»

Era la proprietaria del mantello indossato da Matilde per il veglione. Non l'aveva mai incontrata prima d'allora.

«Ermelinda non c'è», disse, attraverso la porta, senza decidersi ad aprirla.

«Lo so. È andata a Caravaggio. Ma io voglio il mio mantello», replicò la cliente, con tono spazientito.

Tirò il chiavistello, rassicurata dal fatto che il mantello era stato accuratamente avvolto in un telo e riposto in uno scatolone. Si trovò di fronte una signora sulla quarantina, dalle forme opulente. Aveva occhi bistrati, labbra coralline e capelli nerissimi, lisci, raccolti sulla nuca dove formavano un grosso chignon racchiuso in una retina invisibile. Mandava effluvi di Chanel come se avesse fatto il bagno nel costosissimo profumo.

«Non ti ho mai vista. Chi sei?» domandò la donna osservando la figura longilinea della ragazza, i lunghi capelli arruffati, il visino con trasparenze di porcellana.

«Mi chiamo Matilde. Se vuole accomodarsi, io vado a mettermi qualcosa perché ho freddo», rispose.

«Fa' con comodo. Conosco la casa», disse la cliente, sorridendole.

Matilde si ravviò velocemente i capelli, infilò ai piedi pantofole di feltro e indossò una vestaglia bianca di lana, soffice e calda. Poi entrò nel salotto delle clienti, dove la signora Belicchi la stava aspettando. Era una stanza con divanetti ricoperti di seta pesante color panna, un armadio laccato dove la sarta riponeva i capi in prova o pronti per la consegna, un grande specchio con due ante mobili che consentivano alle clienti di ammirarsi anche di spalle.

La signora si era tolta la pelliccia. Indossava un tailleur a losanghe di velluto grigio e nero e una camicetta bianca con lo jabot di pizzo fermato al collo da una grande spilla d'oro rosso e rubini. Matilde ricordò un'altra spilla simile che spiccava sull'abito severo di un'anziana signora che le aveva voluto bene, Anna Lucchini, la direttrice dell'asilo Angiolina. Prese dall'armadio lo scatolone e lo mise sul tavolino.

«Ti piace la mia spilla?» La signora Belicchi stava fumando una sigaretta al mentolo, infilata in un bocchino d'avorio.

«È molto bella», rispose Matilde, mentre apriva la scatola.

«Non sono i gioielli a fare la felicità. Però, a noi donne, piacciono. È il regalo di uno spasimante», spiegò e aggiunse: «Una donna non compera mai gioielli, se li fa regalare. Sei d'accordo?»

Matilde depose sul tavolo il mantello rosso che dilagò in tutta la sua ricchezza. «Non mi intendo di gioielli», si schermì un po' imbarazzata dalla loquacità della cliente.

«Che meraviglia!» esclamò la donna. «Vediamo come mi sta.» Spense la sigaretta e se lo appoggiò sulle spalle mentre Matilde orientava le antine dello specchio perché la signora si vedesse meglio.

«Le sta molto bene», affermò la ragazza.

La signora la guardò con occhi sorridenti: «Hai preso il posto di quella lucertolona di Amelia?»

«Io vivo con Ermelinda perché non ho più famiglia. Mi conosce da quand'ero bambina», chiarì in breve.

«Gran donna quella Ermelinda. L'ho sempre detto», si compiacque la cliente, continuando ad ammirarsi e guardando contemporaneamente la figura di Matilde riflessa dallo specchio. «Siamo alte uguali, io e te. Ma su di te questo mantello stava molto meglio», sorrise divertita.

Matilde si sentì colta in fallo. «Che cosa c'entro io?» sussurrò.

«Lo sai benissimo. Stanotte ti ho vista in via Fiori Chiari. Eri con un bel giovane elegante. Mi son detta: ma guarda un po', quello lì sembra il mio mantello. Lo era. Ti stava molto bene. Se questa sera non mi servisse, te lo lascerei», disse la donna.

«L'ho indossato per andare al veglione», confessò la ragazza. E soggiunse: «Ho sbagliato. Mi scusi. Immagino che adesso non lo vorrà più». Non avrebbe mai rivelato che quella scorrettezza l'aveva voluta compiere Ermelinda, anche perché era stata dettata dall'affetto per lei.

«Ci mancherebbe. Voglio regalartelo e, credimi, non

è un sacrificio. Facciamo così: questa sera lo indosso io. Domani te lo faccio mandare e puoi considerarlo tuo», decise la donna sollevandole il mento con un dito per guardare meglio il viso. «Eh, sì, sei proprio un *belé*», proseguì. «Non so niente di te, ma mi piaci. Quella santa donna dell'Ermelinda ti ha preso a benvolere e ti sta insegnando un mestiere. Di tuo hai l'intelligenza, il garbo e la schiettezza. A giudicare da come quel bel giovane ti abbracciava, pare anche che tu abbia incontrato l'amore. Non metterci troppo sentimento. Con gli uomini è sprecato. Lasciali prima di essere lasciata. Tu, mia cara, rappresenti un bel capitale. Investilo bene e fatti sempre rispettare», disse, mentre ripiegava con cura il mantello.

Matilde ricordò di nuovo Anna Lucchini e i suoi insegnamenti: «Una donna è come uno scrigno che contiene pietre preziose», le aveva detto l'anziana signora. «Nessun uomo, nemmeno il migliore, vale quanto una donna.»

La signora Belicchi le stava dicendo le stesse cose, anche se con accento diverso.

«Vuole un caffè?» le propose Matilde mentre riannodava i nastri dello scatolone.

«Lo prenderei proprio volentieri. Ti seguo in cucina.»

La ragazza preparò le tazzine e la zuccheriera.

«Quanto tempo è che stai qui?» indagò la signora, mentre estraeva una sedia da sotto il tavolo. La gatta, che vi stava acciambellata sopra, spiccò un balzo e fuggì dalla cucina.

«Sono sei mesi. Prima stavo sul lago.»

«Tu avrai un futuro brillante, parola di Irma. Non potevano darmi un nome più stupido. Il tuo, invece, è ricco di promesse. Una volta c'è stata una certa Matilde di Canossa che ha messo in ginocchio un imperatore.»

Matilde si sentiva adulata e le piaceva, ma non voleva

darlo a vedere. «Mi dispiace tanto per il mantello. Di solito non commetto scorrettezze. Non mi ricordo di averla incontrata. La strada era deserta», disse mentre capovolgeva la caffettiera per lasciar filtrare l'acqua.

«Mia cara, io ho occhi dappertutto. Ero in zona e ti ho notata, perché una creatura come te la vede anche un cieco», osservò con estrema serietà.

«Non mi vedo così bella», si schermì Matilde.

«Non fare la modesta. Tu, mia cara, sei un bocconcino da re. Abbi fiducia in te stessa e farai molta strada nella vita. Ci vuol altro che un laboratorio di sarta. Tu sei fatta per la vita brillante, parola mia.»

Nelle sue parole, risuonò qualche nota stonata che insospettì la ragazza.

«Adesso devo proprio scappare», disse la cliente, guardando l'orologio da polso d'oro massiccio. E soggiunse: «Domani ti rimando il mantello. Sfoggialo ogni volta che puoi».

«Non credo di poterlo accettare. Neppure Ermelinda lo permetterebbe. E poi il veglione viene una volta l'anno», replicò.

«Mai rifiutare un regalo, soprattutto quando ti viene offerto per simpatia», l'ammonì, sul punto di congedarsi.

Matilde corse alla finestra del laboratorio e guardò sulla strada. Vide la donna uscire dal portone. C'era una bella automobile in sosta e un autista che si affrettò ad aprirle la portiera.

Matilde sorrise. La sera prima aveva incontrato Eric Junot e ora Irma Belicchi le aveva regalato il mantello. Pensò che l'anno era cominciato bene.

Trascorse il pomeriggio a leggere, accanto alla stufa, accarezzando la gatta che faceva le fusa sulle sue ginocchia. Era buio quando Ermelinda e Amelia rincasarono. Erano intirizzite di freddo. Dal santuario avevano portato ceri, acqua benedetta e medagliette della Madonna.

«Ti sei riposata?» domandò Ermelinda, accostando le mani alla stufa.

«È venuta la Belicchi a prendere il suo mantello», riferì Matilde.

La sarta si irrigidì. Corrugò le sopracciglia e guardò Matilde con aria severa. «E tu, che cosa hai fatto?» domandò.

«Le ho consegnato il suo capo. Ho fatto qualcosa di male?»

«Non devi aprire a nessuno, quando non sono in casa.» Ermelinda aveva alzato la voce.

«Non capisco. È stata così gentile. Mi ha persino detto che il suo mantello sta meglio su di me che su di lei. Voleva regalarmelo ma, naturalmente, ho rifiutato», spiegò.

«Ascolta, Irma Belicchi è una mia cliente. Ma non è come le altre signore. Qualcuna di loro si è mai offerta di regalarti un capo così prezioso? Nessuno dà niente per niente, soprattutto quella lì», sbottò con rabbia.

«Mi spieghi perché la Belicchi non ti piace?»

«Certo che te lo spiego. A questo punto devo proprio spiegartelo. Lei è la *maîtresse* del *Diciassette*.»

Matilde impallidì. Non riusciva a credere che quella donna così gentile e generosa fosse la tenutaria di una casa di tolleranza.

«Adesso capisco», sussurrò.

«E devi anche capire che la sua generosità e le sue belle parole hanno un unico scopo: prendere in trappola le belle ragazze come te.»

6

«Se è la donnaccia che dici, perché la servi?» domandò con le lacrime agli occhi.

«Intanto perché non è una donnaccia, ma soltanto una persona che tu non devi frequentare. E poi perché il denaro mi fa comodo e lei è una che paga meglio di una banca», sottolineò la sarta.

«*Pecunia non olet*», sentenziò la ragazza.

«Cos'hai detto?» s'insospettì Ermelinda.

«Il denaro non ha odore. È latino. È una delle prime massime che ho imparato a tradurre quando andavo a scuola», spiegò Matilde.

«Ecco, lo vedi? Vuoi mettere la tua istruzione con la mia o con quella di Irma? È di questa che devi fare tesoro e non dei grilli che quella vuole metterti in testa», ragionò.

Ermelinda era una donna devota, ma ad attirarla in chiesa più che la fede erano le parole arcane del prete quando recitava le orazioni in latino. A sentire quel linguaggio solenne, la cui eco si ripercuoteva, amplificandosi, nelle navate, provava una sensazione di gioia e di commozione. Avvertiva tutta la suggestione di quei suoni misteriosi che penetravano l'anima aprendo squarci di salvezza nel buio del peccato. «*Pecunia non olet*», ripeté con voce solenne. «Questa devo impararla a memoria.»

Amelia aveva messo in tavola la cena.

«Guarda che non puoi passare la vita a difendermi. Devo fare da sola», protestò Matilde, chiudendo la discussione.

Passarono i giorni ed Ermelinda si augurava che tornasse presto il pittore-ballerino. Ma di Eric non si avevano notizie.

Matilde trascorreva le sue giornate nel guscio protetto della sartoria. Aveva superato la depressione cupa dei mesi precedenti e si consolava pensando a Eric. Non poteva certo paragonarlo ad Alberto, eppure vedeva in lui una vaga rassomiglianza con il grande medico. Nei pochi momenti trascorsi insieme, le aveva comunicato un senso di protezione.

Era sicura che, come Alberto, fosse un uomo forte e onesto. Non ne era innamorata, ma avrebbe voluto rivederlo.

Così, come un tempo girava la città per consegnare la biancheria lavata e stirata, adesso, per distrarsi, consegnava gli abiti alle clienti di Ermelinda. Un giorno, presentandosi a casa della signora Finzi, si trovò di fronte un ragazzo dalla figura allampanata, il volto pallido, il naso imponente, gli occhi scuri, ridenti, rimpiccioliti dalle lenti da miope. Indossava calzoni alla zuava e un maglione rosso.

«Devo consegnare un vestito alla signora», annunciò Matilde, un po' disorientata dallo sguardo insistente del ragazzo che le aveva aperto la porta.

«Si accomodi», le disse lui, facendosi da parte per lasciarla passare. Aveva un'aria buffa e impacciata. Lei gli tendeva lo scatolone e lui non si decideva a prenderlo, limitandosi a fissarla, trasognato.

«Guardi che non posso stare qui all'infinito», lo avvertì sorridendo.

Lui arrossì. «Mi scusi. Il fatto è che mia madre è in negozio, i domestici se ne sono andati e io non so che cosa devo fare», dichiarò.

«Ho capito», disse lei. Posò lo scatolone su una sedia dell'anticamera; sciolse i nastri che lo chiudevano, ne estrasse un abito di crespo marrone e lo posò su un tavolo. «Ecco, questo è per sua madre e questa è la fattura», soggiunse. E proseguì: «Paga lei o devo ripassare quando c'è la signora?»

«Io... io non saprei neppure dove trovare i soldi», balbettò, arrossendo.

Matilde richiuse la scatola e uscì dall'anticamera. Di là dalla soglia si voltò e gli chiese: «Perché i domestici se ne sono andati?»

«Siamo ebrei e ci stanno facendo il vuoto intorno», spiegò, semplicemente.

«Mi dispiace», sussurrò Matilde, regalandogli un sorriso d'incoraggiamento.

«Grazie», rispose il ragazzo.

Matilde stava già scendendo le scale e lui si sporse dalla balaustra. «Io mi chiamo Mosè», disse.

Lei alzò il viso verso di lui: «Non si scoraggi. Ricordi che un altro Mosè se l'è cavata in situazioni peggiori».

Tornò in laboratorio e raccontò l'accaduto.

«Povera gente», commentò Ermelinda. «Il marito si è nascosto in Svizzera. La signora Finzi è cattolica e spera che la lascino tranquilla con i suoi due figli.»

Suonarono alla porta e poco dopo Amelia consegnò una busta a Ermelinda.

«La signora Finzi ha saldato la fattura. Di là c'è il figlio che chiede di Matilde», annunciò la domestica.

«Hai fatto colpo», constatò la sarta.

«Povera me», si commiserò la ragazza. «Non ho mai visto un ragazzo più brutto né più impacciato di lui. Amelia, digli che non ci sono», ordinò.

«Anche tu vorresti evitarlo? Questa non è carità cristiana», osservò Ermelinda.

Con uno scatto di rabbia, Matilde abbandonò ago e filo e andò in anticamera.

«Buon giorno, signorina», la salutò Mosè. E soggiunse: «Le andrebbe di venire al cinema con me, nel pomeriggio? Al *Diana* danno un film di Blasetti. Dica di sì, per favore».

«Di pomeriggio lavoro. Mi dispiace», si defilò.

Mosè non osò insistere e abbassò lo sguardo per nascondere la delusione.

«Ti do io il permesso», intervenne Ermelinda, raggiungendo i ragazzi in anticamera.

«Va bene», disse Matilde rassegnata, «ci vediamo dopo pranzo. Mi aspetti davanti al portone.»

Appena finito di mangiare, Matilde indossò il suo cappotto verde, con il collo sciallato di vero castorino, calzò un berretto floscio di tessuto uguale a quello del cappotto, mise a tracolla la sua borsetta marrone e uscì.

La portinaia l'aspettava ai piedi della scala. «C'è qualcuno che ti sta cercando», le disse.

«Lo so. Arrivo», rispose, saltando a piè pari gli ultimi quattro gradini. Aprì la porta che dava sull'androne, ma non vide Mosè. C'era invece una donna sulla trentina, dal volto affilato.

«Matilde?» chiese, pronunciando il suo nome con un accento francese.

La ragazza annuì.

«Mi manda Eric», spiegò. E proseguì: «Possiamo parlare?»

Istintivamente Matilde la precedette sulla strada, lontano dagli orecchi indiscreti della portinaia.

«Gli è successo qualcosa?» domandò, mentre s'avviavano lungo via Brera.

«Ti manda questo», disse, consegnandole un tubo di

cartone. «E anche queste», soggiunse, mettendole in mano un mazzo di chiavi. La donna aveva modi sbrigativi e un piglio nervoso che la infastidì.

«Ma tu, chi sei? Che cosa c'entri con Eric? Perché lui non è tornato?» la incalzò Matilde.

La donna sbuffò con aria impaziente.

«Ascolta», disse, «sono stanchissima. Arrivo adesso da Parigi e devo ripartire immediatamente. Lui è andato in Spagna, a Barcellona. Combatte contro gli italiani che stanno dalla parte di Franco.»

«Io non so niente di tutto questo», sussurrò la ragazza, con aria smarrita.

La donna non fece commenti. Sembrava assolvere di malavoglia un incarico sgradevole.

«Non mi hai ancora detto chi sei», insistette Matilde.

«Mi chiamo Paulette. Ma non ha importanza. Nel tubo c'è una tela per te. Le chiavi sono quelle della soffitta. Eric ha pagato l'affitto per due anni. Ti manda a dire di aver cura delle sue cose.» Poi le regalò un sorriso ironico: «Dice che lo devi aspettare, perché ti ama e tornerà da te. Questo è tutto», concluse. Attraversò la strada e si allontanò.

Matilde trasse un sospiro rassegnato. D'istinto, si diresse verso via Fiori Chiari, individuò la vecchia casa dov'era stata con il pittore, entrò e salì le scale. Infilò la chiave nella serratura e aprì la porta dell'abbaino.

Faceva un gran freddo, e il suo respiro si materializzò in una candida nuvoletta di vapore. Si guardò intorno. Quella stanza le piaceva. Tutto era rimasto come la notte di Capodanno. Accarezzò il grammofono dov'era ancora appoggiato il disco della lezione di tango. Fece ruotare la manovella e caricò la molla. Le note della *Cumparsita* dilagarono nella stanza gelida. Allora si mise davanti allo specchio e mosse alcuni passi elaborando le figure che il pittore le aveva insegnato, mentre recitava a voce alta: «*Promenade*, coda di rondine. *corté*, *casquet*...»

Il disco finì. Matilde aprì il tubo di cartone Conteneva una piccola tela arrotolata. La spianò sul tavolo. Riproduceva due ballerini. Li riconobbe: la donna era lei, l'uomo era Eric. C'era il grammofono, sullo sfondo. Aveva dipinto a memoria l'atmosfera di quella notte, i colori caldi proiettati dal lume a petrolio. Soltanto l'abito della ballerina, invece di essere nero, era di un bel rosso acceso.

Girò la tela. Sul retro, Eric aveva scritto: «Lezione di tango». Le sembrò un bellissimo pensiero d'amore.

7

Con quattro puntine, Matilde fissò la tela al cavalletto. Rimise il disco nella sua busta, chiuse il coperchio del grammofono e uscì. Scese lentamente le scale, chiedendosi che cosa c'entrasse il pittore con la guerra di Spagna.

Tornò verso casa. Mosè Finzi era sul portone, le mani affondate nelle tasche del cappotto, il naso imponente arrossato dal freddo, gli occhi umidi dietro le spesse lenti.

«Credevo che non sarebbe venuta», balbettò, confuso.

«Ho incontrato un'amica e...»

Non le lasciò finire la frase. «La portinaia me lo ha detto.»

Non aveva voglia di parlare con lui. Avrebbe preferito essere sola e riflettere. Perché Eric era andato in Spagna a combattere una guerra non sua? Se il pittore fosse morto, lei non lo avrebbe neppure saputo.

«Non ha voglia di andare al cinema, vero?» domandò Mosè.

«Ha indovinato», gli rispose.

«Neanche io. Però si potrebbe passeggiare un po'», le propose. S'incamminarono verso piazza Cavour.

«Mi sono ritirato dal liceo», disse lui, all'improvviso, distogliendola dai suoi pensieri.

«Perché?» domandò Matilde, più per educazione che per interesse.

«Un mese fa, alcuni compagni mi hanno picchiato a sangue chiamandomi sporco ebreo. Io sono cattolico. Vado a messa ogni domenica.» Aveva un bisogno disperato di sfogare le sue frustrazioni.

«Davvero ti hanno fatto questo?» domandò lei, incredula. Era passata al tu, come fosse un vecchio amico. Matilde conosceva bene la violenza e l'umiliazione per i soprusi ingiustamente subiti. Si sollevò sulla punta dei piedi e sfiorò con un bacio la guancia del ragazzo. Lui si mise a piangere.

«Povero Mosè», sussurrò, porgendogli un fazzoletto perché si asciugasse le lacrime.

Stavano costeggiando i giardini pubblici. Matilde guardò gli alberi spogli e tristi. Ricordò il parco della villa sul lago e si rivide bambina, il naso schiacciato contro il vetro di una finestra, a spiare tra i rami spogli l'arrivo dell'auto del professor Brasca. Allora, aveva sperato in un futuro sereno, ma nessuno dei suoi sogni si era avverato. Ora, camminando al fianco di un ragazzo disperato, lungo una via spazzata da un vento gelido, si chiedeva che cos'altro la vita avesse in serbo per lei.

«Torniamo a casa», disse a Mosè.

Nei mesi che seguirono, si rividero spesso. Mosè si era perdutamente innamorato di lei, ma aveva appena diciassette anni e non osava confessarglielo. Matilde, ormai ventenne, intuiva i suoi sentimenti e fingeva di ignorarli. Mosè le faceva pena. Per questo lo ascoltava, lo confortava e lo compativa, comportandosi con lui come un adulto nei confronti di un ragazzo.

Di tanto in tanto, andava nella soffitta di Eric. Spolverava i mobili, puliva i vetri e metteva sul tavolo un mazzo di fiori freschi. Poi azionava il grammofono, ascoltava un tango e ballava da sola. Ogni volta sperava di trovare il pittore. Venne l'estate e passò in un lampo. Il regime fascista diventava sempre più oppressivo. Mussolini cominciava a perdere consensi. L'anno finì e con la nuova primavera si concluse la guerra civile in Spagna. L'attesa di Matilde si trasformò in ansia. Se non è morto, pensava, ritornerà.

Una domenica d'aprile, comperò un mazzolino di mughetti e si avviò lungo via Fiori Chiari. Varcò l'androne della casa e si sentì afferrare per un braccio. «Finalmente», sussurrò, aprendosi al sorriso.

Era Mosè che la teneva stretta e la guardava con sospetto.

«Che cosa vuoi?» gli domandò, delusa.

«Sono mesi che ti seguo. Che cosa vieni a fare, qui?» le chiese con tono aggressivo.

«Non ti riguarda», rispose, bruscamente.

«Credevo che fossimo amici», replicò Mosè.

«Non mi piace essere seguita», si stizzì.

«Hai un amante», l'accusò, sul punto di piangere.

«Guarda che tu non hai alcun diritto su di me. Come hai detto tu, siamo amici. Comunque, non ho nessun amante», replicò con un sospiro rassegnato.

«È una bugia. Gli stai portando fiori. Gli porti sempre fiori», si impuntò il ragazzo.

«Non darmi mai più della bugiarda», disse lei, fulminandolo con un'occhiataccia.

«Perdonami», sussurrò lui. Chinò il capo e se ne andò.

Come sempre, Matilde si lasciò vincere dalla pietà per quel ragazzo infelice. Lo rincorse.

«Vieni, Mosè. Ti porto di sopra con me. Così vedrai quale posto misterioso sia quello in cima alle scale», lo invitò.

Entrarono insieme nella soffitta deserta. Il sole irrompeva dalle finestre e illuminava i disegni e i bozzetti appesi alle pareti e la tela appoggiata sul cavalletto che raffigurava la lezione di tango.

«È lo studio di un pittore!» esclamò il ragazzo. «E quella sei tu», soggiunse indicando il dipinto.

«Sono proprio io. Il ballerino è lui, l'uomo che non c'è. Manca da più di un anno. Mi ha chiesto di custodirgli lo studio. Tutto qui», disse in tono sbrigativo, mentre metteva i mughetti in un vaso.

«Perché porti i fiori?» indagò con aria sospettosa.

«Per coltivare un bel ricordo», tentò di spiegare.

«Questo significa che lo ami.»

L'intrusione forzata nei suoi sentimenti la irritò.

«Fammi un piacere, Mosè. Va' via», gli ingiunse, indicandogli la porta dell'abbaino.

«Non potresti amarmi, Matilde? Almeno un pochino!» supplicò, singhiozzando.

Matilde gli andò vicino e lo abbracciò: «Ma perché mi lascio sempre commuovere da te? Non ha senso», protestò.

«Io ti desidero infinitamente», balbettò il ragazzo, asciugandosi le lacrime.

«Mi dispiace. Non posso farci niente», disse sconsolata, staccandosi da lui.

Alzò lo sguardo. Eric era sulla soglia e le sorrideva. Era in maniche di camicia, la giacca buttata su una spalla. Con una mano reggeva una grossa valigia. Il suo viso bellissimo aveva il colore del cuoio antico. Rughe profonde gli solcavano la fronte e nei capelli nerissimi erano spuntati fili d'argento. Soltanto il sorriso era quello di sempre. «Disturbo?» domandò. Posò la valigia e si rivolse a Mosè. «Tu chi sei?» chiese.

Il giovane avvampò, balbettò parole confuse e uscì a precipizio. Eric proruppe in una risata schietta.

Matilde lo guardò incredula.

«Gli ho spezzato il cuore», disse Eric lasciando vagare lo sguardo nella stanza. Vide il dipinto sul cavalletto e i mughetti nel vaso, appoggiato sul tavolo.

«Quando ti ritrovo, sei sempre più bella e desiderabile», soggiunse infine, dolcemente.

Mosse alcuni passi dentro la stanza. Gettò la giacca su una sedia e allungò una mano verso il tavolo. Sfilò un fiore dal vaso, ne annusò il profumo, si avvicinò a Matilde e glielo infilò tra i capelli, sopra l'orecchio.

«Sei diventata muta?» le domandò, sorridendo.

Non era così che lei si era immaginata il loro incontro. Lo vedeva con lo smoking dal taglio perfetto che spalancava le braccia per stringerla a sé. Forse era stata la presenza di Mosè a guastare tutto.

«Ho avuto cura della tua casa, come mi avevi chiesto», fu tutto quello che riuscì a dire.

«Chi è quel ragazzino?» insistette lui.

«Lo sai. È uno a cui hai spezzato il cuore», replicò.

«Non mi è piaciuto trovarlo qui», affermò lui. Si avvicinò al cavalletto e sfiorò con le dita la tela che li ritraeva avvinti nel tango.

«Mi sembra che sia trascorso un secolo da quella notte», sussurrò.

«Invece è passata soltanto la guerra di Spagna», constatò lei. «Probabilmente ne arriverà presto un'altra», soggiunse, abbassando la voce.

«Questo è sicuro», annuì il pittore.

«Quando tutte le battaglie saranno finite, avvertimi. Può darsi che ci si possa ritrovare», sbottò Matilde con il pianto in gola.

Eric le andò vicino e la guardò con dolcezza. «Sono tornato per stare con te», disse, teneramente.

«Davvero? E per quanto tempo? Una settimana o un anno? Vorrei saperlo. Credevo di avere incontrato un pittore e invece scopro che sei un guerriero. Quali altre sorprese ci saranno nel mio incerto futuro?» lo aggredì, alzando la voce.

«Smettila, Matilde», sussurrò lui, abbracciandola.

Matilde pensò ai lunghi mesi trascorsi aspettandolo. Al suo bisogno di sicurezza in un mondo che diventava sempre più precario. Lei ed Ermelinda combattevano giorno dopo giorno contro le ristrettezze economiche che diventavano via via più opprimenti. La clientela della sartoria si assottigliava e due lavoranti erano già state licenziate. Per un anno e mezzo il pensiero di Eric era stato un rifugio alle sue paure. E ora che era tornato, tutto quello che aveva saputo dirle era stato pronosticare una nuova guerra.

«Non mi incanti più», affermò, sciogliendosi dalle sue braccia.

Scese le scale a rompicollo e, svoltando nel cortiletto per infilarsi nell'androne, andò a sbattere contro Mosè. «Smettila di starmi tra i piedi», gridò, irritata. Poi, uscì sulla strada inondata dal sole.

Si incamminò verso casa con passo spedito.

«Buon giorno, *belé*!» la salutò una voce nota.

Matilde si portò una mano alla fronte per fare da schermo al sole che le offuscava la vista.

«Buon giorno, signora Belicchi», rispose.

«Vai di fretta?» le domandò la donna. Indossava un abito a fiori di seta bianca e blu. Sopra portava uno spolverino blu di lana cruda. Il taglio ampio mascherava l'opulenza della sua figura. Su quei vestiti Matilde aveva lavorato ore per fermare gli sbiechi che scivolavano via e per cucire orli invisibili a punti minuscoli.

«Non più del solito», rispose, evasiva.

«Allora ti farà bene prendere un cappuccino. Ti porto in un bar di lusso, al *Biffi*», decise, prendendola sotto braccio.

Matilde esitò, ricordando le raccomandazioni di Ermelinda. Poi realizzò che aveva appena liquidato due uomini, uno dopo l'altro. Poteva sfidare anche i divieti di un'amica troppo protettiva.

Sedettero a un tavolino all'aperto. Alcuni signori eleganti, vedendo Irma, accennarono un inchino, cui la donna rispose con un sorriso.

«Come sta Ermelinda?» chiese Irma alla ragazza e, senza aspettare la risposta, proseguì: «La tua amica, del suo antico mestiere ha conosciuto soltanto gli aspetti più avvilenti. Donna calda, Ermelinda, ma sprovveduta. Non era nata per fare la puttana. Quando l'ho conosciuta, l'ho capito subito. E l'ho aiutata a uscire dal giro. Forse questo non te lo ha detto. Ma se siamo rimaste amiche, è proprio perché ci stimiamo reciprocamente».

«Se sta cercando di convincermi a intraprendere questo mestiere, si risparmi la fatica. Ho altre aspirazioni», dichiarò la ragazza.

«L'ho capito. E non mi ha mai sfiorato l'idea di farti entrare in una casa di tolleranza. Vedi, Matilde, io sono figlia e madre di una prostituta. Io stessa per anni ho esercitato la professione. E con successo, visto che dirigo due tra le case più importanti della città. Ti rivelerò un segreto: per non cadere vittime di questo mestiere, prima di tutto occorre l'intelligenza e poi la bellezza. Ho un'americana che lavora per me. Oserei dire che è brutta come il peccato. Ma i suoi clienti la vedono bellissima perché ha classe. Suona il pianoforte, canta come un usignolo, recita versi di Verlaine e Rimbaud, sa di letteratura e filosofia. Insegnava musica in un'università di Santa Monica. Adesso sta nella mia casa di via Verri. È lei che sceglie i suoi compagni. Crede in quello che fa. Ecco la ragione del suo successo. Quanto a mia figlia, fa la ballerina in America. È partita dai locali di Las Vegas e adesso sta per debuttare a Broadway. È questione di intelligenza, credimi», spiegò la donna.

«E che cosa mi dice delle centinaia, migliaia di donne che vengono umiliate, sfruttate e finiscono in un letto d'ospedale distrutte dalle malattie e dalla solitudine?» la incalzò Matilde.

«Dico che è la legge che governa il mondo. Per una che si afferma, cento soccombono. Ma questo non riguarda solo le prostitute. Succede la stessa cosa nelle scuole, nelle fabbriche, nella politica, nel commercio.»

«Comunque, è un mestiere che non mi piace, signora Belicchi», dichiarò Matilde con estrema convinzione.

Si fermò un'auto sportiva. Ne discese un giovane elegante che passò loro accanto. Vide la donna e sollevò il cappello con un gesto ossequioso. Poi guardò Matilde e fu sul punto di fermarsi. Un'occhiata di Irma lo indusse a proseguire oltre.

«Lo conosci?» domandò la signora Belicchi.

«È Pietro Brasca», sussurrò la ragazza, con fare smarrito.

«È una boccia persa», sentenziò la donna. «Ha fatto fuori tutta la sua parte d'eredità paterna e adesso campa con un vitalizio della nonna. Esattamente come suo fra tello. La loro madre è tornata a Parma, dalla sua famiglia che la mantiene per carità cristiana. Hanno venduto tutto: case e terreni. Ma tu, che cosa hai da spartire con i Brasca?»

«Assolutamente nulla», tagliò corto. E soggiunse: «La ringrazio per il cappuccino». Era un congedo.

Irma Belicchi l'agguantò per una mano. «Ricordati: potrei fare la tua fortuna», le disse sorridendo.

Matilde se ne andò pensando che Ermelinda aveva ragione. Quella donna era l'espressione più clamorosa del cinismo dilagante. Non le interessava affatto il genere di fortuna che le aveva prospettato.

Tornò a casa. Sul portone, la custode sedeva con altre donne a godersi il sole e le chiacchiere. «Tieni, ho una busta per te. L'ha portata un gran bell'uomo», commentò con un sorriso malizioso.

Matilde la aprì salendo le scale. Conteneva la chiave della mansarda e un biglietto di Eric: «Ti domando scusa. Quando mi avrai perdonato, sai dove trovarmi».

Entrò in casa. Strappò il biglietto e lo buttò nel secchio della spazzatura. Infilò la chiave nella borsetta dicendosi che avrebbe trovato il modo di restituirla.

In cucina Amelia impastava uova, farina e lacrime. «Ermelinda dov'è?» domandò Matilde con aria spazientita. Non aveva voglia di interessarsi ai dispiaceri altrui.

La domestica non le rispose. Matilde si eclissò nella sua stanza. Sedette accanto alla finestra. Guardò la sua pigotta e le disse: «Tu che cosa ne pensi? Credi che sia l'uomo giusto? Che cosa devo fare? Non sono innamorata di lui, però mi piace. E ho tanta voglia di essere felice».

8

Amelia piangeva perché doveva lasciare la casa di Ermelinda. La famiglia, che aveva visto naufragare la speranza di un posto al sole ai confini dell'Impero, era tornata alla terra d'origine e reclamava la sua presenza.

Questo Matilde lo apprese durante la cena, mentre Ermelinda rincuorava Amelia con parole affettuose.

«Non voglio lavorare la terra», protestava la ragazza. «E poi, adesso, non è neanche più terra nostra.»

Amelia non aveva mai creduto alle bugie raccontate sistematicamente dalla propaganda di regime sulle meraviglie della vita in campagna. Quando dalla radio le arrivavano i gorgheggi che esaltavano il lavoro dei campi, il sole, il grano, lei replicava con una sola parola: «Frottole», e spegneva la radio.

«Mussolini ci ha preso tutti per *cojoni*. E voi, signora Ermelinda, lo sapete», sbottava.

Ermelinda, come molti altri, lo sapeva.

«Guai a te se ripeti certe cose fuori da questa casa», l'ammoniva.

«Guai a me sì! Perché siamo diventati tutti schiavi e morti di fame. I miei fratelli sono stati mandati in Albania. Sai che conquista per l'Impero! Capre, sassi e milioni di morti di fame. Ma perché nessuno protesta?»

«Ascolta, devi ubbidire alla tua famiglia. Qui ci sarà sempre una casa per te. Ma intanto va' da loro. Poi si vedrà», Ermelinda cercava di confortarla.

Matilde ascoltava e taceva paragonando i propri piccoli problemi al dramma della ragazza.

Le dispiacque vederla partire. Le regalò qualche vestito e una boccetta di profumo.

Ermelinda le diede dei soldi.

«Non la vedremo più», disse, quando restarono sole. «Amelia ha ragione. Si preparano tempi grami», soggiunse.

«C'è una soluzione?» domandò Matilde.

«Aspettarsi il peggio. Ho comperato una casetta in campagna, vicino a Saronno. Le mie clienti, come vedi, cominciano a diradare gli ordini. Alcune le abbiamo perse definitivamente. Ho investito i miei risparmi in quella piccola casa e nella terra che le sta intorno. Se sarò costretta a chiudere il laboratorio, vivremo con i frutti della terra», dichiarò

Sembrava vuota la casa senza la presenza di Amelia. Anche la gatta si aggirava per le stanze frustando nervosamente l'aria con la coda dritta. Nei mesi che seguirono, Ermelinda vide calare le ordinazioni, perché le clienti meno ricche smisero di farsi abiti nuovi. Matilde lavorava molto di più perché si era sobbarcata anche i compiti di Amelia. I suoi pensieri rincorrevano un passato sereno e quando si volgevano al futuro si lasciava vincere dallo sconforto.

Il giovane Mosè passeggiava sotto la finestra di Matilde senza trovare il coraggio di suonare alla porta. Eric, invece, le mandava cestini di frutta fresca accompagnati da buffi disegni che ritraevano di volta in volta se stesso, la sua soffitta, gli oggetti che l'arredavano rattristati per la sua latitanza.

«Vado dal pittore», annunciò una sera. Lo disse con un tono battagliero, come se si preparasse ad affrontare un nemico.

«Abbi giudizio», le raccomandò Ermelinda.

Salì all'ultimo piano. La porta era spalancata. Il grammofono suonava un tango. Il pittore era al cavalletto e dipingeva. Matilde si guardò intorno. In pochi giorni la stanza era cambiata. C'era la luce elettrica, un acquaio, una ghiacciaia e alcuni mobili molto belli.

«Ti sei decisa», l'accolse lui, continuando il suo lavoro.

Matilde chiuse la porta e vi si appoggiò contro. «Hai messo su casa?» gli chiese.

«L'ho fatto per te», rispose lui.

«Che cosa vuoi da me?»

«Sposarti. Credo sia il solo modo per averti davvero», dichiarò.

Matilde restò senza fiato. Non si aspettava una proposta di matrimonio. Ebbe la tentazione di scappare.

Il pittore lo intuì. Le si avvicinò e prese il suo volto tra le mani. La baciò sulla fronte e le sussurrò, dolcemente: «C'è qualcosa in te che mi fa dannare. Non ho molto da offrirti. Però ti voglio. Ti porterò a Parigi con me. Lavorerò e forse diventeremo ricchi. Certamente saremo più felici insieme che divisi».

Lei non si sentiva pronta per accettare o rifiutare. Voleva soltanto fare l'amore con lui, perché era bello, perché aveva il fuoco nello sguardo, perché la sua voce era dolce come una carezza.

Si ricordò bambina, in cima a una terrazza da cui si dominava il giardino di un'osteria sul Naviglio. Un'orchestrina suonava, gli avventori ballavano. Tra questi c'era suo padre. Sua madre, invece, era a casa a occuparsi dei figli. Aveva giurato a se stessa che non avrebbe mai sposato un uomo che non l'avesse portata a ballare. Eric poteva essere l'uomo giusto. «Ti conosco così poco», sussurrò.

«Posso dire la stessa cosa di te. La prima volta che ti ho incontrata eri con il tuo amante. La seconda eri a un veglione con un giornalista ubriaco. La terza ti ho trovato con un ragazzino che si struggeva per te. Non sarebbero credenziali eccellenti per una moglie. Eppure ti voglio, perché ti amo», confessò accarezzandole un fianco.

Fu una memorabile notte d'amore.

Al mattino, quando Matilde uscì per tornare a casa, si trovò davanti Mosè. Aveva gli occhi arrossati di pianto.

«Lasciami in pace», lo aggredì.

«Hai passato tutta la notte con lui. Tu non sai quello che ho patito», si sfogò.

«E non lo voglio sapere. Mosè, devi lasciarmi stare, hai capito?»

«Mai. Ti amo più della mia vita», rispose.

Matilde aveva affrettato il passo e lui la tallonava, supplicandola di ascoltarlo. Arrivarono davanti alla casa di Matilde.

«Se tu non sarai mia e soltanto mia, io ti ucciderò», la minacciò.

Matilde gli chiuse in faccia il portone.

9

Eric era un personaggio singolare. Tenero quando si amavano, diventava scontroso quando Matilde cercava di penetrare nella sua vita. Di fronte alle sue curiosità, lui si trincerava nel silenzio, oppure diceva: «Sono cose che non ti riguardano».

C'erano giorni in cui spariva senza dirle dove andava né quando sarebbe tornato. Era sicura che non fossero questioni d'amore. Sospettava che ci fosse di mezzo la politica, ma non sapeva fino a che punto Eric fosse coinvolto con l'opposizione al regime. Temeva che fosse tornato a Milano per mettere insieme le fila di qualcosa che non aveva niente a che fare con la pittura.

«Tu non devi chiedermi niente», rispondeva sistematicamente alle sue domande. Erano queste le ragioni dei loro litigi. «Io non voglio sapere niente del tuo passato. Fa' lo stesso con me», le diceva.

«Ma come posso sposare un uomo di cui non so nulla?»

«Sai che ti amo. Questo deve bastare», replicava.

«Hai la stessa mentalità dei fascisti. Le donne non contano nulla», lo accusò un giorno.

«La mia donna conta moltissimo. Per questo voglio tenerti fuori da certe faccende», dichiarò.

«Perché non potrei capire? Perché sono più grandi di me?» lo provocò.

«Perché sono pericolose», sbottò, ponendo fine alla discussione.

Venne l'estate. Trascorsero insieme momenti sereni nella casa di Ermelinda in campagna. Eric passava le giornate a lavorare. Non dipingeva paesaggi ma soltanto facce. Quelle dei contadini, degli artigiani, dei bottegai, dei bambini. Aveva abbandonato i tratti morbidi con cui ritraeva le giovani signore del bel mondo. Dipingeva visi scavati dalla fatica e sguardi disperati con pennellate forti, incisive.

«Stai facendo un ottimo lavoro», lo incoraggiava Matilde.

«Non è vero. Dipingo quello che vedo, ma non quello che sento. In Spagna ho visto la tragedia, ma non sono ancora pronto per raccontarla. Forse perché non è ancora finita, forse perché è appena cominciata e accadrà ben altro», replicava.

«Basta, Eric. Non voglio sentirti parlare così», protestava lei. Cercavano rifugio alle loro paure abbracciandosi e amandosi. In quei lunghi giorni d'estate, Matilde dimenticò sofferenze antiche e recenti. Al futuro non voleva pensare.

Una mattina, sul finire d'agosto, venne un uomo a cercare il pittore. Era francese, come lui. Si avviarono verso i campi. Eric rincasò solo. «Questa sera me ne vado», annunciò durante il pranzo. «Torno nel mio Paese. Vorrei portarti con me, ma ti metterei nei guai. Così dovrai aspettare che ritorni.»

«Quando?» domandò la ragazza, con voce incolore.

«Non lo so. In Francia stanno accadendo fatti terribili. Sono brutti momenti, Matilde.»

«Non puoi spiegarti meglio?» si arrabbiò lei.

«I tedeschi stanno per invadere la Polonia, e la Francia non ha nessuna intenzione di stare a guardare i nazisti che si prendono l'intera Europa», spiegò.

«Non mi interessa quello che succede in Polonia o in Austria o in Germania. Voglio sapere che cosa succederà di te e di me. Noi non siamo due nazioni, siamo soltanto un uomo e una donna che stanno bene insieme. Voglio che tu mi dica perché tutto questo deve finire. Mi hai parlato di matrimonio e non ti ho ancora dato una risposta. Te la do adesso. Ti sposo, Eric. Avremo quella nidiata di figli che desideri tanto. Ho bisogno di qualche certezza per continuare a vivere», si accalorò, in preda alla rabbia, perché sentiva che lui era già lontano.

Ermelinda li osservava e taceva. Capiva le ragioni di entrambi e soffriva per loro.

«Ho bisogno di certezze quanto te. Più di te», replicò Eric. «Per questo devo andare a combattere. Tornerò, Matilde. Te lo giuro. E se mi vorrai ancora, vivrò con te il resto della mia vita.»

Matilde non gli credette.

10

MUSSOLINI, «Il salvatore della pace», entrò in guerra al fianco degli alleati tedeschi contro le potenze «demoplutocratiche».

Furono tempi bui.

Ermelinda licenziò le lavoranti rimaste. Le signore non avevano più soldi né voglia di sfoggiare abiti eleganti. Sparirono dalla città. Si rifugiarono nelle case di campagna, portandosi dietro i bambini e i vecchi. I mariti restarono in città per lavorare e procurare l'indispensabile per mantenere le famiglie.

La sartoria Passoni riprese a confezionare abitini da poco per le bottegaie del quartiere. Alcune clienti le portavano i capi pregiati di un tempo per stringerli, allargarli, accorciarli, ridurli per le figlie.

La signora Finzi un giorno si presentò in casa di Ermelinda piangendo.

«Io non ce la faccio più a occuparmi da sola della gioielleria. È un brutto vivere, mi creda, signora Ermelinda.»

«A chi lo dice. *Mala tempora currunt*», sentenziò la sarta, inducendo Matilde al sorriso.

«Proprio così. E le cose sono destinate a peggiorare.

Ho brutti presentimenti», confessò la signora.

«Non dica così. La guerra finirà», intervenne Matilde che pensava al suo pittore. Da più di un anno non aveva sue notizie.

«E noi finiremo nelle mani dei tedeschi. Allora sarà davvero la catastrofe», obiettò la donna.

«Non voglio pensare a questa eventualità», si ribellò Ermelinda e, rivolgendosi a Matilde, soggiunse: «Riaccompagna a casa la signora». Considerò che la cliente fosse troppo sconvolta per andare in giro da sola. Matilde la teneva sottobraccio e, sull'altro marciapiede, Mosè camminava, tenendole d'occhio.

Quel ragazzo era diventato una persecuzione. Non aveva più osato avvicinarla, ma continuava a spiarla e la seguiva ovunque andasse. Quel breve tratto di strada con sua madre poteva essere l'occasione per chiederle di intervenire. La ragazza cercò le parole per intavolare l'argomento. Ma non le trovò. Le sembrò che la donna fosse già abbastanza angosciata da problemi più gravi e tacque. Ma quando l'ebbe lasciata sul portone del suo palazzo, marciò con passo risoluto verso il giovane, decisa ad affrontarlo. A quel punto, lui non trovò di meglio che fuggire.

«Sei veramente matto», deplorò la ragazza, riprendendo la sua strada.

Quella notte il telefono squillò. Matilde, svegliata di soprassalto, corse a rispondere. E sentì la voce di Eric. Il suo cuore prese a galoppare.

«È un miracolo che io sia riuscito a chiamarti», esordì lui. E soggiunse: «Come stai?»

«Fuori di me dalla gioia», rispose Matilde.

«Ho buone notizie. Tra non molto ritornerò a Milano», disse.

La ricezione era pessima. Matilde aveva tante domande ma non riuscì a formularle.

«Abbi cura della nostra soffitta», fu tutto quello che riuscì a sentire prima che la comunicazione si interrompesse.

«Era lui», sussurrò sbalordita. «È vivo. Tornerà, Ermelinda.»

L'amica l'abbracciò.

Passò altro tempo. Cominciarono i bombardamenti sulla città. Matilde correva ogni volta in via Fiori Chiari per accertarsi che la casa fosse ancora in piedi.

«Io dico che è da pazzi continuare a restare qui. Dobbiamo lasciare subito Milano. Ci trasferiamo in campagna», decise Ermelinda.

«Va' tu, se vuoi. Io da qui non mi muovo. Eric ha promesso che verrà. Lo aspetterò», replicò Matilde.

«Tu sei completamente fuori di testa. La Francia è in mano ai tedeschi. Da noi c'è la guerra. Credi davvero che il tuo pittore possa tornare?» osservò l'amica.

«Ermelinda, non insistere. Va' in campagna e lasciami la gatta», disse. «Io mi trasferisco nella soffitta. È un posto che mi piace. Ormai conosco la gente che abita nella casa. Farò qualche lavoro di cucito. Insomma, saprò cavarmela.»

Ermelinda la lasciò a malincuore, sapendo che non avrebbe comunque potuto smuoverla dalla sua decisione. Ogni settimana le telefonava nella trattoria di via Fiori Chiari. Ogni volta la supplicava inutilmente di raggiungerla. La città si andava svuotando, i bombardamenti degli alleati inglesi e americani si intensificavano. Matilde, cocciutamente, aspettava.

La mattina usciva all'alba e faceva lunghi giri nelle strade deserte per andare negli orti a cercare frutta e verdura. La sera, le sale da ballo erano spesso gremite e gli spettacoli di varietà riscuotevano successi mai registrati in così alta misura.

Un giorno, passando davanti al teatro Fossati, notò un cartello: SI CERCANO GIOVANI BALLERINE. Matilde si presentò.

«So ballare solamente il tango», disse all'impresario, un uomo anziano dalla faccia triste.

«Potresti restare immobile al centro del palcoscenico e saresti comunque uno spettacolo», giudicò l'uomo. E la assunse.

Fu così che diventò ballerina, cucendo da sé i costumi che indossava. Non era brava, ma era qualcosa di più. Sprigionava nel tango tutta la disperazione e la nostalgia dei giorni in cui era stata felice. Il futuro aveva il volto di Eric, ma i suoi lineamenti, con il trascorrere del tempo, diventavano sempre più incerti, come incerte diventavano le sorti della guerra.

Quando rincasava, con il coprifuoco, gli ammiratori si mettevano in fila per avere il privilegio di riaccompagnarla. Matilde preferiva farsi scortare dall'impresario, non tanto per il timore di aggressioni, quanto per difendersi dalle persecuzioni di Mosè. Il ragazzo era diventato un giovanotto, ma non aveva smesso l'abitudine di spiarla. Per sottrarsi alle persecuzioni contro gli ebrei, viveva con la madre e la sorella in un convento. Eppure, rischiava a volte l'arresto e la deportazione pur di seguirla. Non le parlava, non l'avvicinava. La guardava da lontano e quando lei tentava di fronteggiarlo, fuggiva. Scompariva per settimane e ricompariva all'improvviso.

L'impresario, il signor Mario, era un brav'uomo. Proteggeva le sue ballerine come una chioccia. Per Matilde, che rifiutava i corteggiatori e non si abbandonava alle avventure di una notte, aveva riguardi particolari. Anche quando la giovane non lavorava, si preoccupava che non le mancasse il denaro. Intuiva che aveva avuto esperienze difficili e che il mestiere di ballerina era un modo di sopravvivere. Tuttavia, quando lo spettacolo andava in tournée, lei si rifiutava di abbandonare la sua città. Non forniva spiegazioni, non parlava mai di sé, non fraternizzava neppure con le compagne di lavoro, che la ritenevano superba e invidiavano la sua bellezza.

Una sera d'inverno, finito lo spettacolo, il signor Mario l'accompagnò in via Fiori Chiari, come sempre, sebbene fosse raffreddato e si sentisse addosso i brividi della febbre.

«Venga su, in casa», gli propose lei. «Le faccio un bel vin brûlé e le do un chinino.»

L'uomo accettò. Gli piacque la soffitta della ragazza con i mobili antichi, i dipinti e i libri negli scaffali.

Mentre sorseggiava il vino caldo, osò porle qualche domanda sulla sua vita. Ma non ebbe che risposte evasive. Matilde aveva edificato intorno a sé un muro invalicabile.

Poco dopo, lo riaccompagnò al portone. «Si riguardi, mi raccomando», gli disse mentre lui si allontanava. Poi si ritirò nell'androne, ma non riuscì a chiudere il battente. Mosè le stava addosso, urlando la sua follia.

«Adesso te la fai anche con i vecchi! Vai con tutti, tranne che con me. Io ti odio.»

L'aveva agguantata per le spalle e la scuoteva con rabbia. Matilde reagì colpendolo con un ceffone. Gli occhiali del ragazzo volarono via mentre nella sua mano comparve un coltello.

Intanto si era schiusa qualche imposta e i vicini origliavano.

«Ti avevo avvertito che ti avrei ammazzata», gridò Mosè e vibrò un colpo con la forza della disperazione. Matilde si scansò, la lama penetrò profondamente nella guancia.

Il giovane fuggì abbandonando il coltello. Le imposte si richiusero e soltanto la porta del *Diciassette* si spalancò per lasciar uscire Irma Belicchi.

Matilde era svenuta. La donna, aiutata da una ragazza

del bordello, la raccolse, la mise sulla sua automobile e la portò in ospedale.

«Ricucitela meglio che potete», si raccomandò al chirurgo che riuscì ad accostare i lembi della ferita dopo aver ricongiunto i muscoli.

Fu un intervento laborioso. Matilde soffrì per molti giorni. Via via che la ferita si rimarginava, i dolori si attenuavano. Quando la dimisero dall'ospedale, la parte destra del volto era ancora coperta di garze e cerotti. Si chiuse in casa, aspettando di guarire completamente. Si rifiutò di sporgere denuncia, dicendo che non conosceva il nome del suo aggressore. Ogni tre giorni tornava in ospedale per rinnovare la medicazione. Dopo un mese si guardò allo specchio. E inorridì. Il suo bellissimo viso era deturpato per sempre. Non volle la compassione di nessuno. Per sdebitarsi con Irma Belicchi, le regalò un quadro di Eric: *Lezione di tango*. Una mattina, nascondendo il volto dietro grandi occhiali da sole e legandosi un foulard sotto il mento, si mise in viaggio e raggiunse Ermelinda in campagna.

L'amica pianse quando la vide. «Neanche la Madonna di Caravaggio riuscirebbe a compiere il miracolo di farti tornare com'eri», sussurrò.

Matilde non pianse, non si disperò, ma smise di pensare al futuro. La guerra finì e lei tornò nella soffitta di via Fiori Chiari, perché quella era ormai la sua casa. Eric era un capitolo chiuso e non ce ne sarebbero stati di nuovi.

Venne maggio. Ermelinda riaprì la sartoria. Soldi ce n'erano pochi, ma le signore avevano di nuovo voglia di spendere. Matilde tornò a lavorare con lei. La sera, finito il lavoro, le due donne andavano in chiesa a recitare il rosario alla Madonna. Poi andavano in latteria a cenare con il caffellatte e i biscotti. Quindi la sarta riaccompagnava Matilde in via Fiori Chiari e proseguiva da sola verso casa. Una sera Ermelinda incontrò Eric Junot. Era invecchiato ma aveva sempre gli occhi ardenti di un tempo.

«Sono tornato. Matilde, dov'è?» le domandò.

«Nella tua soffitta, come sempre», disse la sarta, con voce titubante.

«C'è qualcosa che devo sapere?»

La donna annuì.

«S'è messa con un altro?» indagò.

«Un folle l'ha sfregiata sei mesi fa. Le ha deturpato il viso», lo avvertì.

Eric non la salutò neppure. Corse a perdifiato in cerca della ragazza.

La porta dell'abbaino era spalancata. Matilde, sdraiata su una sedia a dondolo, ascoltava un tango: *La cumparsita*. Nei cortili delle case e per le strade era festa ogni sera. Lei festeggiava a modo suo, ricordando il passato. E lo vide.

Istintivamente, si portò una mano al viso girandosi di lato. Ma, come da bambina non era riuscita a impedire ad Alberto di vedere i segni delle percosse, così non riuscì a nascondere lo sfregio al pittore. Eric le andò vicino, la sollevò dalla sedia, la prese tra le braccia e la tenne stretta a sé.

«Hai fatto male a tornare», gli disse lei.

«Era una promessa», replicò lui.

«Non potrai più dirmi che sono bella», sussurrò.

«Questo lo pensi tu.»

Matilde si staccò da lui, scostò la ciocca di capelli che le copriva la guancia, protese il viso alla luce della luna. «Guardami, allora», ordinò con voce aspra.

Eric sfiorò con le dita la lunga cicatrice. «Dove sono i miei colori?» domandò.

«Dove li hai lasciati», rispose.

«Allora sdraiati sul letto e dammi qualche minuto.»

Di là dal paravento, Matilde lo sentì armeggiare con i solventi e i tubetti di colore. Poi tornò da lei. Aveva in mano la sua tavolozza. «Ho bisogno di luce. Accendi la lampada», disse. E soggiunse: «Chiudi gli occhi».

Matilde sentì sulla guancia le morbide setole del pennello. Rimase immobile, a occhi chiusi, ascoltando il ticchettio dell'orologio e il respiro lieve del pittore. Le sembrò di vivere un sogno.

«Ho finito», annunciò Eric. «Adesso puoi alzarti e guardarti allo specchio.»

Matilde vide che sulla parte alta della guancia era fiorita una rosa dalle sfumature delicate e la cicatrice era diventata un gambo verde, da cui nascevano fragili foglie.

«Sei diventata ancora più bella», le disse dolcemente il pittore.

La portò con sé a Parigi. La sposò. Non ebbero figli, ma lui l'amò finché visse. Morì a cinquant'anni, quando Matilde ne aveva quaranta. Le lasciò tutto quello che aveva: quadri e un po' di denaro. Matilde vendette i quadri e tornò a Milano, nella vecchia soffitta di via Fiori Chiari. Anche Ermelinda era morta, nel frattempo, lasciandole in eredità un piccolo capitale. Un giorno Matilde raccolse per la strada un cane randagio.

«Adesso, io e te saremo una famiglia», gli disse. Lo chiamò Lilìn e con quello stesso nome avrebbe chiamato tutti i cani che sarebbero venuti dopo a mitigare la sua solitudine.

Oggi

1

Giovanna entrò in punta di piedi nella camera di Matilde. L'infermiera si portò un dito alle labbra per suggerirle di fare silenzio.

«Si è assopita», disse in un sussurro.

«Allora lasciamola dormire», replicò Giovanna.

Il televisore, a basso volume, trasmetteva un programma di canzoni. Le due donne uscirono nel corridoio.

«Come ha passato la notte?» s'informò.

«In preda al nervosismo. Poco fa le hanno dato un sedativo. A colazione ha mangiato bene: un tè con due biscotti. Insiste nel volersi alzare e la mia collega mi ha detto che stamattina ha voluto farsi la doccia. Ha chiesto ripetutamente di lei», l'informò la donna.

«Quanto ai dolori, come va?»

«Non si lamenta. Le piace la televisione. Mi ha detto che non ha mai avuto un televisore. Pensi un po' che stranezze racconta.»

«Ma è vero. Matilde non racconta stranezze», la difese Giovanna. E proseguì: «Perché non va a prendersi un caffè? Ora mi fermo io».

L'infermiera se ne andò, grata di quella pausa e Giovanna rientrò nella camera. Il bassotto la vide e cominciò a uggiolare. Lei lo prese in braccio e andò a sedersi con lui accanto al letto di Matilde.

«L'hai liquidata?» domandò la vecchia.

«Credevo che dormissi», si sorprese Giovanna.

«Qualche volta dormo, più spesso faccio finta. Sono così curiose quelle donnette. Vogliono parlare, sapere, spettegolare. Spegni quel maledetto aggeggio», ordinò, indicando il televisore.

«Ti dà fastidio?»

«Terribilmente. Ma quelle poverette devono pur passare il tempo. Io non sono certo una grande compagnia», rispose con un sorriso malizioso. E soggiunse: «Mettimi qui il mio Lilìn».

Giovanna posò uno scialle sulla coltre e vi adagiò sopra il cane che protese il muso verso la sua padrona, annusandola e leccandola. Giovanna osservò intenerita lo scambio di affettuosità tra la vecchia e la sua bestiola.

«Stanotte ho fatto un sogno», disse Matilde. «Ero al centro di una grande piazza tutta d'oro, assolutamente deserta. Il sole illuminava le facciate dei palazzi. Mi sentivo bene. Poi ho visto davanti a me una lunga scalinata. Ho cominciato a salire, ma i gradini si appiattivano e non arrivavo mai in cima. Mi sono svegliata in questo letto. Che tristezza!»

«Non sei sistemata così male», osservò Giovanna. E soggiunse: «La settimana scorsa ho comperato un quadro. Si intitola *Lezione di tango*. È firmato dallo stesso pittore che ha fatto il tuo ritratto».

«E allora?» brontolò Matilde.

«La ballerina dipinta sei tu. Ti ho riconosciuta», affermò.

«Da chi l'hai comperato?» volle sapere.

«A un'asta.»

«Mi piacerebbe rivederlo», sussurrò Matilde.

«Lo avevi venduto?»

«Lo avevo regalato», precisò la vecchia.

«Dopo averlo acquistato, l'ho portato a casa e l'ho osservato a lungo, ascoltando un tango. Sono affiorati tanti brutti ricordi. Avevi ragione, Matilde. Io e te ci assomigliamo. Non potevi saperlo, ma abbiamo in comune sofferenze che hanno segnato la nostra vita. Una realtà dura da accettare che, per molto tempo, ho rifiutato», confessò Giovanna.

«Tu hai il mio stesso sguardo inquieto, sfuggente, come quello di tante bambine dell'asilo Angiolina. Le esperienze dolorose non si possono negare, bisogna affrontarle e superarle. La vita è un'occasione meravigliosa da non perdere.»

«Ero molto diversa, prima di conoscerti», osservò Giovanna.

«Tu non volevi affatto conoscermi.»

«Ne avevo paura.»

«Ma qualcosa ti ha costretta a occuparti di me.»

«Solo il tuo fascino, Matilde. Sei la persona più affascinante che io abbia mai incontrato», ammise Giovanna.

«Ma quale fascino! Era scritto che fosse così. Non puoi andare contro il destino, mia cara. Io ci ho provato tante volte, ma non è servito», constatò Matilde, sfiorando con un dito la cicatrice che le solcava la guancia. E soggiunse: «Porta qui, di fianco al letto, la cuccia del mio cane. Non mi va di saperlo confinato nel bagno o nella guardiola del portiere».

«Tesoro, siamo in una clinica. Rispettiamo almeno le apparenze», suggerì Giovanna.

«Col cavolo. Ho saputo quanto costa questa stanza e tutto il resto. Per quella cifra, qui ci installo un allevamento di bassotti», dichiarò decisa.

Giovanna sorrise e l'assecondò. «Vedrai che ti cacceranno via», la avvertì.

«Bene. Così potrò tornare a casa mia, ammesso che io abbia ancora una casa.»

«Ce l'hai, Matilde, e nessuno ti mandera via finché vivrai», garantì.

Giovanna guardò l'ora al suo cronometro da polso.

«Se hai altro da fare, perché ti ostini a restare qui?» domandò Matilde con tono sgarbato.

«Perché riesci a renderti detestabile quando non lo sei?»

«Per facilitarti le cose. Hai una gran fretta di correre via. Dunque, vattene.»

Giovanna scostò la sedia dal letto e si alzò, avviandosi verso la porta.

«Ma non correresti così veloce se si trattasse soltanto di un impegno di lavoro», soggiunse Matilde, con tono malizioso.

«Infatti. Si tratta di un impegno che ho preso per te, mia cara. Ti sei dimenticata la villa sul lago, la chiesetta sul pianoro e tutto il resto?» disse Giovanna, voltandosi a guardarla.

«Stai andando laggiù?» domandò la vecchia con un sorriso pieno di stupore. E soggiunse: «Attenta a non sbagliare strada. Quando salirai dalla piazza del paese, troverai due tornanti. Al secondo c'è una biforcazione. Tieni sempre la sinistra», si raccomandò.

«Hai paura che mi perda? Sta' tranquilla, non sarò sola», rispose con un sorriso radioso.

«Andrai con lui?» domandò Matilde.

Giovanna annuì. Ritornò accanto a lei e, accarezzandole una mano, disse: «Devo a te se l'ho ritrovato. Sono piena di gratitudine per te, vecchia pestifera».

«Se davvero, in qualche modo, sono riuscita ad aiutarti, sarà stata la prima buona azione della mia vita.»

Alessandro la stava aspettando davanti all'ingresso della clinica. Sedeva su una moto di grossa cilindrata e fumava una sigaretta.

Giovanna lo vide attraversando l'atrio e il suo cuore cominciò a galoppare. Era un'emozione che si ripeteva a ogni incontro. E questa era la terza volta che si vedevano. Dopo il suo ritorno da Londra, Alessandro l'aveva invitata a cena in una tranquilla osteria alle porte di Milano. Era stato avaro di parole, ma la guardava con adorazione e la sua espressione un po' triste si addolciva in un sorriso che illuminava i tratti duri del volto. Giovanna si sentiva sicura vicino a lui. Così, senza quasi avvedersene, gli aveva parlato di sé, di Jacopo, di Giny, del suo lavoro e di Matilde.

«Non sapevo che la mia società avesse quella casa in via Fiori Chiari, prima di ricevere il tuo fax», le aveva confessato.

Poi Giovanna gli aveva raccontato della scultura, delle maniche tempestate di rubini e perle e di come fosse riuscita a venderli.

«Silverstein ti ha preso per il collo. Io te li avrei pagati molto di più», aveva commentato.

«Commerci anche in pietre preziose?» si era incuriosita.

«Io compero e vendo tutto quello che è lecito vendere e comperare», era stato il commento laconico.

Si erano rivisti due giorni dopo. Alessandro l'aveva mandata a prendere dal suo autista che l'aveva accompagnata a Bergamo, in un palazzo della città alta, dov'era in corso un ricevimento.

«Sono arrivato adesso da Venezia. Devo ripartire tra un'ora per Vienna. Non avrei avuto la possibilità di vederti, se non avessi accettato di venire fin qui», le aveva sussurrato scortandola verso un salone, prima di presentarla ai padroni di casa.

«Ma tu, vivi sempre così?» gli aveva chiesto.

«Dammi soltanto il tempo di sistemare alcune cose e poi avrò una giornata soltanto per noi due», le aveva promesso.

«Promessa mantenuta», esordì vedendola uscire dalla clinica.

Giovanna gli tese la mano che lui baciò. Poi soggiunse: «Sono in vacanza per ventiquattro ore. Il che significa: niente autista, niente telefono e... niente macchina. Per andare sul lago, questa moto sarà l'ideale».

Giovanna fu sul punto di opporsi. Le sembrava disdicevole per una signora della sua età montare su quell'enorme trespolo.

«Ma io non...» tentò di protestare.

«Sarà un'emozione, vedrai», la rassicurò, infilandole sulla testa un casco enorme.

Non avrebbe mai immaginato che il viaggio potesse essere così piacevole. Aveva provato un'emozione simile soltanto a vent'anni, quando Jacopo l'aveva accompagnata al luna park e insieme erano saliti sull'otto volante. Con il corpo che aderiva a quello di Alessandro, ben piazzata su un sedile morbido, avvolta dall'aria calda di giugno, su quel bolide che sfrecciava lungo il nastro d'argento dell'autostrada, Giovanna ebbe la sensazione di tornare ragazza.

Attraversarono Varese e infilarono la strada provinciale. Poi cominciarono a salire lungo tornanti e, a un certo punto, videro il lago ed entrarono in paese.

Matilde lo aveva descritto come una specie di borgo dall'aria sonnolenta. Adesso, era un susseguirsi di piccole industrie, di pizzerie, di caseggiati moderni.

Seguendo le indicazioni di Matilde affrontarono la collina e individuarono la biforcazione. Infine, si trovarono di fronte una cancellata enorme, arrugginita dal tempo, sorretta da pilastri di pietra.

Alessandro fermò la moto. Scesero e si accostarono al cancello. Un'asta di ferro che terminava con una maniglia azionava una campanella.

«Cosa dici? Suoniamo?» lo interrogò Giovanna.

«La campanella è senza batacchio», osservò lui.

Giovanna si aggrappò alle sbarre e guardò oltre, lungo il viale dove cresceva l'erba altissima.

«Questo posto mi dà i brividi», sussurrò.

«Guarda lì», disse lui, indicando un cartello di legno inchiodato sul pilastro. La scritta: IN VENDITA, tracciata con smalto bianco, era appena leggibile. Oltre le cime degli alberi si vedeva la sommità di un tetto.

«È disabitata», constatò lei, con un senso di smarrimento.

«Mostrami le carte che ti ha dato Matilde», chiese lui.

Sedettero sull'erba, davanti al cancello. Giovanna, raggomitolata su se stessa, appoggiando il mento alle ginocchia, ripercorreva il racconto della vecchia e la vedeva ragazzina, sfrecciare in bicicletta sulla ghiaia bianca del viale per scendere in paese. Immaginava le aiuole traboccanti di fiori, l'erba pettinata, l'abbaiare festoso dei cani, il suono del clacson della macchina di Alberto, le voci dei domestici.

Alessandro scorreva i documenti. «L'hanno messa in vendita nel 1984. Quattordici anni fa», osservò.

«Ma nessuno vuole comperarla, per via di quell'urlo», disse una voce.

Giovanna sussultò. Di là dal cancello, era comparso un uomo anziano, che li stava osservando.

«Quale urlo?» domandò Alessandro.

«È un grido che mette paura», disse il vecchio, smentendo le parole con un sorriso beffardo.

«Vorremmo arrivare fino alla chiesa», si intromise Giovanna.

«Allora dovete tornare indietro, perché la chiesa è in paese», spiegò.

«Parlo di quella piccola, in cima al pianoro. C'è un sentiero che parte dalla villa e arriva fin lassù», precisò lei.

«Oh, quella! Ma è proprietà privata. Lasciate perdere. C'è poco da vedere: quattro muri e un tetto», brontolò l'uomo.

«Ci faccia entrare, per favore», intervenne Alessandro.

Il vecchio scrutò attentamente i due visitatori come se volesse soppesarli. Poi scosse il capo. «Non posso far entrare nessuno senza il permesso della proprietà. Sono il guardiano, capite?» Sembrava gli dispiacesse non poterli accontentare.

«Vorremmo visitare almeno la villa, visto che è in vendita», propose Alessandro.

L'uomo infilò una mano sotto il berretto e si grattò la testa. Stava riflettendo sulla richiesta del giovane «Per farvi entrare, devo prima avere l'autorizzazione dalla proprietà», ripeté. E proseguì: «Comunque, se proprio vi interessa una villa, nei paraggi ce ne sono di più belle. Questa ve la sconsiglio. Non la vuole nessuno, a causa di quell'urlo. Io l'ho sentito una volta, tanti anni fa. Mi sono venuti i capelli bianchi per lo spavento. Chiedete in giro. Ve lo diranno tutti quant'è spaventoso».

Giovanna sentiva crescere l'inquietudine, mentre Alessandro aveva l'aria di divertirsi.

«Com'è nata questa leggenda?» indagò, pensando che il vecchio si fosse inventato la storia per tenere lontani gli scocciatori.

«Dicono che qui, per molti anni, sia vissuta una ragazza bellissima. Pare fosse l'amante del padrone. Anche lui era un uomo affascinante, ma molto più vecchio di lei che, invece, era giovanissima. Si amavano molto. Lui, però, era sposato. Così pensarono di fuggire in America. Alla vigilia del grande viaggio, lui cadde dalle scale e morì sul colpo. Lei urlò tutto il suo dolore. I parenti del padrone la scacciarono e di lei non si seppe più nulla. Ma ogni prima domenica di luglio, nell'anniversario di quella tragica morte, quando il sole tramonta di là dalle montagne, l'urlo della ragazza risuona nella villa vuota. Da allora, i proprietari sono stati colpiti da una maledizione. Erano ricchi e sono morti in miseria. I padroni che vennero dopo erano imparentati con l'amante della ragazza. Anche quelli finirono male e decisero di vendere questo posto, che è stato acquistato da qualcuno che non si è mai visto. Datemi ascolto, non fatevi venire idee stravaganti. Cercate altrove», suggerì il guardiano. Tornò a grattarsi la testa. Poi si allontanò, continuando a borbottare da solo.

«È matto. La solitudine gli ha dato alla testa», osservò Alessandro, divertito.

«La storia, però, è tutta vera», sottolineò Giovanna.

«Te l'ha raccontata la tua vecchia?»

Giovanna annuì.

«La ragazza bellissima era Matilde. Lei sostiene che la proprietà, da anni, è nelle mani dei Pulitanò. Invece sembra che non sia più così», ragionò.

«Comunque è in vendita. Così possiamo comprarcela», concluse Alessandro.

«Come dobbiamo muoverci? Non so proprio da che parte cominciare», replicò Giovanna. Era ancora scossa dal racconto del vecchio guardiano.

«Andiamo a Varese e facciamo un'indagine al catasto», decise lui, risalendo in moto.

Giovanna si stupì per la disinvoltura con cui Alessandro si muoveva negli uffici catastali, superando, una dopo l'altra, le complesse maglie della burocrazia.

«È un lavoro che ho fatto per anni. Adesso queste cose le fanno i miei collaboratori, ma mi diverte ripercorrere questi itinerari», le spiegò.

A mezzogiorno, nel momento in cui gli uffici stavano per chiudere i battenti, Alessandro Mongrifone venne a capo dell'intera vicenda. Ed esplose in una risata fragorosa: «Indovina a chi appartiene la villa con la chiesa e l'intera collina».

«A te, naturalmente», scherzò Giovanna.

Lui annuì.

«Fa parte del patrimonio immobiliare della Cogestar che l'ha acquistata proprio quattordici anni fa. È stato uno dei miei numerosi errori di gioventù.»

2

PRANZARONO sotto la pergola di una trattoria che si affacciava sul lago. Giovanna era ancora in preda all'emozione. Guardava alternativamente le imbarcazioni che scivolavano lontano, sul pelo dell'acqua, e il volto pensoso dell'uomo che la accarezzava con lo sguardo.

«A questo punto, che cosa devo fare perché Matilde possa realizzare il suo desiderio?» gli domandò.

«Se per te va bene, me ne occuperò io», rispose Alessandro.

«Mi fido di te», disse lei.

«È un pomeriggio splendido. Hai voglia di passeggiare?» le domandò, sfiorandole una mano con le labbra.

Si avviarono lungo la sponda un po' selvaggia del lago.

«Se soltanto fossi un pochino meno misterioso...» si lasciò sfuggire.

«Ma quale mistero! È soltanto pudore, timidezza. Non amo parlare di me», replicò, con sincerità.

«Vorrei conoscere un po' più da vicino la vita dell'uomo che amo», sussurrò Giovanna.

«Vuoi sapere come è nata la mia fortuna finanziaria? Te lo dirò in poche parole. Avevo vent'anni e mi sono trovato un lavoro. È andato bene. Tutto qui», spiegò Alessandro, laconico.

«Se la metti in questi termini, è una biografia davvero deprimente», osservò Giovanna. «Io credo che ci sia dell'altro. La prima volta che siamo stati insieme mi hai raccontato che, da bambino, ti piaceva aiutare tua madre a rifare i letti. Sembrava l'inizio di una lunga storia.»

«Ci sono momenti in cui ci si lascia andare. Poi...»

«Poi interviene una stupida come me a farti tacere. Sono stata davvero sgradevole, quella sera. Ti domando perdono. Mi ero sentita come presa in trappola e volevo scappare», confessò.

«L'avevo capito. E non te ne ho voluto, per questo», disse lui. E soggiunse: «Ho amato molto mia madre. È morta troppo presto. Poi, mi sono innamorato di una ragazza che mi sembrava meravigliosa».

«Com'è finita?» indagò.

«Male, naturalmente. Ne ho sofferto per molto tempo. Ma soltanto perché non sapevo che avrei incontrato te», la lusingò, abbracciandola.

«Torniamo a Milano?» propose Giovanna, intuendo che Alessandro non sarebbe andato oltre, nelle confessioni.

«Ti va bene se andiamo nella mansarda?» le domandò lui, mentre risalivano sulla moto.

Arrivarono in piazza Cordusio. Alessandro si era trincerato dietro un muro di silenzio e Giovanna venne di nuovo assalita dal desiderio di fuggire. Si sentiva amata, ma non abbastanza per accettare quegli inspiegabili mutismi. Pensò al suo matrimonio con Jacopo: lui era sempre stato un libro aperto, lei era sempre stata indecifrabile. Ora, con Alessandro, i ruoli si erano invertiti.

«Sei davvero sicuro di volermi ancora con te?» esitò, mentre uscivano dall'ascensore.

«Ho interrotto i lavori perché tu potessi concluderli. Questo appartamento doveva essere una specie di rifugio da scapolo. Sei arrivata tu e ho capito che volevo un posto da dividere con te», soggiunse, guardandola con una tenerezza che rapì il cuore di Giovanna.

«Chi ti ha fatto soffrire così tanto?» domandò lei, senza decidersi a seguirlo.

«Non credo di volerne parlare. Non ora, comunque», sussurrò.

«Baciami, Alessandro», disse lei.

Si baciarono a lungo, appassionatamente.

Poi, ridendo come due ragazzini, salirono correndo l'ultima rampa di scale. Alessandro digitò la combinazione e la porta si aprì. L'ingresso era un trionfo di fiori bianchi e gialli. In sala da pranzo la tavola era apparecchiata per due persone e c'erano ninfee bianche che galleggiavano dentro una ciotola di cristallo.

Giovanna lo guardò dubbiosa. «Allora, non è vero che i lavori non sono finiti», osservò.

«Giudica tu», disse, guidandola verso la camera da letto dove si erano incontrati la prima volta. Le macerie erano state tolte ma la stanza era assolutamente vuota.

«Pensavo che potrebbe diventare la tua camera. E dovresti farla come ti piace. Quanto a me, la mia stanza sarà questa», soggiunse, accompagnandola nel settore degli ospiti, dentro la camera in cui si erano amati.

Tutto era perfettamente in ordine. Il letto era già stato predisposto per la notte.

«Chi si occupa della casa?» domandò incuriosita.

«I domestici, naturalmente», spiegò lui, circondandole le spalle e attirandola verso il terrazzo dove le piante crescevano rigogliose intorno alla piscina.

«Hai voglia di fare un bagno?» le propose.

Sui lettini di vimini intrecciato, coperti da materassini imbottiti, c'erano accappatoi bianchi di spugna. Su un carrello c'erano grandi bicchieri, tè ghiacciato e spremuta d'arance.

«Certo che tu pensi proprio a tutto. Mi guardo intorno, mi chiedo che cosa c'è che non vada e devo constatare che tutto è perfetto, anche nei particolari più insignificanti», ironizzò Giovanna.

«Cerco soltanto di fare le cose al meglio. Trattandosi di te, ho raddoppiato le attenzioni», spiegò con un sorriso.

«Eri così sicuro che sarei venuta qui?» lo sfidò.

«Non sono sicuro di niente, ma agisco sempre come se lo fossi.»

«E se non avessi accettato?»

«Mi sarei chiesto dove avevo sbagliato», ammise.

Giocarono nell'acqua alternando baci e risa. E poi si amarono con la passione del loro primo incontro e la consapevolezza di appartenersi totalmente.

Quando si sedettero a tavola per cenare, Giovanna osservò: «I tuoi domestici hanno il dono dell'invisibilità».

«Perché non ci sono. Se ne sono andati prima del nostro arrivo», disse lui. E soggiunse: «Ti avevo promesso ventiquattro ore soltanto per noi, ricordi?»

«E dopo?» domandò Giovanna, con voce esitante, pensando al momento in cui si sarebbero lasciati.

«Dovrò trovare più tempo per stare con te», promise Alessandro riempiendole una coppetta di frutta sminuzzata. Aveva un modo quasi materno di accudirla. In quel momento Giovanna pensò a Giny. Si era dimenticata di lei per tutto il giorno e si sentì in colpa. Avrebbe dovuto almeno telefonarle, ma le dispiaceva spezzare quel delicatissimo filo di meravigliosa intimità.

«Sono quindici anni che lavoro come un matto. Credo che questa sia la mia prima vacanza», dichiarò.

«È evidente che ami il tuo lavoro», osservò lei.

Si erano trasferiti in salotto. Le porte erano spalancate

sul giardino pensile. Tra i cespugli di ortensie si accesero pallide luci.

«All'inizio il lavoro mi è servito per sopravvivere, ma ben presto si è trasformato in una sfida tra me e mio padre», affermò Alessandro. Accese una sigaretta.

Giovanna scartò un cioccolatino e prese a gustarlo, acciambellandosi su un'accogliente poltrona.

«Ho lasciato Palermo il giorno del mio ventesimo compleanno. Avevo due milioni sulla mia carta di credito. Ho comperato un biglietto d'aereo per Londra, di sola andata. Ho pagato una settimana d'anticipo in un piccolo albergo di Regent Park, ho comperato il *Times* e ho cominciato a passare in rassegna gli annunci economici. Ho individuato un'offerta di lavoro presso una società immobiliare. Mi sono presentato e il direttore mi ha chiesto: 'Che cosa sai fare?' Gli ho risposto che non sapevo fare nulla. Ero al secondo anno di ingegneria, avevo superato un esame la settimana prima. Mi assunse a provvigione. Se entro un mese non fossi riuscito a coprire un determinato volume di incassi mi avrebbe licenziato. Dovevo fare da intermediario nella vendita di negozietti in periferia. Bugigattoli cupi, invasi dai topi e dagli scarafaggi. I miei clienti erano dei disperati che tentavano di abbindolare altri disperati.

«Per sfogare la frustrazione, non trovai di meglio che scoraggiare venditori e acquirenti mettendo in risalto tutti gli inconvenienti di ogni affare. Non ci crederesti, ma la mia sincerità totale diede i suoi frutti. Tra quella gente abituata a essere raggirata in mille modi, il mio pessimismo costituì una garanzia. In capo a un mese avevo realizzato più di quanto il direttore si aspettasse e cominciò a diffondersi la mia fama di mediatore onesto. Ho cominciato così. Lavoravo diciotto ore al giorno e gli affari che mi divertivano di più erano quelli difficili da condurre in porto. Dopo sei mesi ero diventato socio dell'agenzia e dopo nove mesi avevo aperto una succursale a Parigi. Poi, cominciai a comperare. Acquistai, firmando cambiali, l'alberghetto in cui alloggiavo e lo rivendetti dopo due settimane realizzando il triplo dell'investimento. Così nacque la Cogestar e approdai a Milano. Qualche volta mi fidavo troppo del mio istinto e ho fatto investimenti sbagliati. Ma sulla distanza si sono poi rivelati convenienti. La villa sul lago è tra questi», concluse. E soggiunse: «Andiamo a Venezia»

«A quest'ora?»

«L'aereo ci aspetta. Arriveremo prima di mezzanotte. Voglio portarti vicino a Rialto. C'è un piccolo squèro per l'attracco delle gondole. Ci siederemo sul parapetto di un ponte e ascolteremo il rumore dell'acqua che batte contro gli scafi facendoli ondeggiare. Amo Venezia. Ho sempre desiderato di essere lì con la donna che amo.»

«Dovrò avvertire Giny», disse Giovanna. «È un po' preoccupata per questa madre latitante», soggiunse, scherzando.

«Riattivo immediatamente il telefono che avevo staccato.» Azionò la centralina e gli apparecchi della mansarda cominciarono a trillare. Alessandro ebbe un moto di disappunto.

«Rispondi, tesoro. Altrimenti non potrò chiamare mia figlia», lo sollecitò Giovanna.

Lui scosse il capo in segno di diniego. «Avevo detto ventiquattro ore per noi. Ne sono passate soltanto dieci», dichiarò. E soggiunse: «Non puoi chiamare Giny con il tuo cellulare?»

«Dimenticato a casa», sorrise lei.

Alessandro agguantò il ricevitore. «Sì, sono io», disse.

Giovanna lo vide impallidire mentre ascoltava l'interlocutore.

«Parto immediatamente», dichiarò. Chiuse la comunicazione e compose velocemente un altro numero. «Partiamo per Palermo. Prepara il piano di volo», ordinò.

Poi si rivolse a Giovanna. «Mi dispiace tanto, amore mio», sussurrò. «La nostra vacanza è finita.»

«Posso almeno sapere che cosa è successo?» gli domandò, confusa e preoccupata.

«Mio padre è morto. Due ore fa. Lo hanno ucciso.»

3

Giovanna uscì dall'ascensore reggendo la scultura di Matilde. Giny stava sulla porta del loro appartamento.

«Così, ti sei decisa a portarla a casa», osservò, spalancando i battenti.

«Voglio metterla nella mia camera», annunciò lei, avviandosi lungo il corridoio. Sua figlia la seguì.

«Non volevi portarla alla mostra dell'antiquariato?» le ricordò.

Giovanna posò la statua nell'angolo tra il tavolino da notte e il cassettone francese. Poi si allontanò per ammirarla.

«È troppo in basso», notò. «Devo trovare un piedistallo.»

Giny stava sulla porta e Bruna le si era affiancata.

«Be', che cosa ve ne pare?» domandò, sforzandosi di apparire allegra. Invece, era depressa, perché da una settimana Alessandro sembrava svanito nel nulla.

Il giorno dopo la sua precipitosa partenza per Palermo, i quotidiani e i telegiornali avevano fugacemente accennato alla morte di Salvatore Mongrifone, ricco imprenditore siciliano, come a una vendetta di mafia. L'uomo era stato ucciso da una raffica di mitra all'uscita da una clinica di Palermo, dove si era recato per far visita a un amico. Poi, come se qualcuno avesse cucito la bocca alla stampa, non c'erano state ulteriori notizie. Giovanna aveva lasciato scorrere i giorni e infine si era decisa a chiamare Alessandro sul suo cellulare. Una registrazione asettica le aveva comunicato che l'utente non era raggiungibile. Allora lo aveva cercato a Londra e a Parigi, dove efficienti segretarie le avevano dato risposte analoghe. Era triste e depressa, ma si sforzava di non lasciar trapelare il suo cattivo umore. Aveva continuato a lavorare, a parlare con i clienti, con gli amici, con le sorelle e con la figlia, come se nulla fosse successo. Era andata in clinica a trovare Matilde e aveva deciso di portarsi a casa la sua pigotta.

«Dopo tanti anni che lavoro in questa casa, di cose strane ne ho viste. Ma una statua come quella non l'ho vista mai», osservò la cameriera guardando la scultura.

«Perché è strana?» domandò Giovanna.

«Non saprei. Mi fa un certo effetto.» Bruna non seppe dire altro.

«La nonna ha detto che la testa è proprio la sua», rivelò Giny.

«La grande esperta si è rimangiata il suo giudizio», commentò Giovanna. In un'altra occasione, quel ripensamento della suocera l'avrebbe esaltata.

«Dispiaceri d'amore?» indagò Giny, guardandola con simpatia.

Giovanna sciolse la cintura del suo abito di seta. Si tolse le scarpe e si sdraiò sul letto, accavallando le gambe e portando le mani sotto la nuca. Annuì con un gesto del capo, tentando di sorriderle.

«Ci sono passata anch'io. So cosa significa», disse la ragazza con aria da adulta saggia.

«Mi hai strappato un sorriso», ammise Giovanna. «Te ne sono grata.»

«È brutto vederli fuggire, vero?» constatò sua figlia, piazzandosi sul letto, vicino a lei.

«È brutto quando non capisci se lui e davvero fuggito o se è sparito perché gli è successo qualcosa. L'incertezza è una cattiva compagnia», rivelò.

«Sei davvero tanto innamorata?»

«Temo proprio di sì.»

«Come lo eri del babbo?»

«È tutt'altra cosa. Adesso ho quarant'anni e sono molto diversa dalla ragazza di vent'anni fa.»

«Perché non mi parli di lui? Non so neppure come si chiama, né che cosa fa per vivere», si lamentò Giny.

«Si chiama Alessandro Mongrifone. È molto più giovane di me, è bellissimo e tenero. Credo che abbia avuto una vita difficile. Una settimana fa è morto suo padre», disse, senza rivelare la notizia del delitto. «Da allora è scomparso.»

«Questo è normale. Quando è mancato il babbo io non mi sono fatta viva con nessuno per quindici giorni», obiettò la figlia. «Nemmeno con Paolo.»

«Be', se me lo consenti, Alessandro Mongrifone è un tipo diverso dal tuo ex fidanzato.»

«Ci risiamo. È una storia finita, ma tu continui a rimestare nel torbido. Perché sei così perfida?» s'inalberò la ragazza.

«Va bene, Giny, ti chiedo scusa, ma non sono in vena di sfoderare il mio lato migliore.»

In quel momento suonò il telefono e Giny si affrettò a rispondere. «Ciao, Filippo. Vuoi la mamma? Te la passo subito», disse, tendendo a Giovanna il ricevitore.

«Digli che non ci sono», sussurrò lei, sottovoce.

«Mamma è qui, ma devo dirti che non c'è», spiattellò la verità con il riso nella voce.

Sua madre le strappò di mano la cornetta. «Scusa, Filippo. Stavo riposando e non avevo voglia di parlare con nessuno», tentò di salvarsi. «Comunque sono qui e ti ascolto», soggiunse rassegnata.

«Mongrifone mi ha incaricato di ristrutturare una chiesa nel Varesotto e mi ha detto che devo sottoporre i progetti a te», spiegò l'architetto.

Giovanna restò con il fiato sospeso. «Quando lo hai visto?» gli domandò.

«Mi ha telefonato una settimana fa. Stava andando in Sicilia.»

Prima di partire, dunque, Alessandro si era preoccupato di lei. Allora, perché quel lungo silenzio?

«Mi sembrava che ci volessero permessi speciali per lo scopo cui è destinata la chiesetta», osservò Giovanna.

«Infatti. Per ottenerli occorrono anni e non sempre vengono concessi. Bene, li ho qui sul mio tavolo. Sono arrivati un'ora fa. Per questo ti ho chiamato. Dobbiamo lavorare insieme, Giovanna.» Filippo era pieno di entusiasmo. Giovanna continuava a sentirsi depressa.

«Ci vediamo domani in bottega», lo congedò chiudendo la conversazione.

Giny si era defilata e Giovanna decise di andare a trovare Matilde.

La vecchia amica era in poltrona. Il medico sedeva sul bordo del letto. Stavano chiacchierando quando Giovanna fece capolino nella stanza. Matilde sorrideva.

«Disturbo?» domandò, senza decidersi a entrare. Per l'occasione sfoggiava un sorriso di circostanza che contraddiceva l'intima angoscia.

«Stavo congratulandomi con la signora per la ripresa sorprendente», spiegò il medico, andandole incontro.

Matilde aveva davvero un aspetto migliore. Si era assottigliata e il suo corpo ne aveva tratto beneficio. Giovanna si chinò a baciarle la fronte.

«Questo giovanotto dice che sto rispondendo bene alle terapie», dichiarò la vecchia, con aria raggiante. E soggiunse: «Chiedigli se posso tornare a casa».

«Per ora, naturalmente, non se ne parla», rispose il medico. «Soprattutto se la casa è quella in cui l'ho visitata tempo fa. Andiamo verso il caldo e io suggerirei un luogo fresco, che offra la possibilità di un'assistenza adeguata.»

«Giovanotto, se ne vada. So da me quello che posso fare e dove andare. Lei si preoccupi soltanto di rimettermi in piedi e liberarmi da questi accidenti di aghi che mi hanno ridotto in uno stato pietoso», sbottò, alludendo alle continue fleboclisi che avevano lasciato vistose ecchimosi sul dorso delle mani e sulle braccia.

«Mai sottovalutare l'invito gentile di una dolce signora», ironizzò il dottore, sul punto di andarsene.

Giovanna lo trattenne per un braccio.

«Davvero pensi che possa lasciare la clinica?» gli domandò.

«Lo vedi da te. Oggi si è alzata dal letto, domani comincerà a muovere qualche passo. Insomma, il suo quadro clinico è in netta ripresa. Ci sono cose che la scienza medica non riesce assolutamente a spiegare», ammise il medico.

«La verità è che siete tutti dei somari», brontolò Matilde, con un sorriso soddisfatto. E soggiunse, rivolta alla giovane amica: «Siediti qui e raccontami».

«Dov'è l'infermiera?» domandò Giovanna.

«Licenziata. Le ho licenziate tutte e tre. Quelle mummie che siedono al mio capezzale per spiare ogni mio sospiro mi danno troppo fastidio», spiegò.

«Matilde, sei una peste», sbuffò Giovanna.

«Smettila di preoccuparti per me. Parliamo di te, piuttosto. Sento odore di dispiaceri», provò a indovinare.

«Sono otto giorni che l'uomo che amo non si fa vivo. Ho voglia di piangere», confessò.

«Perché non lo fai? Qualche volta le lacrime servono a sciogliere la tensione.»

«Alla mia età mi sento un po' ridicola. E comunque il dolore rimarrebbe.»

«Credi che lui ti abbia dimenticata? Se è così, non vale la pena di soffrire.»

«Penso che nella sua vita ci siano cose e persone più importanti di me», ammise.

«La disgrazia delle donne è che vivono in funzione dell'uomo. Anche la donna più libera ed evoluta non può farne a meno. Chissà perché? E dire che sono degli emeriti rompiscatole. Insicuri, fragili, egoisti. Danno l'impressione di concederti tutto, mentre si prendono ogni cosa e a noi lasciano le briciole. E tuttavia non possiamo che amarli. Secondo me, non dovresti angosciarti tanto. Lui tornerà, ne sono certa. E allora ti darai della stupida per aver visto ombre dove c'era soltanto il sole», sentenziò Matilde.

Giovanna sorrise. «Vorrei avere la tua certezza. Quanto al resto, non mi importerebbe di raccogliere le briciole, come dici tu.»

Entrò un'inserviente con il carrello della cena.

«Vuoi qualcosa da mangiare?» le domandò Matilde.

«No, grazie. Devo passare dal negozio prima che chiuda e vorrei dare un'occhiata alla tua soffitta. Quando tornerai a casa dovrai avere una sistemazione confortevole, nei limiti del possibile.»

Matilde le afferrò una mano, se la portò alla guancia e la premette con forza. «La vita», disse, «è sempre ricca di sorprese. Non avrei mai creduto di imbattermi, un giorno, in un'anima generosa come la tua. Ti devo molto, lo sai.»

«Anch'io ti devo molto. Sei diventata una presenza insostituibile nella mia esistenza», confessò Giovanna.

«Sbrigati a trovare una sostituta. Io non vivrò ancora a

lungo», brontolò Matilde che aveva tuttavia gli occhi lucidi di commozione.

Giovanna l'abbracciò. «Ti sento più sorella delle mie sorelle», le sussurrò.

«Questo è il complimento più bello che tu potessi farmi. Grazie, Giovanna», sussurrò la vecchia. Poi, sembrandole d'aver troppo concesso alla tenerezza, ritrovò la solita grinta. «Vorrei mangiare la mia pastina in brodo finché è calda. Sbrigati ad andar via.»

Giovanna si sentì sollevata quando lasciò la clinica. Tanto che decise di fare una passeggiata per le vie del centro. Aveva passato troppi giorni tra casa e bottega sussultando a ogni squillo del telefono nella speranza di sentire la voce di Alessandro.

I suoi passi la portarono fino a piazza Cordusio. Sostò in prossimità del semaforo e guardò sul lato opposto verso il palazzo che le stava di fronte. La mansarda non era visibile dalla strada. Le sembrava che se avesse potuto intravedere almeno le finestre, si sarebbe sentita meno sola. Alessandro le era necessario come l'aria. Amava tutto di lui: la voce, lo sguardo, le sue mani forti, il suo corpo perfetto e, soprattutto, quell'aria vagamente ironica che celava una tristezza profonda, una sincerità rara.

Non sapeva quale significato attribuire al suo silenzio, ma voleva credere che ci fossero motivi seri che lo tenevano lontano da lei. Fino a quando sarebbe durata la sua assenza? «La disgrazia delle donne è che vivono in funzione dell'uomo», le aveva detto Matilde. Per lei non era una disgrazia vivere in funzione di Alessandro. Semmai era un miracolo. Voleva vivere con lui e per lui, per sempre. Scosse il capo sconsolata e mosse alcuni passi per attraversare la piazza. Un'auto blu richiamò la sua attenzione. Si stava fermando proprio davanti al palazzo di Alessandro. Riconobbe l'autista che scese e aprì la portiera posteriore.

Dall'auto scese una donna bellissima. Era bionda, alta, elegante. I capelli erano raccolti in una grossa crocchia sulla nuca. Indossava un tailleur blu scuro, ravvivato da una spilla di diamanti. Calzava scarpe dal tacco altissimo. Era assolutamente perfetta.

Dietro di lei sbucò Alessandro che offrì il suo braccio a quella meravigliosa creatura e insieme si addentrarono nell'atrio del palazzo. Giovanna rimase come paralizzata da quella visione. Fu colta da una vertigine che la fece vacillare.

4

A Palermo, lo steward scortò Alessandro fuori dall'aeroporto. Un uomo anziano dall'aspetto semplice e austero gli venne incontro. Alessandro lo riconobbe immediatamente: era Sebastiano Rolla Cangemi. Per lui era sempre stato zio Bastiano.

«Doveva morire tuo padre, perché tu tornassi finalmente a casa», furono le prime parole dell'uomo, pronunciate in un sussurro.

«Doveva morire, perché potessi riabbracciarti?» domandò Alessandro, stringendolo a sé.

«Ero suo amico», protestò Sebastiano.

«Eri anche il mio solo amico», sottolineò Alessandro.

«Ho sperato che il tempo aggiustasse le cose tra di voi», precisò.

Raggiunsero una Mercedes nera che li aspettava. Salirono in macchina e l'autista avviò il motore dirigendosi verso l'Istituto di Medicina Legale.

Il corpo di Salvatore Mongrifone era ricoperto da un lenzuolo bianco. Soltanto dopo l'autopsia sarebbe stato trasportato nella chiesa privata della villa di Mondello.

Un tenente di polizia spiegò ad Alessandro la dinamica dell'aggressione e un medico, in poche parole, comunicò la causa della morte.

«Posso vederlo?» domandò Alessandro e aggiunse: «Da solo».

«Ti aspetto fuori», disse Sebastiano.

Alessandro sollevò il lenzuolo e guardò il corpo senza vita di suo padre. Osservò a lungo quel volto ancora bello e fiero che, nella compostezza della morte, esprimeva una profonda serenità.

Si chinò su di lui e gli baciò la mano. «Alla fine, l'hai avuta vinta tu», sussurrò.

Uscì dalla stanza. Sebastiano fumava un sigaro e gli sorrise.

«Ti sei fatto uomo, ragazzo mio», commentò. «E che uomo!» soggiunse compiaciuto.

«Tu invece sei invecchiato, zio Bastiano», gli disse, con affetto.

«Ormai ne ho compiuti settanta. E sono stanco. Tuo padre, invece, aveva cinque anni meno di me ed era ancora un torrente in piena.»

Risalirono in macchina, attraversarono la città e si diressero verso Mondello. I due erano silenziosamente assorti nei propri pensieri.

Erano ormai in prossimità della villa quando Alessandro chiese: «Chi è stato?»

«Il killer non ha importanza», rispose Sebastiano.

Questo Alessandro lo sapeva. I killer erano solamente strumenti «da mattanza». I veri assassini erano i mandanti.

Poi Sebastiano pronunciò un nome quasi senza muovere le labbra. «Vittorugo Burgio», disse.

«Perché?» domandò il giovane.

«Tuo padre gli aveva soffiato un business di miliardi per la costruzione di una catena di alberghi nell'Europa dell'Est», rivelò.

«Non mi convince. Burgio e Mongrifone hanno passato la vita a scannarsi per affari di questo genere», commentò Alessandro.

Sebastiano tacque. Era evidente che c'era dell'altro, ma non ne voleva parlare.

Sebastiano Rolla Cangemi era l'uomo più dolce e leale che avesse mai incontrato. Negli anni dell'infanzia e dell'adolescenza, era stato un altro padre. Lo ricordava sempre vicino a sé. Prima nel salotto della casa di Palermo. Dopo, nella villa settecentesca di Mondello. Non aveva un ruolo definito nel clan di Salvatore Mongrifone. Qualche volta andava a caccia con lui. Più spesso chiacchierava con sua madre. L'accompagnava a fare le spese, o a teatro. Le suggeriva l'acquisto di un quadro o la scelta di una vacanza all'estero. Quando Alessandro era piccolissimo, zio Bastiano se lo metteva a cavalluccio sulle spalle e poi correva in tondo per la casa o nel giardino, facendolo impazzire di gioia. Più tardi gli aveva insegnato a montare a cavallo e a usare il fucile da caccia.

Una volta aveva sorpreso sua madre in lacrime, mentre Sebastiano la abbracciava cercando di confortarla.

Era stato sempre un uomo di poche parole. Crescendo, Alessandro aveva capito che tra Sebastiano e suo padre c'era un legame profondo, di cui ignorava l'origine. Zio Bastiano era avvocato, ma non ricordava che avesse mai esercitato la professione. Era ricco di famiglia e non dava importanza al denaro. In realtà, non c'era nulla che potesse giustificare il legame tra quei due uomini tanto diversi. Tuttavia, Salvatore Mongrifone aveva sempre mostrato una certa deferenza nei confronti dell'amico. Una volta, quando Alessandro era un ragazzo, durante una battuta di caccia, si era allontanato dal padre e dallo zio per spiare un segugio. I due uomini si erano seduti all'ombra di un albero frondoso. Tornando sui suoi passi, il ragazzo aveva colto la voce severa di Sebastiano che diceva: «Salvatore, tu sei un gradissimo stronzo». Suo padre non aveva replicato. Nessuno si sarebbe mai permesso un apprezzamento del genere. E se qualcuno lo avesse fatto, non sarebbe campato abbastanza per potersene vantare.

Alessandro e Sebastiano arrivarono alla villa che era notte fonda. Un anziano domestico, con la livrea verde, li aspettava sulla porta.

«Bentornato, signorino», disse l'uomo, chinando il capo davanti ad Alessandro.

«Mimì! Come stai?» Lo abbracciò e il vecchio si commosse.

«Come vuole Iddio», rispose il domestico.

«Sei sempre lo stesso. Quanti anni hai, Mimì?»

«E chi se lo ricorda? Ero già vecchio quando nasceste», si asciugò le lacrime e soggiunse: «Mi dispiace tanto per don Salvatore».

«Lo so», disse Alessandro.

«Donna Perla mi ha detto di annunciarvi che è nel salotto giallo. Vi ricordate ancora dov'è?»

Alessandro si guardò intorno. Niente era cambiato nella grande villa che un tempo, e per generazioni, era stata dimora di principi e da trent'anni era abitata dalla sua famiglia. Nulla era cambiato da quando era andato via. Gli stessi arredi di stile barocco, gli stessi vasi, gli stessi tappeti. C'erano altri quadri, invece. Nature morte seicentesche, soprattutto.

«Mimì, io ho la memoria di un elefante» disse il giovane, guardando la fuga di sale che si apriva di fronte a lui.

La porta del salotto giallo era socchiusa. Spinse piano un battente. Perla stava fumando. Guardava lontano, oltre la terrazza sul giardino. I capelli biondi, strettamente raccolti sulla nuca, mandavano riflessi d'oro alla luce tenue di una lampada. Vestiva un abito bianco, di seta inconsistente, che metteva in risalto la linea perfetta del suo corpo. Mosse due passi nella stanza e la lampada proiettò la sua ombra sulla parete. Lei si voltò di scatto, si alzò e chinò leggermente il capo, così come aveva fatto Mimì.

«Don Alessandro», disse semplicemente.

Alessandro andò fuori, sulla terrazza e sedette sulla balaustra di pietra.

Dal giardino saliva il profumo intenso del rosmarino. Aveva quasi dimenticato i profumi della Sicilia e la straordinaria bellezza del suo cielo.

Avvertì un fruscio sotto i cespugli delle fucsie, poi vide comparire un uomo.

Si levò il berretto e lo salutò: «Condoglianze, don Alessandro».

«Chi sei?» gli domandò.

«Un guardiano di vostra signoria», rispose l'uomo. Si calò in testa la coppola e proseguì il suo giro.

«Da quando ci sono i guardiani in villa?» domandò Alessandro a Perla.

«Da sempre. Non te lo ricordi?»

Se ne ricordava, ma non ci era più abituato.

Si avvicinò a Perla e, finalmente, la guardò. Era come se la vedesse per la prima volta. Gli sembrò ancora più bella di quando l'aveva lasciata. Nei lunghi anni di lontananza, si era chiesto che cosa avrebbe provato se mai l'avesse rivista. Ora sapeva di non provare nulla. Era un'estranea.

«Volevi parlarmi. Ti ascolto», disse.

«Suppongo che zio Bastiano non ti abbia raccontato tutta la verità sui motivi del delitto», esordì con voce pacata.

«Vuoi dirmela tu?» replicò Alessandro.

«È a causa di uno sgarro a Vittorugo Burgio. Tuo padre si è portato a letto la sua adorata nipotina. Ha quindici anni soltanto. L'ha disonorata», spiegò. E soggiunse: «Quand'era toccato a me, ne avevo sedici. Tu lo sai»

Quella era una puntualizzazione superflua. Sentiva ancora sulla pelle il bruciore per quel tradimento. Alessandro era così perdutamente innamorato di Perla, da non osare toccarla.

Lei lo aveva supplicato. «Voglio essere tua», gli aveva detto più di una volta.

«Solo quando diventerai mia moglie», aveva insistito lui.

«Perché con le altre sì e con me no? Lo so che vai con Cristina Spanò e con la vedova Reccosta», lo aveva rimproverato.

«Quelle non le devo sposare. Con te è diverso. Ci sposeremo presto, perché ti desidero da morire.»

«Presto, quando?»

«Voglio la benedizione di mio padre. È questa la regola.»

«E se don Salvatore non fosse d'accordo?» aveva osservato Perla.

Alessandro aveva escluso una simile possibilità. Quando suo padre avesse visto Perla, avrebbe condiviso la sua scelta. Così condusse la ragazza a Mondello e gliela presentò, una sera d'estate, proprio lì, su quella terrazza. Perla teneva lo sguardo basso di fronte a quell'uomo potente che osservava il solco tra i suoi seni delicatissimi.

«Sei davvero una bella ragazza. Mio figlio, almeno in questo, lo riconosco, mi assomiglia: gli piacciono i fiori ancora in boccio.» Rideva, schiudendo le labbra sulla dentatura vorace. Alessandro temeva quel sorriso che assimilava all'espressione avida del segugio quando sta per azzannare la preda.

«Così tu sei la figlia di don Nicola Scafidi, quello che ha il più bel ristorante sul porto», aveva proseguito.

«È lì che Alessandro e io ci siamo conosciuti», aveva spiegato la ragazza, modulando la voce dalle tonalità dolcissime.

«Posso ospitarla in villa, per qualche giorno?» aveva chiesto il ragazzo, aggiungendo: «Voglio insegnarle a cavalcare».

Don Salvatore aveva annuito e, quella sera, quando rimase solo con il figlio, affrontò l'argomento con decisione. «Che intenzioni hai con quella ragazza?» gli aveva chiesto.

«Voglio sposarla», aveva risposto Alessandro.

«Perché? Puoi averla anche senza il matrimonio.»

«Sono molto innamorato di lei.»

«Così come lei è innamorata dei tuoi soldi.»

Quell'osservazione, cinica e ingiusta, lo aveva offeso. «Non è così. Comunque, voglio solamente la tua benedizione.»

«Non l'avrai. Per te mi aspetto qualcuna di meglio, anche se devo riconoscere che è bellissima. Ma è troppo scaltra e tu sei troppo ingenuo per capirlo. Perla ha bisogno di tutt'altro. No, non la sposerai», aveva decretato. La sua, Alessandro lo sapeva, era una sentenza senza appello.

«La sposerò anche senza il tuo consenso», aveva replicato.

«Sei ancora un ragazzino viziato. Colpa della tua povera mamma. Sei rimasto attaccato alle sue sottane fino a quando è morta. Adesso che lei non c'è più, pensi di poter essere un *pater familias*. Hai bisogno di tempo. Devi laurearti e lavorare sodo, prima di metter su casa.»

«Mi stai sottovalutando, papà. Non mi piace. Ho avuto più affetto da mia madre, dai domestici, da zio Bastiano, che non da te. Comunque, sei mio padre e ti devo rispetto. Non obbedienza cieca. Lascerò questa casa con Perla.» Era furibondo e aveva fatto ricorso a tutto il suo autocontrollo per dominare la collera di fronte alla volontà paterna di umiliarlo.

«Ma dove credi di andare? Cosa credi di fare senza di me? Tu sei nessuno. Quanto a lei, non ti sposerà quando saprà che da me non avrete alcun aiuto», lo aveva deriso.

«Un giorno ti rimangerai tutto quello che hai detto», aveva minacciato il ragazzo.

A quel punto era partito un manrovescio che lo aveva fatto vacillare.

«Un giorno tornerai in ginocchio a baciarmi questa mano che ti ha colpito», aveva decretato il padre. Era cominciata così la sfida, tra loro.

Alessandro era sceso nella scuderia, aveva inforcato il suo cavallo ed era andato a correre, sfiancando se stesso e l'animale. Era tornato a notte fonda. Era entrato nella sua camera, aveva infilato qualche indumento in una sacca e poi era andato a bussare alla camera di Perla. Non aveva avuto risposta. Aveva schiuso la porta e li aveva visti insieme, lei e suo padre. Allora era scappato. Doveva essere per sempre. Invece ora era tornato e Perla gli stava di fronte: giovane, bellissima, vedova senza cordoglio.

«Lo so. Quand'è toccato a te, avevi sedici anni. Però ti ha sposata», sottolineò.

«Se non lo avesse fatto, mio padre lo avrebbe ucciso. Comunque, ora lo ha ammazzato Burgio.»

Alessandro la guardò con un senso di pietà. «Com'è stata la tua vita, con lui?» le domandò.

«Terribile. Gli errori, purtroppo, si pagano», confessò. Si accostò al mobile bar e si versò del whisky in un bicchiere. «Questo è per conciliare il sonno», si giustificò con un sorriso. E soggiunse: «Non riesco a sentirmi una vedova inconsolabile».

«Al funerale, dovrai comportarti come se lo fossi», disse il giovane.

«Come vostra signoria comanda», ironizzò Perla, abbozzando un inchino. E proseguì: «Si vede proprio che sei figlio di tuo padre».

Lei stava per uscire e lui la trattenne. «Quella notte di sedici anni fa, chi di voi due prese l'iniziativa?» le domandò.

«Non mi piace addossare le colpe ai morti. Così ti dirò che sono stata io. Questo semplifica le cose?» lo interrogò con voce ironica.

Don Salvatore Mongrifone venne inumato, accanto alla moglie, nella chiesa all'interno del parco della villa. Poi ci fu la lettura del testamento. L'uomo aveva destinato lasciti di varia consistenza a parenti lontani, amici, domestici, associazioni benefiche. Erede universale era suo figlio Alessandro.

«Quanto a mia moglie Perla», lesse il notaio, «lascio ad Alessandro la facoltà di provvedere a lei, se vorrà, nella misura che riterrà opportuna.»

La vedova non batté ciglio. Praticamente era stata diseredata.

I giorni che seguirono furono frenetici. Alessandro tentò di far luce nei molti, intricatissimi affari del padre. Più cercava di dipanare le matasse, più i fili si aggrovigliavano. Sebastiano lo illuminò su quei percorsi tortuosi solo fino a un certo punto. C'erano situazioni in cui si smarrirono entrambi.

«Tu hai collaboratori eccellenti. Fatti aiutare da loro», suggerì il vecchio amico.

«Gli affari della Cogestar sono rigorosamente limpidi. Non voglio interferenze con quelli di mio padre che hanno troppi aspetti oscuri», dichiarò il giovane.

«Rischi di perdere molto tempo.»

«Lo so e non voglio. Te la senti di occupartene tu?» gli propose.

«Ci proverò. Ma non posso occuparmi anche di Perla. Quello è un problema tuo.»

Alessandro le parlò e le fece una proposta che lei non poté rifiutare: un appannaggio annuo che le avrebbe consentito lo stesso tenore di vita e l'usufrutto della villa.

«Sei molto generoso», lo ringraziò la vedova.

«Allora, vieni a Milano con me. I miei commercialisti prepareranno una bozza di accordo e tu la firmerai», decise.

A otto giorni dalla morte di don Salvatore, Alessandro arrivò in piazza Cordusio con la vedova di suo padre. Giovanna li vide. E fraintese.

5

NELLO studio della mansarda di piazza Cordusio, il commercialista ascoltò, sempre annuendo, le richieste di Perla, precise e motivate. Poi si rivolse ad Alessandro.

«Sei d'accordo su tutto?» gli domandò.

Alessandro annuì. Aveva fretta di chiudere definitivamente la partita. Doveva riannodare al più presto i fili dei propri affari e, soprattutto, doveva ritrovare Giovanna. Quando il commercialista se ne andò, annunciò a Perla che l'autista la stava aspettando per accompagnarla all'aeroporto.

«Veramente, pensavo di fermarmi a Milano per qualche giorno. Tuo padre non mi aveva mai permesso di uscire dalla Sicilia», spiegò.

«Ti faccio prenotare una stanza al *Grand Hotel*», propose.

«Non potrei fermarmi in questo appartamento da sogno?» domandò con la voce modulata che lui ben conosceva.

Alessandro la guardò perplesso, senza capire a che cosa mirasse.

«Ora che abbiamo appianato l'aspetto più prosaico della situazione, non potremmo rivedere quello più piacevole della nostra relazione?» proseguì, guardandolo con tenerezza.

La perplessità di Alessandro divenne stupore e poi fastidio. «Temo che tu stia sbagliando tutto, Perla», disse con aria spazientita.

«Su questo non c'è dubbio. Sono sempre stata una specialista in errori. Ma li ho pagati. Adesso vorrei ricominciare dall'inizio, da te, naturalmente. Non credo che sia troppo tardi.»

«Tra noi è finita sedici anni fa», dichiarò lui.

«Questo non lo credo. Non ti sei ancora sposato», osservò lei.

«Ma si dà il caso che sia molto impegnato con un'altra persona», ribatté.

«Ti riferisci a quell'antiquaria quarantenne, vedova, con figlia a carico?» domandò spiazzandolo.

«Mi riferisco a lei. Ma tu, che cosa ne sai?» domandò sorpreso.

«Me lo disse tuo padre. Lui, non so come, riusciva sempre a essere informato su tutto quello che ti riguardava. E, per farmi dispetto, era così gentile da venire a raccontarmelo. Dunque, si tratta di lei. Allora non ho motivo di preoccuparmi. Sono molto più giovane e più bella. Ti lascerò un po' di corda, Alessandro. Tornerai quando meno te l'immagini. E adesso, se vuoi, fammi accompagnare in albergo», concluse, dandogli un buffetto sulla guancia.

Alessandro reagì con una risata. Sedici anni con don Salvatore non le avevano regalato la felicità, ma le avevano consentito di imparare molte cose.

Alessandro la accompagnò alla porta con un senso di liberazione. E subito cercò Giovanna sul suo cellulare. Non rispose. Allora la chiamò a casa. Si sentì rispondere che la signora non c'era.

A quel punto cominciò a riprendere i contatti con i

suoi collaboratori. Quella di tuffarsi nel lavoro per non pensare ai casi personali era un'arte collaudata negli anni e anche questa volta funzionò.

Durante il soggiorno in Sicilia aveva lavorato molto, pensato molto e dormito pochissimo. Era quasi mezzanotte quando decise di fare un bagno nella piscina. Nuotò a lungo fino a quando non si aggrappò esausto alla scaletta d'acciaio. Allora, un domestico con aria assonnata gli si avvicinò tendendogli il telefono portatile.

«C'è una chiamata per lei, signore», disse.

Alessandro uscì stillante acqua, si infilò un accappatoio e prese la comunicazione.

«Ciao, amore mio», disse, sapendo che soltanto Giovanna avrebbe potuto chiamarlo a quell'ora.

«Non bruciare le tappe. Procediamo per gradi», disse Perla.

«Non era la tua voce che speravo di sentire», replicò.

«Peccato. Sarebbe stato un buon esordio. Stavo per andare a dormire e desideravo ringraziarti ancora di tutto. Voglio anche offrirti un piccolo contributo che ti servirà per rimettere insieme molti tasselli del complicatissimo mosaico di famiglia. Zio Bastiano è stato l'amante di tua madre. Adesso chiediti se don Salvatore lo sapeva e considera anche il fatto che potresti non essere suo figlio. Buona notte, Alessandro.»

Con quella rivelazione, Perla tentava di indurlo a raggiungerla per saperne di più. Di questo ne era sicuro. Era il tipo di persona che, messa alla porta, rientra dalla finestra. Solo che questa volta aveva sbagliato i calcoli. Non si sarebbe lasciato incastrare. Un giorno, forse, sarebbe tornato in Sicilia per chiarire molti interrogativi. Ma adesso aveva altro da fare.

Entrò nella camera che aveva diviso con Giovanna, si stese sul letto e si addormentò.

Lo svegliò il suo cameriere spingendo in camera il

carrello della colazione e posando sul letto la pila dei quotidiani. Aveva una giornata fitta di appuntamenti, ma il suo primo pensiero fu per Giovanna. La chiamò.

«La signora non è in casa», disse la domestica.

«Sa dove posso trovarla?» indagò.

«Non ne ho idea», rispose. Giovanna, accanto a lei, annuì. Ma questo Alessandro non poteva saperlo.

La chiamò in bottega e gli rispose la segreteria telefonica.

Alle dieci del mattino era in via Fiori Chiari. Al diavolo gli appuntamenti di lavoro. Entrò nel negozio. Lei era lì, seduta alla scrivania, il volto disfatto, gli occhi gonfi di stanchezza.

«Che cosa sta succedendo?» domandò Alessandro, con tono accusatorio.

Avrebbe voluto abbracciarla e invece la guardava come una nemica. Non sopportava la sensazione che lei volesse sfuggirlo.

Giovanna chiuse la porta che dava sul retrobottega e lo fronteggiò.

«Che cosa vuoi da me?» chiese gelida.

«Voglio la donna che ho lasciato otto giorni fa. Questa vipera che mi sta guardando con la voglia di mordere non mi piace», sbottò lui.

«Non hai che da andartene, perché io sono quella di sempre. Non faccio finta di essere innamorata di un uomo per poi tradirlo appena girato l'angolo.»

«Di chi stai parlando?»

«Di te!» urlò e aggiunse: «Vattene immediatamente!»

Alessandro l'abbracciò di slancio e tentò di baciarla. Lei riuscì a liberarsi e cominciò a percuotergli il petto con i pugni chiusi. Alessandro si lasciò colpire fino a quando Giovanna si appoggiò ansante allo schienale d'una poltrona per riprendere fiato. Alessandro le fu addosso, immobilizzandone i polsi. «Non so che cosa sia successo, ma ti giuro che tu sarai la madre dei miei figli», affermò.

«E la bionda che ti sei portato in casa ieri sera, dove la mettiamo?» urlò lei.

Ora capiva tutto. Fosse stato meno sconvolto, sarebbe riuscito a spiegare. Invece l'agguantò per le spalle, la spinse fuori dalla bottega e la trascinò fino alla macchina parcheggiata sull'angolo della via. «Al *Grand Hotel*», ordinò all'autista mentre costringeva Giovanna sul sedile accanto al suo.

Giovanna era esausta.

«Tu sei pazzo», disse.

«Sono siciliano, è diverso. Dovrai fare i conti con me per il resto della tua vita. E la prima regola è: non dubitare mai l'uno dell'altra», replicò con decisione.

«Dove mi stai portando?»

«A chiarire il mistero della bionda», rispose.

Perla era al banco della caffetteria e chiacchierava animatamente con il barman.

«Ciao», esordì Alessandro. Poi si rivolse a Giovanna: «Lei è la signora Mongrifone, vedova di mio padre».

«E questo fiore è Giovanna Lanciani, suppongo», sorrise Perla, in una riuscita imitazione di diva degli anni Cinquanta. Scese dal trespolo su cui stava appollaiata e tese la mano per salutarla.

Giovanna pensò che, vista da vicino, era ancora più incantevole.

Alessandro precisò: «È la donna che amo. Vorresti dirle perché ieri sera eri a casa mia?» la sollecitò con voce imperativa.

«Mi piacerebbe raccontare che eravamo lì per divertirci. Ma non sarebbe la verità. Si trattava soltanto di squallide questioni di denaro. Mio marito mi ha praticamente diseredato e Alessandro, forse ricordando un'antica passione per me, ha sfoderato la sua generosità», disse

Perla, pacatamente, non senza una certa ironia. Quindi soggiunse: «Ho anche tentato di trasformare l'incontro in qualcosa di più appagante per entrambi. Però non ci sono riuscita, almeno per questa volta. Ma con i Mongrifone non c'è mai niente di definitivo. Comunque, trovo molto divertente aver scatenato una lite tra di voi. Posso esservi utile?»

Giovanna e Alessandro uscirono dall'albergo tenendosi per mano.

«E adesso?» disse Giovanna sorridendo.

«Puoi tornare alla tua bottega. Ti faccio riaccompagnare.»

«Non stiamo insieme?» si stupì lei.

«Devo partire subito. Credo che non ci rivedremo per un'altra settimana. Ma ti telefonerò ogni sera e desidero trovarti a casa quando chiamo», l'ammonì con aria grave.

«Guarda che io non sono il tipo della schiava che aspetta il ritorno del guerriero.»

«Molto bene. Allora parti con me. Starai con me ogni momento del giorno e della notte, verrai con me alle riunioni di lavoro, ai consigli di amministrazione, mi aiuterai a intrattenere i presidenti di società grandi e piccole...»

«Si dà il caso che anch'io abbia qualcosa da fare», obiettò lei.

«Lo vedi? Te l'avevo detto di tornare in bottega», sorrise lui, sfiorandole le labbra con un bacio.

«Ci sono ancora molte cose di te che non so», disse Giovanna.

«Avrò tutto il tempo di raccontartele. Questa è una promessa.»

Invece di tornare al negozio, Giovanna tornò a casa Disse a Bruna che non voleva essere disturbata, andò a letto e sorrise, nell'oscurità protettiva della sua stanza, alla pigotta che sembrava compiaciuta della sua felicità. Alessandro era andato via di nuovo, eppure riusciva a sentire la sua presenza accanto a lei e questa sensazione le dava sicurezza. Dormì fino al pomeriggio. Quando si svegliò trovò la casa sommersa dai fiori.

«Andrà avanti ancora per molto questa storia?» domandò Giny, con una punta di gelosia.

«Io spero che vada avanti per sempre», replicò Giovanna e l'abbracciò. In quel momento squillò il telefono. Era Matilde.

«Ho avuto il permesso di tornare a casa. Puoi venire a prendere me e il mio cane, per favore?» Più che una richiesta era un ordine.

6

A LUGLIO Giovanna chiuse il negozio per ferie. Lino avrebbe continuato i suoi lavori di restauratore nel retrobottega. Lui non andava mai in vacanza. Anche gli altri negozi, in via Fiori Chiari, stavano chiudendo. Tutti avrebbero riaperto a settembre.

Si ritrovò con i colleghi al solito bar per i saluti. Tra una battuta e l'altra si scambiarono notizie sulle vacanze imminenti e si abbozzarono strategie per l'autunno.

«E tu, che cosa farai?» le domandò Fiorella Solbiati.

«Domani accompagnerò Giny alla Malpensa. Va in California con i compagni di scuola. Poi raggiungerò mia suocera a Forte dei Marmi. Niente di eccezionale. Tutto come sempre», dichiarò.

«Che cosa mi racconti di quel ragazzo da sballo che vedo spesso nella tua bottega?» domandò la collega, abbassando la voce, con un sorriso pieno di complicità.

«Che è effettivamente uno schianto», ammise Giovanna.

«Tutto qui? Non mi racconti altro? Ti giuro che non fiaterò con nessuno», garantì Fiorella, incapace di tenere a freno la curiosità.

«Non c'è altro da dire», si schermì Giovanna.

Si scambiarono baci e saluti.

Poi andò a trovare Matilde. Vincendo le resistenze della donna, era riuscita a far installare nell'abbaino un impianto di aria condizionata. Adesso il caldo era più sopportabile e c'era anche un'efficiente collaboratrice domestica che si occupava della malata. Matilde aveva accettato queste imposizioni perché era troppo debole per opporsi. Trascorreva i giorni tra il letto e la sedia a dondolo, vezzeggiando il suo cane. Aveva smesso di ascoltare i suoi tanghi e non le interessava neppure guardare il cielo. Giovanna arrivò da lei e la trovò sola, seduta al tavolo. Stava scrivendo.

«Sono le tue memorie?» scherzò, chinandosi a baciarla.

«È il mio testamento», replicò. Aveva l'aria scontrosa di sempre.

«Fossi in te, mi preoccuperei di spendere nel modo migliore i soldi che hai», suggerì Giovanna, versando in un bicchiere l'acqua minerale. Scostò una sedia e si piazzò al tavolo, di fronte a lei.

«Con i miei soldi, ci faccio quello che mi pare. Mi hai già imposto troppe cose. Quella donna che mi balla per casa tutto il giorno mi dà soltanto fastidio. Comincio a respirare di sollievo soltanto la sera, quando se ne va», brontolò, posando la penna e sfidandola con lo sguardo.

«Adesso, dov'è? Perché sei sola?» domandò.

«L'ho mandata a comperare dei fiori. Era un pretesto per toglierla di mezzo e scrivere in pace. La sera, con la luce elettrica, non riesco a farlo», rispose.

«È naturale. Ti ostini a non portare gli occhiali», le rinfacciò.

Matilde non raccolse la critica.

«Quando dovessi andarmene, troverai questa lettera indirizzata a te, sempre che tu abbia la bontà di lasciarmela finire», replicò.

Giovanna si protese verso di lei, posando le mani sulle sue. «I testamenti non mi piacciono. Non voglio pensare di doverti perdere. Sei un'amica preziosa, Matilde», le sussurrò, guardandola con tenerezza.

«Anche tu lo sei», ammise a fior di labbra. «Mi hai dato più di chiunque altro e mi hai fatto sentire meno sola. Acciuffa la vita, Giovanna, e vivila anche per me.»

«Lo farò. Te lo prometto», disse, ricacciando indietro la commozione. Sentì il trillo del suo cellulare. Lo pescò nella borsetta e rispose. Il viso si illuminò.

«Va bene», disse dopo aver ascoltato la comunicazione. E soggiunse: «Domani sera ti raggiungerò».

Matilde sorrise. «Con lui sarai felice. Lo sento. Non c'è niente di più bello dell'amore di un uomo forte e sincero che ti faccia da guanciale e da coperta. Sono rari questi uomini. Ma se hai la fortuna di incontrarne uno sul tuo cammino, puoi star sicura che sarà per la vita», sussurrò. Poi scosse il capo e soggiunse: «A meno che lui non cada da una scala».

«Lui non cadrà, Matilde», replicò convinta.

Quel giorno, Giovanna aiutò sua figlia a preparare i bagagli. La sommerse di raccomandazioni, mentre con tava le ore che la separavano da Alessandro.

«Lo sai, mamma, che l'amore ti dona? Diventi sempre più bella. Credi che un giorno capiterà anche a me?» domandò Giny.

«Garantito. Queste cose capitano quando meno te le aspetti.»

«Io vorrei che fosse presto», replicò sua figlia, con aria sognante.

«Gli eventi seguono un loro percorso misterioso. Non puoi affrettarli né rimandarli. Ogni cosa accade quand'è il momento. Dunque, impara ad aspettare», sentenziò Giovanna

Per tutta risposta, Giny le accarezzò le spalle. «Ti voglio tanto bene, mamma. Sei una madre di cui vado orgogliosa. Ti considero la mia seconda amica del cuore. La prima è Annabel. Non è poco, credimi», le confessò.

«Ti credo e ti ringrazio. È il complimento più bello che potessi farmi.»

All'aeroporto, mentre stavano per separarsi, Giny l'abbracciò. «Abbi cura di te, mammina. E di' ad Alessandro che ho voglia di conoscerlo.»

Giovanna tornò a casa. Entrò nella sua camera e si accostò alla pigotta. Passò una mano sulle spalle dell'antica fanciulla e le sorrise. «Anche noi due stiamo diventando amiche», sussurrò con aria soddisfatta.

Dal cassetto del trumeau prese la lettera di Jacopo. La aprì. Fece scivolare sul palmo della mano i frammenti dei piccoli fiori e li rinchiuse nel pugno. Rilesse la lettera e sussurrò: «Se tu potessi vedere, amore mio, quanto sono cambiata! Sai una cosa, Jacopo? Voglio imparare a ballare. Andrò a lezione di tango. Ti sono infinitamente grata per tutto quello che mi hai insegnato. Ti amerò sempre». Ripiegò la lettera, la rimise nella busta con la polvere dei fiori e richiuse il cassetto.

Era pronta a partire per Londra dove Alessandro la stava aspettando.

«Abbiamo tre giorni tutti per noi», fu la prima cosa che lui le disse, accogliendola al suo arrivo in aeroporto.

«Questa sì che è una notizia straordinaria», replicò Giovanna mentre si infilava nella macchina.

Stava calando la sera e piovigginava. Londra le sembrò bellissima.

«Voglio confessarti un segreto», le sussurrò Alessandro mentre varcavano la soglia del suo appartamento.

Giovanna lo guardò e ancora una volta si meravigliò che quel giovane così affascinante fosse il suo uomo. Le sembrava di averlo desiderato da sempre, sicura che non l'avrebbe incontrato mai.

«Sono tutta orecchi», replico con aria scherzosa.

«Sono perdutamente innamorato di te. Chiedimi la luna e io te la darò. Raccoglierò le stelle, a una a una, per farne un grande mazzo da posare sul tuo guanciale», disse, stringendola a sé.

«Per il momento, ti chiederei soltanto di portarmi a cena. E dopo vorrei andare al Coliseum. C'è il Royal Ballet. Credi di riuscire ad avere due posti?»

«Avremo il palco reale!» garantì lui.

«Tu non puoi immaginare che cosa significhi per me desiderare di vedere un balletto», gli confessò, mentre cenavano.

«Infatti non lo immagino. Racconta», disse lui.

«È una conquista straordinaria. Ed è anche una lunga storia. Certo, te la racconterò. Ma non questa sera», sussurrò.

Dopo il teatro si concessero un Pimm's in un locale vicino a casa e lo sorseggiarono guardandosi negli occhi, pregustando il piacere di una lunga notte da passare insieme.

Rincasando trovarono un messaggio per Giovanna: «Telefonare subito a casa».

Giovanna impallidì. «È accaduto qualcosa di terribile», sussurrò, mentre il suo pensiero correva a Giny

Afferrò il telefono. Alessandro bloccò il suo gesto. «Faccio io», decise.

Gli rispose Bruna, la cameriera di Giovanna.

«Mi dispiace se ho messo in allarme la signora. Il fatto è che Matilde si è improvvisamente aggravata e il medico dice che non ci sono speranze», spiegò.

«Va bene. La signora arriverà a Milano al più presto», replicò.

Si rivolse a Giovanna e le riferì: «La tua cara vecchina sta molto male. Mi dispiace. Verrò con te. Partiamo subito».

La accompagnò in via Fiori Chiari e la lasciò davanti al portone di Matilde: «Ti aspetto in mansarda. Se hai bisogno di aiuto, telefonami».

C'era il medico accanto a Matilde. Nonostante la sonda, la povera donna respirava a fatica. Aveva una mano posata sulla testa del suo Lilìn, acciambellato sul letto.

«Come sta?» domandò Giovanna.

Il medico scosse il capo in modo eloquente.

Matilde non parlava. Aveva gli occhi socchiusi. Sembrava che guardasse lontano, verso un orizzonte misterioso. Quello che accadeva intorno a lei non la riguardava più.

«È stato un cedimento improvviso», sussurrò il dottore. E soggiunse: «Il cuore non riesce più a fare il suo lavoro».

«Soffre?» volle sapere Giovanna.

«No. È in coma.»

Giovanna passò una mano lieve sulla sua fronte.

Matilde stava sognando una scala bianca, lunghissima, che si perdeva nell'azzurro. Lei era tornata ragazza. Indossava la blusa d'organza rosata e i pantaloni lunghi di mussola bianca come il giorno in cui lei e Alberto Brasca si erano amati per la prima volta. Saliva lentamente la scalinata, preceduta dal suo Lilìn, che era vispo e scattante, ma i gradini non finivano mai. All'improvviso, proprio sulla sommità, vide Alberto. Indossava un abito blu, una camicia candida e una cravatta regimental. Era l'uomo più bello e desiderabile del mondo. Le sorrideva, guardandola con amore infinito

«Fermati dove sei», le ordinò.

«Perché devo fermarmi?»

«Perché voglio ammirarti in tutto il tuo splendore.»

«Fammi volare fino a te, presto. È tanto tempo che lo desidero.»

Alberto spalancò le braccia per accoglierla e lei vi si abbandonò, felice.

Giovanna percepì un lieve sospiro.

«Che cosa succede?» chiese ansiosa.

«È morta», decretò il medico.

Giovanna trattenne un singhiozzo e si chinò per sfiorarle la fronte con un bacio. Poi, aprì il cassetto del canterano e trovò la lettera indirizzata a lei. La lesse. Erano le ultime volontà di Matilde Riva. Lasciava ogni suo avere all'asilo Angiolina. A lei regalava l'olio su tela di Eric Junot e garantiva un futuro tranquillo a Lilìn

Era giorno fatto quando raggiunse Alessandro nella mansarda di piazza Cordusio. Era così stanca che crollò tra le sue braccia Lui la sollevò, la portò in camera, la mise sul letto e la lasciò dormire per l'intera giornata.

Il mattino seguente era in macchina con lui ad accompagnare Matilde nella chiesetta della villa sul lago.

Quando varcarono i cancelli del giardino, non c'era più l'erba alta. Alessandro aveva messo al lavoro una squadra di operai e giardinieri che avevano ripristinato i vialetti di ghiaia. Il carro funebre sostò davanti alla villa, così che Matilde potesse, per l'ultima volta, salutare i luoghi del suo amore.

Quattro uomini caricarono a spalla la bara. Nel caldo del mezzogiorno di luglio iniziarono il percorso verso l'antica chiesetta sul pianoro inondato di sole e accarezzato dal vento. Alessandro e Giovanna li seguivano, tenendosi per mano.

Lei pensava a una domenica come quella, sessant'anni prima, quando Matilde e il suo amante avevano percorso lo stesso sentiero.

La chiesetta era stata restaurata e lungo il muro, sotto la meridiana, era stata scavata una fossa vicino a un'altra tomba dove una semplice lapide recava la scritta: QUI RIPOSA ALBERTO BRASCA.

La bara venne calata nella terra scura. Giovanna rabbrividì. Alessandro si tolse la giacca e gliela mise sulle spalle.

«Dio è stato buono con lei. Voleva riposare per sempre accanto al suo uomo. Il suo sogno si è avverato», disse Giovanna, piano.

Rimasero soli, sul pianoro assolato. Sedettero ai piedi del portale della chiesa. Giovanna lasciò vagare lo sguardo sull'erba punteggiata di fiori. Si strinse ad Alessandro e gli sussurrò: «Per una vita che se ne va, un'altra nasce».

«Mi stai dicendo che...» Alessandro non osò finire la frase.

«Credi che quarant'anni siano un'età troppo avanzata per avere un figlio?» domandò sommessamente.

Il giovane si chinò su di lei e la baciò appassionatamente.

«Non ne hai ancora quaranta, mi pare. Ma è certo che non mi accontenterò di uno solamente», affermò, sicuro.

Giovanna sorrise, raggiante di felicità.

FINE

1

ERNESTA Solmi, custode di un'elegante palazzina Liberty in via Eustachi, lesse ad alta voce la notizia riportata sulle pagine di cronaca milanese del *Corriere della Sera*.

«Ennesima vittima della depressione. Una casalinga trentaquattrenne, madre di due figli, residente in via Eustachi, è stata ricoverata in terapia intensiva al Policlinico, per aver ingerito un'elevata quantità di sonniferi. Il marito ha dichiarato che la donna soffriva da tempo di crisi depressive e, da tre anni, era in cura da un neurologo.» La donna in questione era Mariangela Bombonati, sposata Pinazzi, detta Magìa, un nomignolo che si era data da bambina, quando aveva cominciato a parlare. Se qualcuno le chiedeva come si chiamasse, rispondeva Magìa, perché non riusciva a pronunciare il suo nome per intero.

Ernesta sedeva al tavolo della portineria con l'amica

Marina Corti, domestica a ore in casa Pinazzi. Marina ascoltò la lettura dell'articolo e sospirò: «Povera Magìa, così timida, così riservata. Speriamo che si salvi».

«Quand'è arrivata nel palazzo, era una ragazza esuberante, piena d'allegria, te la ricordi? Poi, piano piano...» commentò Ernesta, senza finire la frase.

Era l'undici di dicembre. Sulla città, oltre alla cappa grigia di umidità e smog, gravava una crisi economica che investiva molte famiglie. La gente non aveva voglia di sorridere e nemmeno di festeggiare il Natale ormai imminente.

In trent'anni di onorato lavoro come portinaia, era la prima volta che Ernesta non si decideva a recuperare dal deposito nel cortile né il grande albero di Natale, con il suo corredo di luci e bocce colorate, da collocare al centro dell'atrio, né i ricchi festoni d'abete da appendere con nastri di seta scarlatta alla ringhiera in ferro battuto delle scale.

Ora disse a Marina: «Pensa che proprio ieri mattina, mentre spazzavo il cortile e Magìa faceva salire i figli sull'auto per accompagnarli a scuola, ho domandato: 'Signora Pinazzi, i suoi bambini non stanno nella pelle per l'arrivo del Natale?' Lei mi ha guardato con la solita espressione un po' triste, e subito le ho spiegato: 'Perché quest'anno, io farei a meno di queste feste. Sarà che sto invecchiando'. Allora Magìa ha sorriso e, mentre sedeva al posto di guida, ha detto: 'Io penso che sarà un Natale di pace'. Parole testuali».

«Pensava alla sua pace, quella eterna», dichiarò Marina con voce funerea. Quindi sospirò: «Speriamo che il Signore guardi giù, considerando che quei due innocenti hanno un gran bisogno della mamma, perché se restano soli con quel padre...» Ancora una volta lasciò le parole in sospeso, tanto Ernesta sapeva benissimo quello che Marina intendeva.

«Certo che il Pinazzi si è preso un bello spavento. Magari potrebbe rinsavire», commentò Ernesta, posando nel lavello le tazzine del caffè che aveva bevuto con l'amica.

«Io vado. Ci vediamo dopo», disse Marina, abbottonandosi il cappotto e avvolgendosi intorno al collo la sciarpa di lana.

Ernesta aggirò il paravento di legno che divideva la cucina dalla portineria e, raggiunti i fornelli, scoperchiò la pentola dentro cui stava cuocendo il minestrone. Subito si diffuse nell'aria il profumo delle verdure. Spense il fuoco, gettò nella pentola qualche foglia di basilico fresco e rimise il coperchio per lasciare riposare la minestra.

Nei mesi invernali, la palazzina di via Eustachi veniva ben riscaldata. Ernesta, tuttavia, era una donna freddolosa e considerava il minestrone caldo una panacea contro i raffreddori e le influenze di stagione.

Da ottobre a marzo, l'odore delle sue verdure ristagnava nell'atrio e lungo le scale. Anni addietro, i condomini se ne erano lamentati tra loro, senza osare farne parola con lei, per timore di umiliarla, perché era una presenza preziosa per tutti loro. Alla fine si erano decisi a regalarle una potente cappa aspirante. La situazione era migliorata, ma non risolta, e quando qualcuno cautamente le diceva: «Signora Ernesta, ma non si stanca di nutrirsi a minestrone?» lei replicava candidamente: «È un cibo così buono! Posso offrirgliene una terrina?» Accettavano tutti per non offenderla.

Quel giorno, lo propose anche a Paolo Pinazzi, quando lo vide comparire nell'androne all'ora di pranzo, prelevare la posta dalla casella, e dirigersi verso l'ascensore. Dopo averlo salutato, gli chiese notizie della moglie.

«Ha lasciato stamani la terapia intensiva, sta meglio, grazie.»

Era pallido, stralunato, aveva la barba lunga e i capelli arruffati.

«Mi sa che anche lei non sta tanto bene», osservò.

«Sono solo stanco, perché non dormo da ieri e nel pomeriggio devo prelevare i bambini da scuola e accompagnarli dalla mamma che insiste per vederli.»

«Se le fa piacere, le porto qualcosa da mangiare», gli propose. Lui la ringraziò e lei preparò un vassoio con una scodella di minestra, un'insalatina fresca e una fetta di formaggio saporito, tagliata da una forma quadrata di quartirolo nostrano che sua figlia, sposata a un allevatore di bovini del lodigiano, le regalava settimanalmente con altre prelibatezze della loro azienda agricola. Vi aggiunse anche una coppetta di castagne lessate con il miele e affogate nella panna montata.

Entrò in casa Pinazzi e trovò l'uomo rannicchiato sul divano, in pigiama e vestaglia, gli occhi gonfi di stanchezza.

Lei appoggiò il vassoio sul tavolino, dalla cucina gli portò le posate, un tovagliolo e l'acqua minerale. Lui cercò il suo sguardo e le domandò con l'aria di un bambino smarrito: «Perché la mia Magìa ha fatto un gesto tanto orribile? Io non capisco. È giovane, è bella, non le manca niente. Perché?»

La donna scosse il capo e disse: «Non deve chiederlo a me».

Più d'una volta, nel corso degli anni, le era capitato di assistere alle sfuriate del Pinazzi contro la moglie, che si faceva piccola e tremebonda e sussurrava ossessivamente: «Scusami, scusami, scusami», mentre lui la guardava furente, il viso congestionato, la voce che diventava un ringhio minaccioso. Ernesta si affrettava a raggiungere l'uscio di casa per andarsene e Magìa, vergognandosi che un'estranea fosse stata presente a quella scena, correva a chiudersi in bagno e piangeva.

Ernesta pensava: se avessi avuto un marito come questo, lo avrei preso a calci e messo alla porta. Poi considerava che il suo era stato anche peggiore, perché l'aveva abbandonata da un giorno all'altro, lasciandola senza un soldo e con una figlia appena nata da crescere, per scappare a Genova, dove viveva la sua amante. Di lui non aveva più avuto notizie fino al giorno in cui l'ufficio dell'anagrafe le aveva comunicato il suo stato di vedovanza e lei aveva ricevuto una pensione di reversibilità di cui avrebbe potuto fare a meno, perché il portierato nella palazzina di via Eustachi le garantiva uno stipendio decoroso, alloggio gratuito e buone mance a Natale e Ferragosto.

Ora guardò quel bel quarantenne, bruno, possente, con il viso di un bambino addolorato, e provò per lui un sentimento di pietà. Si disse che era impossibile penetrare nei meccanismi misteriosi di una coppia e non spettava a lei giudicare.

Paolo Pinazzi doveva essere affamato, perché divorò tutto quello che gli aveva portato in una manciata di minuti. Alla fine, mentre lei stava andando via, lui disse: «Non ho ancora ringraziato Marina. Se non fosse stato per lei, mia moglie sarebbe morta. Che ne dice se le mando un mazzo di fiori?»

«Lasci perdere, tanto più che non è stata Marina, ma la mano santa del Signore a salvare sua moglie», tagliò corto Ernesta.

CONTINUA

Della stessa autrice

Anna dagli occhi verdi

Il Barone

Saulina (Il vento del passato)

Come stelle cadenti

Disperatamente Giulia

Donna d'onore

E infine una pioggia di diamanti

Lo splendore della vita

Il Cigno Nero

Come vento selvaggio

Il Corsaro e la rosa

Caterina a modo suo

Lezione di tango

Vaniglia e cioccolato

Vicolo della Duchesca

6 aprile '96

Qualcosa di buono

Rosso corallo

Rosso corallo
(Edizione illustrata)

Singolare femminile

Il gioco delle verità

Mister Gregory

Un amore di marito

Léonie

Giulia per sempre
(Disperatamente Giulia, Lo splendore della vita)

Il Diavolo e la rossumata

Palazzo Sogliano

La moglie magica

PICKWICK
Ultimi titoli pubblicati

S. King, *Le notti di Salem*
S. King, *Stagioni diverse*
J. Fletcher & D. Bain, *La Signora in Giallo - Capodanno con delitto*
G. Cervo, *La croce perduta*
M. Connelly, *Il poeta è tornato*
M. Connelly, *Il cerchio del lupo*
D. Di Lazzaro, *Il mio cielo*
A. Pike, *Wings*
N. Sparks, *I passi dell'amore*
N. Sparks, *Le parole che non ti ho detto*
D. Steel, *Irresistibile*
D. Steel, *Un angelo che torna*
S. Harvey, *Sono tutti uguali*
M. Hack, E. Gjergo, *Così parlano le stelle*
S. Bambarén, *L'onda perfetta*
T. Birger, *Ho sognato la cioccolata per anni*
S. King, *Cell*
S. King, *Duma Key*
M. Kurzem, *Il bambino senza nome*
H.H. Mamani, *La profezia della curandera*
N. Sparks, *Il posto che cercavo*
N. Sparks, *Ogni giorno della mia vita*
Suad, *Bruciata viva*
L. Weisberger, *Un anello da Tiffany*
T. Morrison, *Amatissima*
M. Connelly, *La memoria del topo*
A. Ciezadlo, *I giorni del miele e dello zenzero*
H. Simonson, *Una passione tranquilla*
P. Williams, *Vita bassa e tacchi a spillo*
J. Nesbø, *La stella del diavolo*
J. Nesbø, *La ragazza senza volto*
J. Weiner, *L'altra storia di noi*
K. McGowan, *Il vangelo di Maria Maddalena*
B. Kane, *La legione dimenticata*
A. Silver, *Tutta colpa del tacco 12*
Z. Sitchin, *La Bibbia degli dei*
P. Gregory, *La regina della Rosa Rossa*
A.D. Gilbert, *La voce della legione*
B.A. Fitzpatrick, *Il bacio dell'angelo caduto*
Z. Sitchin, *Le astronavi del Sinai*
N. Sparks, *Quando ho aperto gli occhi*
N. Sparks, *Come la prima volta*
N. Sparks, *Un segreto nel cuore*
J. Bowen, *A spasso con Bob*
A. Jacobsen, *Area 51*
K. Boo, *Belle per sempre*
S. Casati Modignani, *6 Aprile '96*
S. Casati Modignani, *Caterina a modo suo*
S. Casati Modignani, *Donna d'onore*
S. Casati Modignani, *Il Barone*

S. Casati Modignani, *Il Cigno Nero*
S. Casati Modignani, *Mister Gregory*
S. Casati Modignani, *Un amore di marito*
B.A. Fitzpatrick, *Angeli nell'ombra*
O. Bowden, *Assassin's Creed® - Forsaken*
A. Caprarica, *Ci vorrebbe una Thatcher*
H. Brown, *Cleo*
A. Pike, *Destined*
S. King, *Al crepuscolo*
S. King, *I lupi del Calla (Serie La Torre Nera)*
S. King, *La canzone di Susannah (Serie La Torre Nera)*
S. King, *La zona morta*
S. King, *L'acchiappasogni*
S. King, *Torno a prenderti*
S. King, *Tutto è fatidico*
S. King, *Il gioco di Gerald*
S. King (R. Bachman), *La lunga marcia*
J. Weiner, *Brava a letto*
E. von Däniken, *Gli dei erano astronauti*
H.H. Mamani, *Gli ultimi curanderos*
V. Della Valle, G. Patota, *Ciliegie o ciliege?*
D. Steel, *Batte il cuore*
D. Steel, *Il bacio*
D. Steel, *Una donna libera*
P. Livio Fanzaga, D. Manetti, *I segreti di Medjugorje*
M. Foa, *Il bambino invisibile*
J. Verdon, *Il castigo*
I. Sibaldi, *Il codice segreto del Vangelo*
J. Steil, *La città di pan di zenzero*
M. Connelly, *Il buio oltre la notte*
M. Connelly, *L'ombra del coyote*
M. Connelly, *Musica dura*
M. Connelly, *L'uomo di paglia*
M. Connelly, *Debito di sangue*
M. Connelly, *Ghiaccio Nero*
M. Connelly, *Il ragno*
M. Connelly, *Vuoto di luna*
Z. Sitchin, *Il giorno degli dei*
G. Musso, *Il richiamo dell'angelo*
G. Musso, *Sette anni senza di te*
S.M. Brown, *La donna dagli occhi di smeraldo*
Dalai Lama, *La felicità al di là della religione*
H.H. Mamani, *La donna della luce*
M.R. Parsi, *La felicità è contagiosa*
C.M. Martini, *La forza della debolezza*
P. Gregory, *La futura regina*
M. Higgins Clark, *La lettera scomparsa*
G. Celentano, *La luce oltre il buio*
F. Vaiasuso, *La mia possessione*
M. Hack, *La mia vita in bicicletta*

J. Fletcher & D. Bain, *La Signora in Giallo - Delitto cum laude*
J. Fletcher & D. Bain, *La Signora in Giallo - Omicidio sul ghiaccio*
J. Hall, *La villa degli aranci fioriti*
E. Galeano, *Le vene aperte dell'America Latina*
T. Sloane, *Legionario*
B. Taylor Bradford, *Lettera da una sconosciuta*
I. Sibaldi, *Libro degli Angeli*
M. Higgins Clark, *L'ombra del tuo sorriso*
B. Fitzpatrick, *L'ultimo angelo*
S. King, *L'ultimo cavaliere (Serie La Torre Nera)*
S. King, *Pet Sematary*
S. King, *Insomnia*
S. King, *Christine (La macchina infernale)*
S. King (R. Bachman), *L'uomo in fuga*
Y. Martel, *Vita di Pi*
G. Amorth, P. Rodari, *L'ultimo esorcista*
J. Nesbø, *L'uomo di neve*
A. Merini, *Mistica d'amore*
G. Cervo, *L'onore di Roma*
O. Watkins, *Ovunque sarai*
M. La Grua, *Contro Satana*
C. Pavone, *Il sospetto*
B. Kery, *Quello che mi piace di te*
D. White, *One Direction Story*
E. von Däniken, *Cronache da un altro passato*
H.H. Mamani, *Inkariy*
K. Cass, *The Selection*
J. McEnroe, *Non puoi dire sul serio*
S. Black, *Ogni mio desiderio*
J. Carlin, *Ama il tuo nemico*
D. Galdino, *Il primo caffè del mattino*
K. McGowan, *La stirpe di Maria Maddalena*
L. Genova, *Perdersi*
D. Steel, *Amarsi*
D. Steel, *Le luci del Sud*
D. Steel, *Amare ancora*
D. Steel, *Stagione di passione*
G. Morelli, *Sette ore per farti innamorare*
E. James, *Paris in Love*
B. Kery, *Quello che mi lega a te*
P. Aprile, *Terroni*
J.R. Moehringer, *Pieno giorno*
J.R. Moehringer, *Il bar delle grandi speranze*
V. Myron, *Io e Dewey*
P. Sánchez-Garnica, *Il gioco segreto del tempo*
V. Varesi, *È solo l'inizio, commissario Soneri*
L. Costa, *Come una specie di sorriso*
N. Sparks, *Tre settimane, un mondo*
C. Amirante, *Solo l'amore resta*
S. King (R. Bachman), *Uscita per l'inferno*

Stampato presso ELCOGRAF S.p.A.
Stabilimento di Cles (TN)